太行山上

著

山西出版传媒集团
三晋出版社

目 录

第一章 ………………………………………………001
第二章 ………………………………………………009
第三章 ………………………………………………021
第四章 ………………………………………………031
第五章 ………………………………………………042
第六章 ………………………………………………050
第七章 ………………………………………………061
第八章 ………………………………………………072
第九章 ………………………………………………084
第十章 ………………………………………………092
第十一章 ……………………………………………102
第十二章 ……………………………………………111
第十三章 ……………………………………………118
第十四章 ……………………………………………126
第十五章 ……………………………………………135
第十六章 ……………………………………………143
第十七章 ……………………………………………154
第十八章 ……………………………………………161
第十九章 ……………………………………………173
第二十章 ……………………………………………181
第二十一章 …………………………………………188

章节	页码
第二十二章	197
第二十三章	206
第二十四章	216
第二十五章	224
第二十六章	235
第二十七章	242
第二十八章	251
第二十九章	260
第三十章	269
第三十一章	279
第三十二章	287
第三十三章	297
第三十四章	311
尾　声	325

第一章

东漳镇上有一家财主，武乡四大家之首，东家名叫裴宝珊。

要说他的家业，原来其实也不算大，当他从父亲裴海奎手中接过这个摊子来时，也本是并不起眼的家当，充其量不过是武乡七十二家小财主之一。可是，到了裴宝珊手里，仅仅用了十多年时间，裴家就突然大发，变成了武乡头号大财主。

你知道这裴宝珊是如何发家的？这个裴宝珊又有多大的能耐？其实，知情人都晓得，裴宝珊发迹，不过是靠的一个好管家——郭有才。这个郭有才虽然年轻，可是个了不起的人。此人天生聪慧，办事有头脑，他为裴家创办商行，而且在县城乃至潞安府、太原府都开下了商号。

当地的小财主发迹，大都是靠放贷，裴家原来的财产也是这样得来的。裴大东家裴海奎去世后，裴宝珊还是继承着这种传统的经营方式来延续他的事业。自打让郭有才当了管家后，郭有才对东家建议："在咱这个地方，放贷并不是个好事情。你想，借债的都是些穷人，他们是在没法活时才出来借账的，俗话说'借账如丢账'，你借给他若还不了你，又该怎么办呢？对那些穷得叮当响的人，你就是把他送进大牢，也变不成钱呀。"

"那你有什么好主意？"裴宝珊问。

"开商号，做买卖。"

"能行吗？小商小贩，赚不了大钱，规模大一点……咱们可是祖辈农耕，以地为生，从来没有经过商呀。我担心……"

"我做过商号，我看一定行。"

郭有才打小进了祁县渠家的商铺里当伙计，由于他勤学好问，几年后做了祁县城"万盛源"号的掌柜，生意做得风生水起，颇受东家赏识。谁知道有一年热天，郭有才在进货途中忍不住火热的天气，下河游泳，游时痛快，回来却身体不适，就此得了大病，胸闷气憋，难以进食，东家把祁县的名医找遍了，也没能给他治好，眼看得骨瘦如柴，没法活了，东家只好派人送他回老家，也算是叶落归根吧。家里人打听到东山上奇崖头下的黄善堂有一道人，专门治疗疑难杂症，于是便抬着郭有才去了，道人把手在他胸前摸了一摸，说："这后生是冷水呛肺。"这么一说，郭有才回想起果然是呀，自从那回大晌午河里游泳上来，就生了这怪病。于是，家人恳求道人，说千万要救救他的命。

道人说："其实这病不难治，只是时间久了，治疗也费点周折。"

说着他先开出一副草药，看方子也没有什么特别之处，不过是些荆芥、防风、木通、马蜂窝等，然后吩咐说，回家后要找一间严实的空屋，不能漏气，把这副草药熬好，再找百年陈秸在屋内点燃来烘烤，等病人在烘烤中浑身出了大汗的时候，用这熬好的药水在前后背心上不停冲洗，连做三天，必有效果。

家里人又问什么是百年陈秸？道人说："这百年陈秸较为难找，你可去寻年久失修的破房屋，将屋顶上摸泥用的烂高粱秸秆取来就行了。"

说来也巧，在祁县花了几百大洋也没有治好的病，居然用这奇特的烘烤之法加几味草药就治好了，没想到咱武乡真的是有神仙。

郭有才病愈后再也不想去祁县，就来到裴家帮工。裴宝珊见他是个有头脑的后生，慢慢就用他做了管家。

在郭有才的鼓动下，裴家尝试着在东漳镇开办了一家"百利商行"。

东漳镇地处武乡、辽县、黎城三县交界，来往商客很多，集市繁华，买卖兴隆。郭有才开了商行以后，便带着伙计东出太行山，到彰德府、郑州府去进货，店里商品新颖独特。这里的商号多是在武乡城进货，有少数店主跑到潞安府进货，而从河南上来的货当然也就更为显眼了。再加上商行收购当地土产及中草药，发往河南一带，这样两头获利，此有不赚之理？一年下来，利润丰厚。

过年这一天，郭有才受到了特别的礼遇，裴宝珊请郭有才到正堂来和他喝酒。

第一章

请下人喝酒,这在裴家的规矩中是从来没有过的。东家老爷是不与下人在一起吃饭的,更不用说喝酒了,何况在过年的时候,还把他请到正堂,郭有才受宠若惊,诚惶诚恐。

"有才,来,快坐下,快坐下。"郭有才一走进来,裴宝珊便放下手中的水烟袋,热情地招呼他。

"东家,你太客气了……"郭有才不知如何是好。

"这客气什么?今天过年哩,我一个人喝酒也没啥意思,所以呀就叫你来,咱们喝几盅……来,来,来……过来坐下……"

这时郭有才才看见炕桌上早已摆好了八个热气腾腾的好菜。

裴宝珊和郭有才盘腿对坐,又叫他的太太:"美兰,过来倒酒……"

"东家你太抬举我了……哪里敢……"

"郭管家,不要客气了。来,干——"

就这样,郭有才和裴东家连干了三杯,裴宝珊说:"郭管家,你的主意果然好,百利商行一本万利,真是高见。今天叫你来,就是想和你商量一下,你看下一步咱该如何办?我想,再投一笔钱,在镇东头再开个店铺……"

"哦?"郭有才认真地想了一会儿,"不,我看不行。"

"怎么?开始是你让我开商号,可是现在赚钱了,你却……"

"东家,你知道我们开的店铺为什么赚钱吗?"

"咱这镇子繁华呀,来往商客多,特别下货,这买卖自然就红了……"

"不,其中原因,主要还是因为我们的货源来路远,这叫物以稀为贵。我们经营了别家店铺没有的品种,而且我们又把咱这当地的特产贩运到了远方,这样两头赚钱,生意当然也就能够兴旺起来。"

"一个铺子能兴旺,十个铺子也能兴旺。所以我想多开几个店,渐渐扩大经营,把别的铺子挤垮,来垄断整个东漳镇的贸易。"

"东家,其实不然。你想,这个镇子的客户总是有限的,你开的店铺多了,势必会自相残杀。以我之见,不如先到县城开一家商号,进货的路子还可以再远一些,等店铺有所发展,然后我们再去潞安府、太原府……这样,咱这商号才能越办越大。"

裴宝珊听郭有才的话有道理,就依了他。

果然,裴家的商号渐渐打了出去,裴家在商界的威望也越来越高。特别是开在太原的"禄兴居",居然日进斗金,成了太原府的名店。

从此之后,郭有才享受了裴家最高级别的待遇,在家里是半个东家,出门在外就是东家,大小事情都能做了主。外出那个派头,骑高头大马,手端水烟袋,还要跟一名随从,十分神气。

郭有才也备受尊重,不仅在东漳镇,就是进了县城,人们也都不敢小看他。裴东家对他也很好,还帮他娶了媳妇。郭有才身边只有一个独生子,这孩子出生时五行缺水,因此起名郭水瀛。有才的老婆就是在生水瀛时难产死的,他也再未续弦,如今水瀛渐渐长大了,裴宝珊也对水瀛非常照顾,水瀛刚刚七岁的时候,就让他跟着自己的大儿子延寿一起上学读书。郭有才过意不去,裴宝珊说:"没有啥,反正延寿要读书,请一个先生来,教一个学生也是教,教两个学生也是教。再说,他还能和延寿做个伴。"

郭有才心想,水瀛能读些书,识几个字,又能和大少爷做伴,也是好事。接着东家的大小姐延萍也送进了学堂,他们一起住在东院的私塾里。从《三字经》开始,《诗经》《论语》《百家姓》《千字文》以及算术等慢慢地学了起来……

裴宝珊还让水瀛和裴家的大少爷裴延寿结拜为干兄弟,并专门择了一个良辰吉日,为他们结拜搞了一个仪式。水瀛给裴宝珊夫妇叩了三个响头,从此就正式叫起了裴家夫妇干爹和干娘,郭有才呢,不管东家待他多好,是无论如何也不敢让大少爷裴延寿给他磕头的。

本来刚开始在私塾读书的只有裴家五个孩子,再加上水瀛,一共是四男两女。后来镇上几家富户的十来个孩子也来寄读,裴东家就专门给私塾起了灶,让所有的孩子都吃住在这里,私塾里也就热闹了起来。

这十来个孩子中间延寿年龄最大,十七岁,水瀛比他小一岁;再下来是裴家的大小姐延萍,她又比水瀛小一岁;其他的孩子都在十岁上下,最大的也只有十三岁,他们可是什么也不懂呀,只能是听从延寿和水瀛的指挥,他俩也就成了孩子王。水瀛和延寿从小结拜了朋友,当然是兄弟相称,延萍也管水瀛叫哥哥。不过,这个干哥哥,总归不是亲兄妹,水瀛对待延萍像亲妹妹一样,但延萍对待水瀛,可就又有了一些其他的情愫。她见水瀛个子高高的,脸儿白白的,那样子怎么看怎么好看,当然也就看上了他。所以呀,从她的心底里偷偷地爱上了他。

第一章

延寿考上了县立师范，准备到县城上学了。

临走的时候，裴宝珊对郭有才说："有才呀，我说你这个人真是的，你怎不让水瀛也考县城的学校呢？"

"嗨，不是我不让他去呀，不是正考试时水瀛生病嘛。这大概就是命吧，他天生不该去城里念书。"

"你这是什么话，水瀛这孩子聪明伶俐，听先生说他成绩很好，特别是写得一手好文章，也该有个前程呀。"

"要说学习也还不赖，谁知道有没有这个命，看明年能不能考上吧。"

自打延寿走了以后，没有过多久，又出了一件事情，裴家私塾的先生来告假，说父亲病重，需要回家料理。先生的老父命在旦夕，是死是活，尚难判断，时间长短，亦无定论。那位先生怕影响娃们的学业，临走时让东家另聘先生，自己也就辞职了。

这可怎么办？当下急找先生又不是件容易的事。可是，这十几个学生娃，如果没有了先生，成天不就像蜂窝的蜜蜂胡乱飞开了吗？这可不行。

于是，裴宝珊只好一面派人出去四下打听寻找先生，一面安排让水瀛和延萍来照看这些学生娃娃，好临时充任一段先生，以解燃眉之急。

这个办法延萍当然高兴了，能把水瀛拴住，和她在一起，一块儿当先生，每天在一起说说笑笑的，她心里当然喜欢。

"水瀛哥，从今天开始，咱们俩可都是先生了。不过，这课呀……主要还得你来上。"延萍说。

"那你呢？老爷可是吩咐的你呀。"

"我陪你说说话儿，国文课我比不了你，我可以……教一些算术课，行吗？"

"好，行，行，反正就是过渡几天，很快就会找来新先生的，只是……不知会找个什么样的先生呀。"

"我说呀，这个先生请不来才好呢。"

延萍话中有话，水瀛不敢接她这个话茬，只是一笑了之。

就这样，他们充当先生，孩子们可也学习得不错。

延萍常常在水瀛的身边，和他聊这聊那，还经常写些文章让水瀛帮她修改，水瀛也很认真，逐字逐句地给她看，既然是妹妹的文章，他也不客气，该圈的圈，该点的点，改完之后，还要和她探讨一番，给她讲怎么样才能把文章写好。

可是,他渐渐发现延萍的文章变了味。一开始只是写些景、物之类的内容,后来就写开了情和爱,这分明是通过这些文章,向他表示什么,他心里告诫自己,要把握住,千万不能有任何非分之想,担心最后会有个不好的结果,他也就不敢和她探讨了,只是在文章中改动些错别字和不恰当的词汇。

延萍问他:"水瀛哥,我看你没有诚心给我修改吧,做先生就要有个先生的样子,有什么意见你得给我指出来呀,以前的文章你还给我讲好在哪里,坏在哪里。可现在你怎么只是给我改个错别字,分明是胡乱支应呢……"

"不错,不错,写得不错,我当然也就不能修改了……"

"那你给俺说,这文章好在什么地方,总要写个批语吧……"

"嗯,言语有力,用词贴切,构思精巧……"

很明显,这是一种敷衍,延萍也看了出来。可是,她还在坚持着她的追求……

过了个月把时间,终于来了一位先生。

这位先生名叫武文兴,也是本县人。别看他刚刚二十来岁,却是在太原国民师范读书的高材生,在那里他读了许多进步书籍,后来又接触了进步人士,走在了革命的行列中。就在他快要毕业的时候,"九一八"事变爆发,短短几个月,日本人强占了东三省,数十万东北军居然不放一枪一炮,悄悄地拱手把整个东北让给了日本人。国人为之愤怒,北平、天津等地的学生纷纷起来游行示威,反对日本帝国主义侵略,反对国民党政府不抵抗政策,太原的学生也积极响应,各大学校的学生纷纷走上街头。国民师范在太原是最活跃的学校,学生们走在最前列,而武文兴则是这次学潮的主要领导人之一。

根据国民党中央命令,省党部派出军警来制止这次游行,可是学生们群情激愤,哪里还能劝说得住?于是,省党部下令封闭各高校的大门,并利用谈判的形式,诱捕组织领导这次运动的首要分子。军警当场抓了一批学生,并对几十个参与组织的学生领袖下了通缉令。

根据组织决定,为了减少地下党组织的损失,要求这些活跃分子疏散隐蔽。武文兴也只好逃离省城返回乡下老家。

武文兴是魏大明介绍来的。这个魏大明原来是裴家的长工,这人有一身好武艺,最擅长红拳、炮拳,同时对宋刀、双拐、长枪、短剑、绳鞭……都非常娴熟。所以在裴家住长工那几年都是热天上工，冬天开拳房，在东武乡一带许多村子都做过拳师，经他手教出的徒弟有二三百人，可以说这人在东武乡是一呼百应的。魏大明在裴家还有一个大功劳，有一年秋天，来了一伙响马，在裴家大肆抢劫，正好魏大明在场，他让裴东家派家人在街上筛锣一叫喊，一下子来了门徒五六十人，在魏大明的带领下，大家把这伙劫匪打得落花流水。后来武乡有了地下党，魏大明也被吸收入了党，后来党组织为了在警察局内安插一个"内线"，让魏大明通过裴东家的关系，成了警察局的一员，由于他武艺高强，而且精明能干，还当上了队长。

裴家要找教书先生的消息，魏大明当然也早就知道。武文兴从省城回来以后，想找个歇脚的地方作掩护，魏大明就想到让他去教书，一来可以挣点钱解决生活困难，二来在裴家教书，没有人敢来找麻烦，当然，由他介绍，这事儿一说就准。武文兴来到裴家之后，很快就和延萍、水瀛熟悉了，常常给他们讲一些外面的事情，他们听起来也觉得非常新鲜。

延萍问："武先生，省城的学校有女子吗？"

"哈哈……有呀，多着呢，'民国'都二十一年了，你们怎还不知道这个呀？省城还有所专门的女子中学呢。去年秋天，我们上街游行，抗议政府的不抵抗政策，抗议日本帝国主义侵略东三省，女中的同学和我们一道，好威风呀……"

"武先生，我也想到省城读书。你看行吗？"

"行，当然行。你的学习成绩这么好，要是报考呀，一定能考得上。水瀛也可以去读书呀，你也很有才华，我看你写的文章很有思想嘛。等省城学校招生时，你们一起去报考，一起去省城读书。"

"是呀，水瀛哥，咱们相跟着去省城读书多好呀。"

"去当然想去，出去见见世面，学点知识，总是好事呀……可谁知道有没有这个命，上回县里的师范招生，我正好病了……"

在武文兴的鼓动下，延萍真的想上了去省城读书的事儿，她三天两头地向武先生打听："省城的女中什么时候招生？"

没有等来省女校招生的消息，倒是县城要成立女校的消息传来了，这可是件好事。武文兴得知这个消息，把延萍叫过来说："延萍，你不是想到外面上学读书吗？现在咱们县里也要成立女校了，马上开始招生，我看你可以先去报考县城的女校,过一段时间,有机会再考省城的女中。"

"好。我现在就回家和爹爹说去。"

延萍兴冲冲地跑回了家里,一进门就对她父亲说:"爹,县城要成立女校了,准备招生呢,我要去报考。"

裴宝珊淡淡地说:"一个女孩子家,考什么学校?在咱们家的私塾念几天,能识几个字,就很不错了。女人,又不能做官。"

延萍知道她爹有点重男轻女,就把武先生讲给她的那些什么男女平等啦、社会发展啦等内容,半生不熟地说了一通。

她爹还是不同意,于是,她只好搬救兵了:"娘,那你就和爹说说嘛,我要去县城念书去。"

她娘最疼爱她,也很支持她,"女儿想上学也是好事,让她去考一考吧"。

"女孩子家,走了你能放心吗?"

"不就是去县城吗?百十来里路程,怕啥哩。不是还有延寿在那里吗?让他们兄妹在一起,相互有个照应,有啥不好?"

"好,好,好,随你们办,想去,你就去吧。"

延萍一见父亲同意了,高兴地跑去对武先生说,父母同意她去报考了,水瀛在一边也没有说什么,延萍说:"水瀛哥,你也去吧,咱们都去城里读书。"

"人家是女校招生。"

"女校,县城就没有男校吗?女校招生,男校也要招生,你就不能去?大哥上的那所学校你还不能去吗?"

"可人家刚刚招过生。"

武文兴说:"水瀛说得是,你先去报考女校,等师范招生时,让水瀛去考,我看准行。水瀛,凭你的学业,考个学校是没有问题的。"

"行,延萍你先去吧,我还是在这里,我看武先生的知识就最广博了,跟他在一起什么也能学会。武先生,你还能教我吗?"

"行,行,既然这样,也好,有你常和我在一起,我还不会感到孤单呢。要不然呀,我刚刚从省城回来,在镇子上还住不习惯呢。"

延萍只好自己准备功课,遇到难点,她就去问武先生和水瀛。没几天,考期就到了。延萍去县城一考,果然就被录取了……

第二章

　　延寿与延萍先后去县城读书，水瀛的心里有一种失落感。人就是这样，当原来的生活规律突然被打破，就会感到不适。

　　其实他的学业本来是非常好的，在私塾里，先生常常夸奖他文章写得好，还将他写的文章作为范文，经常贴堂呢。延寿也很羡慕他，老是向他请教，他还经常给延寿改文章，延寿的文章经他一改，先生也是要在堂上夸赞一番，说延寿的文章大有长进。每到这时，延寿还会在下面看着水瀛做一个小动作，因为那点长进，全是来自水瀛的功劳。不过，在水瀛的帮助下，延寿也真的很有长进，文章的确也是越写越漂亮了……

　　延萍就更不用说了，她对水瀛更是佩服得五体投地，那简直就是一种崇拜。

　　无论啥事，只要水瀛说话，延萍保准支持。延萍也经常拿着自己的文章让水瀛看，"水瀛哥，你帮我看看这一篇写得怎么样？我可是老也写不好呀，水瀛哥，你可得帮我改一改。"

　　"好，好。"

　　"你得帮我好好改一改。先生老是夸奖你，我知道先生夸奖大哥的时候，也都是你帮了他。这一次你必须帮我，好让先生也夸我一次……"

　　水瀛笑笑说："你呀，先生要夸奖谁，那是他的事，我能说了算？你个小东西，你以为我管着先生呀……"

　　其实，延萍是喜欢水瀛，有事没事，她都想和他闲聊几句。也难怪，这水瀛不仅天生的一表人才，而且又不是那种奶油小生，说话做事显得很有风骨，就是全镇上的后生又有哪个能比得上他？他们从小在一起玩耍，后来又在一起读书，水瀛又和她大哥延寿结拜为兄弟，他们就像一家人一样。小时候他们在一起玩，有时延寿欺负她，水瀛便出面保护她，她觉得水瀛比她亲哥哥还亲，就这样慢慢地长大了，延萍也就把水瀛看成是自己心目中的白马王子，早就从心底里爱上了他。

当然，这个爱只在延萍的心中暗暗地藏着。

自从武文兴到来以后，由于他们年龄只差几岁，而且武文兴的思想相当活跃，不像以前的老先生那样死板，只照着课本教他们，而常常要讲一些发生在北平、上海、太原的事，有时还讲外国的东西，讲外国文学，讲辩证法，讲马克思……这一切对他们来说简直是太新鲜了。他们之间的话题更加多了，生活似乎也更加充实了。

文兴问他们："你们喜欢文学吗？"

"喜欢，喜欢。"

"那你们都读过什么书呀？"

水瀛说："我看过《五女兴唐传》《七侠五义》《大明英烈传》，还有……"

延萍说："我可是什么书也没有读过呀，我不喜欢看那些打打杀杀的，可又没有自己想看的书。"

文兴叹了一口气说："咱们这山区呀，就是闭塞，根本接触不到新思想。有许多的中外文学名著，你们根本读不到呀。"

延萍急着说："武先生你就给我们说说吧，别老吊胃口了。"

于是，文兴给他们谈起了托尔斯泰的《战争与和平》，谈起雨果的《悲惨世界》，谈起狄更斯的《荒凉山庄》，谈起小仲马的《茶花女》，谈起了莫泊桑的《一生》，谈起了易卜生的《娜拉》……谈到中国的文学，什么曹雪芹、李清照、鲁迅、郭沫若等。

这些都是中外的名著，文兴都能把这一个个精彩的故事讲述下来，延萍和水瀛都听得入迷了。

每天夜里，水瀛和延萍都要让文兴给他们讲名著里的故事。武文兴当然也非常乐意，特别是常常讲一些思想激进的文学作品。慢慢的，文兴将几本杂志送给他们，和他们说："这些是我从省城带回来的，你们要是想看可以拿去看，这里都是反映新思想、新文化的，大都是我国现代文学中涌现出来的先进青年作家所创作，很值得一读。"

他们接过来，这是些《新青年》《向导》《小说月报》等。

这些杂志宣传的新思想，更使延萍有了对爱情的追求。

可是，在水瀛的心里，压根儿也没有这样想过，虽然他们可以说是青梅竹马，两小无猜，从小到大没有离开过，一直长到现在，彼此之间也没有什么顾忌。但水瀛心里非常清楚，延萍是武乡首富的千金小姐，是大家闺秀；而他呢？充其量也只是一介草民，能依在裴家这棵大树下乘凉的一介草民。他哪里有这个做乘龙快婿的资格？他们之间的差距太大了，他不敢想这个。

不过他还是担心要分手，因为他与裴家的少爷、小姐分手，就意味着他们会走在两个天地里。

他的心中一直担心会有这么一天，可这一天终于来了。

俗话说，天下没有不散的宴席。孩提时代的无拘无束，迟早会到一个尽头的……

他不可能和延寿、延萍他们在一起生活一辈子，尽管他和延寿是结拜朋友，但在他们中间总有一堵无形的墙阻隔着……

可是，没有想到这一天来得如此之快，如此突然，他好像有些措手不及了……

因为在那个分界上，延寿、延萍先后都去了县城读书，那也曾是他向往的地方呀，而他……好在有武先生和他在一起，武先生常常与他谈论一些国家大事，他也非常喜爱听这些抗日救国呀、穷人翻身呀、天下平等呀等道理。

武先生还说："日本帝国主义占领了东三省，我分析他们并不会就此罢休，还会侵略华北、华中……乃至全中国，中日之间迟早会有一场战争。我们作为中华民族的热血男儿，为了我们的民族，为了我们的国家，要有牺牲自己的思想准备……"

水瀛听着武文兴慷慨激昂的言辞，心情也非常振奋。

"所以，我们今天不仅要学习文化，而且也要练武，练一个好身体，练一身好本领。"

"好，我早就想练武呢。以前在冬季我就想去学打拳，可是我爹说武将安邦，文臣治国，闹武没啥出息，不愿让我使枪弄棒。"

"什么叫出息？能为国家出力，能为百姓出力，就叫有出息。听说过岳飞的故事吗？他在国破家亡的时刻，肩负起民族重任，千百年来成为有口皆碑的民族英雄……"

武先生的话真的让水瀛的眼前豁然开朗:"好,我听你的话,从现在开始就一边学习文化,一边练武,先从骑马练起,冬季村里人们打拳,我也参加,什么时候有条件了,再练打枪。"

于是,郭水瀛开始在课余之时,以放马为名,去练习骑马。

东漳镇的村后有一眼水井。水瀛骑着马出去跑一趟,到草坡上一边放牧,一边看书,之后也来这井台上饮马。

村后的坡顶上,有一个小村庄,叫东漳寨,不过东漳镇的人都叫它寨上。寨上只有一二十户人家,不上百口人,这寨子四面是树林和崖头,只有一条弯弯曲曲的小路通下山来,这是寨上与外界联系的唯一通道。寨上的人们祖祖辈辈在这条路上行走。

水瀛自打出来练习骑马之后,当然也就和寨上的人见的面多了一些,渐渐地也都认识了。

就在这里,他发现了一位天天下寨来挑水的少妇。少妇长得楚楚动人,面皮虽说黑些,却黑得俏,个头虽然小些,也小得妙,看起来瘦些,但瘦得结实。她的脸上不知哪里总是有一股特别的爱人劲儿,头上梳着发鬏,显得那样的恰如其分,留在鬓边的一缕黑发,总是在轻风的吹拂下一摇一摆的。但是,在她的脸上也能明显看出,虽然正当姿色丰盈的青春年华,却因饱受了一种折磨,而失去了欢乐,失去了活泼,两只眼睛显得有些呆滞,带着一种凄冷的神情。

水瀛自从见了这个女子,就忘不掉她的形象了,总认为这个女子便是他心中的对象,尽管他一眼就看出她是一位已经有了主户的少妇了。在太行山一带,姑娘和媳妇有个明显的区别,那就是头上的发鬏,当女子还是姑娘的时候,都留着长长的辫子,等到结婚那一天,便将辫子散开重新梳妆,而这次梳妆与以往的梳妆有所不同,不再梳成长长的辫子,而要将头发盘起来,在脑后盘成一个发髻,这叫"上头"。这并不是一次简单的外型变化,而是人生的一个转折,女人一经过"上头",就意味着你这一生再也不是闺女了,它标志着你已经从一个姑娘变成一个媳妇。

可是水瀛还是想和她套近乎,哪怕是说上一句话,心里也感觉舒坦。这不是水瀛轻浮,想去拈花惹草,他的这种想法,是一种发自内心的欲望。

第二章

这就是爱吗？他说不清楚。

其实，爱本来就是说不清楚的。

是呀，他今年都十七了，到了成熟的年龄，他应该懂爱了，他应该有爱了。

可是，他怎么会一下子就爱上一位少妇呢？这个，他真的也说不明白。

少妇，一个有丈夫的女子，一个有主户的媳妇。你爱个什么劲呀……

可是，这个女人，已经走到了他的身边，更走进了他的心间……

他曾想过多少次，要把这个女子忘掉，把她从自己的记忆中剔除出去，抛却这没有意义的思念，他要去广阔的生活中去，寻觅适合自己爱的女子……可是他已经做不到了，这就是一见钟情。

爱呀，真是件不讲理的事情。

然而，她实在是安分守己，来到井上，根本不看水瀛一眼，只顾低着头打水，握绳的手微微有些颤抖，绳在手中显得更加柔软，那双灵巧的小手，在水瀛面前变得那么笨拙，一把一把，随着她双手有规律的循环，小筲儿上来又下去，下去又上来，一下一下把提上来的水倒进大筲里。大筲里的水满了，她又用微颤的手，把提水的麻绳一圈一圈地盘好，然后，操起扁担轻轻地放在肩上，在扁担的一端尖上挑上小筲儿，另一端尖上挂起绳子，躬下身吃力地钩起两大筲水来，转身走了。

无论工夫长短，她总是这样机械地、默默地干活，低着头，从来不敢顾盼一下左右，在她的脸上蒙着一层羞怯，蒙着一层逃逸，甚至有一种恐惧。

这一切水瀛看得十分真切。

他是个十七八岁的人了，见了待见的女子能不动心么？

面对着她，他总是想多看几眼，他是个老实的年轻人，多看几眼心里也觉得高兴。

他想，这是谁家的媳妇？这么美丽，这么飘逸，这么讨人喜欢，这么让人动情？

每次见到她，他都是那样认真地看，而她总是那样低着头，默默地做着这个早已烂熟了的动作。不过，对于水瀛来说，这一个动作就是看上成千上万遍也不觉得厌烦。他几次想上前和她说几句话，可还没有那个勇气。

他渐渐感到在自己的心中，产生了一种不可言状的东西。

夜晚，他入睡的时候，这个少妇的影子不知怎么常常会出现在他的梦中，那一连串提水、担水的动作，和她那吃力的走动，永远地镶嵌在他的脑海之中……

在梦里，他曾经鼓起勇气去说，我来帮你提水吧。

好像她只是对他轻轻一笑，没有作答。够了，就这一笑，他已经觉得十分满足了。他走了过去，只见她抬抬头，用纤细的手指，捋一捋鬓边那一缕长长的黑发，微微一笑，把那条细细的绳子放在了他的手中。

水瀛从她手中接过绳子，就在这一刹那间，水瀛似乎感觉到，她那小手在他的手上轻轻地碰了一下，顿时，他浑身燥热起来。这十几年，他还没有挨过女人的肌肤呢，原来，女人的肌肤是这样的细腻，这样的光洁，这样的美妙，这样的诱人……

他的心醉了……

他不知哪来的那股劲，三下两下便将两筲水打得满满的。

这时，他却又后悔了，我怎么这么笨，为什么要提得这么快呀？你稍稍慢一点，也好多说几句话呀，把她的情况打听打听，可是这一切已经晚了，他不可能把这两筲水倒回水井里再重新来一次。这时，那女子还是没有说话，只是又对着他笑了笑，仍然是那个熟悉的动作，拿起扁担，一头挑上小筲，一头挂起绳子，然后，担起水走了……

他急呀，水瀛你真笨呀，怎么光顾打水，就不能和她说一句话吗？

就在这时，他抬头去看那女子，只看她走着走着，脚下一绊，一个趔趄向前倒去，水瀛着急着喊："嗨，小心——"

他要去扶她，猛地向前使劲一跑，脚下一滑，一跤摔了出去，他浑身一震，醒了，原来是个梦。

水瀛轻轻地嘘了一口气。

他连她叫什么都不知道。他很遗憾。

井台边，他照旧是那样直勾勾地望着对方。

那少妇呢？她见这个青年每次都是那样望着她，她更是那么不自在，动作也仿佛更笨拙了，只是想早点离开这里，离开这个是非之地，离开这束怕人的目光。小脸儿只往胳肢窝里钻，哪里还敢说话。

水瀛这些天可是坠入了冥想之中……

他的思绪陷进了一个爱的漩涡……

他在山上遛马，看书，可怎么也看不进去了，这心里头老是想着那个让他魂牵梦绕的女子……

"嗨——水瀛，马跑远啦……"

在另一道梁上放羊的四娃喊他。

这时他才看见马跑出老远，快到人家的庄稼地里了。

他急忙起身，跌跌撞撞地去撵那匹马。

他跑呀，跑呀，就在他爬上一块地堰的时候，伸手抓住堰上的毛草，本以为轻轻一跳就上去了，没有想到抓住的毛草中刚好有一株野酸枣，他使劲一把抓过去，一根尖硬的刺，扎进了手心……

顿时，他感到刺骨的疼痛。

"嗨，你呀，你这心究竟在想什么？"他自己在谴责自己，"一个女子，把你弄得神魂颠倒。况且人家还是一个有主的女人，瞎想个什么劲呀……"

水瀛用另一只手扶住刺伤的手……

"哎呀，等会儿还得给马打水，这下可好，手也被扎上了刺，怎么去饮马呀？我怎么这么背时，真是晦气。"他心里这么想着，只好使劲地打那匹马，把憋在内心的一股气都出在那匹马身上。

……

水瀛懒洋洋地拉着马，来到了井台上……

这能有什么办法？马还是得饮水呢。他在井台边拴好绳子，用手试了试，看那只受伤的手能不能抓住井绳。可是，轻轻一抓，手心便生疼生疼。原来，那根长刺深深地扎进了手心的肉里。

没有办法，他只好把那井绳子缠在手腕上，向上拉一把，用另一只手扶一把，再缠在手腕上拉一把，再用另一只手扶一把……

就这样艰难地打水，饮马……

就在这时，那个少妇又来挑水了……

他看看她，又想着自己这个狼狈样子，心里嘀咕："你就在那里看我的笑话吧，还不都是因为你呀……"

"你，那是怎么啦？"突然，一个怯生生的声音，终于发话了。

"哦？"

水瀛被这声音惊得一怔，差一点把手中的绳子掉在井里。

他抬起头来，这井台边只有他和她。

哦，水瀛猛然醒悟过来，是在和他说话。

水瀛红着脸，不好意思地说："刚才在山上扎了根刺……"

"来，让俺看看……"

"这……"水瀛反倒不好意思了……

他把水提上来坐在一旁，然后才迟疑地将手伸过去。

那女子用她那只小手，颤动着拉住了水瀛的手，她将水瀛的手直拽到自家的脸前头，仔细地看了看，看不清，又用另一只手在嘴上蘸了一滴口水，然后在扎刺的红肿地方，轻轻地擦了一擦，才看清楚。

"哎哟，这刺扎得深着呢，来，俺给你挑挑吧。"

"这……"水瀛不知该说什么好。

那少妇从发髻上取下一根缝衣针来。两个尖尖的指甲紧紧掐住扎刺的地方，一手拿针在刺旁边轻轻地拨动……

此刻，水瀛被这少妇的援助感动，他的手哪里还能感到刺的疼痛，哪里还能感到对方在为他挑刺的疼痛？

少妇与他近在咫尺，从她那红扑扑的脸上散发出来那股淡淡的清香的脂粉味，飘进了他的鼻孔，飘进了他的心田……

他想起了先生曾给他们讲过一个"塞翁失马"的故事。

今天，水瀛扎了刺，他才体会到成语蕴含的那种哲理，塞翁失马，安知非福？

刚才他还在那里埋怨自己的鲁莽，自己的不小心，自己的心不在焉……

可是现在，他一点也不埋怨自己了，他真感激那个刺呀，一个美丽的刺呀，一个动人心魄的刺呀……

他早想和她说句话，那可是"踏破铁鞋无觅处"呀，今天，因为这一根刺，只是"得来全不费功夫"。早知道这样，这刺该早扎呀……

正是那个刺，才把他与她的距离一下子拉近，给了他与她一次亲密接触的机会，创造了一个永远也忘不掉的瞬间……

"好了，总算挑出来了，这么长一根刺呀，"那少妇用针尖拨拉着刺，在手心里动了几下，才放开了手，"你试一试，还疼吗？"

"嗯，不疼了，不疼了……"水瀛捻着自己的手心，感到无比的舒畅……

"那就好。"

"谢谢你……"水瀛此时感到非常笨拙，他该说什么呢？

那少妇挑着水走了，水瀛还傻愣愣地站在那里……

其实，他倒还想像刚才那样，让自己手心里的刺，深深陷在里边，这样好再让她拉着他的手，用她那根针在刺旁边轻轻地拨动，拨动，拨动着他的手，他的肉，如同拨动他的心弦，拨动他那充满激情的爱……

水瀛这心里头可是真的爱上了这个媳妇。

他一直想打听这个女子的情况，了解了解她的底细。

可是，去哪里才能打听清楚？他想呀，想呀，想到了寨上放羊的四娃，这一天，水瀛有意拉着马也来到四娃放羊的坡上。

这个四娃就是在东漳寨魏财主家放羊，他当然对这个情况都了解。水瀛要向他了解，那真是找对了人。

水瀛自从出来练骑马以后，常常和四娃相遇，两个人早就熟悉了。

他把马放在坡上，自己来到一棵大树下。

"四娃，你过来这树凉凉儿坐一坐呀。"水瀛远远地喊着。

"秋天了，谁还歇凉凉？"四娃远远地应道。

"过来吧，今儿个这老天爷还热着呢，晒得厉害。"

"好吧，过来就过来呗。"四娃答应道。

四娃举起羊铲，朝着一只乱跑的羊摔出一铲土，嘴里胡乱骂了一句，起身扛着羊铲走了过来，他答言道："水瀛，在这坡上闲得无聊，咱们'下三'吧。"

"下就下，我还怕你吗？"水瀛应道。

"下三"是当地民间的一种简易游艺娱乐形式。游艺者用小木棍在地上画里外三层方框，中间又分别用八条直线相互串连起来，这个图形就叫作"三"，双方用两种不同的小东西在上面布'子'，比如石头、树枝、草叶、土疙瘩等都可以。对弈的双方无论哪一方先按横、竖或斜排成三'子'一行，就算赢一步，这样可以拿掉对方一个'子'，因此名曰"下三"。这样，最后谁留的'子'多算谁赢。

两个人在树荫下坐下来，四娃用手拨拉开一块小小的平地，然后画起了

"三",又准备来了一堆小石子,还有老蒿棍,排开架势下了起来。

其实,水瀛哪里有心思"下三"?

他只是想利用这个机会向四娃打听那个少妇的情况,对弈开始,他的精力根本集中不在走"子"上,没有多长时间,他便输了。

四娃非常得意,他拍着手笑道:"水瀛,你真笨呀,对付不了几步就……"

说着他用手把放在"三"上的"子"收拾干净,"来,再来一盘……"

"再来就再来。"水瀛嘴上应付,可心里一直在琢磨,如何开口打听这事呢?她可是个媳妇呀,本来就是想了解一下,人家还以为咱这心术不正。

"这回你先走吧。"四娃见水瀛一直怔着,推他一把,显得十分大度地说。

"好。"水瀛先下一"子"。

四娃紧接着下了一"子"……

一会儿水瀛又输了……

四娃又是一阵嘲笑。

这时,水瀛突然看见对面的坡上,那个少妇又下来担水了,他装作无意闲聊似的问道:"四娃,你们寨上那个天天下寨来担水的媳妇叫啥名字?一个媳妇家怎么天天下来担水呀?她家里就没有男人吗?"

四娃头也没有抬,一边下"子",一边说:"你是说花花吧。"

"哦,她叫花花?"

"东漳寨除了她一个女人担水,还有哪个下寨来担水呢?"

"那为什么,她……"

"嗨。这是命呀。"四娃长叹了一口气,接着拉呱了起来。

这个少妇名叫花花,她的老家原是临近的辽县。她家里很穷,别看她爹虽然是个穷人,可也是个败家子,什么事都干,在和人赌博的时候,又染上了烟瘾,奔金丹、吸洋烟,成天不办正经事,因为吸大烟,把家里那些本来就很清贫的财产卖了个精光。后来烟瘾又上来了,没有了钱,怎么办?他便想到了花花和花花娘。为了自己吸大烟过瘾,先将花花娘卖给别人做老婆,换点钱来买洋烟。没有多久,那几个钱花完了,又要卖花花。就在花花十二岁那年,她爹用十五贯钱就把她卖给了咱这东漳寨魏财主家老大魏树元。

从此,她成了魏家的童养媳。这个魏财主在东漳寨算是头一家,可比起

第二章

镇上的裴家来那可差远了，说起来也只是个小富户而已。那一年魏树元正好有病，她被卖过来以后，魏树元的母亲找个算命先生掐算了一下，先生说树元的命中遇了"官鬼"，需用红事相冲，这病才能好，于是，马上给他们办喜事，想用婚姻的喜事来冲魏树元的灾病。谁知道成亲不仅没有冲掉魏树元的灾病，恰恰相反，就在他们入洞房的当天夜里，魏树元就突然病情加重，折腾了大半夜，居然死了。

才进洞房，又入丧房。

花花的命就这么苦，白天还是贴满红双喜字，张灯结彩的热闹情景，可是刚刚到半夜，这屋里却又换成了一色的白，花花也穿起了"孝"……

丈夫一死，她可就难活了。

魏家又找来一个阴阳先生，那先生装腔作势地推算了一下，玩转一下"猫儿倒上树"，大拇指在另外四个指头上转了几圈，偏偏说花花是个铁扫帚命，而且说她天生的一双克夫眉眼，面相中带着"败"相，都是因为她，才把自己的丈夫败死，这下花花成了祸根，成了魏家的丧门星，更成了魏家的出气筒。

打那以后，花花在魏家受尽了折磨。

她开始给魏家担水。她才十二岁呀，十几口人的大人家，还有牲口，一天不知要用多少担水，从寨上下到东漳镇又是一道大坡，来回足有五里路，花花那一双小脚，不知在这条山道上走过了多少个循环往复。回到家里她还得刷锅洗碗，纺花织布，只要有一点点不如意，婆婆和小叔子魏林元就拳头棍棒打在了身上。

她的婆婆可真是厉害，在村里无论啥事都不吃亏，人们给她婆婆起个外号叫母老虎，办事情总是恶狠狠的，不仅和外人横，就是对花花也总是咬牙切齿，一见花花有什么做得不如她的意，她就随手抓着啥用啥打，梭、笤帚、尺子、勺子、擀面杖，甚至锥子、剪子等往她身上攮，在她的身上什么伤疤都有过，身上的破处就没个数数。

她可是就这样苦苦地熬了五六年呀……

"哦，原来是这样……"

听了四娃这么一拉呱，水瀛这心里很不是滋味，好端端一个媳妇，竟然遭受着婆家这样的虐待，这是什么世道？

这时，四娃看见水瀛怔呆呆的，便来取笑他："怎么，水瀛你是不是看上人家花花了？你要是看上她，那也简单，花几个钱买过来，娶了她就是了。"

水瀛的脸涨得通红："你瞎说。"

"你以为我看不出来呀，你对花花有那个意思……"

"我有啥意思，随便问问罢了……"

"说实话，水瀛，有就有吧，你要是能把她买过来，一来你也有了一个好媳妇，二来也算救花花出了苦海，这有什么不好呢？"

"我……"

"你别解释了，你就救救她吧。我在魏家放羊好几年了，这些情况我啥也知道。她在魏家那个苦呀，村里人谁不知道？她那婆婆，还有她的小叔子狠着呢。你要是能把她娶过来，这也算你是个救苦救难的观世音菩萨了。"

水瀛红着脸，低下了头。

是呀，四娃说得有道理，我要是真能把花花……

第三章

自打那以后，水瀛每天都是恍恍惚惚，像是丢了魂似的。他一直在想，这件事情该如何办呢？心里老是自个儿琢磨着，话也少了许多。

每到夜晚，他总是在那里望着天空的星星发呆，心里乱糟糟的，一直也理不出个头绪来。这该如何办呢？

时令已进入仲秋，夜里已经很凉了。

一片片飘动的云层，在天上漫游着……

水瀛仰头望着天上的云层，他看呀看呀，那云层怎么就这样奇怪呀，好像就是专门在那里戏弄自己似的，飘来飘去，或厚或薄，或明或暗，变化多端，一会儿遮住这颗星，一会儿遮住那颗星……

搞得他这心里头更加乱了。他的心，也像这云层似的，飘飘忽忽，一会儿想出这个办法，一会儿否定了；一会儿又想出那个办法，一会儿自己又否定了……

嗨，难呀！

此刻，夜空里飘过一阵阵悠扬而豪放的歌声，那是在野地里看羊的羊户在唱开花调：

黄凌凌谷穗低了头，
想和你说话妹妹呀难开口。

天上云彩调过来，
三天两头妹妹呀照你来。

黄谷颗颗开花碾成米，
不想旁人妹妹呀光想你。

笤帚开花炕上放，
把心操在妹妹呀你身上。

山药蛋开花下了窖，
想你想的妹妹呀睡不着觉。

……

  这飘忽而来的缠缠绵绵的开花调，更勾起了水瀛心里的思念，他陷进了一个难以自拔的漩涡中……
  他的心事，被武文兴看了出来。这天晚上，水瀛又坐在院子里的石阶上，在那里对着星空发怔。他不知道该如何办才好，爱对他来说是第一次遇到。
  武文兴来到他的身边，和他并肩坐了下来。
  武文兴轻轻地问他："水瀛，天这么冷了，你还一个人坐在院子里干什么？"
  "没有啥，看看天。"
  "不像吧，这几天你是不是有什么心事呀？"
  "没有呀。"水瀛扭头看了看武先生，不好意思地回答。
  "你心里有事，瞒不过我。"
  "我……没有……"
  "水瀛，你看你，有什么你就说，我还可以帮助你呢。"
  "武先生……"
  "水瀛，你就别叫我先生了，我才大你三岁，就叫我文兴好了。我感到这样更亲切，以后咱们就像兄弟一样交处吧。"
  "那……"
  "就叫我文兴，这样才亲切。"
  "好，文兴，我……"

第三章

"是不是爱上什么人了?"

"你怎么知道的?"水瀛感到很惊讶,这个文兴真是目光锐利,什么事情好像都瞒不过他的眼睛。

"我能猜出来。你给我说,有什么困难,我来帮助你。是谁?是延萍吗?她到县城读书了,你想她,对不对?"

"不是,真的不是。"水瀛一下子红了脸。

武文兴看着他那窘迫的样子,又问道:"那是……"

"她是个媳妇。"

"媳妇?"武文兴一听这话先是一怔,接着马上生气地说,"水瀛,你怎么会去爱一个媳妇?你怎么能去爱一个媳妇?这不是胡闹吗?"

他本来觉得水瀛正正派派的,可现在他怎么会去爱一个媳妇呢?那是有主的女人,是有伤风化的事,是有违道德的事,武文兴的脸上布了一层阴云,他怎么也没有想到是这样的。

水瀛见文兴误解了他,马上红着脸口吃地解释着:"文兴,你听我说,不是……她叫花花,虽然是个媳妇,可她的丈夫早已经死了……"

"哦,是个寡妇?"

"对。"于是,水瀛就把花花的苦难身世慢慢地说给了文兴。

接着,又说了他自从看见花花以后的那种感觉,他感到从心底里有一种深深的爱意。

"哦,是这样……如此说来,你应该爱她,应该给她爱。但是,你现在必须分清,在你的心中对这个女人究竟是爱还是怜悯?"

"我是真心爱上了她。可是,我该怎么对她说呀?而且她还有主……"

"你看你,大胆点嘛,现在都民国二十一年了,你怎么还像在清政府统治下生活似的?孙中山先生早就提倡民族、民权、民生,寡妇改嫁,那也是天经地义的事情,她是人,她有嫁人的权利,她有权改变自己的命运,有权追求美好的生活呀……"

"文兴,我怎么说呀,我还不知道她是什么样的想法……"

"水瀛,你要鼓起勇气,去认真对她说,你想知道她心里怎么想,唯一的办法就是你应该先把你的想法说给她,这样才可能得到交流。如果你不去捅破这层窗户纸,也许你和她就会错过的。爱是一种追求,一种奉献,同时也是一种欲望。你只有把你如何爱她表达出来，才能等待她的接受。现在社会正处于历史的变革中，而你要做的这件事情，不仅是你对一个寡妇的爱，对一个寡妇的追求，而且，你也是在进行着一场促进我们这个古老山村向新文明迈进的革命，也是在进行着向数千年封建传统的挑战。如果你所做的事胜利了，这将证明我们偏僻山村向新的文明迈出了一大步。"

　　文兴的话听起来太新鲜了，也太鼓舞人心了。他原来只想到自己去爱一个人，爱一个死了丈夫的寡妇，这仅仅是他个人的一种爱慕和追求，哪里想到这件事还将有如此重大的社会意义？推动山村向封建传统挑战，引导山村走向社会文明，这太让他兴奋了。

　　文兴的话不仅鼓舞了他的追求，更坚定了他的信念，"是呀，我爱她，我就要告诉她，让她知道我爱她。只有这样才有可能得到她的爱。"

　　"水瀛，我这里正好有一本小说，就是写主人公冲破黑暗的牢笼，追求幸福的生活。你拿去看吧。"

　　文兴给他拿出来，原来是一本柔石先生新出版的中篇小说《二月》。

　　水瀛对文兴是十分信任的，听文兴这么说，他马上对这部小说产生了浓厚的兴趣。

　　小说描写的是一位名叫萧涧秋的青年，他应校长陶慕侃之邀，来到江南小镇的芙蓉中学任教。在这里，他遇到了在革命战争中牺牲的老同学志豪的遗孀文嫂。萧涧秋伸出援助之手，将其女儿采莲带到学校上学。此举却引起好奇而古怪的街谈巷议。陶校长的妹妹陶岚是芙蓉镇的美女，说媒提亲的络绎不绝。她干脆贴出征婚榜，以苛刻荒唐的条件取笑求婚者。同校教师、富家之子钱正兴欲揭征婚榜，萧涧秋抢先一步，揭榜、撕榜，劝陶岚自爱。陶岚因此被点燃青春恋情，以火一般的热情向萧涧秋示爱。萧涧秋被陶岚的真情打动，找回了爱的勇气。于是，小镇上流言更盛：萧涧秋左手抱着小寡妇，右手又采芙蓉花。萧涧秋在冷风中徘徊，痛苦难前。文嫂心如刀割，她不愿让恩人背上黑锅，拒萧于门外。无奈小儿病重，文嫂几乎陷入了绝境。儿子一死，文嫂的希望破灭，产生了轻生的念头。面对绝望的文嫂，萧涧秋焦急无奈，他想不出更好的办法，只有娶文嫂为妻，把她从万般痛苦中拯救出来。陶岚闻信，如雷击顶，但最后还是决定支持萧涧秋。两人忍痛牺牲，去救文嫂。哪知文嫂知道后，不愿夺人所爱，不愿被人耻笑，她以自己的死，保全

第三章

恩人的幸福，解脱流言的毁损。文嫂的死使萧涧秋陷入了自责与痛苦之中，他不能在生活的浊浪中随波逐流，结果，他失败了……他不得不离开这个地方，离开这个小镇，去别处寻找春天……

看完这部小说，水瀛被小说中的人物深深地感动。

萧涧秋的失败，更使他鼓起勇气。水瀛心中暗暗下决心，他不仅要把自己对花花的爱说出来，而且还要去追求她对他的爱。他要用自己的爱，来挽救这个深陷封建漩涡中的女人。

水瀛骑着马来到了山坡上。

武文兴给他的提示，使他的心中产生了极大的震动。放马的时刻，他的心里一直想着文兴的话，一直想着萧涧秋的努力和失败，他希望自己的努力会改变萧涧秋所经历的结局。

"是呀，我如果不把自己的想法说给她，她哪里会知道我在爱她呢，哪里会知道我想娶她呢？"他下了决心，一定要把自己的想法告诉她，让她知道自己是爱她的。于是，他便一眼眼地望着对面坡上的那条路，等待着她的出现……

这时，四娃也赶着羊群走了过来，四娃见他那傻呆呆的样子，一定是有什么心事，于是便搭讪着问他："水瀛，你在这里下这功，看甚哩？"

"没看甚呀。"

"没看甚，怎么我走过来，你也不打个招呼？眼长在头顶上了？还是叫九天仙女给勾了魂？"

"哈，兄弟，我早看见你了，就是专门不搭理你……"水瀛撒谎说。

四娃朝着他望的方向看了看，水瀛正在瞭望从寨上下来的那条坡。四娃说："不像吧，倒又是在看俺寨上的花花吧？"

水瀛不好意思地低下了头。

四娃走过来在他的背上拍了一把："水瀛，你也不用不好意思，怕啥哩，该说就得说，你要是想娶她，不给人家说，人家能猜透你的心事？……不要教别人抢走了你又后悔。我可以给你想个办法，你先看人家愿意不愿意，这可是个关键，人家要是不愿意，倒啥也不用说了。如果愿意，你再回去找你爹，找你的东家干爹，让他们出面，花几个钱就买回去，怕他魏家敢说个不字？"

"可是，我怎么和人家说呀？"

"嗯……"四娃挠着头，在那里使劲地想，他也在为水瀛这事出力呀，一会儿，他突然说，"水瀛，有办法了。"

"什么好办法？"

"你就唱吧，唱开花调呀。一会儿她走下坡来了，你就给她唱，把你想的那些心事全唱给她呀，她一定会知道你是唱给她的。过几天呀，我瞅个空，悄悄地帮你问一问她。只要她有个回话，不就……"

就在他们说话的当儿，那匹马跑进了庄稼地里，水瀛忙跑过去把马拉出来。等他回头又去望对面山坡上的那条小路，就见花花下来了，她又下来担水来了……

四娃便说："水瀛，唱呀，你赶快唱呀。"

水瀛开始唱了起来。

开花调是太行山里青年男女传递情感的一种特殊形式。他们要是相互间有了一点儿心事，就在野外我瞧着你，你望着我，你唱一句我唱一句来对歌，愿意就表达愿意，不愿意也可以直说出来，省得在一起时脸上不好看。

水瀛也就按四娃说的这个主意，他要给花花唱开花调，把自己的心事全都唱给她。

于是，一阵阵悠扬的开花山歌，顿时在山间里回荡开来……

　　黄凌凌谷穗低了头，
　　想和你说话妹妹呀难开口。

　　天上云彩调过来，
　　三天两头妹妹呀照你来。

　　山雀儿飞在圪针上，
　　把心操在妹妹呀你身上。

　　玉米开花半中腰，
　　我早把亲蛋妹妹呀看中了。

白天想你不敢说,
黑夜里想你妹妹呀枕头上哭。

想你想你实想你,
三天吃不下二合米。

山丹丹开花背洼洼红,
俺可是只爱妹妹呀你一个人。

葡萄树开花把大树树绕,
唱歌歌传信信妹妹呀你可听见了?

阳坡坡老蒿背坡坡艾,
哪一天才能得到妹妹呀你的爱?

……

　　花花站住了,她抬起头来,久久地望着对面那个唱开花调的青年,她认了出来,那是水瀛,那个她曾经抓过他的手,给他挑过刺的年轻人。
　　他这是唱给谁听的,是给俺唱的吗?好像是,一定是。
　　那句间真情,好温柔,好真切,好动人呀。可是她不能回歌呀,她没有那个权利,她不能在这山坡上给他回几句歌呀……
　　他……真的看上俺了?
　　花花怔住了。她怔了许久,才又慢慢地走了下来……
　　这一切她也隐隐感觉到了。她同水瀛在井台上碰面的时候,她感觉到了对方那火辣辣的目光,那种感觉……
　　其实,花花又何尝不想和水瀛接触呢?
　　水瀛不仅人长得帅气,更主要的是他还有一副好心肠,如果真能有这样一个丈夫,是她一生的幸运,是她前世修的福。
　　可是自己这命运,俺这苦命的人呀……

她清楚地记得，那一年，就在她的丈夫死后不久，一天，她正在炕上纺花，她的小叔子走了进来。

她的小叔子名叫魏林元，眉眼长得十分难看，小眼睛，朝天鼻，脸上有一大片黑痣，黑痣上还长着一撮长长的黑毛，特别是两颗门牙外凸，把那上嘴唇衬得老高，永远也合不上，看上去就像一个凶神。虽然是她的小叔子，可是比花花还大五岁。这天，他走进了花花的房里，见花花正在炕上纺花，就露出了一副邪淫样，凑过去拽她，吓得花花叫了起来，魏林元说："你叫什么？你嫁到魏家来，就是魏家的人了，我哥哥死了，你当然就得归我。今天你是从也得从，不从也得从。老子非要耍了你这小娘儿不可。"

"叔叔，这不行呀……"

魏林元凶狠地说："有他娘的啥不行，你这个假装正经的骚货，难道你不是个女人吗？"

花花满脸泪水，面对这个凶神般的小叔子，她感到害怕，她更感到恶心，"俺求求你，不要糟蹋俺呀……"

魏林元的兽性已经发作起来，哪里还能听她的哀求，见她不从，更是来气，骂道："娘的，你嫁到魏家来，胆敢有违我魏老二。今天不让老子用的话，看我不撕扒了你。"说着就跳上炕去，一把将花花按倒，另一只手便伸出去撕她的衣裳。

花花万没有想到她的小叔子会这样来强暴她、污辱她，她本能地发出一声求救的尖叫："啊——"这一声，就像杀猪声一样惨……

隔壁的婆婆听见惨叫声，以为出了什么事情，便走了过来。她走进屋，才看见原来是她家老二和花花在炕上滚打。

"怎么啦？"他娘见这情况，站在门口高叫着。

魏林元听见话声，一抬头，见他娘走进来了，冲了他的好事，又急又气，也只好放手，起身说："这个不要脸的烂货，不守妇道，败坏门风，见我进来，就要拉我……"

婆婆听儿子这样说，也不问青红皂白，随手抓起一把土布尺子，朝花花的背上劈去，嘴里恶狠狠骂道："我把你个不要脸的东西，我叫你勾引男人，我叫你勾引男人……"

魏林元见他娘动了手，也想乘机出一出花花不听话、不服从的恶气，马上说:"这个东西,就该好好地打!"

　　说着,魏林元也伸手抓住花花的发鬏,大耳刮子朝她的脸上狠狠地打了过去……

　　魏林元母子二人还不善罢甘休,直打得手发了酸才算拉倒。可怜的童养媳,花花不只是身上疼啊……

　　她一个人在炕上躺了一天,自个儿摸一摸浑身上下,哪儿都疼,越想越心酸,不觉得又泪流满面。晌午了,家里人都吃饭,可她起不了床,连饭也没吃上,直到傍晚,她才勉强爬着下了炕。

　　她来到门口,手扶着门框,朝北望着,那是她的家,她家在北方……望着望着,心中涌上了无数思绪,这话向谁说?这话向谁诉?满肚子冤屈,去哪里倾吐?想来想去,她的泪水不住地涌了上来……

　　　　恨俺那老爹爹抽大烟,
　　　　把俺送进了阎王殿。

　　　　娶俺时俺才十二三呀,
　　　　过门就顶头牛来使唤。

　　　　小手手和面小刀刀切,
　　　　小眼眼流泪小手巾巾擦。

　　　　老爷儿下山日头儿落,
　　　　脚踩着门槛儿瞭娘家。

　　　　狠心的老爹只管把钱花,
　　　　哪知道闺女有多难活?

　　　　……

　　她轻轻地吟唱着这伤心的开花调,也算是吐一吐自家的心事……

从此以后，花花的日子可是一天比一天苦了。她每天都要下寨去担水，晚上还得纺花织布，不得一霎霎空闲。干得慢一点，或有一点点不如意，婆婆和小叔子便使劲地打她，那可是受尽了蹂躏呀。

　　现在听到了水瀛的山歌，她知道，那是唱给她听的，可是知道又能怎么样呢？她是个寡妇，她没有给他对歌的权利……

　　他能救俺出苦海吗？她企盼着有这么一天。

　　可是，那只是企盼，她不敢这么想……

第四章

　　这是初秋时节,刚刚送走夏日的酷暑,秋高气爽的天气又返还了人间,没有春的干燥,没有夏的酷热,没有晚秋落叶的伤感,更没有冬的严寒。武文兴在上课之余,来到裴家的花园里散步,他走着,看着,看到满园的花花草草,有的已经结满青涩的果实,而也有晚开的花朵仍在争芳斗艳。想起了在省城的情景,不禁又忆起那如火如荼的生活……什么时候才能接到组织的通知,他真想马上返回太原。

　　越是心里乱,就越有乱事来烦。在墙外玩耍的孩子们又念起了童谣:"阎锡山真可笑,百姓跟上受熬鳔。沁州扎下兵,常把牛车要。没住几个月,又往武乡调。调来武乡县,派米又派面。官兵大挥霍,农民遭了罪。白天当夫役,晚上把马喂。土地全荒芜,百姓苦难言。"

　　孩子们拍着手,一遍遍念着歌谣。武文兴这心里很不是滋味,自打中原大战失利,庞炳勋的队伍退驻武乡,大几千人把个武乡糟害得不成样子,老百姓怎么这样的苦呀。又抢粮食又派钱,抓夫用差就更不用说了,那都是下窑人跌坏腿了——小事一桩。

　　"喂,先生,打听一下。"

　　武文兴回过头来,有位陌生人来到他的身边。他问:"什么事?"

　　"请问你是武文兴先生吗?"

　　望着这位陌生人,武文兴有点奇怪,怎么会有陌生人来找他,会有什么事呢?

　　"在下姓武,不知贵客何来?"

　　"素昧平生,恕我冒昧。"

虽然是一句简单的客套话，但这是组织给他约定的暗号，武文兴一听知道是自己人，马上热情地说："走吧，到屋里歇息一下，喝点水。"

来人说："不了，我还有要紧事，有人托我给你送一封信。"

"哦，莫不是省城来信了？难道真是我有所思，便有所至？"他接过信，心里一边暗暗想，一边和那送信人寒暄了几句，那人便匆匆走了。

武文兴迫不及待地打开了信，原来是县城的魏大明派人给他送来的，要他马上到县城一趟，说有要事商量。他们彼此知道对方是党员，但党内有规定，一般情况都是单线联系，不属于自己联系的范围，是不发生横向关系的。但武乡的党员人数不多，党组织也还没有建立起来，有紧急的情况，也是可以联系的。于是，武文兴急忙向东家告了两天假，说要去县城办件急事，裴东家听说他有急事，还要让他骑马去呢，武文兴虽然感觉骑马可以尽快赶到县城，但是想了一下，又怕引人注意，也就谢别了东家的好意，步行而去。

次日清晨天不明他就上了路。路边的庄稼墨绿茂盛，正在生长的季节，他从田间走过，闻到一阵清香，似乎还能听到庄稼拔节的声响，太行山的初秋是空明澄净的，常常是万里无云。天空的颜色由深至浅，原本看到头顶是一片深蓝，尽头却变成了白色，可无论如何也找不出变化的痕迹。像是一幅水墨画，向墨中一点一点地加水，直至没有墨的痕迹。武文兴却顾不得观赏丰收在望的景色，迈开大步，快速向县城走去。

走着走着太阳出山了。在这样晴朗的天空，总是少不了太阳的，秋天的太阳是最美的，它不似春冬的冷漠、黯淡，又不比夏日的炙热、耀眼，它带给人们的是最舒适的温暖。可是因为他走得急，本来浑身就感觉燥热，太阳一出山，他更觉得浑身不自在了，特别是衬衣已经让汗水浸湿了贴在背上，额头也流下了热汗，他擦擦额头的汗水。这一路上，他心里在想，会有什么重大的事情呢？自打离开省城回到武乡来，他感觉很闭塞，什么也不知道，别说太原的事，就是县城的消息也听得很少。但是，为了严守纪律，他轻易不向人打听，不让人知道他对某种事有敏感的反应，只在他周围的人群里做着进步思想的传播。

天到小晌午时，他在路上遇到两个人，看着有点面熟，这俩人看上去已经精疲力竭，走路也像要摔倒似的，武文兴过去搭讪道："你们是……"

"我们是东漳镇上的呀，你是……裴家的先生吧。"

第四章

"是的,这是在啥地方来,怎么成这个样子了?"

"嗨,不用说了,夜来被三十九师兵痞子抓了差,他们在武乡弄了一大堆东西,让给人家送到沁州,咱说不去吧,人家就是枪托子打,还说要枪毙俺们,没办法只好给人家去送,谁知道狗日的不是东西,我们担着上百斤重的东西送了六七十里,别说给点工钱吧,就是饭也不给吃一口。这不,从夜来清早在家吃了饭,到现在还没吃过东西呢……"那俩人诉说着满肚子的怨气。

武文兴说道:"这三十九师可是把咱武乡人害苦了,不过总算熬到头了,最近听说三十九师要开拔了。"

"就是因为狗日的们准备开拔,这几天都把抢来的东西挪窝呢。"

武文兴摸一摸身上,还有点钱,于是拿出几毛钱来递过去:"快响午了,给你们这几毛钱,你们到前面的村子里买碗面吃吧,还有几十里路呢。"

"感谢先生了。"两个人一阵感激,并说回去后一定给他还钱。

武文兴说:"看你们说的,就几毛钱,算我请你们吃了,咱们都是穷人,还这么讲究干啥。"

武文兴告别了两位又匆匆赶路,直到大中午,才来到县城,几十里的路程,走得他又饥又渴,想找个饭馆吃点饭,可是又想尽快知道究竟是啥重要的事情,于是径直走到了警察局。在省城上学几年,他的风度、他的举止很有派头,来到警察局,人们也不会怀疑他,听说要找魏队长,有人给他指点,送他到魏队长的住处。

魏大明见他到来,知道他还没有吃饭,便说:"事情再急,也得先吃饭,走,我带你去吃饭,吃完饭咱们再谈。"

拗不过魏大明的劝说,只好先去吃饭。可他心里一直在想着,究竟是啥事呀?饭馆里人多眼杂,他不能打听。只好胡乱吃了几口,说:"行了,吃好了,咱们走吧。"

来到街上,魏大明说:"后晌,我陪你到南神山转一转,那里景色很美,局里的事我已经安排好了,今天约你来,就是想陪你去游玩一下开心开心。"

武文兴有点莫名其妙,组织上通知他来,总不会是觉得他山里待久了让出来散散心吧,但看看魏大明的脸色,他也不便多问,只好耐着性子听他的安排。

一会儿魏大明又叫来了武云璧与他们一同游玩。这个武云璧他也认识,与他都在太原上学，只是比他高两届，他家的条件很不错，在县城里很有名。

三人一起来到了南神山。南神山，距城东南仅几里路。相传早在晋朝，西域名僧佛图澄从天竺国来到东土，见这里灵气十足，在此建了道场，居茅棚，面石壁，良行善举，普度众生。后来佛图澄做了石勒的谋士，辅助武乡出生的羯族领袖石勒建立了后赵王朝。这里浓荫遮天，鸟语花香，凭山势之险，揽漳水之秀，风光独特，山上有南屏堆锦、北阁观澜、双松拂云、两池映月等二十四景。不过他们来这里并不是真的要浏览胜景，而只是以浏览美景为名，找这僻静之处商谈大事。

这时，魏大明说："现在咱武乡的党员只有几人，而且有的在太原坚持斗争，有的去了北平，还有李文楷、赵清风去太原寻找党组织。现在只有我们三人了，昨天我打听到一件事，由于事关重大，急需找你们来商量对策。"

武文兴和武云璧都着急地问："究竟是什么事呀？"

魏大明这才从头至尾认真地谈了起来。

蒋、冯、阎中原大战，阎锡山和冯玉祥战败，山西的形势一落千丈，为了保全山西，阎锡山只好通电下野，但蒋介石还是不依，一面指使何应钦、孔祥熙连续给阎老西发电报，说"百川公不出洋，无以谈善后"，另一方面派飞机轰炸太原，以施加军事压力，想乘机霸占山西。山西经济出现危机，大量的军费支出，使山西出现了寅吃卯粮的困境，而晋钞大量贬值，致使人心慌乱，再加上西北军倒戈，晋军被东北军收编，山西民众苦不堪言，反阎之声迭起。阎锡山不得不离开山西，谎称绕道苏联转赴日本，而实际上潜逃到大连隐居。晋军被张学良缩编，山西一下子进驻了许多客军。这客军进驻山西后，对地方进行盘剥，百姓不堪重负。阎锡山当然对此并不甘心，他得知山西近况，从大连悄然返回山西老家五台县河边村，暗中操纵他的山西帮。晋绥军政一直处于瘫痪状态，他又派出各方面人才四下活动，到处宣扬山西非阎不可收拾，这样，蒋介石才又不得不重新启用阎锡山，让他出任太原绥靖公署主任。阎锡山从河边返回太原以后，便向蒋提出一个重要条件，那就是要驻扎在山西的客军全部撤走，他要重新整编晋军。

当时，驻在武乡一带的军队，是原西北军部属庞炳勋的三十九师。本来中原大战冯、阎失败后，冯玉祥的西北军纷纷倒戈投向蒋介石。庞炳勋倒戈未成，只好率部北渡黄河，经新乡进入山西，最后到达沁州。庞炳勋的部队

第四章

衣食无着，陷入困境，只得靠晋军将领徐永昌接济勉强维持。后来蒋军副总司令张学良派富占魁到山西沁州点编开拔，根据南京的意见，庞炳勋与阎锡山协议，庞要求山西财政付给他二十万元开拔费，随后，他们的部队会立马启程，开赴河北河间县驻防。由于阎锡山离开山西这么长时间，山西经济混乱不堪，晋钞大幅度贬值，近乎一张废纸，客军当然是不会要晋钞的，都提出要光洋。为尽快让客军调离山西，阎下令由各地自筹开拔费用。

按照上级指令，武乡县要支付开拔费二十万元，于是，县长张祚民便派下赋税来。谁知这个县长趁火打劫，他向百姓摊派赋税四十万元，一下子翻了一番。今天，魏大明就是请武文兴和武云璧来一起商量对策，看如何解决张祚民盘剥的问题。

武云璧分析道："按说，我们尽快上缴了赋税，让庞炳勋的部队早一天离开武乡，这对武乡百姓来说并非坏事，这么长时间，庞的部队没有少盘剥武乡百姓呀。"

魏大明说："是呀，尽快请庞的部队离开这是好事，可是这贪官县长利用这一机会，一下子就要贪图这么多的钱财，武乡百姓哪里能负担得起？"

"不行，我们得想办法，坚决反对贪官县长搜刮民财，"武文兴坚定地说，"绝不能让他得逞。"

魏大明说："是呀，我也这么想，可是如何才能既送走庞的部队，又阻止贪官搜刮民财？李文楷去省城找组织去了，赵清风也不在家，我又想不出个好办法来，不得已才请二位来商量。"

武云璧说："我们发动学生起来游行，把张祚民搜刮民财的行径宣传出来，让广大百姓都知道，顶住这次赋税。"

武文兴摇摇头道："简单地顶赋税，不是万全之策，阎锡山与驻军已经定了合约，不给他们支付开拔费，他们肯定不会离开，我们把赋税抗了，这给了庞炳勋留驻武乡的借口，虽然我们的斗争表面上胜利了，但是盘剥不减，事实上加重了百姓的负担，这等于给武乡百姓多加了一重天，我们既要顶住张祚民的搜刮，又要让庞的部队尽快离开，这才是最好的结果。"

魏大明赞同地说道："是呀，文兴说得对，可是，怎么才能达到这样的结果呢？"

武云璧也说："文兴说得有理，可是我们该怎么做呢？"

武文兴解释道:"我想,一要公布张祚民的丑恶事实,发动广大百姓都来反对他;二要让大家知道这次上缴赋税的意义,送走庞的部队对百姓的好处。"

"你有什么具体办法就说出来吧,我们听你的。"

武文兴说:"我们应该采取几个手段,多管齐下。"

"哦,你说吧,怎么个多管齐下?"魏大明已经迫不及待,他不想听理论和分析,就想知道怎么做,以尽快去搞他个轰轰烈烈。

武文兴不慌不忙地说道:"要解决好这件事,既维护了百姓的利益,又抵制了贪官,这是很不容易的,只靠咱仨人是不行的,还必须发动社会各界的力量。"

"你说发动谁,咱就发动谁。"魏大明的态度是非常积极的。

"云璧,我看你今晚就动手,写一篇文章,要把张祚民这次借收开拔费鱼肉百姓的丑恶事实写清楚,当然对他以往的种种行为都可以揭露,最好给他总结十大罪状,一定要写得有理有据。把你在《民报》发表文章的那个水平拿出来。"

武云璧说:"这没有问题,他的那些罪状我已经搜集了不少。"

"光写出来不行,还得油印千把份,然后派人贴遍武乡的各个地方,特别是县城,最好县政府的院子里也贴他十来张。"

"这个好说,我手下有几个绝对可靠的弟兄,让他们在城里贴,给张祚民的办公室也贴进去。"魏大明说。

"只是这印刷费用……"

武云璧说:"这不用担心,我还能出得起,好歹我家还有几百亩地呢,不愁这点小事的。"

"那就好。老魏你不是在裴家住了多年吗?裴延寿现在在县城读书,他的思想比较激进,他在家的时候我常常和他交谈,而且我还听说,他在学生中的威信很高,你去和他联系一下,让他组织学生上街游行。学生上街,这狗县长肯定不甘心,会让警察局出来阻挡。你要在警察中间活动,让他们只出来做做样子,千万不能伤害学生。同时,你手下的门徒不是有好几百人吗?你想办法把他们聚集起来,这些人大多武功高强,一方面可以保护游行队伍,另一方面可以壮大游行人群。"

第四章

"好，按你这安排，我们就赶快行动。"魏大明已经心急如火了。

"你别着急呀，"武文兴看着魏大明迫不及待的样子，"光靠这些活动还不行，我想还得利用一帮实力派出面。裴宝珊是乡绅中最有资本的人，威望最高，这次赋税一定给他分配的不少，要发动大家起来抗税，由他来带头，一定能成功，我明天就赶回东漳镇，做他的工作，只要他站出来，让他号召所有士绅，我们一定能取得胜利。"

"文兴兄的安排果然周密，现在时候也不早了，咱们回城里吧，今天晚上你就住我家里，咱们一起起草文章，争取明天清早县城大街小巷贴满传单，让狗县长张祚民不能安宁。"

这天晚上，武云璧与武文兴几乎一宿未眠，他们奋笔疾书，把县长张祚民的所有罪状都揭露出来，什么包揽讼词、开设官店、私开税种以及借娶老婆而大肆收礼等，特别是把这次借征收开拨费而一下子加收了二十万元，给武乡老百姓增加了沉重负担的丑行揭露了个一清二楚。

果然第二天一大早，武乡城的大街小巷贴满了传单，整个县城立刻轰动起来了……

武文兴也匆忙返回东漳镇，以销假为名，来见东家裴宝珊。

东家见他进来，说："你怎么这么着急就回来了？"

武文兴说："我担心孩子们没有人管，影响他们的学习，办完事就赶快回来了。"

东家让文兴坐下，并叫丫鬟过来给他倒了一杯茶水。武文兴乘喝茶的机会便和东家聊了起来，"裴东家，我在县城听说县政府在征收什么开拨费？"

"是呀。"这个情况裴宝珊当然非常清楚，裴宝珊是武乡头号大户，当然也是最大的税户，县里一下子给他派了三万元，而且还很急，说是必须马上缴，谁要抗拒不缴，影响了庞师的开拨，就是杀头之罪。他正发愁这事呢，在几天内急筹这么多现大洋，哪里能拿出来呢？于是，只得找到县征稽科的王科长，又是送礼，又是请客，才算答应给他减免两千元。所以武文兴一提起这事，东家的脸一下子拉了老长。

"不过，我想这开拨费还是缴了的好，不然三十九师赖着不走，他们军纪混乱，胡作非为，勒索民财，武乡百姓已经不堪重负了，真是怨声载道。现在好不容易经阎主任与南京方面商谈好，把驻在山西的军队送走，这难道不

037

是件好事吗？"

"好事是好事，可这笔款数额太大了。"

武文兴见挑明问题的时机已到，马上说："东家，我还听说其实这个数额是张县长故意加大的。省里与三十九师谈判的开拔费是四十万，沁州、武乡各二十万，可是张县长硬是说四十万都由武乡出，这个张县长也太手狠了，一次居然就想贪污二十万。"

"会有这事？"裴宝珊有点惊愕。

"是呀，本来我也不知道，你想，张县长要这样贪污，他会让人知道吗？可是要想人不知除非己莫为，张县长本来想利用这个机会捞一大笔，却有人知道了这丑事，夜黑来有人印成传单，城里的大街小巷贴得到处都是。"

裴宝珊一听气不打一处来，把手里的水烟袋"咚"地放在桌子上，"真是岂有此理！"

"是呀，关于三十九师开拔费的征稽，我认为是应该的。现在，这支部队在咱县那就是百姓多一重天呀，让他们调走，这是好事。可这张县长乘机钻空，浑水摸鱼，我们不能让他得逞。东家，你是武乡第一大乡绅，你在万民之中说句话地动山摇，我想现在只有你出面，揭开这个底子，给公众一个实信，让所有被征户全按半数缴纳，这不就好了吗？"

"好主意，文兴，你这个消息可靠吧？"

"绝对可靠。"

"好，你这主意好，我马上召集商会全员议事。"

"东家，我认为由你出面，这事一定能顺利解决，首先斗争县长，反对他鱼肉乡民的行径，但是也不能因为斗争而影响了三十九师开拔，我想你出面组织乡绅进行募捐，大家按自己的能力来认捐一部分，余下部分全县按人头收取，我看是完全可以尽快筹集起来的。"

县长张祚民是怎么也没有想到这事会被人捅出去的。以往他用这手段不知搞了多少次，政府的征稽科里全是他的亲信，而且每次收回来的钱财，他总要给他们分一点，他们一定不会泄露秘密。这回的情况，可能是在太原入了共产党的那些学生娃娃在太原听到情况，回来活动的，看来不给他们点厉害是不行了。于是，他马上叫警察局全体出动，搜查共产党。

武乡城的气氛立刻紧张起来。可是警察们出去什么也没有搜查到，县立师范的学生又出来游行了,他们打着标语,喊着口号,来到了县政府的门前,到了小晌午时分,游行的人越来越多,把个县政府围得水泄不通,原来魏大明通知他闹拳房培养的门徒都涌到了县城。

大家高喊着要县长出来给百姓解释清楚。

本来,前晌看一群学生娃在瞎吼叫,张县长还准备着出来讲几句,让他们赶快回校上课,也叫警察局派人来吓唬吓唬,抓几个带头的学生,这叫杀鸡给猴看。他在那里绞尽脑汁,想怎么能把这事顶过去,这可是二十万呀,这笔油水要是捞到手,他的腰包一下子能鼓多少?谁知道到了小晌午,这闹事的人越来越多,而且大多是村里的青壮年,这下他的底气有些不足了。这可怎么办?看来事情越闹越大,只好让警察保护着征稽科的人出来说谎。

游行的人们高喊着:"征稽科,滚回去!狗县长,快出来!"

张祚民见这事情真的没有办法收场了,他好恨。原来他干什么都可以胡作非为,谁知道这一段从太原跑回来几个后生,他也隐约听说是共产党,在省城遭到通缉逃了回来,阎锡山还下令让他继续缉拿呢,他想几个乳臭未干的毛后生能起了什么大事,原本没当回事,哪里想到竟然搅得他乱了阵脚,不仅把二十万给搅黄了,就怕这县长也没法子做了……

庞炳勋部的贺旅长知道了张祚民利用给他们收钱而从中渔利,也带了十多个卫兵冲进政府,找张祚民算账,贺旅长拍着桌子骂道:"他娘的,你这狗官,胆敢在老子身上擦油,这开拔费三天缴来咱们了事,不然老子非在这政府门前毙了你个狗东西不行。"

张祚民看群情激愤,特别是贺旅长把二八盒子都拖了出来,弄不好真的二拇指头一勾,崩了他可就没命了。他真的没有办法收拾场面了,现在外面人山人海,想逃也逃不走,正好东乡出了一件命案,他借口要去验尸,告诉大家说:"现在是人命关天,我先去处理一下案子,回来就给大家答复。"

总算离开了衙门,他哪里还有心思去验尸,赶快绕道襄垣坐上汽车偷跑了。

裴宝珊依照武文兴的意图,来到县城。在他的号召下,召集全县乡绅议事,裴宝珊把县长张祚民鱼肉乡民的情况,以及庞炳勋军队在武乡的恶行,都讲清楚,让大家以百姓为重,慷慨解囊,捐献钱粮,以保证庞军顺利离武。

这时,大财主赵恒昌说话了:"真没想到这张县长会乘机嫁祸于人,胆敢这样鱼肉百姓。咱武乡百姓团结起来赶跑狗日的是大快人心。裴东家讲得非常有道理，既然裴东家号召我们来捐款，以保证三十九师顺利离开武乡，我赵某人是积极响应，我来带头捐献一百元。"

听说赵恒昌捐一百元，不知谁在下面说："谁不知道你赵东家在武乡是数一数二的大户，光在城里开的官店就有十几个商号，你要捐一百，那我们就只能捐三两串铜钱了……"

裴宝珊也很生气："赵东家，你响应我裴宝珊的呼吁，能主动认捐，这我非常感激，但凭你的实力，如果捐一百元，照这样的数额，我想三十九师恐怕到明年的现在也离不开武乡……"

赵恒昌其实对裴宝珊出面来反对县长张祚民，并带头搞什么募捐从内心非常反对，因为张祚民给全县摊派，这杂税都是通过官店代征，而总共开的十四家官店，赵恒昌就主持着九家，虽然县长给赵恒昌下的任务也是三万元，但通过他的官店来征收，不仅他这三万元都由老百姓负担了，他还能利用这个机会赚几万元。谁知道这下让人们闹了一场，县长张祚民也跑了，裴宝珊又出面募捐，他不捐一点吧又感觉说不过去，于是便主动认捐了，谁知道别人还是不买他的账，他只好苦笑了一下说："裴东家，我赵某是心有余而力不足呀，我这家产看起来是大一点，可是这几年乱纷纷的，生意不好做，再说你知道这蛇大窟窿粗，每天的开销太大，我真的是没有多少钱呀……"

"赵东家，你也太哭穷了吧。"

"是呀，赵东家要是不认捐一个大头，我们可不能答应呀……"大家七嘴八舌地说开了。

赵恒昌眼看着矛头都要指向他了，于是赶紧把话口引开，以避锋芒，"裴东家，既然你号召捐献，我看这个头应该你来带呀。"

裴宝珊说："我裴某人既然说了，我会带头认捐，为了让三十九师尽快离开武乡，我捐献一万大洋。"

裴先生的慷慨让众位乡绅赞叹不已，场子里立刻轰动起来，有人高声地说："看人家裴东家，多么慷慨大方，一下子捐一万，可你赵东家实力比裴东家还强，你却捐一百，这是不是个笑话呀？"

魏大明是裴宝珊请来维持秩序的，见此情景，站起来调侃地说："大概赵东家是赞成让三十九师在武乡住下去，如果是这样的话，也好说，三十九师的代表就在这里,一会儿我和他协商一下,干脆把师部扎在赵家府上,让赵家管起来就最好了……"

"对,魏队长说得对。"

赵恒昌一看惹出了大乱子,真要把师部扎在他家,他能养得起吗?他只好哭丧着脸加捐,五千,人们不行,七千,人们还不行,八千,人们还不行,最后咬着牙也说出了一万,才算了事。

接着大小财主纷纷报数,大小商号也都表示愿意义捐,一天之内,捐款就达到二十万元。

这次斗争胜利了。

但是,轰轰烈烈的斗争形势引起了省里的重视,特别是张祚民逃回省城后,到他的靠山面前告状。原来他的靠山是国民党省党部书记长武誓彭,武亦向山西反动当局写了密报,把武乡县划为山西省"四大赤县"之一。

第五章

这次抗税斗争胜利以后,裴宝珊对武文兴大加赞许,他跷着大拇指说:"武先生,你真是有思想,有头脑,年轻有为,老生佩服。"

武文兴谦虚地说:"裴东家过奖了,文兴不过一点激情而已,其实我倒是非常赞赏裴东家的品德和威望,您一呼百应,才使得咱既达到送走客军的目的,又阻止了张祚民的盘剥行为。当然,贴遍全县的那许多传单,确实也起到了很大的作用,它让广大百姓都知道了张祚民的种种罪状,激起了民愤。"

"哈哈哈,你知道以前打仗擂战鼓吗?就是激起士兵的战斗勇气,这宣传、标语、口号也是这个道理。"

"是呀,本来我们几个青年早有打算,想办个杂志,名字都想好了叫《奋起》,经常不断地写点文章登出来,揭露那些贪官污吏的行为,号召百姓站起来反对官僚的压榨……"

"这是好事呀,这样百姓肯定会少一点盘剥。"

"可是……"

"有什么困难?"

"可是这经费……"

"这能用了几个钱?这样吧,我给你一百元,你们去办吧,以后不够的话还可以找我。"裴东家热心地说。

武文兴没有想到裴东家如此慷慨捐助他们的事业,他不知该说什么好,这时裴宝珊说:"武先生,其实你这回才是帮了我的大忙,如果没有你的主意,可能我就得出三万元,在你的帮助下,我自愿认捐一万元,对我来说节省下两万呢。所以说,我给你们资助,我感觉值。"

第五章

武文兴把这个消息告诉了魏大明,由武云璧等几个人很快组织起了编辑部,开始编印《奋起》。

俗话说,立冬不使牛。天到立冬,太行山的天气越来越冷了,地也上冻了,牛也不耕地了,也就要回到圈里。大头儿已经安排长工往回担水,牛马不到井台上去饮水了,因为直接从井上打起来的水已经太凉,直接让牲口喝不好。

所以,水瀛出去骑马时,喂马的就吩咐不让他到井上饮马。眼看着来井台上的机会不多了,水瀛心里一直想,这回一定要下决心,找个空空与她拉呱上几句,无论她愿意不愿意,咱这心里总能落个实,不然可就再没机会了。

太行山的冬天特别冷,西北风呼呼地刮,凛冽的寒风使人有一种刺骨的冷,来到井台上打水时,手一握住沾着水的筲梁,似乎便会冻在筲梁上,一撒手还会听见"嘶"的一声。

花花又下井台上担水来了。

她还是那样低着头,细小的手指颤巍巍的,寒风中她更显得那样的胆怯。

她握着绳子,两手冻得发紫,不听使唤,顽强中表现出些许的任性。

他想去帮她打一下水,可是他又不敢,只是自己谴责自己,水瀛呀水瀛,你算什么男子汉?这么长时间来,连句话也不敢说,更不用说……

在家里想得好好的,办这事情好像是个笊篱,上面尽是眼眼,可是来到她的身边,你就成勺子了,一个眼儿也没有。

花花已经把筲和绳子又挑在了扁担尖上。

水瀛这一下可急了,他本来早想和她说几句话,哪怕是一句也成,可是从夏到秋,现在已经进入了寒冷的冬季,他这几句话还一直没有说出来。他感到十分的窘迫。

就在他踌躇之际,花花仓促却又深情地看了他一眼,便低着头,挑起水走了,只见她一步一颤地向上山的小路走去。水瀛实在忍不住了,他想喊,可是没有那个勇气,不喊吧,失去这个机会,恐怕再也没有了,那将是永远的遗憾,因为父亲已经告给他,天冷了不让他出来骑马了。

水瀛两眼直勾勾地望着花花,不知该说什么好。

我怎么就这样的无能呢?难道……难道你就不能去把自己的心事说给她吗?你呀,你呀,你这个水瀛,简直是一个懦夫……

你为什么不问问她，那天唱的那山歌她听到没有？有什么想法没有……

可是，她已经走远……眼瞅着这最后的机会也就这样过去了……他只有直愣愣地望着她那远去的背影，心里在恨自己：怎么这样的没有一点儿男子汉的气魄。不行，如果今天不说给她，还要等到何时？过了这个村可就没有这个店了，难道还要等到明年吗？

水瀛狠了狠心，今天非要跟过去给她说不可。他刚要走过去，只见花花身子一倾，倒了下去……

夜黑来天下了一层薄薄的"地油"，地上结下了一层薄冰。花花一双小脚，平时走路都很艰难，踩在薄冰上，双脚更是不听使唤。她滑倒了，一筲水浇在身上，流得她浑身湿了个透。

此刻，水瀛再也不能顾及什么礼俗了，他马上跑过去，一把将花花扶了起来，说："花花，我对不起你，都是因为我，害得你弄成这个样子，你，你快回去吧，换件衣服，不然会生病的。"

此时花花满脸不知是井水还是泪水，一肚子委屈不知该如何倾诉，她浑身颤抖着说："不，我……还得挑水。"

花花噙着两眼的泪水，又颤抖地捡起了扁担和筲，向井台走去。

水瀛不再说什么了，他一把抢过去扁担和筲，自顾自地跑到井台上去打水。

花花也不再说什么……

他不知哪来的那么大劲，来到井边，几下子将水筲打满。

然后，又毫不犹豫地挑起了水，他要给她送上坡去。

花花想推托，可是她已经冷得浑身发颤，根本没有力量了，哪里还能再把水挑回去呢？

她只好默许了。

"花花你太任性了，这么冷的天，你就不怕病了吗？"

一边走，水瀛一边关心地问。

"我不挑回去不行呀。"

水瀛知道触到了她的伤痛之处，也就不好再追问下去。

"嗨……"水瀛长长地出了一口气。

他又不知该说什么，他想要说的那些话，到了嘴边又全然忘掉了。

花花的衣服已经冻成一块冰，走起路来"刺啦、刺啦"地响。

水瀛有些心疼，他关切地问："花花，你冷吗？"

"冷，不过，俺能坚持回去。"

水瀛低着头挑着将水送到了坡顶。

花花说："谢谢你了，这是平路，我可以担了。"

"还是我来吧。"

水瀛还要给她送一程，可是花花说："不行，叫家里人看见，俺就连今夜也活不过了。"

水瀛一听这些话，心里像割了一刀似的难过。

他知道她的家是一个暴虐的家，为了不给她增加痛苦，只得把筲放下，然后把扁担让给了她。

眼看花花挑起了水，又要走了，这时水瀛才愣过神来，一线的机会了，难道还要错过吗？不，他横下一条心说："花花……"

"嗯？……"花花扭回了头。

"四娃没有给你说过吗？"

"什么？"

"我托他说的事情呀。"

"说了……"花花低下了头。

"那你怎就不给我个回话？"

"我怕……我怕事情办不成，叫家里人知道了，那可就……"

花花又哭了，她哭得那样的痛苦，那样的伤心。

"好，你别哭了，你放心吧，只要你答应，我会想办法的。"

水瀛望着花花久久不想离去……

不管怎么说，今天，水瀛的内心里感到十分的舒坦。

多少天来他一直想办的事情，今天终于做出来了。

他庆幸自己为花花做了一件好事，多亏了天下"地油"，当然他并不希望这无情的老天给她带来的如此的窘迫和痛苦。

回到家他笑逐颜开，就连他父亲也没见他这么高兴过。

这天夜里，他又一次失眠了。

不过这是兴奋的失眠，是激动的失眠。

爱，是一个相当复杂的事情，在一个人的心目中，往往确立了这个"爱"以后，那是不会轻易消除掉的。不论你如何去打消它，它都是会牢固地留在心底。水瀛自打对花花产生了爱慕之情，他的心中就永远也忘不掉花花了。

现在他的心里想什么？他也不知道，他也说不清楚。也许想得很多很多，也许什么也没有想，是呀，那一种兴奋，那一种激动，他的爱，早已转换成一种心灵深处的爆发，他终于得到了那一句盼望已久的回话。此刻，所有的言语都转化成了这一夜的辗转反侧。

这些天黑夜水瀛一直都是去拳房学拳的，这也是武文兴的安排。武乡武乡，尚武之乡，武乡农村每到冬天都有学拳的习惯，这已经是千余年的历史了。在清末民初闹武术有两大名人，一是马八解，一是霍焕。马八解学的是响马套路，以绳鞭最为见长，传说曾有一位山东响马落难被他救了，马八解伺候这个落难响马三年，这人每天都口授武艺让他练习，这落难响马临终时，将自己的三元真气传给他，他也就成了响当当的武林高手。而霍焕的武艺则是家传，主打长拳、曦阳掌，他还有一大绝技是推拿，跌打损伤，手到病除。这二位武师下河北走山东，可是江湖中人，武艺超群。马八解死得早，其武艺失传，而这霍焕手下带了两位徒弟，一是魏大明，二是霍梦龄。魏大明与霍梦龄师兄弟多年在东乡坐拳房，培养下无数门徒。自打魏大明进了警察局后，他也就没有工夫来坐拳房了，现在东乡各拳房的大师傅就是霍梦龄。

其实，魏大明接触进步思想以后，他就开始在拳房里教武术的同时，把共产主义的思想也灌输给徒弟们，学拳的人大多是穷苦人，所以什么抗捐、抗债、抗粮的活动也就慢慢发动起来。魏大明曾多次和师兄霍梦龄叨唠，也想让他加入党组织，但霍梦龄从小入了黄善堂道，不愿再走其他门派，但是他非常有正义感，魏大明的作为，他也非常支持。因为黄善堂道也是讲究只做好事，不做坏事，魏大明所传授的思想都是为老百姓着想的，他当然是支持的，这样虽然霍梦龄不是共产党员，但也一直在做着共产主义思想的宣传。

武文兴发现水瀛对进步思想很感兴趣，常常给他推荐一些进步书籍，也常常给他讲外面的斗争形势，冬天东漳镇上拳房开练后，也让他到拳房里学拳。

打拳本来是件很累的事，每天黑夜都要学到深夜，回来倒在床上很快就入睡了，可是今天水瀛翻来覆去烙烙饼，怎么也睡不着，文兴就知道他一定有心事，便伸手推一推他："哎，水瀛，你怎么不睡呢？"

"我睡不着。"

"有什么事呀？"

"文兴，今天、今天我终于问她了。"

"哦，你问花花了？"

"对，我问过她了……"

文兴一下子翻身坐了起来："她怎么说？"

"她喜欢我，她愿意跟我……"

"哎呀，这是好事，"文兴也高兴地在水瀛的背上拍了一把，"水瀛，在爱的道路上，你总算是迈开了步子。快，你快给我说一说。"

接着，水瀛把今天的事情，一五一十地说给了他……

武文兴听了水瀛的叙述以后，高兴地说："好，这下好了，只是花花为这一句话付出的代价可太大了，天这么冷，搞不好，她回去要生病的。我看你要趁热打铁，赶快把事情办妥，免得时间长了节外生枝。"

果然不出所料，这件事情没有几天就出了变故。

水瀛可怜花花，这两天上了冻，山路滑，水瀛便到这里来，给她往寨上去送水，没几天，俩人也十分要好了。

本来水瀛从头就看上了花花，花花呢？一来她是个寡妇，身边没有个男人，生活孤单，她早想有个男人来做她的"挡风墙"；二来这半年多时间里，她也早看出水瀛是个老实人，这样两人就相好上了。

谁知道他们的事情叫花花的小叔子魏林元知道了。

这天，花花挑水进门刚放下筲，还没来得及放扁担，倒叫魏林元一把抢了过去，他二话不说劈头就打了去，将她头上打了寸把长的一道大口子，鲜血直冒，把个发髻都染红了，家里其他人找来龙骨刮了帮她止血。可是魏林元并没有可怜她，直到打得发困才算拉倒。嘴里还不住地骂："日你娘呀，好你个不守妇道的野东西，在老子面前装正经，不来侍候老子，原来你却还敢去外面勾搭野男人，丢人败兴，伤风败俗，不活脸的东西，不正经的浪货，养你在家是干什么的？还不如打死了喂狗呢。"

那家伙也真狠，打了一顿还不消气，拿了一条绳子就要往死捋花花，要不是邻家拉开，真的要弄出人命。

这一夜，花花不知是如何熬过来的，身上的伤痛就像剜心似的，她紧紧咬着牙关，不敢呻吟。其实在她的心里，心上的伤远远比身上的伤更痛……

在她还不知道丈夫是如何体贴女人的时候，丈夫就离开了人世。而从这一天起，狠心的婆婆就告给她，这辈子必须为她的男人保贞节，以守妇道，这就是给她拴了条锁链。她那个乱伦的小叔子魏林元却要来强暴她，她以死相拼，才保住了自家的贞操。可是，就在她遇上水瀛以后，不知怎么，心中总是有些乱，这个青春年少的男子勾起了她心中的爱火。尽管那么长时间来，她连一句话都没敢和他说，可她心里清楚，在这个后生面前，自家确实有些忍受不住了。特别是当他从冰地里将她扶起时，当他担着水帮她送回寨上时，她简直不能自制，她多么想一头扑在他的怀里，去享受一下丈夫的温暖，去体验一下异性的深情。可是理智阻止了她，她还得那样面无表情地走开。为了水瀛，她受尽了折磨，他知道这都是因为他的吗？再说这又能怨水瀛吗？不，这一切，她都能咽下，只是她与水瀛相好的事让家人知道了，以后可就……

第二天，她还得去担水，这天她再也不敢让水瀛送了，只是在井台上将昨天的情况给他哭诉了一顿，并把自己久积心头的话终于告诉了他。

水瀛听了以后说："花花，你不要急，我这就回家，求俺爹把你买回去，咱们成亲吧。"

于是，水瀛急忙回家找他爹商量。

他满以为这件事比较简单，他爹会痛快地答应下来。谁知道就在这几天，早已有人传话给他爹，说水瀛在外边不办正事，却和寨上一个小寡妇私通，人家这个小寡妇的小叔子还要来找他算账。

你看这事火人不火人？你水瀛还是个"人芽芽"，就这样不学好，要去搞什么寡妇？你想找个媳妇，这倒也是正常的事，咱三媒六证为你找就是，何必去偷鸡摸狗，走那个邪门歪道呀？

水瀛一进门，和他爹搭话说："爹，我回来了。"

"你还回来干什么？你就在外面疯吧，就在外面丢人现眼吧，还回来干什么？屁大的人，倒去搞什么大买卖了？"

"爹，你看你，我疯啥了？我搞啥大买卖了？"水瀛见他爹这样说，倒弄得有些摸不着头脑。

第五章

"你办的事情,你还不知道?"

"爹,你听到什么话了?"

"什么话?你还不知道你干甚了吗?好事不出门,坏事传煞人。你说你办下什么好事了,还能没有人知道……"

本来,水瀛回来想和他爹说一说这个事情,反而让他爹怼了一顿。这可怎么办?事已至此,他还得说呀,如果不说不是更弄不清?

水瀛见父亲不吭气,又过去慢慢地给他爹解释:"爹,你不要急,其实我也没有办啥见不得人的事,我回来就是想和你说说这件事,东漳寨上有个媳妇,当童养媳时就死了丈夫,人挺好,生活可苦哩,我想把她娶回来。"

"吭,好你个水瀛,你人小本事大,这么大点一个人,倒学会出去拈花惹草了……自古道,父母主婚,谁像你这样自家出去胡作非为,你说你像什么话?告诉你,趁早收起这个心!"

第六章

  这下郭水瀛可傻了，他原以为只怕和寨上的魏财主家商量不妥，哪里想到，他的父亲会不同意？
  水瀛在他爹那里吃了败仗，心里也就没有了招，这可怎么办？只得又返回私塾里和武先生商量。
  武文兴一听到这个消息，马上说："这可是典型的封建主义思想，看来生活中处处充满斗争呀。在你爹的头脑里，婚姻还必须是父母媒妁，你自己来找媳妇，那可就是不成体统。所以，他就不答应这件事情。"
  水瀛急得抓耳挠腮，请求文兴的帮助："文兴，你说，你说这事该如何办呀？你总得给我想个办法呀。"
  "你让我好好想想，这事儿着急不得……"
  是呀，这么大的事情，武文兴也确实需要认真地思考一下。这个封建礼教在中国统治太久了，两三千年历史，要想一下子扫清这个障碍，谈何容易？
  "可是……"
  "你还记得我让你看的《二月》吗？萧涧秋的努力是失败了，其实那也是小说作者柔石先生的经历，萧涧秋的失败，不会阻挡我们和封建思想做斗争，迟早我们会胜利的……"
  "迟早要胜利，这听起来太遥远，文兴，花花现在就一直在魏家受苦，她那个小叔子魏林元是个凶手，这样下去，怕是不仅救不出她来，反而因为我送了她的命呀。"
  文兴见水瀛非常着急，也只好先来安慰他："这个情况我是知道的，你的心情我完全理解。但是咱们还是要想个比较妥善的办法才能达到目的。嗯，我看有两种方式，首先，你去找裴东家，他是你的干爹，去请求他帮助，让他来说服你爹，这样效果可能会好一些。如果能说服通了，这个事情不就解决了吗？……"

"我爹那性格，就像一头犟牛，我知道，轻易不会转弯的……"

水瀛低下了头，他对说服他爹的事不抱太大的希望。

武文兴背着手，在地下转了几个圈子，思考了一会又说："如果说服不通你爹的话，那就只有另一个办法。"

"还有什么好办法？"水瀛总是想找一个最捷径的办法。

"这个办法最捷径。"

"你快说呀，我都急死了。"

"三十六计，走为上……"

"走？你是说走？怎么个走法……"

"对，走。找一个合适机会，带着花花一起走，一起远走高飞，到一个新的地方去，在新的环境里，寻找新的生活。听说陕北有个刘志丹，组织了红军，是专门为穷人打天下的，你带花花去那里参加红军……"

水瀛陷入了深思……

武文兴又说："不过我想，如果能有条件说服你爹，还是这样好些。咱们还都在自己的家乡闹革命……"

又是一个失眠的夜晚。

水瀛一直在想，如何才能让干爹来说服他爹呢？

想呀想呀，想了许久，他还是不知该如何开口。

难呀，他是东家，又是他干爹，是东漳镇最有声望的人，也是最有威严的人，平时哪里有人敢去找东家说话呀……能不能请得动？他心里没有底。不过，这是他唯一的办法了，请动请不动，他还是准备去试一试。

第二天，水瀛吃了早饭，洗了脸，把他那偏风头梳得光光的，要见东家，仪表可得整洁些呀。刚刚准备好，却有人来叫他。

"水瀛，快点，东家叫你去哩。"

"哦，"他正要找东家，东家偏偏又要找他，"什么事情呀？"

来人说："我哪里知道呀，东家吩咐的，我照办就是了，还知道人家什么事……"

水瀛还想问一句，那人说："快点去吧，东家在上房里等着呢。"

水瀛也不敢怠慢，放下梳子，赶紧就往外走，急急忙忙来到了老爷的上房里。

进门见老爷在那里吸水烟，水瀛恭恭敬敬地说："干爹，你叫我？"

"是呀，水瀛你来了？"

"嗯。有啥事情干爹？"

"是这么回事，延寿和延萍的学校就要放假了，传回话来说后天回来，所以呀，明天准备派马车去接他们俩，我说让你跟着车去一趟，帮他们搬一下东西。一会儿你去武先生那里问一下，看他过年还准不准备回家？如果在咱这里过，那你们一起过就是了，如果要回家，就让他准备一下，过来领了今年的工钱，明天让马车送他回家。"

"嗯，好。我这就去。"

水瀛这么说着，却低下头磨蹭着，心里还在盘算如何张口，请他干爹来为他说这个事情？

东家老爷看出他有什么话要说，便问："水瀛，你还有什么事？"

"干爹……我，我想……"

"想什么？有啥事就说嘛。"

"有件事，我想请你给俺爹说说。"

"什么事呀？"

"是这样的，"水瀛便把他和花花的事，一五一十地说给了东家，"干爹，这个事情前天我和爹说了，可是他不同意，你看花花人那么好，现在她又那么苦，我还是想把她娶过来。"

裴宝珊听了以后，并没有明确表示支持他，却教训他："哎呀，水瀛，按说你的婚事，不用说你爹，就是干爹我也应该管呀，可是，自古婚姻是由父母做主，你哪里听说过自己私订终身？况且你这有长相有才干，又读过书又有文化，你应该首先考虑自己的前途，刚说让你明年去上学，还指望你有个前程，你却偏偏去找一个寡妇，这让我怎么说呀？"

"干爹，花花可是……"

"水瀛，别说了。你先去办事情吧，从县城回来再说。"

水瀛也没有了办法，只好心灰灰地走了出来……

第六章

他来到私塾，先把东家的意思传给武文兴。

正好前两天文兴的家里给他传来了话，县上警察局派人到他家去调查，千万不让他回家过年，怕出了事。文兴就说："延寿、延萍他们就要回来了，我也好长时间没有见他们了，在村里待久了，消息闭塞，憋闷得很，我想和他们在一起多谈一谈，就不准备回家了，在这里过年多快乐呀。"

第二天，水瀛乘着马车来到县城……

从县城回来的路上，延萍看出水瀛一脸的不高兴，她心里就一直嘀咕，不知他怎么了？于是便问他："水瀛哥，你怎么了？我看见你不高兴。"

"没有怎么呀。"

"那……你怎么不高兴呀？"

"我高兴，我高兴。"

"不，我看出来了，你有心事。有什么你就说嘛。"

"没有，真的没有……"

"水瀛哥，我们都好长时间没有见面了，难道你不愿意见我们吗？"

"哪里，哪里，很早就盼你们回来呢。"

这时，延寿也凑过来说："水瀛，不是妹妹说你，真的，我也看你一脸愁云，有什么事你就说呀，我来帮你解决。"

水瀛低下个头，不吭气。

延寿看出他总是有什么难言的事，心想回去慢慢地了解，也就不再提了，只是延萍还在那里着急。

现在，她见武文兴和延寿他们一直在那里谈论什么游行呀，示威呀，斗争呀，唠叨个没完，她这心里好烦。

于是，她就打断他们的话，向武文兴打听道："文兴，水瀛哥这两天怎么了？他为什么这样忧伤？你看他一声话也不说。"

"嗨，说起来话长呀。"

"什么事呀，昨天我就看出来了，你快说嘛。"

文兴看看在一边闷葫芦似的水瀛，给他们介绍说："他呀，现在遇到大困难了。"

延萍马上问："什么大困难，你倒是快点说呀，把人都急死了。"

延寿也说："究竟发生了什么事情？"

文兴就把水瀛和花花之间的爱情、他爹如何不同意等，一字一板地介绍给他们，说完后，又说："延寿、延萍，这件事你们可得帮一帮他。"

延寿说："原来是这样呀，我去找干爹，不行的话，让我爹和娘都去和他说，我就不信他这个榆木疙瘩能不开窍。"

延寿一边说，一边急着就要走。

文兴说："那你也不能这样急呀，我们还是先商量个办法，看采取什么方式去说，才能奏效。"

延萍却在一边说："我说呀，这个事情郭大叔就应该不同意。"

"哦？"几个人的目光都集中在了延萍身上。

延萍说："你们说，水瀛你眉秃了？眼瞎了？还是有什么毛病？一个好端端的后生，一个漂漂亮亮的后生，你现在该追求上进去读书，可却要去……咱又不是找不下媳妇，为什么非要去找一个寡妇呢？"

文兴马上说："延萍，你这就不对了，这是爱，这是男女之间一种特殊的情感，他爱她，她也爱他，这叫两相情愿，你懂不懂？"

"一个空想的爱，一个不切实际的爱，那算什么爱呀？"

延萍也是个大姑娘了，她怎么能不懂爱？她之所以说这样的话，有她的原因。因为她早已经偷偷地爱上了水瀛，她当然不希望水瀛去和花花结合。这次回来过寒假，她心里还在想，她要把自己的想法告给她的母亲，让她母亲出面和有才大叔谈一谈，还是让水瀛也去考学校，他们要一起去县城、省城读书。然后，她和他能够走在一起。谁知道刚刚离开半年，就发生了这样的事情？她能不着急吗？

文兴说："你说得不对，这不是不能结合的爱，而是有人不让结合的爱。这是封建势力的影响，'民国'过了二十多年了，这种封建思想还不能改变，真是可悲呀。"

"是呀，我们应该帮助他。促成这个事情，让他们都得到真正的爱。这不仅是他本人的胜利，也是我们战胜传统、战胜封建的具体体现。"延寿也说。

延萍见他们几个说在了一起，也就不吭气了。

她的内心在说，"我才不希望你们努力成功呢"。

水瀛听到他们说的许多新名词，内心感到了这种追求的另一个含义，心里的欲望更热烈地燃烧起来。他说："你们帮一帮我吧。"

延寿说:"水瀛,振作起来,我就不信,我们追求爱情、追求生活,为什么就达不到自己的目的。现在主要的绊脚石不就是我干爹一个人吗?"

"可是,就这一个人,已经够了,他像一只拦路虎,这是个难以攻破的堡垒呀。"文兴说。

延寿说:"这件事情由我来努力吧。"

于是,延寿开始游说起来。

延寿还是很有信心,一直在院子里穿梭,在他父母和干爹之间做了大量工作。

可是,这个郭有才真的太顽固了,有多少人给他讲利害,他居然不屑一顾,延寿所做的这一切也都是徒劳无功。

水瀛多么希望有一个好消息,他等呀,等呀,可是终究还是没有结果……

这一段,他抽空去后山的井台上去,见了花花一面,把情况说了一下,花花也没有办法,怎么办?两人又不敢在这里多待,只怕被花花那小叔子看见,又让花花受苦,便约定正月十五黑夜见面……

这些天来,水瀛心里很难活。延萍又不支持他爱花花,只能与延寿说,可是延寿跑了许多次也没结果。水瀛心里一直念叨,难道萧涧秋的失败还要在我身上重演吗?文兴说过,他娶花花,不仅是他自己追求爱情的结果,而且也肩负着推翻封建统治的重任呀,他一定要达到这个目的。

转眼到了正月十五。

太行山区的元宵节,可算是一年最红火的一天了,东漳镇则更为特别。

这一天,按照老规矩,东漳镇上都要举行传统的三官庙会,要说这有多少年的传统,谁也说不上来,反正从爷爷的爷爷的爷爷那里就是这样了,估摸也有上千年的风俗了。人们从正月初五就开始做准备,排练文武社火、小花戏,制作烟火、龙灯,等等。接近十二三,年轻人又开始搬门楼、搭戏台,门楼要搬到东漳寨的三官庙,东漳镇东西共三处,而戏台则在镇南北搭两处,看红盛的人多,两台戏亦是满场子人。

从正月十三开始,镇上就热闹起来了,特别是到元宵节那天的后晌,周围二三十来里路之内的村子里的人,都聚到镇上来看热闹。

到太阳落山的时候,请神活动就要开始了。

东漳镇镇长、镇副带领本镇二十四闾闾长以及镇上的众位乡绅，在香首、村警的陪伴下来到东漳寨三官庙前，开始祭神。此时，三官庙前早已摆下三十二祭之席的大贡品，镇上的头头脑脑和各大乡绅们，按照职位、名望先后排列起来。在香首的安排下，他们净手焚香，在神灵前三叩九拜。这时，庙前响起三七二十一声铁铳炮，炮声未落，庙前早已跪下了无数的善男信女。此时，由乡绅裴宝珊读起请神牒文……

只听他一字一顿，声音拖得长长的，生怕天神听不清似的。等他读完请神牒文，香首开始喊："请神——"

善男信女们久久地跪在那里，天官、地官、水官三官大帝的神仙牌位被请到香案上。

接着，又是四十八声迎神炮。此刻，就开始起会了。

这就是太行山里最著名的请神会。据说，北至榆次，南到潞安，上百个镇，这是第一家规模最大的请神会。

走在最前面的是二十一名炮手，他们用铁炮打开神道，紧接着是武社火，武社火的锣鼓敲得震天响，后面跟着几十位赤条条的武士，尽管天气十分寒冷，他们依旧赤着上身，浑身还像在冒气似的，他们中有白胡子老头，有三四十年纪的青壮后生，也有十来岁的小孩，虽然年龄参差，但这可都是当地的国术精英，一个个精神抖擞，十分威武，这便是护神的队伍。在此之后，便是村上的头头脑脑和乡绅们，簇拥着三官大帝的神灵牌位。后面跟着是文社火，清一色的十几岁少年穿着戏装，手摇花扇，他们在动听的音乐声中跳着舞，唱着各种各样的古曲词牌，什么《打樱桃》呀、《摘花椒》呀，边唱边舞……再后面，便是由几百号村民组成的灯笼会。这会上的灯笼，则又是一番风景，这中间有象征威武的龙虎狮凤灯、有预示丰收的玉米南瓜灯、有祈神保佑的菩萨灯、有希望吉利的金鱼灯……这就是请神的队伍。还有一道风景，在这长长的请神队伍两侧，有一支由一百名青壮后生组成的"火流星"队，只见他们长长地排成两行，甩开火流星，左右如风摆荷花，上下似金龙翻腾，在夜幕下流星翻滚，穿梭在下山的路上，煞是好看。这两队火流星，是专门为请神队伍开道的，因为街面上人山人海，你拥我挤，若没有这火流星来打开神路，请神队伍是很难走过去的。

而在镇子的东头，早已有另外一批队伍在等待着尊神到来。

第六章

据说三官大帝最喜好红火。他们中一位爱打秋千,一位爱游黄河阵,另一位则爱看焰火。因此,太行山一带在元宵节就特地为尊神做好准备,让他们在正月里快快乐乐玩个够,好保佑百姓一年风调雨顺,万事如意。

也正因为如此,这里留下了打秋千、游黄河阵和放焰火的传统风俗。

当长长的请神队伍把三官神位请到村里来后,等候在村口的另一班人马,马上就开始给神灵表演。这里有扛桩、高台、赶旱船、顶灯、压纲、走乱团、竹马、龙灯、狮子舞、秧歌、花戏、双擡官,此外,还有高跷、小花戏等艺术班子和倒骑毛驴、二鬼扳跌等民间杂耍。这一天,不仅镇上各式各样的艺术要和盘端出,而且周围各村的各类班子也都要前来助兴。

东漳镇沸腾了,各种各样的演出全部一字儿摆在了镇上的街头,看热闹的人群拥来挤去,直把那些买圪蹦儿、芝麻饧、糖葫芦的挤在边上,他们又想做点小生意,可又怕误了看红火,叫卖吧,鞭炮声、锣鼓声、音乐声等早已响彻云霄,小孩子们哪里还能听得见;看红火吧,还有货占着手,真是没办法,只好远远地踮起脚看。

这一夜,东漳镇就是这样热闹,几乎要闹个通宵。

当地有个习惯,这一天不分穷富,不分贵贱,不分大小,都要高高兴兴地出来游玩。花花就是在这个"特赦令"下,也来到了镇上看红火。

其实,她哪里有心思看红火呢?她是要乘此机会见水瀛一面,这是他和她的约定,这也是她唯一的机会。

这一夜,对水瀛来说也是非常重要的。

前两天他们约好,今儿个要见面,他知道花花一定会来的。但是,他又不敢到路口去等,他担心让别人看见了,一旦再传到花花那个猥琐恶毒的小叔子魏林元耳朵里,花花不知又要吃多少苦头。他只好藏在人群里,两眼却一直望着寨上下来的人群,在里面寻找。

好多的人呀,水瀛在人群中挤呀挤呀,跷得脚尖都酸了,望得眼都困了,可是人山人海的,不知她在什么地方?

难道她没有来吗?难道那个没有人性的小叔子魏林元看管着她,竟然连这一天也要管制住她吗?

花花早早地收拾停当,她把脸洗了又洗,头梳了又梳,虽然没有什么好衣服,可她还是挑了一件自己最满意的换上。

一路上，她想，水瀛能在井台旁等她多好，可又一想，她又不希望他在那里，那样寨上的人们都会看见的，不更是找麻烦？过了这一时，怕难过以后的一世呀。可是，如果他不在那里等她，到了会上，人山人海，又怎么个找法？

果然，她来到镇上，一街两行满是人，哪里还能找到水瀛？

她在人群里走着，早已身不由己，随着拥挤的人流，游来晃去，看红火吗，一是她长得小，扭过来调过去，只能看一群人头，哪里能看清楚街上耍什么？再说，她早已想好，今夜务必要见上水瀛一面，哪里还有心思看红火。

今夜的月亮特别明，也许是老天有眼吧，还是月老瞅着他俩有情特意为他俩牵线了？就这样挤来挤去，挤呀挤呀，突然有人踩了她的脚，她本能地叫了一声，可是一抬头，正是水瀛挤在对面。她不知该如何办了，心中的酸甜苦辣一下子都涌上心口，只觉得眼前发黑，什么也看不清了，她伸手拽了一下水瀛，就晕得软了下去。水瀛一看赶紧将她抱住，抱得紧紧的，好在这人群里乱哄哄的，谁也顾不得去看别人。

好大一会儿，花花才睁开眼，泪珠儿早已挂满了腮。水瀛哥呀，你让俺找得好苦，你怎么不到井台边接俺呀，害得俺今黑来差点儿找不见你……

水瀛在她耳边说："我可早就来等你了。又不敢到井台那里，怕寨上的人们看见了。"

花花找水瀛找得心急，这时猛地看见他，千言万语、千头万绪全部涌上心头，她狠狠地捏住水瀛胳膊上的一块肉，想用这个动作把她的百感交集一下子发泄出来……

水瀛理解她，他轻轻说："别这样，有话咱们到外边说。"

俩人紧紧地拉着手，挤呀挤呀，总算从那人群中挤了出来。

他们悄悄地来到村边上一块野地里，这里堆着一堆玉米秆，他和她钻到了玉米秆中，紧紧地抱在一起，两个人滚成一团……

那震天的铁炮声、锣鼓声似乎已经很遥远了，只有月亮在静静地瞅着他俩。

花花把头一直往水瀛的怀里扎，多少天来，她早已想象着有这么一天。常常在梦里，她挨着水瀛的胸膛，听他的呼吸，闻他的汗味，体验他那雄壮的男子汉的魄力……可是，那毕竟是在梦里呀，今天黑夜，终于有了这个机会，她是再也不肯离开了。你说俺疯就疯，你说俺浪就浪，反正俺要在你这身上享受……"

水瀛当然也早就企盼着这一刻了……现在，花花终于投进了他的怀中，他紧紧地抱着她，生怕丢了似的。

过了许久，花花含着泪花说："水瀛，你要是愿意娶俺，可是得早点想办法呀。"

水瀛说："不是我不想，俺爹他死活不同意呀。"

接着，他把这些天来他如何活动，延寿他们如何帮忙，都说给花花。

花花的泪又一下子奔涌而出，她愁苦地望着水瀛："难道咱们就真的这样命苦吗？"

水瀛安慰道："你放心，我再回去和爹商量商量，我还要做最后的努力。"

"水瀛，如果你爹他还是不同意呢？"

"我已经想好，他要再不同意，我就引你走，一定让你离开那个魔窟。"

"好，那咱们就走。你说到哪里就到那里，就是讨吃要饭，俺也跟着你。"

"别这么说，花花，我还盼着咱们好好地活呢……"

"那就好，咱们……好好地活……"

花花轻轻地闭上了眼。她在想什么呢？她相信水瀛会为他的话负责的，他诚实，这一点她是知道的，她和他接触这么些天来，她了解他。

水瀛抬头望着圆圆的月亮，轻轻地说："花花，不是说月亮就是牵红线的老人吗？他一定看见了，看见咱俩了，他会来给咱们牵红线的……"

"水瀛，俺冷……"

"还是让我抱着你吧……"

花花早已想让他抱了，水瀛这么一说，花花便又倒在了他的身上。

水瀛把嘴唇贴在她的嘴边，那火辣辣的一吻，花花感到浑身有一股暖流在涌动，她一下子紧紧搂住水瀛的脖子，两人狂吻起来……

青春的躁动，异性的诱惑，陷入爱河的一对情侣，再也不能自制。

花花把嘴移到水瀛的耳畔，用微弱的声音说："水瀛，你就不想……"

他知道花花说的是什么意思，此刻他又该如何办呢？面对着他相爱已久的心上人，他想……他早已想与她……可是如今，他不能娶她……

"水瀛……"花花在痛苦中呻吟……

不,他要娶她,无论如何,他都要把她娶过来,哪怕是死,也要死到一起……

想到这里,水瀛对她说:"想……我早想了……"

"那就来吧,俺这就是你的了……"花花倒在了草丛中,她等待着,等待着水瀛的攻击,她要把自己的一切,全部交给水瀛……

第七章

眼看就要开学了,延寿的活动还是没有结果,他在院子里跑来跑去,一直为水瀛的事情奔波。

一开始,延寿直接去找他的干爹郭有才,给他说了许多道理,郭有才说:"你别管这事。"延寿死缠硬磨一直说呀、说呀,最后郭有才说:"你不用说了,这婚姻是大人们的事,你们孩子们别来掺和。"

看来他还是说不动这个老顽固。延寿又去找他爹和娘,开始他爹娘也说婚姻要父母做主才是,不让他们这些孩子们插嘴,后来见他说得可怜,也答应出面说一说,可还是无济于事。这可怎么办?延寿想去找大太太,可是一想,怕自己不好说,也就没有找她。谁知道延寿这样跑,大太太已经隐隐听到了这件事。

大太太名叫来弟,是裴家老大裴玉琳的妻子,这裴玉琳死得过早,连孩子也没有留下,只撇下一个孤零零的寡妇,这些年来弟与郭有才有点私情,她私下里对郭有才与水瀛都很好。这几天她隐约听到了水瀛的事,为了打听清楚,她索性将延寿叫来仔细询问。

延寿就把水瀛和花花的事,仔仔细细地说给了大伯母,并把他干爹如何不同意的事也讲了出来。

大太太听了,心里有说不出的难受。嗨,这个有才呀,他为什么这样固执?她要为水瀛说话,一刻也不能等,她马上来到了有才的屋里。

郭有才一见大太太走了进来,不由得怔住了。他搞不清这是为什么,今天大太太突然会出现在他的屋里。

自打他们之间有了私情,俩人就有了一个秘密的约定,为掩人耳目,不让人说三道四，大太太是不来有才屋里的，总是在夜深人静的时候，有才到大太太的屋里。今天，大太太怎么找上门来了？

郭有才有点摸不着头脑："大太太……"

他又朝门外张望了许久，确信没有别人看见，才小声说："来弟，你这是……"

"俺有事找你。"大太太气呼呼地说。

"什么事？晚上咱们再说不行吗？"

"不行，就要现在说。"

郭有才见她一肚子气，也不知道气从何来，只好应付着说："好、好、好，就现在说，你坐下，慢慢地说。"

"有才，俺听说水瀛找了个媳妇？"

"没有呀，你在哪里听说的？"

"你这还瞒着俺？"

"哪里能瞒你呢？前两天我还和你说呢，想让镇上的张媒婆帮着说媒呢。夜来张媒婆已经有回话了，她说羊峪村有个姑娘，人样儿不赖，家里父母都愿意，我看也可以给水瀛定下来。我正想和你说，把水瀛的庚帖送去。"

"你别给俺打掩护了，俺都听说了。"

"听说什么呀？"

"水瀛和东漳寨上一个叫花花的寡妇好上了，可有这事？"大太太见有才还在遮掩，便直截了当地说。

郭有才低着头没有吭气。

"你怎么不说话？你不同意。是吗？"

"人们瞎说哩，再说水瀛能娶一个……"他想说"能娶一个寡妇吗？"可是话到嘴边，突然又怕大太太听了刺耳，也就没有说出来。

"有才呀，你不用对俺隐瞒了，俺都打听过了。延寿把事情都给俺说了，寨上那个花花虽然是个寡妇，可是她不仅人才好，人品更好，而且就在娶她那天丈夫就去世了，还是个干净的身子……"

"来弟，这事你就别掺和了。"

"怎么，俺为啥不能掺和？这些年来，你不让俺名正言顺来做你的妻子，可俺也还是像亲娘一样对待水瀛，给他缝补，给他置办衣物，俺哪一点做得

第七章

不对?孩子现在找个对象,你却又出来制止他,你还像个爹吗?"

是呀,这话一点也不假。自从大太太和他有才好上以后,可是没有少关心他们父子俩,虽然有才一直说不能娶她,她还是诚心和他交处,主动地担负起了一个当老婆、当母亲的责任。他们父子的衣裳、鞋袜,全是由她给置办的。平时洗洗涮涮、缝缝补补,哪一点也没有少。一个富贵人家的太太,能为他办这些事情,可真是不容易,尤其是她对水瀛这孩子更是费尽了心。你想,她与水瀛已经有了养育之恩,现在她能不出来关心吗?

"他想娶媳妇,我不正在给他找吗?"

"你以为娶媳妇是买牲口?随便找一个就行吗?"

"那可不是,古来都是父母主婚。"

"可现在是民国了……"

"民国,儿女也要父母来管教的。"

"你真顽固,你说孩子找得好好的,他们相亲相爱,这多好。"

"那哪里行?这个还能由他吗?"

"有才呀,你就松松手,给孩子行个方便吧,水瀛这些天愁得都病恹恹的了。"

"不管怎么说他们是不行的。水瀛属龙,那女人是个属兔的,古人说:兔儿见龙泪交流,合婚不幸皱眉头,一双男女犯争斗,若如黄莲夕梦愁。这可是大命不合的六害婚。不能只凭他们一点点激情,弄得影响一辈子生活。"

"哪有那么多的讲究,你和你家水瀛他娘的婚姻当时不是'蛇盘兔'的大富大贵的好婚,结果怎么样?连二年也没有过下来,她就早早地离开了人世,我看那些东西都是骗人的瞎话。"

"那也不能给他娶一个寡妇,自古道好男不从二主,好女不嫁二夫,再说得天花乱坠,她也是水性杨花,绝不是个好东西。"

"什么,你就这么看不起寡妇?"

郭有才一听,知道说漏了嘴,马上要解释,大太太便抢白过来:"怪不得你不愿娶俺,原来你打心眼里就看不起寡妇。寡妇怎么啦?哪个女人愿意当寡妇?那是老天爷惹的祸呀。寡妇也是人,她也想让自家过得好一点,能逃脱孤独、苦闷,能有一个心疼她的人来终身陪伴她,能有一个温馨的家……"

说着,大太太已经满脸泪水,她又想起了自家的苦楚。

郭有才一见这样子，怕外面有人听见，赶紧说："来弟，你别哭了，让别人听见可怎么好呀。快别哭了……"

"怕什么？听见就听见。俺对你一片真心，说到天外头，别人管不了。你可倒好，那么狠心，把俺逼得打胎、绝经……俺命不好，没有遇着个好人，这一切，俺都依了你……可是，今天，水瀛也走到了这一步上，你又是……"

这时，水瀛回家来，正准备再和他爹商量商量，他总想再有一次机会，来做最后的争取，或许有个偶然的收获。来到门口，听见大太太在那里一边哭一边说，他仔细一听，也正在说他这事情。

本来，他小的时候，大太太就对他很好，在他的心中，大太太就像他的亲娘一样，逢年过节，还要给他置办新衣裳。后来大了一些，懂了点事，他渐渐感觉到大太太和他爹的关系有点特殊，他多么希望这位好心的大太太，能来做他的母亲呀。可是，他只能这样想，他不能去说这事呀，那也不是他一个当儿子的能办的事情。现在他听到大太太在给他说情，也不好进去，只好在门外站住了脚。

大太太痛心地说："有才，在咱们身上，俺没有强求过你，你说啥是啥，俺都依你，俺不给你增加思想负担。可是你要知道，你已经毁灭了俺对你的爱，毁灭了俺对你的真情，把俺对你的一片真心抛却了去……俺曾经对你说，让你带俺走，娶了俺，哪怕是讨吃要饭，沿街乞讨，俺也愿意和你在一起，咱们去过一个有自己家庭的生活。可是，你就是不同意，甚至把俺的孩子也给……这一切俺都依了你。可现在，你却忍心又要毁掉水瀛的幸福，你为什么这样狠心，你好好想想呀。"

是呀，在郭有才和水瀛父子之间发生的这一切，是那样惊人的相似。

天哪，历史居然也能重演一幕，而且在一家两代人身上。可是，郭有才的态度，又是那样坚决，他永远也不能容忍水瀛娶一个寡妇。

大太太这样声声滴血地劝说，他却固执地回答："来弟，你别说了，水瀛的事怎么能和咱们之间的事挂起钩来呢？你消消气。媳妇嘛，我给他找就是。这个你用不着担心，我已经托媒人给他去找了。"

听到这里，水瀛感到劝说自己的父亲已经彻底没有指望了……

再说郭有才担心水瀛出事，他要赶快给水瀛找个媳妇，只要给他娶回来，那就没事了，女人就是一个"拴马桩"。

第七章

郭有才支走大太太，便急忙来到张媒婆家追问情况，看看对方见了庚帖如何。

张媒婆说："恭喜你呀，郭大管家。多亏老身这张嘴，把嘴皮都磨薄了，给他家云山雾罩地说呀，说得对方都听迷糊了。对方同意不用说，俺还特意找了一个先生合了一下婚，正好咱水瀛属龙，那姑娘属鸡，这可是龙加鸡，'龙凤配'呀，难找的大富大贵的上等婚。郭大管家，这桩婚事你可不能少了老身这跑腿钱呀。"

"那当然，那当然。"

郭有才说着先拿出五块银圆来："呶，先给你这五块钱，事成之后，还当重谢，你就再给咱跑一跑，我想尽快给他们办了事情。"

张媒婆一把抓过钱去，笑嘻嘻地说："这事得看给谁办，给你郭大管家办，那还敢怠慢吗？你放心，老身就是跑断这两条腿，也得给你办齐了。"

"这就好，这就好。"郭有才听了这话，总算是把心落到肚里，他寒暄了几句，急忙回去准备起婚事来。

水瀛彻底绝望了……爱一个人好难，爱的征途上，谁知会遇上什么样的困难？无论什么困难都可能将并蒂的花打得残破……

于是他急忙跑来与文兴商量。

"文兴，事情越来越糟了，你可要给我出个主意呀。"

"怎么？还是没有进展？"

武文兴见他这个神情，就知道总是一个不好的结局。

水瀛长长地叹了一口气："嗨，别说是进展吧，还——"

文兴等他细说，可是，水瀛也不吭气。

"究竟是怎么回事呀……水瀛，你得告诉我才行。"

过了好一会儿，水瀛才把这些天发生的事情的前前后后，以及他听到的大太太和他爹的对话说与文兴，他爹是铁了心，无论再做什么努力，他爹是永远也不会答应他的请求了。

"水瀛，你别急，咱们再想办法。"

"还能有什么办法呀？"

"怎么，遇到一点困难，你就准备就此放弃吗？放弃自己的追求吗？放弃花花对你的一片真情吗？水瀛呀，你也太脆弱了，你看看你还像一个男子汉吗?"

　　武文兴见水瀛泄了气,便采取这个激将法来鼓励他。

　　郭水瀛听文兴这么说,心里也在想,是呀,我真的能就此放弃吗?放弃花花对我的一片真情吗?特别是在元宵节的夜里,他们曾经相依相伴,在那片野地里卿卿我我,花花把她用自家生命保全下来的贞操,真诚地全部奉献给了你。她对你寄予了多么大的希望呀,她给了你爱,给了你贞操,把自家的终身全部托付给了你。可是,你倒好,现在,你遇到困难了,就灰心丧气,想退却下来吗?想抛下她不管了吗……

　　不行,要是那样,我水瀛成什么人了?"文兴,事到如今,我真的一点办法也没有了呀。你说,你说我该怎么办呀……"

　　水瀛又一次认真地向文兴请求帮助,他只能把最后的一线希望寄托在文兴身上了。

　　他相信文兴,他有知识、有头脑、有水平,又见过大世面,他相信他,一定能够想出一个好办法的。

　　武文兴提醒他:"水瀛,你还记得前几天我和你商量的办法吗?"

　　"什么办法?"

　　"第一是说服你爹,第二是……"

　　"第二是……"水瀛想起来了,"你曾经告给我的第二个办法是,三十六计——走为上策……你的意思是让我走?"

　　"对。本来,我也不想让你走呀……可是,事到如今,你不走,你和花花的爱可能就要到尽头了……"

　　"好,走就走。不过文兴你说,我走以后,花花可怎么办呀?"

　　"水瀛,你这是怎么了?你要走,就是找一个合适机会,带着花花一起走,一起远走高飞,到一个新的地方去,在新的环境里,去寻找新的生活。如果不是带上花花一起走,那你出走还有意义吗?"

　　"可是,我想了……我还是不能带她走呀。"

　　"哦?为什么?"文兴听了这话,真有点糊涂了,明明你要和花花相好的,你们就是为了到一起生活、相爱,你才要离开这个地方,可是说了半天,你又要一个人走,真是莫名其妙。"水瀛,我让你走,就是让你带她一起走,让你们到一个新的地方去,到一个新的环境里,那里没有一个熟人,没有任何干扰；那里再不受她小叔子林元的气，也不受你爹的阻挡，你们一起生活，一起恩恩爱爱，去过自己的夫妻生活……那是多么好呀，可是，你却既要走，又要抛下花花，这算是个啥事儿，你是怎么想的呀……"

水瀛深沉地说："文兴，你说得也许有道理，可是，我想过了，我带她一起走，前途难以预料，外面的世界将是什么样子，我不知道。你想，我是一个男子汉，一个男子汉呀，既然要带她走，我得对她负责，我得给她一个安稳的生活，给她一个温馨的家，可是，我有这个把握吗？……"

"你说的这是什么道理？"

"可是，我这样带她走出去，到处漂泊，白日无食，夜晚无宿，我算什么丈夫？与其让她跟我去沿街乞讨，还不如……"

"还不如让花花在魏家继续受苦，继续受魏林元的打骂。是不是？水瀛呀水瀛，你是怎么想的，我真不知该如何说你呀……"

面对水瀛的态度，武文兴也一时无策了，原来他以为水瀛是个新潮青年，他具有反封建的思想意识，他能够战胜传统观念，可是，他偏偏又走进一个生活的怪圈之中……

"水瀛，你有两只手，花花也非常能吃苦，外面的世界这么大，你们走出去难道还怕找不到一个生活的归宿吗？"

"可是，我不敢带着她去试验呀。社会这么黑暗，万一生活不下去，我如何能对得起把身心都交付于我的花花呢？"

"自古道树挪地儿死，人挪地儿活。好端端两个大活人，我就不信，你们走出去会是一个走投无路的结局。"

"可是，我得考虑这个问题。"

水瀛想得太多了，是呀，他是一个男子汉，在花花眼里，他就是她的救世主。如果他带着她走出去，不能给她幸福，反而连累她，这不是才出虎口，又入狼窝吗？要是那样，又何苦这样冒失地出走呢？

此时，武文兴低着头，想呀想呀，他又想出一个办法："水瀛，我再给你提示一个办法，你看怎么样？"

"什么办法？"

"我可以给你介绍一个朋友，你到他那里去……"

"他可以保证我的生活吗？"水瀛着急地问。

"起码，可以帮你介绍一些打工的地方。"

文兴的主意是这样的，原来，文兴经常给水瀛讲一些进步思想理论，他也很能接受，后来又给他看过一些进步书刊、杂志，水瀛对党有了一定的认识，文兴曾经想发展他参加共产党，可是，这些工作他还没有做完，水瀛的事情就发展到这个地步，现在要让水瀛出走，他想把水瀛介绍到长治党内一个朋友那里，一方面可以继续培养、发展这个对象，另一方面也能在生活上帮一帮他，也算是一个两全其美的办法。

可水瀛还是不敢相信，这不能给他的生活带来一个稳定的环境。

共产党的主张是好的，他们所办的许多事情也是好的，这一点，他从接触武文兴那天起，就渐渐有了认识。如果要在东漳镇，这样住下去，他也愿意参加这个组织，可是，要是去一个陌生的地方参加了共产党，政府今天抓明天捕，那不更是无以立足，他又如何能和花花稳稳当当地生存下去呢？如果不能带给她一个稳定的生活，那带她出走不是就没有意义了吗？

思考一夜，还是没有寻找到一个好的方案。

谁知道第二天就又发生了一件意想不到的事。自打上次斗争赶跑县长张祚民后，阎锡山把武乡列为山西"四大赤县"之一，新派来一个县长叫范任明。这个县长一上任，担心自己重蹈覆辙，就开始做防范共产党的准备，他要做到"防患于未然"，与其说让共产党把他像张祚民一样赶跑，还不如先下手为强，把武乡的共产党统统抓捕，这样不就天下太平了？他这个县长也就江山稳固了。范县长了解到带头闹事的就是武文兴，于是就把武文兴列为抓捕的重点。为了保密，范县长事先没有向任何人透露，这天夜里，他搞了个突然袭击，让警察局全体出动来抓共产党。

夜幕降临的时候，一群警察包围了裴家的私塾。由于裴家的声望，警察也不敢轻易到裴家抓人，所以来东漳镇抓武文兴的警察是由范县长亲自率领的。警察包围私塾后，范县长来面见裴宝珊。

"裴某不知范县长深夜来访，有失远迎，失敬失敬。"裴宝珊见范县长深夜到来，自知不是什么好事，但也只好寒暄应酬。

范县长倒也开门见山："裴大人，本来不该深夜打扰，无奈重任在肩，不得已而为之。接到省府通缉，共党要犯武文兴藏匿在贵府上，当然不知者不怪罪，我相信裴大人一定不了解武文兴身份，他在太原多次参与领导暴动，是省府通缉的要犯。范某今天就是奉令缉拿武文兴，还望裴大人谅解我们的冒昧冲撞。"

范县长把这个责任推到了省府，自己也落个服从上级指令的无奈。

裴宝珊听到是"共党要犯"，也没有办法阻挡，只好陪着范县长来到武文兴的住处。一群警察马上冲进去进行搜查。武文兴还没有睡觉，他正和延寿、水瀛等人一起说话，一见此情景便知出了事，但他镇定自若，站起身来，用目光示意延寿他们，要冷静对待。这时警察们又翻箱子，又翻被子，搜查罪证。只点着一盏油灯的屋子看得并不是很清楚，警察们翻来覆去，突然从被子里掉出一本书来，先被站在地上的裴宝珊看见了，他马上意识到，这可能是一本宣传共产党思想的书籍，他上前一步将那书踩在脚下，他的长衫子将书遮得严严实实。

警察们翻了许久什么也没有找到，只是说要抓武文兴送省里复命。

武文兴被抓走，水瀛更是没有了办法，原来遇上难事还可以问问文兴，文兴能出许多主意，可是现在该问谁呢？

眼看他爹要给他定亲了，再不决定真的没有机会了。现在想按照文兴的安排去找他的朋友，也没办法去找了。

想来想去，突然想起前几天在拳房里听人说过，上西山能够挣到钱，可这西山，我还不知是个什么样子，现在走投无路了，何不上西山去闯一闯，只要能挣到些钱，找一个可以安身的地方，便立马回来接花花。我们去那里开始新的生活……

水瀛自打做出这个决定以后，他这心里头也算是一块石头落了地。

可是就在这天晚上，他爹叫他回去一趟。

他心里想，老爹叫我什么事呢？难道是他想通了？同意我和花花的婚事了？不可能，他这个老顽固，裴东家、大太太劝说，他都不接受，难道还会自己醒悟吗？他否定了自己的想法。

水瀛不情愿地回到家里，他爹要他准备去羊峪村相亲的事情："水瀛，这几天不要瞎跑了，我在羊峪村给你定了一门亲事，你这就要成亲了，再不能有甚不好听的风言风语了。一旦让人家听说了还好吗？"

水瀛低着头不吭气。

"你听见了吗？你也老大不小了，又识字，有文化，懂事理，这人在世上，不能让坏了名声。这几天我给你准备一下，再过四天正月二十八，是个吉日，由张媒婆带你，到羊峪村去相亲。"

这事情真的越来越凑得紧了，原来他爹为了阻挡他与花花相爱，也加快了步子，这不，马上就要让他相亲去。水瀛心里当然不同意，可是一想，他不能这样说，如果他直说不愿意，又怕他爹把他关起来可怎么办？反正我已经准备要走了，等到正月二十八，看谁跟人家去相亲？他低着个头，随便"哼"了一声，算是答应下来，也就走了。

第二天，水瀛来到后山跟的井台边，他要见花花一面，把自己的想法说给她。

他等呀、等呀，终于等到花花下寨来担水了。

他急忙过去说："花花，可是弄坏了，我爹要给我找对象了。"

"啊？那你……"花花不知该说什么好。

水瀛见花花脸色都白了，他知道花花听了这个消息心里非常难过，马上解释说："花花，你别急，无论我爹怎样，就是给我找下天仙女，我也不会答应的。我倒想好了，这辈子是非你不娶。"

"你说得倒好听，你爹已经给你找上了，你还能怎么办呀？"

"你别担心，他找上他去要，反正我不要。"

尽管水瀛说这话，听起来主意很硬，可是，花花还是担心，这婚姻大事，父母做了主，你还能有什么办法？

她不放心地问："水瀛，你能顶得住吗？"

"我准备明天就走。我走了，看他还给谁定亲？"

"走，上哪儿去？"花花怔了一下，两眼直愣愣地望着水瀛。

"上西山。人们都说西山能挣到钱，我已经打定主意，去那里闯荡挣钱。"

"那……俺跟你一块儿走。"

"不，你不能走。"

"怎么，你还是不愿要俺？怕连累你吗？"

"花花，看你说到哪里去了，我是想，我这一去，还不知西山是个什么样子，这心里还没谱。如果出去困难重重，生活不了如何办？我一个人倒好说，带了你……我不能带着你去讨吃要饭。"

"那怕啥？只要你带着俺，就是要饭，俺也心甘。"

第七章

"花花，你听我说……"

"不，要走，带俺一起走，要死要活，咱们在一起。"

"花花，你不要感情用事，我说了，我是非你不娶的。"

"那你这撂下俺……教俺怎么活呀？"

花花说着已经是满脸的泪水。在这世上，水瀛可是她唯一的亲人了，现在她的心已经全部交给了他，可是他又要走，这一去又不知何年何月才能回来，怎能教她不伤心呢？

水瀛见她泪人儿似的，心里也十分难过，可是事到如今，他也只好这样了。他过去帮她擦拭了一下流在两腮上的泪水，安慰道："花花，你再在家里苦熬上些天吧，我这一个人出去，好歹没有啥拖累，就是吃多大苦，我也一定要想法子挣些钱，找个安身的地方。到那时……"

"水瀛哥，那你要让俺等到何年何月呀……"

水瀛左右顾盼了一下，看看周围没有人，他才悄悄说："就半年多时间，今年的八月十五黑夜，我回来引你。到那时，咱们就远走高飞……"

花花点点头："那你……什么时候走呀？"

"明早儿就走。"

第八章

　　花花回到家里，心里说不出是高兴，还是难过……

　　她高兴的是，水瀛为了她的爱终于迈出了步子，他要上西山，要去赚钱，要变着法子解救她出苦海。她终于能有这样一个知冷知热的人儿来心疼她了，这能不让她高兴吗？她活了这么大，还没有遇到过这样的人呀。从小就记得她爹抽大烟，哪里顾上照看她，只管自己卖家产换烟土，后来家产变卖光了，又将她娘也卖了，之后又轮上了她。她被卖到东漳寨当童养媳以后，魏家一直歧视她，不把她当人看，特别是就在她结婚那天，丈夫病死在炕上，魏家将这一切罪过都归结在了她的身上，她便成了魏家的出气筒，那时想骂就骂，想打就打，谁把她当人呀……然而，她更觉得难过。这个水瀛呀，你说你要走，你就带着俺一起走多好，俺不怕吃苦，俺不怕受罪，哪怕是跟上你去讨吃要饭，俺也不怨你，这都是俺心甘情愿，只要能跟上你走，跟着你离开这个狼窝似的家，俺这心里头就高兴呀。可是，现在你要走了，却又要一个人走，你为什么不带着俺？抛下俺，俺还得在魏家受苦受罪受熬煎，你就不心疼吗？你怎么忍心撂下俺呢？……

　　花花想呀想呀，她也说不清楚，这个事儿究竟如何是好，跟着走好，还是等到八月十五再走好？想着想着，倒想通了，虽然多吃几天苦，可是以后会甜的。管它呢，这下她总算是有了盼头，水瀛是个有骨气的后生，等他出去挣上了钱，找下了一个安身之地，一定会回来将她带了去，到那时候，他们恩恩爱爱，男耕女织，享受这小家庭的快乐，凭他俩这般勤劳，小日子一定会过好的……

　　吃过晚饭，她照例还是在灶台前洗锅刷碗，这已经是雷打不动的规矩了。

第八章

这天晚上,小叔子魏林元刚刚放下碗,婆婆就说:"林元,今黑儿你早点睡吧,可不能再出去赌钱。"

"哦,我不出去。"魏林元应了一声回自己屋睡去了……

她婆婆又扭头对花花说:"你明天五更早点起,鸡叫头遍就起来给林元做饭,他要到河北武安去贩棉花,敢叫耽误了,看我不打掉你的手。"

花花一听这个消息,心里倒暗暗高兴,明天五更林元这个坏东西走了,她也好放心地去送一送水瀛哥,他明天就要上西山了,好在路上说几句话儿。

于是,她马上点头说:"知道了,俺早点起就是了,保证误不了。"

婆婆安排了第二天长工们的事,也去休息了。

花花一个人在厨房忙了好大一会儿才收拾完,然后将火封好,见家里人都睡了,她悄悄地把些长工吃的干粮,拿了一点揣在大襟底下,回到自家屋里。她又翻开板箱,这里面还有她那个死鬼丈夫魏树元与她成亲时置办下的几件新衣服,他可一下也没有穿就到阴曹地府了。她取出来量了量,尺寸也差不多,水瀛穿上也该合适,她找一块包袱皮来,将衣服和干粮紧紧地裹在一起。

这一夜,她翻来覆去睡不着,这心里乱糟糟的,也不知想些什么。直到后半夜才慢慢入睡……她终于盼到了八月十五,那天天擦黑儿,月儿圆圆的,村里传来一阵阵响鞭声,水瀛在村口等着她,她悄悄地走出了村,在羊肠小路上,她跟着他走呀、走呀,一路上水瀛告给他,他在西山挣下了钱,还买了一眼窑洞。他们这下有了自己的家了,他们可以有自己的家了,村里的人谁也不知道,她兴奋地听着水瀛设想着他们将来的小生活,竟忘了脚下坑坑洼洼的路,突然脚下一块石头绊了一跤,她向前一倒……

这时,打鸣的公鸡叫了,惊醒了花花的美梦。

花花还想在梦中多多地享受一下,那梦中情景是多么的诱人呀,可是一听鸡叫,知道很快就到五更了,她翻身赶紧从炕上爬起来,下地给林元做饭去。要是人家林元起来饭还不现成,她又要挨打了。

等到侍候林元吃了饭,送走他,天还不明。

花花坐在微亮的素油灯下,对着一块破镜子梳洗打扮起来。这是去给水瀛送行,她这心里非常的难过,真的没有心思打扮呀,可是她还是要硬撑起来,让水瀛哥出去好好地挣钱,不要分心,同时,她也要给水瀛哥心中留下一个好的印象。

等到东方闪亮,她估计水瀛也快出来了,便小心翼翼地将准备好的衣服、干粮放在了水筲里面,担起扁担又去担水……

她一边往下走,一边朝井台上看,只见那井台边隐约有个人影,一定是水瀛,他已经来了,他已经等她好久了,俺可要快一点,再迟了又怕有人来担水,就连个知心话也不能说了,花花加快了脚步。

"花花……"

"水瀛哥……"

两个人的眼里同时流出了热泪……

水瀛急忙走了过去,花花更是不顾一切地扔掉了扁担,扑在了水瀛的身上……

"水瀛哥,你……要不,还是带着俺,咱们一起走吧。"

水瀛抚摸着花花的头,把嘴靠在了她的耳边说:"看你,不是已经说好了吗?我出去挣上钱,保证回来接你。记住八月十五那一天,千万牢记,傍黑儿你到村口,我带着你走……"

"好……我记住了……"花花咬着嘴唇抽泣着说。

"花花,我走了,你可要自己保重呀,学得精明一点,能多吃点苦,也不要让人家林元打你,哥这心里可是放不下你呀……"

"好,好,俺记住你的话……"花花说着,她低下身子从水筲中取出那个小包袱,"水瀛哥,你把这带上,里面有几件衣裳,还有些干粮,你走得饿了可以吃一点充饥,衣裳是俺那个死鬼树元留下的,不过他都没有穿过,从来没有着过身,是娶俺时新做的……我看你穿也合适,你拿上替换着穿……"

"花花,你真是……你拿了人家这东西,回去怎么交代呀,万一让你婆婆知道了,不是又要挨打吗?"

"别说了,俺是给你偷的,她不会发现,就是发现了挨打,俺也情愿……水瀛哥,你就拿着吧……"

"好,好,"水瀛见花花一片真情,她还给他准备了这些礼物,可他又有什么东西送给她呢?……突然想起身上还有个传世的宝物,便从身上拿出来,"花花,这个戒指是我娘给我留下的。娘在我出生时就死了,小时候爹把它给我带在身上,今日,我把它送给你,以后你在想我的时候,就看看这个,这就是咱们的定情之物。"

"这是咱们的定情物吗?"

"对,对,是定情物。"

花花伸出了手,她要让水瀛亲自给她戴在手指上。

许久,水瀛说:"花花,天要亮了,我得赶快走,再迟了怕有人知道。"

"好,你走吧,俺送你几步……"

花花一边走一边把一些知心的话儿吩咐给水瀛……

水瀛点点头:"花花,你放心吧,我不会有啥的……你回去吧,不就是半年吗?记住八月十五,千万要记住月儿圆了的时候……"

"水瀛……你就……"

"你……还有……"

"水瀛……"

花花吞吞吐吐的,水瀛也不知她想说什么,"花花,你回去吧。我会自己照顾自己的,你不要担心。"

"你呀……你就要走了,这一去就是七八个月,你就不想……"

水瀛站住了,他情切切、意绵绵地望着花花……

顿时,一股激情涌了上来。花花此时更是什么也不顾了,她又一下子抱住水瀛:"水瀛,我想……你就再和俺好一次吧……"

"这,荒天野地的……"

"呶,前边那地里有个避雨窑,咱们到那里……"

于是,他们两人就在这破土窑里又一次爱的交欢……

水瀛带上花花送给他的衣裳、干粮上路了……

花花痴痴地望着他,泪水像断线的珠子从脸上哗哗往下滚,她紧紧地拉着水瀛的手,久久不愿放开……

这离别的苦呀,水瀛今天第一次尝到。人间为什么要有离别呢?

他和花花在土窑子里那和着泪水的温情,是酸是甜,是苦是辣?他说不上来,他有一种从天上掉到地狱的感觉,他有一种牵肠挂肚的感觉。爱,就像一只五味瓶,此时此刻打翻了,全部滋味交杂在一起……

花花那挂满泪珠的粉腮,在他的脸上擦来擦去;花花那颤颤抖抖的双手,拖着他的臂膀难分难舍。花花的嘴唇哆嗦着,想说的话一直也说不出来……

许久，还是水瀛说："花花，回吧，太阳快出山了，出来动弹的人也多了，别让人看见，你快回去吧，擦擦泪，别叫风吹坏了……一定要记住月圆的时候呀……"

花花还是不住地哭，泪水模糊了她的视线……

然后她点了点头，紧紧地咬住下唇，不让自家再哭出声来。

水瀛沿着那羊肠路走呀走呀，他一步一滴泪，一步一回头……

走呀，走呀，他走出远远的地方，回头看见那崖畔上，只有一个小红点了……那是花花，她还在那里瞭着他……

水瀛这心里说不出的难过。花花呀花花，你怎么到了那样一个人家？你要不是个寡妇多好，那样我爹也就不会阻止咱俩的事情，哪里还用有这样的痛苦经历？人生的命运，人生的酸甜苦辣，一生下来，就注定了，有多少幸福可以享受，有多大的苦难需要跋涉，都是写在了自家的衣胞上的。

……

他就这样恍恍惚惚地走着，恍恍惚惚地想着。

一个人低下个头只顾走路，生怕碰上熟人，知道了他的动向，那可就不好办了。他不敢歇脚，一直走呀走呀，眼瞧着天不早了，他走出了五六十里路程，走得疲乏了。看着来到了长乐店，这里是个大店，东山上的人们进城，大多在这里打尖歇脚。天也响午了，才觉得这肚子有些饥饿，多亏了花花给他打点下这干粮，要不身上一点钱也没有，又如何到得了西山？吃几口干粮，进这店里问人家讨口汤喝，也就过去了。

水瀛走进一家饭铺子里。过往客人在里面吃饭的不少，有吃面的，有喝汤的，还有些人在那里猜拳行令喝酒，一股酒香扑鼻而来……

水瀛看着人家排排场场吃饭、喝酒，肚子好像更饿了。他走进厨房里，厨师、小二都忙碌着，他请求道："老板，我有干粮，能给我口汤喝吗？"

老板抬起头看看他，客气地说："行，行，喝口汤还有啥不行呢？人出门在外不容易，不过，你还得稍等一等，现在锅里正煮着面条呢。等一会儿给你把干粮也烧一烧，天凉，可别把肚子给吃坏了。"

"好，好，谢谢老板了。"水瀛感激地点点头。

小二端菜、上饭，忙得不可开交，水瀛站在那里也觉得没有意思，见那里放着一堆用过的盘碗，他便挽了挽袖子就帮助人家洗了起来。

第八章

老板一见水瀛帮他干活，急忙说："后生，快不用麻烦你了，等会儿让小二洗吧。"

"老板，不用客气，反正我也是闲着，洗一洗还能累着？没有事的。"水瀛一边说，一边动手。

老板见这后生勤快，也就没有再说什么。一会儿，水瀛就把盘碗洗刷得干干净净。

这时，面也煮好了，小二给客人端了出去。老板问厨师："锅里还有面吗？给这个后生盛上一碗面。"

水瀛一听要给他上面，他哪里能吃得起面呀，身上一文钱没有，便急忙说："老板，不用了，我有干粮，喝口汤就行了……"

"出了门不容易，不好好吃口饭要上火的，你就吃碗面吧。"

"我……"水瀛很难过，"不，不，我没有钱呀……"

老板笑一笑说："没事，你吃吧，算我请客了。"

水瀛推辞了一会儿，才不好意思地端起碗来……

"后生，你这是到哪里去呀？"老板一边忙着手里的事，一边和他聊。

"进城。"

"跑亲戚？还是……"

"嗯，都不是……"

"那你是……"

"出远门的，我想上西山，挣钱去……"

"哦，就你一人去吗？人家上西山，可都是相跟三五个结伴而去的呀，你这一个人，可不容易呀……"

他们就这样叨唠着。这时，有一个老汉叫喊道："老板，算账。"

老板过去和他说了两句，看他们之间熟悉的样子，就知道是这里的老主顾了。

那个老汉刚要走，老板却又喊他一声："张师傅，你再等一等，把这后生捎两步脚。他也要进城哩，哎，你可不能要钱呀……"

"看你说哪里去了，你老板让我捎脚，我还能要钱？放心吧。"

原来这个老汉是个赶马车的。他等水瀛吃完饭，一起来到车跟前，这位张师傅也很随和、热情，他把自己坐的那张老羊皮给水瀛挪了一半儿过来，拍了一把说："来，后生，坐在这儿。"

水瀛坐了上去。张师傅也跃了一下身，坐在上面，一边摇着鞭子，一边吆喝一声牲口，就上路了……

今天算是遇上了好人，虽说给人家饭馆里洗了洗盘碗，可这老板多好呀，不仅白给他吃了饭，还帮他找了顺道的车，而且这位车老板也是这样的好，待人热情着呢……

这时张师傅和他搭讪道："后生，你这是要去哪里呀？"

"进城。"

"去做什么事呀？"

"其实也是过路。老师傅，我想……我想上西山。"

"哦？要去那里挣钱吗？"

"嗯。"

"就你一个人？"

"嗯。"

"上西山可是要三五个人结伴去呀。你知道西山在哪里不知道？"

"不知道，反正一直往西走呗。"

"后生呀，你想得太天真了……你以为西山这钱好挣吗？"

"怎么，张师傅……你……"

"嗨，我年轻时候在那里住了十来年呢。"

"那……"

"这西山，其实就是吕梁山，那个地方呀……"张师傅长长地叹了一口气，"那地方比咱这里还要穷，去那里挣钱不容易呀。"

"张师傅，这么说去那里也挣不到钱？"

"不是挣不到，是不容易呀。当然，要想挣钱，倒也有办法，西山有些地儿煤窑特别多，你要是去下坑刨煤、拉驮，肯定能挣到钱，工钱当日结，当天发当天的。只是……"

"只是什么？"

"后生，你还小，还没有成家吧？"

"没哩。"

"那我劝你还是别去干那个。"

第八章

马车行驶到一片坑坑洼洼的路上，看似有点走不动了，张师傅一手拉起溜缰，一手高举鞭子，嘴里吆喝着："吁——驾"顺手一鞭子抽在前骡身上，两条前骡四脚一用力，马车跃过了一个绊在轮下的石块，又走顺了……

张师傅又接着说起来："下煤窑，那可是两片石板夹一条命呀，在上面是阳界，一下坑就是阴界，下了坑就是下了地狱，说不定哪天就上不来了，说不定哪一天就会去见阎王。西山的那一个坑口，一年还不死个百二八十条命呢，你年纪轻轻，不值得去那里卖命。"

"哦？"听了这位师傅的话，水瀛的心像浇了一盆凉水，一下子从头凉到了脚。

原来他一直听人们说上西山去挣钱，以为那里的钱好挣，谁知道是这样？要真像张师傅说的，一旦卖了命，挣这钱还有什么用？把自己小命赔进去，还如何回来接花花呀？……

"后生，我给你指个路儿，你要想挣些钱，我看你还不如就到祁县、太谷呢，那里是个富裕地方，找个打零工的机会比较容易。"

张师傅聊起了他的经历，年轻时在外面跑的地儿不少，他这赶车的手艺就是在太谷给人家拉车闸学会的……

天快黑了，车子晃悠着来到了县城。

张师傅说："后生，到县城了，你今晚有住的地儿吗？"

"有，谢谢张师傅。"水瀛下了车。

本来他想去见见延寿，到他那儿住一宿，明天再赶路。可是他又怕他爹找来了，那样可就麻烦了。住店吧，又没有钱，嗨，怎么办呀，他只好找到一家饭铺的堆炭房子里凑合了一夜……

再说水瀛他爹，第二天一大早起来，就忙着打点定亲的彩礼，一件一件地叠好，放进了"拾落"里去，外面又用一床大红缎被面扎成一朵红花，摆放在上面，又用红头绳绑好。这里有他这么多年积攒的物品，也有最近购置的新货，有精制的国货，也有灵巧的洋货，大到布匹刺绣，小到梳篦头绳，花花样样，应有尽有，也真够排场的了，是呀，凭他在裴家的身份，他必须做得排场点。

一切准备停当，太阳已经一杆高了，他见水瀛还没有回来，心想可能是年轻人贪玩，昨晚睡得迟了，干春上年轻人没事干，早上醒不了，就派人叫他，好让他早点回来准备准备，待会儿张媒婆就要带他去羊峪村的韩三孩家去定亲。

郭有才打发人去叫水瀛回来，一会儿，小使唤的跑来回话说，水瀛不在那里。

莫不是水瀛跟着镇上的后生们去玩了，到哪个地方去摸棋、打牌，或者是跌"猴"、赌钱去了？玩的天不早了，在别人家随便歇息了？这倒也可能。他又赶快派人，去那些与他年龄相仿的、常在一起玩耍的孩子们家里去寻找。

"你们快去找找看，别耽误了大事。"

眼看着吃罢清早饭了，派出好多人满镇子打听，还是没有个音信。郭有才有点火了，真是的，昨天吩咐得好好的，今儿有事，可就是不听话，瞎跑什么呀？马上又吩咐让人再出去寻找。

这时，张媒婆已经来了，叫喊着："郭大管家，准备好了吗？让四个汉子抬着彩礼前头走，俺和水瀛在后面跟着，这定亲的事，还是排场点好。"

"嗨，还说呢，本来'拾落'我都收拾好了，人也准备好了，可现在水瀛也找不见了，人还不知道在哪里，可怎么去定亲？"

"什么，水瀛不知道哪里去了？"

"是呀……"

"那可怎么办呀？"

"这不是正在找吗？"

"要是找不见，那可怎么办呀？"

郭有才听她说出这样不中听的话，没好气地白了她一眼，只顾自己去忙了。

裴东家听说水瀛不见了，也着了急，这是怎么了？祸不单行呀，刚刚前几天县里把先生武文兴抓走，私塾里也乱糟糟的没有人管了，正发愁这一帮孩子让谁来管。这下倒好，水瀛也不知道去了啥地方。他赶紧走过来说："有才，这是怎么回事呀？赶快让家人都出去找。"

夫人美兰马上安排，让家人和上上下下的丫鬟、使女、长工都忙活着出去寻找……

一大帮子人满镇子找，不用说各家各户，就是茅厕里、牛圈里，还有村边的麦糠窖子里也找遍了，把个东漳镇翻了个底朝天，哪里有水瀛的影子？

第八章

直到大晌午，各路人马陆陆续续回来，都是那一句话，"没有找到。"

这婚今儿肯定是订不成了，张媒婆在裴家大院急得团团转，挣不上说媒的钱不说，韩家那边又怎么交代？这媒婆说话不算数，日后还如何吃这嘴皮子饭？她随屁股跟着郭有才说："郭大管家，咱这事情可是万事俱备了，你这'东风'却刮不起来了，你看这事该怎么办呀？"

郭有才无可奈何地说："怎么办？你说怎么办？人找不见，我能怎么办？难道能让我与你去？又不是给我找媳妇。唱戏总得唱戏的上场，不能让看客上台吧。你去给人家韩家一个回话，咱们过几天再说，另择吉日吧。"

张媒婆干着急，也没有别的办法，只好扭头去了，一边往羊峪村走，一边盘算着这鬼话该如何编。

水瀛找不见了，郭有才可真急坏了。有人说："哎呀，会不会是带着那个寡妇私奔了呢？"

"是呀，这倒有可能，年轻人，为了这事，啥也能办出来。"郭有才一下子怔住了。因为这事，水瀛和他说了多少回，东家也和他说，太太也和他说，特别是过年那两天，大少爷延寿回来，一天到晚在院子里来回跑这事，最后惊动了大太太也来给水瀛说情……可是，他想来想去，这事不成，好端端个后生，凭什么要说一个寡妇呢？他满以为只要硬着阻拦，水瀛也就死心了。可是，谁知世上这男女之事，真是没法说呀，水瀛大概真的就铁了心，非要去找那个寡妇？要是他们也在野地里做起了那勾当，这事就难说了，男人呀，最怕的就是挨了女人的身子，只要上了那个钩，别说是钱、心……就是命也会拿出来……

"不行，得先去寨上打听打听。"

可是又不想让别人去打听，怕张扬出去不好听。郭有才火急地就往寨上走，要去落个实信。刚刚转到山后，便看见一个媳妇正下寨来担水。哎呀，那不是个花花吗？他虽然不认识，可早听说寨上就这一个女子担水呀。这还好，花花在家哩，水瀛总算没有带着这个花花私奔。

可是他又到哪里去了呢？这也用不着上寨去了，郭有才一边往回返，一边想。会不会是因为不愿意和羊峪村的那个闺女定亲，跑到了县城，去延寿那里去搬救兵？或者想跑出去躲几天，专门耽误这定亲的黄道吉日？……

郭有才急火火地回到家里，马上叫长工小三过来，吩咐说："你骑上匹马，赶紧进城跑一趟，找到大少爷的学校，看看水瀛在不在。"

第二天黑夜，小三才返了回来。连马也顾不得往槽上拴，便跑进了郭有才的住处。

郭有才见小三回来了，马上就问："怎么样，水瀛在那里吗？"

"没有呀，大少爷说，水瀛根本就没有去过他那里。听说水瀛不见了，大少爷也很着急，这可怎么办呀……"

这时，东家裴宝珊也来了，问道："小三，有没有水瀛的消息？"

"水瀛没有去过大少爷那里呀。"

郭有才说："他身上分文钱没有，他能到哪里去？怎么吃住呀？"

这时，小三又说："我返回来的路上，在长乐店上一家饭馆子里喝了口水，顺便向老板打问了一下……"

"怎么，有消息吗？"裴宝珊急着问道。

"老爷，是有个消息。我一边喝水，一边打听，问有没有一个后生路过，我又把水瀛的模样给人家说了一下，店老板回忆说，'照这样子，前天是有个后生在他馆子里吃干粮，问他找汤喝'。水瀛很勤快，帮助人家洗刷盘碗，老板就给他吃了一碗面，还帮忙给他找了个顺车，去了县城……"

"坐的是谁的车子？"

"听说是城里的张师傅。又说正好张师傅在路上拉炭，我又快马追上问，直到城边上才追上他，等和他一打听，老张师傅说，'水瀛在车上和他叨念，说是要上西山……'"

"什么？水瀛上了西山？"

这时，大太太听见小三回来了，也急忙赶来打听水瀛的情况，她人还在门外，听到这个消息，就着急地说："西山是个啥地方？他去了能行吗？要是去下煤窑，这可是……"

裴宝珊也着了急："是呀，去西山下煤窑，那可是两片石板夹一条命，不是个好事。咱这里有不少人去干这活，有几个回来了？"

大太太这下也不怕什么口舌不口舌了，一个尽儿数落有才："有才，你看你这是干的个啥事情？你说你是为他呢，还是害他呢？好端端把个孩子逼得上了西山，你养活不了他，还有老爷管呢，他和延寿就像亲兄弟一样……"

裴宝珊也说："是呀，水瀛是个好孩子，这事呀，我看有才你……"

第八章

　　大太太急着连珠炮地说:"他要找媳妇,你非要阻拦,一个正月有多少人和你说,就是说不通,就说俺和美兰、延寿这脸面小,老爷的话你总该听吧,你该给老爷个脸面吧?可你还是不依,现在闹成这个样子,看你怎么办呀?水瀛真要是有个三长两短,你能对得起他死去的娘吗?"

　　郭有才在那里一言不发,黑着个脸,没有办法。他心里一直在想,水瀛呀水瀛,你爹这可也是为你好,你爹还能害你吗?你想找媳妇,咱给你三媒六聘找个好女子,可你非要一个小寡妇,叫我这当爹的脸往哪里搁呀?我这里还紧着给你找,心想让你回心转意,哪想到你能这样做呀……

　　这时,裴宝珊说:"我看这样吧,这事情马虎不得,有才,你马上准备一下,去找他吧,就是跑遍西山的所有煤窑,也千万要把他寻回来。大嫂你也别急了,美兰,你去给有才取些钱来,让他赶紧走。"

第九章

家人进来报说，魏拳师来了。魏大明已经到警察局当了巡警队队长，可是他在东漳镇坐拳房很长时间，大家都还是习惯叫他魏拳师。

"哦，大明来了？快让他进来。"裴宝珊说。

"裴东家，久日未见，别来无恙？"

"大明，你来了，快请坐。你这到官场混了，也学了点文绉绉的话呀，哈哈……"裴东家笑了笑说，"春儿，倒茶。"

丫鬟春儿端着条盘进来放下茶杯，给老爷与魏大明倒了茶，退了下去。

这时，裴东家说："大明，我知道你公务很忙，这回来，一定有什么要紧事吧。"

"是呀，裴东家一下就猜准了，我可是无事不登三宝殿，府上的那个先生武文兴，当初是我介绍来的，他在府上怎么样呀？"

"武先生确实很不错，不仅书教得好，孩子们也很喜欢他。只是县长说他是'共党要犯'，前几天将他抓走了，还说是省府有通缉令的……我正准备去找你想办法救他出来，无奈家里又出了一点事，才拖延了……"

"东家，我正是为这事儿来的。"

"哦，你有什么办法可以救武先生吗？"

前些天魏大明得知武文兴被抓，很着急，正好李文楷从太原回来，他们就商量营救的办法。这个李文楷，是本县西乡人，爷爷曾经中过秀才，父亲是清末的童生，由于家境不错，从小一直读书，后来考取了太原国民师范，入学后接触了不少新思想，看到社会的黑暗与腐败，便一心想救国，听说南方有共产党，便和同学们商量，想到南方找共产党，老乡和同学帮他凑了一百元，他便跑到南方，考上了黄埔军校汉口分校。

当时正是国共合作时期，在汉口分校，李文楷开始与共产党员接触，思想逐步成熟。夏斗寅叛变后，军校学生编为中央独立师，李文楷随军与夏斗寅的叛军激战，一直打到了广州，就在广州暴动前夕，他加入了中国共产党，并参加了广州起义。在起义的一次巷战中，头部不幸中弹，负伤后，他与部队失去了联系，只好一面治伤，一面寻找组织。历经千辛万苦，他终于在上海找到组织，后又被派往洪湖苏区，担任了红军干部。不久，在赴上海开会途中，由于叛徒出卖，他被警方拘捕判刑，好在次年武汉遭了特大水灾，国民政府发了"疏通监狱令"，他被提前释放。重新获得自由的他，又到处寻找组织，无果，只好回到老家来。回到武乡后，他立即与一些进步青年组织了"反贪污""反重税""抗债"等许多的活动，并在武乡发展了一批地下党员。前一段他只身前往太原寻找组织，请示成立中共武乡县委的组织机构。

李文楷从太原回来后，听到了武文兴被抓的消息，立即找到魏大明，魏大明在武文兴被抓以后，已经暗地里活动，得知原来是有人告密上次反对县长张祚民的行动是武文兴指挥的，新调来的范县长为了稳定自己的官位，来了个先下手为强，假称省里下令，私下抓了武文兴，可是，他手上没有搞到任何的证据，实在没有办法公开处理。

了解事情原委后，李文楷对魏大明说："大明，我看文兴的事还需要请裴宝珊出面来解决。第一，文兴是在他家被抓走的，出于人道，他应该帮这个忙；第二，文兴是你推荐到他府上教书的，你去求他，他一定会答应；第三，他是武乡第一大乡绅，他出面说话，县长不能不给面子。另外，过几天我们利用集日，组织部分人员在大街上煽动，一定会有看热闹的人围过来，我们趁机围到衙门门口，声讨他们随意抓人的行为，声势造大了，县长自然会害怕。趁着县长骑虎难下的机会，一定会救出文兴来的。"

魏大明按李文楷的思路求裴东家帮忙："裴东家，武先生的性格豪爽，他不过是看不惯那些贪官污吏，并不是共产党，要救武先生还需你老人家出面。"

"我本想去找范县长，只是那天他抓人时说武先生是省府通缉的'共党要犯'，在太原多次参与和领导暴动，如果这是真的话，怕我去找也没用。"

"裴东家，这你放心，我在警察局这份差事都是老爷给我找的，我还能骗东家吗？这个范县长可是奸诈狡猾，上次县里搞反贪官县长张祚民的活动时，你是知道的，武先生在中间出了点主意，这个范县长上任后，有人对他说武先生是主谋，于是他就假借省府通缉的名义抓走了武先生。我刚才已经对你说了，他根本不是共产党，只是为伸张正义。"

"原来是这样？"

"是呀，现在范县长找不到武先生任何证据，杀没法杀，放没法放，正发愁没办法处理呢。你要是去找范县长，给他个台阶，让他就坡下驴，武先生马上就会放出来的，县长还得感激你呢。"

"好，那我马上动身。"

第二天裴宝珊来到县城，城里正是集日，街上的人特别多，他无心逛街，径直向衙门走去，谁知道衙门口已经围了许多人，他们高声叫喊着：

"凭什么无端抓人？"

"要求范县长出来答复！"

"强烈要求释放武文兴！"

……

这时，衙门里出来一位中年人，他是县里的梁司法助理，他站在门口干咳了两声说："各位请安静，办理案子这是政府的事，县衙抓人都是有依据的，现在武乡共产党很多，严重影响了治安……"

"屁话，有什么证据说武文兴是共产党？"

"官府贪污受贿，为什么不抓？"

"让范县长出来答复我们！"

"今天不放人，我们绝不答应！"

……

梁助理见人们闹得凶，便让警察过来驱赶，警察已听了魏大明吩咐，只是做做样子，哪能真的驱散了人群？

魏大明在人群中发现了裴宝珊，便挤过来在他耳边小声说："裴东家，现在正到了火候，你进去吧，一定能救出武先生的。"

"好，那我进去了。"

裴宝珊拨开人群，走进衙门。

县长看这架势，真的没有了办法。没想到抓了一个武文兴，倒是抓下害

第九章

了,又没搜出证据来,有点弄巧成拙。见裴东家来了,像是找到了救命稻草,他苦笑着说:"裴先生可算来了,你看这事多难办,省里让抓人,可是百姓反对,听了省里的命令,惹下了县里的百姓。"

"范县长,无论省里县里,抓人不是靠一句话,应该靠国家法度。这武先生在我府上住了好久,我从来没有发现他做什么违法之事,说人家是共产党,总得有证据吧……再说,范县长初来武乡,每天衙门口闹糟糟的,传到省里也不是好事。"裴宝珊说道。

"那是,那是。裴先生说得有道理,我现在也想了,身为武乡父母官,宁愿骗了上司,也不能惹下武乡百姓。"

听着范县长的态度软下来了,裴宝珊马上趁机说:"范县长,武先生在敝舍教书很长时间了,我看他不是坏人,要不怎么会有这么多人支持他呢?所以我希望范县长给宝珊一个面子,我来做个保人,请您高抬贵手,就把武先生放了吧。"

"裴先生,你说……这放……我也不能当下就放,这样我的面子怎么能……"

"范县长的意思是……"

"明天,明天我让人送他回府上,继续教书。可这门外的人群……"

"好,既然范县长给了宝珊面子,我也豁出我的这张脸,去求他们,让他们解散了……"

在裴宝珊的调和下,衙门口的人群终于渐渐散去了。范县长经这样闹了一回,也感觉到了百姓声势的厉害,加上有裴东家作保,第二天,武文兴就回到了东漳镇。

再说,郭水瀛在县城一家饭铺子的煤炭房子里凑合了一宿,第二天天不明就早早动身。听了那赶车的张师傅的话,水瀛改变了原来的想法,到祁县、太谷去打零工。他边走边打听路线,又担心他爹追了来,一路上心烦意乱,就这么走呀走呀,又饥又饿……

在太岳山脉的北端,武乡、祁县交界的地方,有一条长近百里的大峡谷,东南起于武乡权店,西北止于祁县子洪口。这条长长的峡谷,是太岳山和太行山余脉的交叉地带,在这里,两大山脉紧紧地挤在一起,形成一条狭长的大峡谷,北接晋中平原,南达上党盆地。此谷最宽处不过百步,最窄处仅有数丈。这里人迹稀少，烟火全无，树木丛生，道路崎岖，丛山峻岭，野兽出没……确是一个险要之地。这里关隘奇绝，易守难攻，历史以来，被视为军事要塞，故有上党锁钥之称。相传早在北宋靖康年间，金兵进犯中原，大元帅粘罕率部南侵，行到此地，惊恐万状，若有伏兵，金军完矣，探知无人守关，仰天感叹："关险如此，使得我过，南朝可谓无人矣！"于是，粘罕大喜过望，率兵直下。此失，造成迁都临安之遗恨。

  郭水瀛有些害怕。眼看日头偏西了，肚子饿得厉害，掏出花花送给他的干粮来，送到嘴边上，却又舍不得吃，她从家里偷这点干粮，不知又要遭怎样的毒打呀。花花身上的伤疤，又在他的眼前晃动起来，他不忍心吃，又把干粮装进了口袋里，他一手按着干粮，一手按着肚子。走呀走呀，好不容易见到一个仅有几户人家的小村子，走进去向人家要了碗水喝，肚子好像又饱了。继续向前走，实在饿得支撑不住了，才拿出干粮来掰一小块，放进嘴里嚼着。这样，穿过这条上百里长的峡谷，走到第三天，终于走出了子洪口。

  汾河冲击的大平原，从太原府通到平阳府，平展展地铺在水瀛的面前。以前只是听说过平原，根本无法想象平原是多么辽阔，一望无际。来到平原的边上，回头望望连绵起伏的高山，再看看面前一马平川，环境的差异，确实令他有些惊叹。

  他来到一个镇上，在街上寻觅、打听，看谁家用工。肚子"咕咕"地叫着，几天来除了第一天在长乐店吃了一顿饱饭，全是用花花给他带的这些干粮充饥的，现在干粮没有了，他该怎么办呢？

  原以为到西山钱就好挣，现在刚到太谷，就没了活路。此时此刻，他暗暗庆幸没有带着花花跑，这步棋是走对了。要是带着她跑出来，落到如今这个地步，那该是多么难过呀。

  他只好到一家小饭店给人家洗盘碗，勉强吃点剩饭充饥，这么挨了两三天，老板见他挺勤快，人长得也精干，详细地打听了他家里的情况，看他也不是个无赖泼皮，就收留了他，让他在店里当小二，只是工钱太少。管他呢，先有个落脚的地方再说，无论如何这家老板总是帮了他的忙，在他最困难的时候收留了他。他开始给客人上菜、送酒、端饭，扫地、洗盘碗、抹桌子。他手脚麻利，住下一段时间来，老板也很满意。

  老板对他说："你干得不赖，下个月给你加点工钱。"

第九章

谁知道还没有等到下月，水瀛生病了。一天晚上，水瀛突然肚子疼得厉害，头上直冒白毛汗，在炕上直打滚……

老板见这情景着了慌，要是有个三长两短，这不摊上事儿了吗？可是找医生水瀛又没钱，老板又不想给他付。这可怎么办？

老板想呀想呀，终于想出了一个金蝉脱壳的计策来。城里有个姓武的大夫，是个神医，这大夫也是武乡人，来太谷城快三十年了。传说他来太谷时才二十来岁，也像水瀛一样，他说自己有一手高超的医术，可是没人相信，他也就贫困潦倒，流浪街头。也是该这神医出世，有一天他在街上行走，碰见一家发丧，抬着棺材从街上走过。后生只见街心滴了一溜的血迹，就蹲下细看，不看则已，一看这人没死。怎么会埋掉一个活人呢？他初来乍到，不敢冒昧说话，便向身边的老者打听，这死者莫不是打架斗殴而亡，怎会有这么多的血流出来？那老者告给他，非也，这丧主是太谷城里有名的富贵人家，死者是个年轻的太太，因难产而死，所以棺材里还有败血流出来。这一下，更证实了他的判断，武大夫马上跑上前去拦住了送葬的队伍，说道："诸位请留步，小人有话要说。"

送葬的人以为这个人穷疯了，居然来拦路要钱，便拨拉开他，武大夫说："你们听我说呀，棺材里可是个活人呢……"

死者的丈夫也急忙走了过来说："这位先生如何这等说话？你可要为你的话负责。我家夫人难产断气已经多半天了，我为备办她的丧事，赶缝衣物，打点厚葬，如何能说是个活人？"

武大夫非常肯定地说："我敢保证你家夫人能活过来。"

"此话当真？"

"我出门在外，哪里敢说假话？"

"那好，如果能救我夫人一命，我把街上三间门脸儿连房产带货物送给你，算我的酬金，让你在此行医。如若不能复还，可就别怪我……"

"官人尽管放心，立马开棺，便能见效。"

于是，当街开棺，街上的人围得水泄不通，都来看这个奇事。武大夫命人将棺打开，又将那已死人上衣解开，取出一根三寸长的三棱银针，在这妇人的胸口深深地扎下去……

这一针可是扎得又深又狠。

也是该这武大夫露脸，一针下去，奇迹出现了，只见那妇人面部轻轻抽动一下，接着浑身一颤，慢慢地胸口起伏，她真的醒了过来。死者的丈夫见此情景，当众跪在武大夫的面前，谢他救命之恩。

武大夫说："你快快起来，现在还不是说话的时候，我为男人，不好动手，如果方便你快去叫接生婆，你的夫人就要生了，但已经赶不上回府，必须就近找个屋子……"

于是，大家赶紧忙活，一会儿，在接生婆的帮助下，果然这妇人在棺中生下一名男婴……

这时，看热闹的人已经将武大夫团团围住，都问这位先生，如何能有此神道？莫不是神仙下凡了？

武大夫这时才说："此病名叫'小儿抓心'，患者不过百万人中有其一，甚是稀少，所以医者大多不知，神医扁鹊曾有记载，这位夫人所患便是此病。由于胎位不顺，小儿不能顺利生产，在腹中将衣胞蹬破，须知衣胞一破，小儿便要呼吸，可此时尚在腹中，哪里能呼吸？憋闷之中，便伸手将娘的心抓住，使母亲窒息而假死。这病实是难识，我们就会将这假死之人当真死埋葬，白白送掉两条性命。多亏遇上我，细看这血迹乃活人之血，才敢截街拦棺。这一针扎下去，扎得又深又狠，均是非常之针法，由于时久，小儿在腹中也已经窒息，只有使用狠针突然刺激，扎在小儿之手上使其松手，同时这针还要点在母亲的心上，使母亲在小儿松手之时，经这一刺，心脏突然跳动起来。这种针法是最难掌握了，扎得不够难见其效，扎得过深则坏了母亲的心脏，母子只能保其一，此其医道所失也。"

他讲得高深莫测，人们听得如坠云雾之中，这简直就是神仙了。武大夫当街开棺，救下两条性命。武乡有个武神医，名声一下子在太谷城传了开来。

那位妇人的丈夫，是太谷城有名的财主，他也不食言，为感谢武大夫的救命之恩，不仅将街上三间门面，双手奉送于武大夫，而且又赠送他五十两白银做本钱，于是武神医在太谷城里开起了"妙手堂"诊所。这个武大夫，可真是个救死扶伤的好医生。他给人看病从来不论多少，除了药钱，治病的钱都是人们看着给，许多没有钱的穷人，他还贴上自家的药给人治病。正因为他一心为人，在太谷城留下一个好名声，"妙手堂"成了县城最红的地方，前来治病的人越来越多，生意也越来越红……

第九章

　　老板想到武大夫平时救死扶伤，与人为善，许多穷人去看病，他都不要钱白给他们看，今天这个郭水瀛是他老乡，他也肯定会照顾。于是，他叫人将郭水瀛抬到了武大夫的"妙手堂"。

　　果然，武大夫二话不说就接诊了。经过诊断，水瀛乃是急性盲肠炎，武大夫马上给他用药，为了让水瀛尽快恢复，还给他用了价钱昂贵的西药，水瀛的病情大有好转。这几天，武大夫有空时，就和水瀛叨唠武乡的事情，也知道了他的困难。

　　水瀛说："武大夫，你救了我，可是我也没有钱，你要是相信我的话，现在我的病也好了，让我去打工赚上钱，就来还你。"

　　武大夫笑了笑说："水瀛，看你说到哪里去了，医生本来就是救死扶伤的，好多穷人我都不要他们的钱，何况咱们是老乡，就不要提钱的事情了。你要想出去找个工做，也可以去了，你就去吧，现在太谷川的小麦已经发黄，正到收割季节，不缺个打工的地方，以后有啥事情还可以来找我。"

第十章

俗话说，杏黄一天，麦黄一晌，这麦子成熟起来好快呀。

一场热风过来，一大片麦子就像黄黄的海浪一般。轻风在麦穗穗上抹过去，那小麦就像水波一样，一浪接一浪地往过涌。两眼望去，麦浪此起彼伏，煞是好看，今年这平原的夏田，可是一个大好的收成呀！

郭水瀛站在城边上对着那麦田看了好一会儿，心里又想起花花来。她现在又去担水了吗？天这么热，她一定汗流浃背了……

按武大夫的指点，水瀛来到城里的用工场。来这里打工的人，都来这里等待，用工的主户，也都来这里挑选，这已是多年形成的规矩了。太谷川是个富有的地方，每年从麦收开始的农忙时节，都会有许多人来这里打零工，先是当麦客赶麦场，后是当锄工锄谷，一直到收秋不缺个干的，一天能挣三四百钱，做上几个月也能装十几块现洋回家。他想，在这里赚了钱，把花花接过来安家立业，买间草屋，购进几斗粮，和花花节俭着过生活，男耕女织，生下小孩子满院跑，那该有多好呀。他脸上透过一丝笑意，劲儿也增了许多……

水瀛一边盘算着，一边等待着找零工的主户。来用工场找零工的顾主不少，水瀛刚刚来到这里不大一会，就有个人来到水瀛的面前，问他："喂，是做生活的吗？"

"对，对，是做生活的。"水瀛见问他，赶紧答应道。

"哪儿来的？"

"武乡。"

"好好好，武乡客，跟我干吧。"用工的连连点头，看来对水瀛还比较满意。

水瀛也不问个价钱，就要跟着顾主走。顾主带着他一边走，一边和他说："是头一次来吧？"

水瀛小声地回答："是刚刚来的，以前没有来过。"

那个人笑着说："我一看就知道你是初来乍到，什么规矩都不懂，这打工呀，可是要搞工价的呀。你为什么不开口问问我，就跟我走呀？"

"谢谢你的指点，我真不懂这行情。"

"跟着我，倒没有啥事的，俺东家人好，不会赖你的，要是遇上个……怕你要白干一个月呢。你愿意打月工还是愿意打日工？"

水瀛感谢用工主户的提醒。他又不懂这里打零工的规矩，总知道打月工长久些，他只听人们说打日工是一天一算账，遇个天阴下雨，东家就不给开钱了，那就得吃老本，虽然一天赚的多些，却不如打月工稳当。

想到这里，他说："我还是打月工吧。"

"好，那就先试三天，让东家看看你干得怎么样，之后再给你定工钱。"

郭水瀛跟着来到一个姓范的财主家。这个财主在太谷城算不上大户，却比武乡的大财主还富，常年用十来个长工，从春起到秋收，还要根据情况用几十个短工。范东家已经年过花甲，足下无子，到了四十多岁才养下一个闺女，今年才十六岁，这闺女长得不算好看，但范东家就这一个心肝宝贝，待她如掌上明珠。范东家一辈子烧香念佛，行善积德，待人如亲，从不和人计较。能来这个东家干活，也算是走了好运。

一大早，东家安排长工、短工吃过早饭，准备今天开镰。领工的带着十几个麦客一起上地，这些人中有后生，有壮年，大概都是些弄庄稼的好手，水瀛有些担心，他生怕上了地一比，落了下来，给他定的工钱少了，那就算倒了号，赚不下钱，怎么回家见花花……

郭水瀛低着头走路，心里正嘀咕着，身旁一个四十来岁的人和他搭话道："嗨，后生，你从哪儿来的呀？"

"武乡。"

"我刚才听你说话，口音就像了，咱是老乡，武乡啥地方？"那人更加仔细地盘问起来。

"东漳镇上。"

"嗬，巧了，咱们还是紧邻家哩。我是羊峪村的，只差十来里路。没想到在这里遇上了老乡。"那人看看水瀛，便和他闲聊起来。

水瀛心里想，他爹给他在羊峪村找了个媳妇，他不正在躲这事吗，一旦人家说起这事来可怎么办呀？这要传回去，不是让家里知道我的去向了？

郭水瀛自己担心，真所谓做贼心虚。原来，这人已经离开家好几年了，一直在这里打工，压根儿就不知道有这么回事，他说了许多话，也没有扯到这上面，水瀛也就放心了。

那人见他有心事，便说："后生，你放心吧，咱武乡人在太谷吃香着哩。用工场上一见武乡客，不说二话，带你就走。咱武乡人动弹行呀，营生干得也好。怕啥哩，咱凭自己一双手，到哪里还怕没口饭吃。上地不要紧张，撑住气稳稳地开镰，一会儿就会撇开他们的。"

听了这话，水瀛心里才稍稍踏实了些，说："就是，怕啥哩，他们是人，咱也是人，我手不笨，脚不迟，能差他们多少。"

这平川地方，地块儿真大，站在地这头，一眼望不到麦地那头，麦客们来到这里，在地头一字儿排开。

领工的喊了一声开镰，便站在地头上看着。一霎时，麦客们便闯进了麦浪里。只听见"刷刷刷"的声音，麦客们躬下身子割了起来。一个个拉开弓字步，割一镰上一步，身后留下了一个个麦卷儿。

水瀛可是用尽了吃奶的力气，气也顾不上换，只顾低着头，撅起个屁股使劲，他拉开了弓字步，扯展镰刀，伸手一大把，伸手一大把，三下一卷手，一个麦卷儿扔在身后。回手的时候，又把一撮麦秆"腰儿"挂在左手的大拇指上，这是从他爹那儿学来的绝招儿，叫作随手带"腰儿"，割起来的麦子，反手一卷便捆住了，不用像他们割一会儿，再返回来，再捆一会儿那样麻烦。并不是所有弄庄稼的人都会随手带"腰儿"这一招的。

不知过了多少时候，水瀛觉得腰实在酸困了，他用长袖在脸上擦了一把汗，站起身看身边一个人没有。他以为都在前面走得看不见了，仔细一瞧，身旁还有没有割过的麦卷儿，全都直竖竖地长着麦子，回头一瞧，没想到他们还差那么老远，割了这一趟，他超出了他们一半。

水瀛长出了一口气，悬着的一颗心才算放了下来。他高兴极了。一高兴，劲儿又上来了，展了展腰，身子也舒坦了，他又低下头，箭一般地滚进麦浪

第十章

里。

动了两天，水瀛的把式出了名。到第三天，范东家竟然上了地，身边跟着一个随从，一手举着一把洋伞，一手给他端着水烟袋。东家在麦地中间转了转，站了站，下来看了好久，水瀛只是瞄了一眼，不敢多看，他怕东家说他奸猾。

等水瀛割到地头，范东家已经站到那里了。他朝东家憨憨地笑笑，准备扭头割着往回返，范东家朝他摆手。那个随从便朝他喊："喂，武乡客，东家叫你说话哩。"

水瀛低着头走过去。

"后生，你割得太快了，稍慢些吧，那样太累呀。"

"嘿嘿，没啥，"水瀛红着脸说，"力是外财，使了再来，年轻人累不着。杏黄一天，麦黄一晌，得赶紧割哩……这伏天不牢靠，一旦下起冰雹来，可就要受损失了，这可是虎口夺食呀……东家你歇着，我割去。"

水瀛站在地边上数数麦垄，给没上来的人留下垄数，又朝那边割去……

水瀛自打到范财主家打零工以后，这才真觉得有了信心。这位东家财主人性好，对人善，对他更不错。要是能在人家家里住上几个月，等到他阴历八月十几往武乡返的时候，也许真能攒下几个钱，那样的话，他和花花的生活真的就有了希望……

天黑了，割了一天麦子的麦客们，都涌在院子里吸着烟锅子。年轻些的，一吃过饭便又活灵了起来，都在那里谈论着各种各样的话题，家乡、风俗、传说、故事、笑话……海阔天空，什么都谈，而谈论更多的主题则是女人，只有谈论女人才能使男人开心。而每到这时，那些年纪大点的，劳累一天，已经觉得浑身酸软，累得难受，他们听上一会儿，笑一笑，也就顾不得插科打诨，与年轻人谈论什么笑料了，只顾蒙头吸烟，待过足了烟瘾，好去困觉。

说笑话的那青年，当然总是要拿出几个荤段子来说笑，他肚子里的东西真多，说几夜硬是不重样，每次人们都笑得前仰后合，一天的疲惫在这笑声中早已消失得无影无踪了。

这时，小头儿过来朝着人堆里喊："武乡客郭水瀛，东家叫你哩。"

小头儿是当地对二管家的一种称呼，人们叫大管家为大头儿，二管家为小头儿。水瀛听见小头儿叫他，估摸这是三天试用工期完了，东家准备给他定工钱数哩，他也急着想知道东家能给他开多少工钱，便急忙跟着小头儿进了后院。

天黑乎乎的，他跟着小头儿拐弯抹角钻了几道门，进了东家住的中院里。白天他一直上地，再说就是在家里他也不会进人家东家的院子里呀。他也弄不清走到了哪里，只觉得这院子和他干爹家的院子差不多大。

水瀛看不清院落里的铺排，只瞧见是砖楼三合院，正面起有一丈多高的台阶，院里全是大方砖漫着，十分气派。不过，在太谷城里这气派的房子太多了，光中国四大家之一的孔祥熙孔家，就占多半个县城，哪里还能分清什么大小财主呀。

进了院以后，小头儿准备往西楼底引他，只听范东家在正厅房里喊："喂，把他引到正厅里来吧。"

水瀛被引进了正厅房。按说，人家这正厅房里一般可不叫外人进去，接待客人都是西楼底的小客厅，何况他一个打零工的下人，今日也不知东家怎的高兴了，竟然将这一个打零工的下人也叫到了正厅房。屋里灯火通明，范东家正在那里吸烟，老长的烟袋伸出来，他的闺女范灵芝拿着火煤在一旁给他点烟，夫人在旁边坐着，手里摇个蒲扇。东家见他进来，指了指放着大红绒垫的太师椅："你坐吧。"

他有些胆怯，这东家可是太高抬他了，哪有下人在东家面前就座的，他还是站在那里，两只手不由自主地来回搓动着，低下个头："不用坐了，东家，你有什么事情就吩咐吧，我站一会儿就行。"

"没事，你就坐下吧，闲聊两句。"

水瀛又怕东家说他狗肉不上条盘，人家让你坐，你偏要站着，也就不敢违命，只是点了点头，轻轻地用屁股尖尖坐在椅边边上。

水瀛的心里好像有人在敲拨浪鼓，乱糟糟的，怎么用个短工，东家还会这样重视？他抬起头来，灵芝正在那里一个劲儿盯着瞧他，他浑身不自在起来，以为自己哪里不对，赶紧搜寻，可是也没发现什么，莫非是脸上有什么？他下意识地擦拭了一把，好像也不是，他实在弄不清是什么原因，手足无措，不知如何是好。

"水瀛，你是武乡来的？"东家吐了口烟问他。

"嗯，武乡的。"

第十章

"上来太谷多久了?"

"三个多月。"

"家里都有什么人呀?"

"娘早不在了,就有老爹。"

"弟兄几个?"

"就我一个,连个姐妹也没有。"

"有没有媳妇呀?"

"没哩,还没说媳妇哩。"

"今年多大了?"

"虚岁十八了,属龙的。"

"该说媳妇了呀。"

"该是该了……可是……"

水瀛不敢说那些情况,他怕传到羊峪村那个老乡耳朵里,万一传了回去不好办,只是随便应付着:"嗨,没个合适的。"

"你们武乡生活苦吧?"

"嗯,贫穷,生活苦呢。"

"你看太谷好不好?"

"太谷好,比俺武乡富裕多了。"

范东家又装了一锅烟,让女儿给他点着,朝坐在一旁的太太看了一眼,又朝灵芝瞅一眼,他们不知在交换着什么意见。

过了好大一会儿,东家又说:"愿不愿意到太谷来生活?"

水瀛客气地笑笑:"愿是愿意,只怕是俺没那个福分。"

"哈哈哈哈——"东家笑了,"这后生还挺会说话。好,好,愿意就行,那你以后就在我家住着吧。这个工钱吗……以前的规矩是日工四百钱,月工比这低五十个钱,这是太谷城用工的老官价,不过我看你干活很可以,这我都亲眼见过了。所以我就破一次例吧,你虽说是月工,我也按日工的工钱给你,给你四百钱,你看行不行?"

"谢谢东家,东家太高抬水瀛了。"

水瀛真感激东家对他的照顾,急忙站起来行礼。

"坐下,坐下,"东家朝他点点头,"这不算高抬,你们挣钱是靠自己劳动，你干得好，自然要多给你一点。"

"谢谢，谢谢。"水瀛不知该如何应付了。

"一月下来，你如果干得好，我还可以再给你加些。"

东家说话很随和。又聊了一会儿，水瀛实在觉得拘束，再加上天气热，坐在那里，一头一头地出汗，灵芝递给他一条洋布毛巾："给，你擦一擦汗吧。"

水瀛有些心慌意乱，叫人家小姐给他递毛巾，这多不好意思，他直说："不用了，不用了，东家要是没有啥事，我就……"

水瀛说要回去歇息，东家和太太、灵芝都送出来。

小头儿照样在前面引路，送他回去。出了大门，小头儿说："咱这东家人性好，对你更好。"

这一点，水瀛心里已经感觉到了。他干活更起劲儿，一点点也不偷懒，他怕对不起东家的好意。果然一月下来，三四得了十二贯钱，三块现大洋赚到了。除了工钱，小头儿还又拿着一块钱送给他说："水瀛，这是东家奖给你的。你要是愿意，就继续在这里住着，这里事情多着呢，你就好好地干吧。"

水瀛当然高兴，到哪里去找这样的好东家，给的钱也不少，东家又待他好，他马上满口答应，就在范家住了下来。

却说郭有才只以为水瀛去了西山，于是骑着马跑到了吕梁山，从孝义开始，汾阳、文水、交城、娄烦直到岚县，跑了十来个县上百个煤窑，可是根本没有水瀛的踪影。莫不是刚刚几天就出了事吗？当爹的心也不知要往啥地方想，他担心水瀛出了事，每到一个煤窑，他都要暗地里打听一下，最近窑上出过事没有，可是，仍然没有消息。这一跑就是两个多月，他心灰意冷，也只好怏怏不快地返回东漳镇来。

一路上，郭有才想呀想呀，这个水瀛究竟到哪里去了呢？他这究竟为的是个啥呀，怎么好端端的就要离家出走呢？嗨，我这算是办了件啥事情呀……

郭有才开始自责起来。按说，我这可也是为你好呀，你想找媳妇，我马上就让媒人去说媒给你找，庚帖都送去了，还是个大富大贵的上等好婚，古人说龙加鸡，这叫龙凤配；黄龙白凤更相投，过门发达好来由，儿女成才子孙壮，福寿长绵永不休。这样的好亲事，你就是不从。你好端端一个后生，

第十章

为什么偏偏要去爱一个寡妇呢？我只说给你找个好女人，你就会回心转意，要早知道是这个样子，我也就不这样去管你这事了。你说我这一辈子算是弄了个啥事情？搞了一辈子事业，那是为人作嫁衣，给东家干的，轮到自己家里，啥也没有攒下，老婆早早地死了，留下一个孩子，本来是和我相依为命，可现在只因为婚事离家出走，不知去向。水瀛呀水瀛，为了你，我可是没有少受苦受罪呀，多少次有人帮忙，要给我续弦，可是，我心里总怕你受苦，人常说"有了后娘就有了后爹"，我怕续弦后再生个一男半女，后娘待不住你水瀛，我对不起你死去的娘。就是大太太对我那样的好，我也不敢和她成婚……

　　水瀛呀，爹为你吃尽了苦，受尽了罪。可是，你为什么就不理解呀？你这样管你走了，叫我怎么活呀？他就这样一边走一边想，一边想一边走，忧忧郁郁地返了回来。

　　裴宝珊得知有才回来了，马上就来打听情况。可是，没有水瀛一点消息。裴宝珊也想责备有才几句，见他这难过样子，好像一下子老了许多，也不好再说什么。

　　郭有才饭也不想吃，水也不想喝，一头倒下睡了……

　　其实哪里能睡得着呀，他病了。心情沉重，再加上两个月的劳累，特别是回来时在路上树荫下打了个盹，着了风寒，能不病吗？……

　　这下可把大太太给急坏了。本来她见有才回来，又没有水瀛消息，也想怪有才不通情理，导致了这样的事情发生。可现在说这已经晚了，水瀛走了，有才病了，再说也只能火上浇油，这不是要有才的命吗？

　　大太太担心有才有个三长两短，那样不是更没有办法？只好一边给他送水送饭，熬汤煎药，一边还得给他说宽心的话儿。就这样，有才的病还是不见好。

　　裴宝珊也很着急。越是急，越有事。就在这时，裴家的几个铺子里又都出了问题，这要在过去，那些问题让郭有才亲自去跑一遭，就什么都处理好了。可是现在有才病了，这件事情又该如何办呢？你看这真是……

　　他只得去床边慢慢地和有才商量。有才勉强着爬起身来，一边给老爷让座，一边说："劳烦老爷亲临，有才病体难支，实在惭愧呀。"

　　"看你说的，吃着五谷杂粮，谁能不生病？慢慢养着就是了，明天我让小三到城里给你请个好大夫来。"

"药也吃了好几副，只是不见效呀。"

"别着急，别着急。"

"老爷，是不是这两天有什么事呀？"

"事是有些，可是你放心养着吧……别急，等你好了再说，等你好了再说。"

"老爷，有什么事你就说吧，这商场如战场，商机不等人呀，如果有问题，咱们得赶紧找对策才是，该办的就要赶紧办呀。"

裴宝珊这才慢慢地把各处的情况说给有才，有才当然对各处的情况了如指掌，一件一件地做了分析，并仔细地解释该如何处理。

这时，大太太将煎好的汤药端了进来。见裴宝珊坐着，她有点不好意思，可是碰都碰上了，她也不能返回去，只好这样硬着走进来，她放下熬好的药，说："嗨，有才这一个人孤孤单单的，实在是困难呀，水瀛一走，他更难了，心上也难，身上也难。你看，这有个灾灾病病，连个倒水端汤的人也没有。嗨，难呀……"

"是呀，嫂子，多亏你能帮助他。"裴宝珊说。

有才说："这些天，多亏大太太帮忙呀。"

"咱这命苦呀，这也是惺惺惜惺惺吧。这药都快凉了，你就先喝药吧。有啥事情，喝了药再说。"大太太又给他倒了一碗白开水放在跟前，好让他喝了药漱口，本来还想在跟前照看，只是裴宝珊在旁边，有些碍手，便转身就走了……

这些情景裴宝珊看在眼里。待有才吃完药，他们又说了些话儿，东家就告辞了。

这天晚上，裴宝珊把白天看到的情景和夫人美兰说了。美兰说："他们俩那可是真心的好呀。前段嫂子病了，有才打里照外，跑来跑去，照看她。现在又轮上嫂子来照看有才了。"

"美兰呀，我看有才这病可是不轻呀。"

"嗨，人心都是肉长的。早年妻子去世，撂下个刚刚出世的孩子，到现在自家年龄大了，反而孩子又离家出走，这水瀛去了，无影无踪，身边没有个亲人，你想他还能挺得住吗？"

"那……这可怎么办呀……"

"是呀,这有才要是再有个三长两短……"

"那可不行,一来他对咱裴家贡献最大,二来咱们现在还要用他,这三嘛……这多少年的交情,咱也不能放手不管呀。"

"老爷说得对。"

"我明天就让小三去县城,请最好的大夫来。"

"老爷,光请大夫恐怕不顶事呀,有才他主要是心病。心病还得心病医哩。"

"你的意思是……"

"老爷,俺可是妇道人家,不知想得对不对。"

"你就说吧……"

美兰爬起身来,用那光胳膊支在枕头上,与老爷脸对着脸,和他商量。

"依俺说,现在水瀛没有下落,有才成了孤身一人,不如让大太太和有才碰在一起,一来能在生活上照顾他,二来相互说个话儿解解闷,或许会好一些。再说,如果水瀛真的就是再不回来,他们都才四十来岁,也许还能有个一男半女,不照样还是人家?"

"这个想法倒是……就怕裴家族人……"

"裴家族人能说什么?只要你同意,裴家哪个敢说个闲话?再说,现在民国提倡民权哩,改嫁的事也多了,还怕啥哩?"

裴宝珊不说话了,他认真地思考起来……

第十一章

　　自打水瀛走了，花花似乎挨打也少了些。倒不是婆婆和小叔子魏林元对她慈善了，只是这水瀛一走，对花花来说，少了些那种招蜂引蝶的闲话，再说花花也觉得有了盼头，做起事来格外小心，凡是大小事情，她都低头忍受着，期盼着、等待着水瀛回来接她。

　　她一天天地等呀等呀，她盘算着，半年呐，更详细些说那是一百七十一天。

　　她在门后面的墙上，悄悄地划下了记号，过一天划一道，过一天划一道。每天一有空都要去那里数一数……

　　她每天还是照常担水、洗碗、纺花……

　　下寨的路上，她总是要把眼睛朝着那水瀛走时的路长久地张望。

　　其实，她心中也非常清楚，他不会出现。早着呢，他刚刚走了二十来天，还不到时候，可她还是要固执地去看。还不知道他现在找没找下营生干，他在外头是个啥样子呢？她心里怎么觉得好像有二十年似的呀……

　　她还是要张望，固执地张望。

　　那一天，他走的时候，她只顾哭了，只顾爱了……可是还有好多的话，怎么就没有给他说呢？她远远地望着那个避雨的土窑子，在那里，他曾经又一次给了她人类最温馨的爱，虽然是那样仓促，那样让她担惊受怕……可是，她还是得到了满足，一种生理上的满足，更多的是一种心理上的满足。可是，那许多的话，却没有来得及说给他……

　　她后悔，她自责……

　　她想起了老年人曾说给她，真正相爱的人会心心相印的，神灵能为他们传递情感，她便把她心中久久想说而没有说出来的话，用开花调轻轻地唱出来，化成一种寄托，想让它远远地飘到水瀛的耳畔……

　　哥哥你走西山，小妹妹泪涟涟，
　　朝着那西山望呀望，只盼着见哥哥的面。

　　哥哥你走西山，小妹妹泪涟涟，
　　妹妹有几句知心话，你可能听得见？

　　吃饭你要吃饱饭，不要凑合了算，
　　饿坏了身子骨，谁来把你照看。

　　干活你匀着点干，不要猛动弹，
　　累坏了身子骨，谁来给你送茶饭。

　　交友你莫交女，只能去交男，
　　恋上了野花草，可就把妹妹忘一边。

　　哥哥你走西山，小妹妹泪涟涟，
　　梦里头瞧见你，你是我心肝。

　　哥哥你走西山，小妹妹泪涟涟，
　　整天翘首往西看，只盼着哥哥你早回还。

　　每天，花花在下寨的路上，她都要轻轻地吟唱这几句词儿，她相信，神灵会将她的心意传到西山的。夜里，当劳累了一天的她一个人睡下，她总是盼望着梦中能见到他，哪怕是在梦中说些知心的话儿，也是一种幸福呀。可是，她越这么想，就越是梦不到呀，她真是命苦，怎么老也见不到他呢？
　　嗨，难呀，难……
　　寂寞的夜，寂寞的人儿，寂寞的等待……

等呀、盼呀，她就这样一天天熬着。有些天，她觉得身体有些异样，先是不想吃饭，浑身没有精神。不想吃饭，家里没有人管她，你爱吃不吃，不吃才好呢，正好能省些米面，在这个家里谁会心疼她呢。浑身没有精神，这对她来说可是件难事，她还得去担水，照样三顿饭的锅碗还得她去洗刷呀。

她得硬挣扎起来，去担水，去洗刷锅碗，去纺花织布，少干一样也不行。嗨，有什么办法，谁叫她的命苦呀。她还是与世无争，在默默地干着这几件永远也干不完的事情。

又过了几天，她更感觉不适了，心里乱糟糟的，老觉得恶心想吐，难道是得了什么病了吗？什么东西也不想吃，这可怎么办？水瀛走了没有多久，要是她就得了病，还有谁管她呀，怕是连水瀛的面也见不着了……

担水的路上，她心烦意乱地想呀想呀，嗨，俺这命怎么这样的苦呀，刚刚有了些熬头、盼头，偏偏又得了这莫名其妙的什么病，好几天不想吃饭了，身体软得不想动弹，担着水上到半坡，便走不动了，浑身直打战。

她想办法找了个能放下两只筲的地方，轻轻放下来休息休息，长长地嘘了口气，一抬头看见对面地堰上有颗杏树，那杏子结了指头肚肚大，小时候大人曾吩咐说吃毛杏子、毛桃子要肿嘴的，孩子们也都不敢去吃了。可是今天，她好像是想吃那个东西呀，去摘一个试试，她爬坡爬坎走了过去，摘了一个，放到嘴里尝了尝，果然觉得好吃，又摘一个吃，真的好吃，于是，她摘了许多吃起来……

吃着吃着，突然想到这不对呀，不想动弹，想吃酸……难道……哎呀，这可怎么办？她不是病了，而是发孩子哩……

花花的心一下子乱了。她听人说过，女人发孩子就是这个样子，不想动弹，想吃酸。她这是在发孩子，这可叫她怎么办呀，她是个寡妇，水瀛又不在身边，她怎么也不能……可是，在她的身上有一个小生命要生长了……水瀛临走的时候，给她放下一件礼物，他娘给他留下的戒指，她一直戴在手指上。他知道他还留下一件更贵重的礼物吗？他给她栽下了一颗爱的种子。

是喜是忧，她没有办法说。这个孩子将带给她什么命运？她说不清。现在她究竟该如何办呢？这个孩子是不是来得有点太早了呀。

花花掐指算了算，到八月十五，该有六个月。谁知道她六个月的身孕，又会是个什么样子呢？如果胎儿发育得慢一点，或许也还能遮掩过去，如果孩子长得大一点，没办法遮掩，这就看肚皮松紧，怀手好坏呀，看她的命如何吧，一旦让那个狠心的魏林元看出来，那还不要了她的命？

花花自知自家身子不挂利，更担心那个狠心的林元打坏她。这可是水瀛留给她的，那是他爱她的宝贝珠子呀，爱情的结晶呀。为了孩子，她可是小心谨慎，家里人的话都像圣旨一样，打下了牙往肚子里咽。管他哩，吃亏也有了数数，等到中秋节黑夜月儿圆了，水瀛哥就会接她走，找个地方过生活，穷也过个有笑声的穷日子。

花花活了这么大，也算是个嫁了人的人了，可是，她还没有舒舒服服挨着男人睡过觉呢。时刻听着男人的心跳声，时刻闻着刺鼻的汗味儿、烟味儿，时刻贴着男人坚实的胸脯，时刻靠着男人粗壮的体魄。这一切，她没有经过，却一直在想象着，那时的心里是个啥滋味，再也不会心惊肉跳，再也不会遭家里人的打骂。

花花常常一个人扳着指头数日头，盯着门后的道道去数呀数呀，这日子可过得真慢呀，太阳老是在半天上，西山都等得困了，它也不下去。

嗨！白天她还得忍受着痛苦，坚持着给家里担水，还是那样一天五担，低着头，忍受着一切煎熬。只有夜晚一个人躺在自家的破被窝里，摸着越来越大的肚子，她流泪、高兴，高兴、流泪，腹中的胎儿开始动了，她像是得到一种安慰，还是一种刺激？她不知该如何办，无论如何不能委屈孩子，她平平地放开身子，任他舒坦地动，她暗暗地笑了，一会儿又暗暗地哭了……

水瀛呀，你还不知道，你已经有儿子了，是儿子，一定是儿子，他动的那劲儿和他爹一样有力，是个小子呀，一定是个漂亮的小子呀……

她开始寻找一些布头，在夜深人静的时候，悄悄地为她未来的孩子做起小衣裳来，裹腰子、透顶帽、落肚子……细针密线地缝，严严实实地藏，生怕让人看见，要是有人知道了，她可就没法活了……熬吧，总是有盼头的。她常到门后数数画的那些道道，尽管日子过得太慢，可总还是在增呀，熬过一天是一天……

水瀛并不知道花花发孩子的事，他一直想着他们的约定，想着赚点钱回家带着花花出走。水瀛人勤快，地里的活儿干得很好，回来也不闲着，抽空就担水、劈柴、和煤，啥都抢着干。再说人家还常常额外给他奖赏，他心想，咱多动一点也没有什么，总得对得起东家的奖赏。

羊峪村的那位老乡见他这样卖力，曾私下悄悄地说："水瀛，你怎么这样卖力，你个打零工的，那么卖力干啥哩，差不多点就行了，你就是干得再起劲，人家还能把你弄成招女婿？别白费那个力了。"

水瀛笑一笑，没有说什么。水瀛哪里还想给东家当招女婿？他只是觉得，这东家人好，给的工钱也不少，人心换人心，八两换半斤，咱这出来不就是为了挣几个钱吗？既然人家能多给工钱，咱还不能多给人家干些活吗？

范东家对他好，范太太和灵芝对他更好。水瀛也就越干越有劲，东家越看越顺眼，尤其是灵芝见水瀛动弹得累了，还常常给他舀洗脸水、端饭，把个水瀛高兴得合不拢嘴。天气长了，水瀛也觉得住惯了，不再那样拘束。

和他在一起打工的还有一个太谷东山上的人，叫原成均。成均比水瀛大几岁，两个人常在一起，听说他曾在太谷有名的铭贤中学读书，后来因为父母早早去世了，家里生活有了困难，没办法才辍学来打工。也许是因为两个人都念过书吧，也很能说得来，常常是别人说荤段子时，他俩在一起谈点文学，成均的话中有许多与武文兴一致的观点，这令水瀛很敬佩，他感觉成均就像武文兴一样，可以做他的老师。有一天晚上，他们又在一起闲聊，成均突然问水瀛："你听说过共产党吗？"

"听说过。"

"那你对共产党有什么看法？"

"我感觉共产党的那些道理很实在，好像都是为咱们穷人的。"

"你听说过红军吗？"

"红军？没有听说过。"

"这红军呀，就是共产党组织的军队，听说陕北有个共产党员叫刘志丹，这人是黄埔军校毕业的，可有水平呢，他在陕北组织了一支红军，打土豪、斗地主，专门为穷人出气。现在整个陕北都成了红军的天下，咱们要不去陕北参加红军吧。"

"人家会要咱们吗？"

成均起身到门外看了看，回身对水瀛说："要，肯定要哩，就看你想不想去呢。"

"我当然想去呀，正发愁没有个地方去呢。"

"不瞒你说，我家里父母都没有了，因为打发父母借下了债，真没办法生活，来这里打工，原来就是想挣几个盘缠，然后去陕北参加红军，这几天听人说红军派人暗地里来这里招兵，我想，正好，省得去了陕北还怕找不到红军呢。"

"这是真的？"

"是呀，这人是我的一个远房亲戚，前年跟着晋西游击队去了陕北。"

"那红军要不要女兵呀？"

"要吧，部队上也需要女兵，搞医务、搞后勤……你查访这个干什么？你又不是女的。"

"成均呀，不瞒你说，我在家里有个相好的，我们想结婚，可是我爹死活不同意，我原来想带她一起出来，又怕没办法生活，就先一个人出来挣点钱，然后再带她走。如果红军要女兵，我就回去带她来，咱们一块儿参加红军。"

"这样的话，我给你具体打听一下。"

眼看七月要尽了，马上就到八月，他掐指算了一下，来到范家也有三个月时间了。夜里，水瀛悄悄地把自己的钱包抖开数了数，连工钱带奖赏，一共已有十八块现洋了。是呀，他给范家干得虽然卖力，可是自己也不吃亏，人家给他的不少呀，要不是得那场盲肠炎，他还在那个饭店里当小二，说不定连三块大洋也挣不下，因祸得福了。

成均已经打听到了确切消息，那位招兵的人已经答应，可以让他们俩一起来参加红军。水瀛这心里越是一天等不得一天，水瀛一直想着他的那个约定，八月十五——中秋节。

他想临回家走时，还得到"妙手堂"去，看看曾经救过他命的武大夫。顺便把他欠人家的看病钱给还了，然后他就可以回武乡了。

仰天看看那一勾弯月，尽管现在细如游丝，但他心中十分清楚，那弯弯的弦，很快就会绷直，并且渐渐盈满，那个月圆之夜，就要来临了。他准备和东家道别一声。还有几天的工夫，他要返回武乡，只等到中秋节那天黑夜，回到东漳寨去接花花。

他的老爹呢？自打他走了以后，会是什么样子呀，他寻找过他吗？这样长时间见不到他，他一定会很难过的呀，要是回到东漳镇，可该回家看看他老人家呀。这要一回家去，又会是什么样子？老爹要是还坚持他那个想法，还是那个顽固的态度，不让去找花花怎么办？还是跑吗？万一老爹把他扣在家里，不让出来又怎么办？这里可还约定要一起去陕北参加红军呢……

半年了，他离开家的时间太久了，家里成了什么情况，他已经什么也不知道了……

是该先回去照看一下父亲，还是先接花花……

就在这时，小头儿来了，说："水瀛，我有件事和你商量。"

水瀛见是小头儿，急忙应付着："你看咱这是下人住的地方，太糟糕，没有你一个好坐的地方，怕脏了你的衣服。"

"客气什么，我还不也是个下人吗？"

小头儿随便坐了下来，从腰里取出自家的烟袋，一边抽一边唠叨着些家长里短。

水瀛说："小头儿，你有啥吩咐，你就说吧。"

小头儿绕着弯子慢慢地说："水瀛呀，你可是个好后生，又能动又精干，东家常常夸奖你哩。"

"咱年轻哩，动弹动弹没有啥。"

"东家对你可是很好的呀。"

"是的，这我知道。"

"你说东家好不好？"

"东家好呀，可是个大好人哩。对我水瀛那是没有说的，不仅在生活上照顾我，给的工钱也不少，我水瀛这辈子忘不了他老人家。"

"太太和灵芝呢？"

"都好，灵芝小姐把我当哥哥看待……"

"你真这么想的？"

"是呀，咱这还能说假话？"

"好，"小头儿在水瀛的肩膀上拍了一把，"这就好，算你小子有福分，水瀛，今天我可是给你送喜来了。"

水瀛淡淡地笑了笑："小头儿你取笑了，我能有什么喜事呀，大不过东家发善心能再奖我几个赏钱……"

"几个钱？水瀛，这可是笔大钱呀，数不清的大钱呀。"

"能有什么大钱？"

"这比大钱还要重要呀，这是件大喜事呀。"

第十一章

"能有什么喜事？"

小头儿故意不说，又点了一锅子烟，深吸几口才靠近水瀛，把嘴对在他的耳朵边，神秘地说："水瀛，东家想招你做东床驸马呢。"

"啊！啥？"

水瀛怔了一下，好像自己没听清似的，以为小头儿是在说笑话。

小头儿在水瀛的背上拍了一把："我说是大喜事嘛，看你高兴成个啥，招你做驸马呢。这么些天，情况你也知道啦，咱这东家，人好心好啥都好，可就是足下无子，年轻时候夫人一直不开怀，有人劝他再娶一个二房，他怕夫人心里中病，就是不娶，直到晚年才得了这个女儿，这可是掌上明珠呀，他早想招个上门女婿，来顶范家门，可是一直没有个合适人选。打你来范家开始，东家就有了想法，这些天东家一直在注意你，见你人好又能干，东家还试了试你的文化，觉得你最合适。夫人也看起你来了，那灵芝呢？当然也愿意……"

"不，不行……"水瀛一听，不知该怎样回答，他结巴着……

"这是多好的机遇呀，别人还求之不得呢，有啥不行哩，正好你家里也挂利，就你和老父亲俩人，你要同意，就把你老父亲接到太谷来，这么大家产还怕多他一个人？这真是吉星高照哩。"

"小头儿，这可是……"

"哈哈，看你，"小头儿笑了笑，"这真是打上灯笼也难找的好事，你还……你一答应，明天就不用在这里动弹了，就立马进厅院里做东家，这有多好。这里里外外的家业，那可就是你的了呀。"

"实在是不行，你听我说……"

"难道你还有什么……"

"实话对你说，我已有了老婆，就是没钱娶，这不，赚上点钱就回去娶呢！"

水瀛觉得不说实在是不行了，只好全盘端了出来。

小头儿一听这话，马上也怔住了："那你刚来的时候，东家问你，你不是说没有找下吗？"

"是这么说的，那是有些难言之隐，我不想说出来，怕引起麻烦。"

"嗨，水瀛呀，要我说，你在家里找的怎也比不上东家这条件，反正也没有娶，还不如就在这里娶了灵芝小姐，那有多好呀。"

水瀛笑一笑，说："小头儿，话不能这么说，人活一世，诚信当先，再说爱这个事情，应该比钱更重要，既然我们相爱了，怎能半路上变卦呢。"

"是呀，你这说得也是。水瀛，你真是条汉子。"

"小头儿夸奖了。"

"要是这样的话，我还得去回老爷的话。"

谁知道第二天，小头儿又来说："老爷说了，还是想让我劝劝你，虽然你们说合成了，但你又没有娶，只要你愿意在他家当上门女婿，哪怕给对方赔点钱，老爷都包了。以后你和你的老爹一起来太谷生活就是。"

水瀛还是不答应。"驸马"没招成，倒促成他马上动身回武乡了。

第二天，水瀛就要走了，他来向东家老爷告别，范东家送了出来，心里有些惋惜，他从身上掏出五块钱来说："水瀛，你在我家做了三个月的工，咱们也算是有了些交情，听说你回去娶媳妇，这五块钱就算是我送给你的一份贺礼。"

东家说着流下泪来，他真不想让水瀛走呀。水瀛见东家这样厚道，他两腮也挂满了泪水："东家，你待我恩重如山，我将终生不忘。"

"孩子，别说了，以后有什么事情，你只要来太谷，还来找我。"

第十二章

　　盼呀盼呀，总算进入了八月，花花又到门后头数那道道，还差几天了……

　　还有几天就到八月十五了，花花这心里不住地高兴起来。等呀盼呀，终于快熬到这个时候了。每到夜晚，她总是悄悄地趴在窗户上，对着那一块只有巴掌大的玻璃口口，向天上望呀望呀，看着那月儿，怎么还是个窄条条，弯弯的，连半个也到不了呀，月儿呀，你快点圆吧，圆了水瀛哥就回来了。

　　她又转身下地，摸黑悄悄地收拾了几件像样的衣裳，前几天她就洗涮干净了，叠得方方正正的，还有她给自家小宝宝缝好的那几件小衣裳，也细心地用一块方巾包好，她把胳膊伸进绑好的布环里试一试，看提上走夜路是不是利落。试过之后，又自己笑一笑，真是的，这个包袱肯定是水瀛哥给俺提的，水瀛哥一只手提上包袱，一只手紧紧地拉着她，圆月儿照得路上明堂堂的，他俩跑跑走走，走走跑跑，沿着北坡的那条小路，一直跑呀跑呀，那条路是很少有人走的，就是林元发现他们走了，也不至于从那条路上去追。这是水瀛早已想好的，带着她逃出东漳寨，再走出二三十里路，可就放心了……

　　魏家的人就再也找不着她了。到那时候，大不过东漳寨和镇上一起传几天"花花跟着人私奔了"的闲话，也就算拉倒啦。管他呢，她能跟着水瀛哥走，远远地走，到一个谁也不认识他们的地方，去开始新的生活，这就是她的希望。她的婆婆、狗日的林元，你们凶吧，反正再也见不着你们了，再也不用看你们那黑煞神似的眉眼了，再也不用受你们那狠心的敲打了，再也不用像牛似的给魏家动弹了……

花花在门背后的墙上数呀数呀，一百七十一道，她今天划上去的，那是第一百七十一道呀。够了，够了，她终于熬够了，熬到头了，就在今天夜里，水瀛就要回来引她了。她这个在笼子里圈了多少年的鸟，今天可是就要飞出去了……

八月十五中秋节，家里人都忙着打月饼、烧香、磕头，谁也不来理花花了，往常这种时候，她是一个人钻在家里哭，可今天，她高兴，前晌她还是照例去担水，最后了，她还是吃点苦，不敢叫狼吃的林元看出来，一旦看出来呀，坏了大事，那可就前功尽弃了。林元要是把她看管起来，她还如何逃脱出身呢，水瀛还如何来接她走呢？越是到了这跟前越要小心呀，只有多半天工夫了，也好凑合了，千万不敢出事呀。

她尽量装得平静地做着一切，和往常一样，该干啥还是干啥。她只是趁担水的时候，悄悄地把收拾好的那个小包袱，偷偷拿出村口，找一个僻静的地方藏了起来，左右瞧一瞧，确信没有人发现，又抓了一支粗大的老蒿，盖在上面。然后，她又下寨去担水。

这条弯弯曲曲的小路呀，她不知走过了多少个来回。那路，是她用她那双小脚磨明磨亮的，路边上每一株小草、每一块石头，她都是那样的熟悉。今天，她可是最后一趟走这条路了，今儿黑夜跟着水瀛走了，俺可就再也不回来这个地方了，这个伤心的地方，这个残酷的地方……

太阳爷终于落山了。花花的心情越来越高兴，却也越来越紧张了。她装作散步，出来村口，望着大路口，等待着水瀛的出现……

从春天到了秋天，庄稼从嫩芽成了金黄，她从想吃个酸果果，到了现在的大肚子，可水瀛哥呢，是胖了，还是瘦了？是白了，还是黑了？这半年多时间，他究竟成了个啥样子？他挣上钱了吗？他买下住的地方了吗？哪怕是一间草房也好……管他呢，就是一文钱没有，她也不会嫌他，只要他能回来接她就好……她猜想着，等待着，一会儿就要见了，看他是不是和梦里一样！

西边的太阳早已落山，夜幕慢慢降临了……

东边的月神已经升起来了，月亮上的玉兔今天显得特别的明显。寂寞的嫦娥轻轻地舒开双臂正要去抓那只兔子，那个姿态真有些诱人……花花抬头看看月儿，心里还在想，嫦娥呀嫦娥，你抓兔子的动作已经多少年了，可还是抓不到呀，真是好可怜呀。俺等水瀛哥回来，却真有了盼头。不用多久了，

第十二章

也许水瀛哥近在咫尺了……

远方的大路上已经看不清人影，可是水瀛还没有露面。再等下去，星宿露头了，花花的心更加焦急了。

水瀛哥，你怎么还不回来呀？现在你在啥地方哩，家里快要吃饭啦，以往总是家里人吃饭，她得站在旁边侍候，一碗一碗地给人家舀起来，端给婆婆，端给林元……今儿个不回去，可怎么办？叫家里人寻出来看见可就倒了霉，俺要是回去，又怕哥哥你回来找不着俺，哎呀呀，真难过，真心焦！

月光爷越升越高，花花等得更急了。花花猜想着，可能还有几步远他就走过来了，一步、两步、三步……快了，快了……可还是等不来呀……

莫不是水瀛哥忘了日期，还是路上出了什么事情？

害得俺在村口好难过呀，水瀛哥俺等你一霎霎没有啥，俺的心操碎也没啥，你可不敢出门忘了俺呀，你可得回来呀。

此时，花花坐也不是，立也不是，她不知该如何是好，肚里的心尖尖动一动，花花的心就跳一跳。眼都望酸了，腿都站困了，路边的小草草"沙沙沙"一响，她急忙去看，看是不是有人来了？是不是她的水瀛回来了？

原来是风吹的树叶子和路边的小草在响动。她又失望了……

路那头忽悠悠地过来一个黑影影，她急忙跑过去迎接，到跟前，才看清楚，原来是风吹来一团干枯的沙蓬菜。哎呀，究竟是啥的原因？

花花的心里敲开了"鼓"。

"花花，你哪里去了，我日你娘的……"小叔子魏林元粗野的叫骂声在村口传来。

花花听得清清楚楚，她该怎么办呢？

水瀛你到底回来不回来呀，你要回来就快点呀，你要是不回来，梦也给俺托一个，不要让俺在这里傻等。现在林元已经寻来了，这可怎么办？她不敢再在外边野了，她怕林元用扁担打，自家受些疼痛倒没啥，肚里的命根根可吃不消。这可已经整整六个月了，孩子快长得遮不住了，她选一件宽大的衣服穿起来，好挡着自己的秘密。现在，她再等下去，也不知是个什么结局，只好赶紧往家里走。

倒还算好，林元见她回去了，又骂了几声，没有再说什么。多亏今天是中秋节，家里人都忙着烧香、磕头、拜月神，没有找她的麻烦。

这天黑夜，花花是怎么也睡不着了。两手摸着肚子，两眼盯着窗子，只盼着窗上突然看到水瀛哥的影影，耳朵仄楞楞竖起听着，只盼着突然响起水瀛哥的脚步声……

月明儿倒西了，大公鸡叫明了，花花流的泪把枕头都湿透了，可是，怎么也没有等回他来呀……

花花失望了，水瀛没有回来。

这以后，花花像丢了魂似的，担水老把脚淋得湿湿的，走路老是立住往四下看，傍黑儿老到村口去瞧。好难熬呀，眼看着时间一天天地过去了，小包袱怕放在外头也快要烂了，花花实在是没有指望了……

那天夜里，水瀛没有按约定回来，一定是遇上了什么不合适的事情。花花相信他，花花要等他。他迟个三天五天，十天八天，就是迟一个月，他也一定会回来的。可是误了约定的日期，他哪时才能回来，怎么才能联系上呀？花花看着他留给她的那个戒指，不住地掉下眼泪来……

从此，花花开始多操了一股心，每天去担水的时候，她都是两眼直愣愣地望着水瀛走时的那条路。看呀看呀，她多么想，能有一个奇迹出现，突然之间，水瀛从那条路上走了回来，那该是多么好呀。如果是那样，说啥她也会马上扔下扁担，向他跑过去，一下子抱住他，痛哭一场，把她这半年多来等待的苦衷全发泄出来……然后，马上与他相跟着走，离开这个让人痛苦的地方，再也不回头……

可是，这个狠心的水瀛就是不回来。

花花还是想着水瀛临走时的吩咐，中秋月圆之夜，天傍黑儿，在村口，带着她一起走，沿着朝北的那条小路……傍黑儿回来，见的人少，跑也好跑，家里人追赶了出来也好躲藏。肯定他还是会傍黑儿回来的。于是，每到天傍黑儿，她都要到村口去张望……

家里人发觉她每到傍黑儿，总要到村口去站上很久。魏林元想，这个讨吃鬼东西，和水瀛相处了多少时间，现在水瀛走了，难道她又有了什么骚道？莫不是又处下人了？不然怎么能每天都要到村口上去呢？

对，一定是去私会什么人，看来还是得严加看管这个骚东西才是。他娘的，你吃老子的喝老子的，老子想用用你，你连喊带叫不让老子动手，把我老娘都招来了。可是那个放马的水瀛，不知如何哄骗了你，却又偏偏记在你的心上，现在水瀛走了，你又浪得不行啦，还要整天往外边跑。老子要看出些划划引线来，看能饶了你这狗命。魏林元狠在尽头，每天后响花花担水回来，索性就把她锁在家里。

八月二十三，东漳镇唱大戏，这叫作"秋报"，是镇上的老习惯。就是一年的收成快要结束了，从正月十五请神开始，多亏了各路神仙在一年中风调雨顺，保佑老百姓有了好收成，所以，在秋天粮食上场的时候，专门给各路神仙上大贡，闹红火，唱大戏，用这个方式来感谢和回报神仙。

这一天，镇上的玉皇庙人山人海，香房里已经香烟弥漫，供桌上摆着一桌叫作"挑蜜祀祭"的大贡，这贡品花红五绿，色彩斑斓。请神会上，依然是要恭请上苍诸神，上至玉皇大帝，下至灶王爷、门神爷……上百座尊神牌位一排排地摆在香案上。

八音会在庙前吹奏起来。全镇的老百姓们全都过来烧香、磕头，男男女女，大大小小，成千上万的人拥来挤去……

后响，庙上的戏台上开了戏，这戏要唱一个通宵。

每年都是有名的淼荣剧团来演出，唱着上党落子《长坂坡》，淼荣是剧团名角，是名贯上党的红小生。都说他声音似鸟，身形似龙，唱、念、做、打，样样都好，人们以地方口音相近，也把这个剧团叫成了"鸟龙剧团"，镇上也流传着这样一句话，鸟龙一叫板，吃奶的孩子都会哭着哭着变笑了。这么红火，这么热闹，这么让人高兴的场面，花花没有那好命，她看不上。

现在，她还被锁在南房里。今早儿，她洗了洗脸梳了梳头，换了身干净衣裳，镇上"秋报"哩，她准备跟着村里的人们，去庙上烧炷香、磕个头，也好暗地里祷告祷告神灵，请求神灵保佑，只盼着水瀛哥能早点回来接她。

"我日你祖奶奶，你个扫帚星，你去烧甚香哩。"

魏林元一见花花打扮得齐齐整整，就两眼直冒火，这个骚货，一定是要去私会情人，想得倒好，老子偏不让，他朝着花花骂了起来。

婆婆也在那里瞪了一眼："说得对，管住个小妖婆，把你个不要脸的东西，戏会场上也想去招惹招惹！倒把我儿子败死了，还想出去干啥的败事情？"

花花轻轻地哀求："秋报哩，俺也想去烧炷香。"

"天生是个不要脸的东西！看看你打扮成那个样子，还有好事？秋报，报你娘的丧，我看你是不想活了……"

"打死她这个小妖婆算了吧。"婆婆骂了半天还不解恨，拿起一把尺子来打过去。

小叔子一见他娘动了手，立刻也来了打人的兴趣，他可早就想打她出出心里的恶气，不让他挨她那身子，老子可是要打。于是，操起擀面杖在她的身上打起来。

花花遭打那是常事，可是现在和以往不同了，肚子里孩子已经六个多月了，她经不起这样的蹂躏，魏林元打一下，她心跳一下，她咬着牙躲闪着，忍受着疼痛，不住地向魏林元求饶。

魏林元是个凶煞货，他见花花求饶，心里还在想，老子想用你的时候你怎不求，现在挨打了，你才来求老子？老子偏不饶你，他越想这个越窝火，也就越发打得凶狠了。

邻家听到打骂声，有人来拉，可是不顶用，林元只是抡开擀面杖一个劲地打，从花花哭、叫、喊，直到没声了，才算仕了手，林元又把她拖到南房里反锁起来。

等到花花慢慢地醒过来，天已经黑了，她觉得口渴唇干，伸出舌头舔一舔唇边，一股腥味，下嘴唇肿得老高。她理了一下遮在眼前的一绺头发，硬着用胳臂撑着往起坐了坐，可是她没有一点力气，浑身散了架似的，肚子里火烧火燎，疼痛难忍，挪了挪身子，腰下黏糊糊的，这是什么？是被狗日的林元打出屎尿来了？她下意识地伸手一摸，却摸到一手血。再动动疼痛的身子，她觉得裤裆里像是有一块东西，她迷迷糊糊地解开裤子，伸进手一把拽出一个肉块来……花花的头炸开了，她不知哪里来的一股劲，"呼"的一下站了起来，她撕开喉咙喊了一声"水瀛哥"，便向门上撞去，结果将门撞掉了下来。门开了，花花跌跌撞撞地跑出院子，她疯了！

水瀛一去没了音信，"命根根"又被狗日的林元打得小产了。这还有啥活头，花花哪里受得了这样的打击？

花花披头散发，跑到村口上一声高唱：

　　大路上过来个人影影，
　　等哥哥等的人心尖尖疼。

阳坡坡儿老蒿背坡坡儿艾,
哥哥你不回来莫非把心坏?

想你想你呀真想你,
三天吃不了二合米。

……

　　婉转、凄凉的开花调在东漳寨的圪嘴上响了起来。
　　她唱两句笑一笑,她又唱两句哭一哭,等人们在镇上看戏回来,她已经把喉咙都唱哑了。
　　花花家里人一见她这样子,更气的没办法,林元把她拖回家用铁盘链拴上,恨恨地说:"放到明天看她好不好,好不了就活埋了算了。"

第十三章

因为水瀛没有回来接她，害得花花成了这样。

那天，郭水瀛谢别了范东家，走出太谷城，心里一边感激范东家对他的好意，一边盘算着回到东漳镇，怎么去接花花，她一定早已准备好了，天擦黑儿的时候，他悄悄地到寨上的小路边，接了花花就走，不能让狼吃的魏林元看见，只要走上里把路，就没事了，天也黑了，即使魏林元追出来，也有办法躲避。然后连夜走，尽快赶到太谷城，跟着原成均一起去陕北参加红军，生活有了着落，和花花在一起，跟着红军干革命，那就什么也不愁了。

走出太谷城，迈开大步往南山走。一路上越想越高兴，越高兴就越有劲，到天后响就走进了祁县地界。再过几天就是八月十五了，他就要见到花花了，她早已在村口等他。他盘算，到十五那天，人们都忙着过中秋节哩，没人注意他们，就是钻这个空空。天黑了，月亮圆了，就要和花花永远地在一起了，心里好不快活。

不知不觉地嘴里哼哼起开花调来：

　　山雀儿飞在圪针上，
　　把心操在妹妹呀你身上。

　　……

"站住！"突然，身后有人一声喝住他。听那声音真怕人。

"哎呀，不好。"水瀛心里"咯噔"一下。不等水瀛扭回头，一个硬邦邦的东西顶在脊梁上,他感觉到那是一把利器。坏了,遇上了打家劫舍人的贼人了。

他转过身来,站着两个大汉,脸上蒙着一块黑布,只露着两只眼睛,手里拿着明晃晃的短刀,顶在他的腰上。水瀛惊出一身冷汗:"你们想干什么?"

"哼哼,干什么?你还不清楚?本大爷不想杀人,只不过想要个盘缠。也不多要,身上带的掏了兜儿就行啦。"贼人说得很轻松。

"我、我……没有钱。"

贼人说:"兄弟,你听过那句话吗?此树是我栽,此路是我开,要想从此过,留下买路财。这是哥们的生意,干了多少年,还没有空过手,既然出了手,你想没有钱,能过去吗?"

他有点心慌,按说他也跟着魏大明师傅学过两手,如果对付这两个人,应该没问题,可不远处还有五六人围着,再说他又怕弄出麻烦来误了和花花约定的日期,只好用从师傅那里学来的江湖套语说话。可这帮人不理他的茬,直逼着要钱。

水瀛带着二十三块大洋,那是他和花花的活命钱,想到花花在久久地等待他,盼着他回去带她远走高飞……

贼人那蒙面黑布下的眼睛骨碌一翻,一下子变成了三角状,说:"好吧,既然这位兄弟敬酒不吃吃罚酒,那我们也就不客气了。"

土匪将刀使使劲,另一只手扳住他的肩膀,刀尖尖已经扎在了他的皮上,一动就会划一道口子。好汉不吃眼前亏,水瀛来个擒贼先擒王,抬臂撑开那把刀子,反手一个猴子夺腮,把那人拧得跪在地上。几个贼人见他有些身手,发了愣。可就在这时,树上跳下几个人,从身后抡起棍子,朝水瀛头上狠狠一击,水瀛被打得晕了过去……

许久,他醒了过来,贼人早已不知去向,回想起刚刚发生的一切,不禁伤心起来。许久,他爬起来,面前又站下了四个人。钱都被人抢光了,你们还来做什么?

他慢慢地爬了起来,只见这四个人穿着灰色的军衣,三个人拿着大枪,一个人拿着短枪,四个人直愣愣地盯着他。

拿短枪的人问他:"你是哪里人?"

他不吭声。

"我们老总在问你话哩。你他妈的没听见吗？"

水瀛回答："武乡的。"

"你在这里干什么？遇上什么事了？"

声音并没有刚才的土匪那么恶。

大概不是坏人，水瀛"唉"了一声，眼泪就流了出来。

"说说吧。"

"叫人把钱抢了。"

"哦，真可怜，你叫什么名字？"

"郭水瀛。"

"哦，"那个被称为老总的人，从身上拿出一个小本本，在上面写下几个字，"走吧，跟我们走吧。"

"走？到哪里去？"

"给你找个好地方，吃粮的地方。"

吃粮？那不就是当兵吗？水瀛缩了缩脖子，乞求道："别，别，老总，俺不去。"

"不去？他妈的，不去还行？你看这是阎主任的语录，叫作《希望将来歌》，你也一定唱过吧，'无山不树林，无田不水利，无村不工厂，无村不职校，无人不劳动，无人不入校，无人不当兵，无人不公道'。这可是阎主任画出来的美好蓝图，希望将来都好呢，将来好，现在就得人去办。你听懂了吗，阎主任号召'无人不当兵'呀，这可是阎主任亲笔写的，你年纪轻轻不来当兵，行吗？带走。"

那个被称为老总的人这么一说，另外三个人一下子上来揪住他就走。

真是祸不单行。这下他算是没有指望了，水瀛浑身没有了一点儿力气，软软地瘫痪在那里，那几个人便拖他走了。

天已经黑了。迷迷糊糊的，也不知到了什么地方，反正这个地方他没有来过，很陌生。水瀛在昏昏迷迷中被送上汽车，颠颠簸簸地走了许久，他的心里一片空白，什么都不知道了，就这样他被拉到了太原的军营。

再说花花没有等回水瀛来，反倒被魏林元打得疯了，整天在外面疯说疯唱。

在魏家放羊的四娃看到这些，心里很是过意不去。以前，他和水瀛一个人放羊，一个人牧马，在山坡上常常在一块儿，两个人交处得很好，他还帮助水瀛和花花牵了线。现在花花成了这个样子，他心想可如何是好呀……

花花整天疯说疯唱，魏林元那狗日的还是一直打她，这样下去用不了半年几个月，不叫那狗日的折磨死才怪哩，这可怎么办呢？怎么才能救她一救呢？

不行，他得去报个信，求求看有没有人来救她。可是这个信儿又去报给谁呢？

四娃作难了。水瀛他爹肯定不会管这事，要不是因为他，水瀛还不会走呢，他好好地在家娶媳妇吧，他走啥哩。四娃想起了水瀛常在山坡上说，有位在裴家教书的武先生，平时和他不错，他俩常常在一起，连睡觉都在一起呢。就去找他，把这个信儿报给他——武先生。

四娃把羊赶在山坡上，叫别人帮助他照看着，赶紧撒开腿跑到镇上来，径直奔裴家大院，打听了一下私塾在东院，便直接跑进去找武先生。

私塾里走出一位老先生来，客气地说："鄙人姓常，请问你要找谁呀？"

四娃见是一位老先生，也有点奇怪，明明水瀛说过，这个裴先生和他年龄差不多，怎么会是一位老先生呢？大概这里有几位先生？这位姓常，还该有一位姓武的先生吧。

四娃疑惑地问："请问这里有位武先生吗？"

"此处没有什么武先生，你不是找错了吧。"

"没有呀，明明就是在裴家府上教书的呀。"

那位常先生想了好大一会儿，说："哦，你打听的是不是以前那位年轻的先生？他好像是姓武。"

"对，对，是一位年轻的先生。"

"他走啦，都离开两个多月啦。"

"哦，他也走啦？知道他去哪里了吗？"

老先生思考着说："听说是到了省城，到省府里干了事。"

"哦……"四娃没有办法了。

这可怎么办呀，眼看着花花要让魏林元母子折磨死了，可是水瀛不在，武先生也走了，谁又能来救她呢？

四娃低着头走了出来。这一趟算是白跑了。

他白跑一趟倒是没有什么，只是这花花呢？又有谁才能来救她呢？四娃翻来覆去地想着，在裴家大门口转来转去……

突然想起人们说过，裴大老爷家的大太太从小待水瀛不错，要不再去找找她吧，反正现在是得病乱求医，撞命打彩。

大太太现在已经和郭有才住到了一起。

水瀛出走以后，郭有才去西山寻找无果，回来得了重病，大夫请了不少，中药喝了许多，都不见效。裴宝珊夫妇商议，给他和大太太撮合，一来可以心理上给有才一点安慰，二来也好让大太太名正言顺地去照顾他，这三嘛，万一水瀛找不回来，他们都才四十来岁，要是能生个一男半女，也算是能给有才续个香火。

美兰和大太太一说，她当然很高兴，这事她早已想了许久了，她还能不愿意？只是担心有才不同意。有才是个老顽固，起先一直不同意，后来，老爷出面一再说合，也就同意了，他不能给脸不要呀。他还能再说什么了，以前，老爷曾给水瀛说情，他还不听，结果闹成这个样子，一家俩人，走一个、病一个，这多不好。今天，老爷又来帮助他，他要是再不识抬举，还能说得过去吗？

于是，裴宝珊为他们操办了婚事。自打两人成婚以后，来弟更是一心一意地照料着有才，他的病也渐渐有了些好转。

四娃要找大太太，在前院里，一个丫鬟引了进来。大太太见是一个生人，便问："你找俺有啥事情？"

四娃见郭有才在炕上躺着，怕在他面前说出来影响了大事，不仅救不了花花，反而把事情弄得更糟。只是吞吞吐吐地说："太太，能不能门外说话？"

大太太也不知道他是个啥人，又这样神神秘秘，便问道："你是哪里人？"

"太太不认识，我在东漳寨放羊哩。"

一听说他在寨上放羊，马上想寨上的人来找她，一定是和水瀛有关了，既是这样，无论是好是坏，也得和他说句话才好，兴许能打听到水瀛的下落。

于是，她与四娃走出院子里来，"有什么事你说吧。"

四娃这才小声地说："太太，我听说过你对水瀛不赖，才冒昧来找你，我在寨上给魏财主家放羊，和水瀛不错，才来给你报个信。现在，寨上魏家的花花已经被家里人逼疯了，你快想个办法救救她吧。不然她就没命了，我是在放羊坡上跑来的，我还得赶紧回去呢。"

大太太一听，赶紧打听是怎么回事。四娃简单地把花花说的那些疯话，什么她怀了水瀛的孩子呀，魏林元打得小产了呀，水瀛八月十五要回来引她呀，等等，都告给了大太太。

大太太不知这是真是假，那些花花说的疯话，能不能信呢？疯人吐真情，也像。无论如何，花花确实被魏家折磨坏了，这一点大太太特别同情，这是惺惺惜惺惺吧，花花的命运和她的命运有着许多的相似之处。

可是，怎么才能救她呢？大太太也没有办法。她一个妇道人家，又不能出头露面，找宝珊吧，这种事，他不可能出面，有失身份呀。

怎么办？既然现在知道了这事，总不能眼睁睁看着，让魏家把花花折磨死吧，那水瀛回来如何交代呀？想来想去，只有找延寿了，也许他会有办法。延寿师范毕业后，在城里的田赋局干事，干脆捎个信叫他回来，想办法救花花，无论如何也得把这事给办妥了。于是，大太太打发小三骑马去，嘱咐一定要把少爷请回来。

果然，这天黑夜，延寿连夜赶了回来。他马上询问："伯母，你叫我回来有什么事？"

大太太和延寿到院外，悄悄地把事情从头到尾说了一顿，看延寿有啥办法？延寿想了一下说："伯母，要救花花能有办法，可是把她救出来，又让她到哪里呢？"

大太太说："俺昨晚想了一夜，也是，就是把花花买出来，也没有个办法，该让她到哪里去？现在水瀛又没个下落，还是让她在魏家合适。只是……"

"那，要是还在魏家，谁能保准魏林元不再打她？"

"有一个办法，也许……"

"啥办法？"延寿着急地问。

"通过区上……"

"哦……"裴延寿突然计上心头，"伯母，你倒是提醒我了，有办法了，区上的几位区警我都认识，让他们出面，治治这个魏林元，一定见效。"

"好，这个主意好。"

"我就去办。"这天晚上，裴延寿到区上把四位区警叫出来，请他们喝酒。

裴家大少爷请他们，那是他们的荣耀。他们可是攀还攀不上呢，今天居然吃了大少爷的请。

裴延寿叫了酒菜，区警队长赵锁儿笑着抢过酒壶倒酒："大少爷，今天我可是借花献佛，先敬你一杯。"

裴延寿说："哪里，哪里，今天是我请各位来，得我先给各位敬一杯才是，既然赵队长倒起来了，那咱们也不讲究了，来共同干一杯。"

大家高兴地站了起来，陪大少爷干了。接着，裴延寿又拿起酒壶来挨个儿给他们倒酒，区警们推辞着还是接受了延寿的敬酒。

酒过三巡，裴延寿说："来，为了让弟兄们喝个痛快，咱们猜几拳。"

一位区警说："我们算什么人，哪里敢和大少爷猜拳呀。"

延寿说："看你见外了吧，今儿个来到一起，咱们就是弟兄，有什么敢不敢的，来，喝个痛快。"

大家笑着吆五喝六地划起拳来。

喝了好大一会儿，赵锁儿说："伙计们，别喝醉了，今天大少爷让我们几个来，一定有啥事，看看大少爷有什么吩咐？"

赵队长这么一说，大家才省过神来，马上附和着说："是是是，大少爷尽管放心，有用得着小的们的地方，尽管吩咐，就是赴汤蹈火，弟兄们也会舍命相帮。"

"其实呢也没有啥大事，你们放心。只是兄弟有件小事，需要弟兄们去帮个忙。"

"大少爷你就说，"一个区警站起来说，"需要弟兄们，尽管说就是了。"

"是这么回事，我的结拜兄弟水瀛和寨上花花的事情，想必大家也都听说了，现在水瀛不在家，而花花的小叔子魏林元，一直欺负她，听说前些天把她给打疯了。这人权何在，王法何在？今天请你们来，就是想让你们帮忙，一来伸张正义，二来为水瀛保护花花。"

赵锁儿一听这话，马上站起来说："这个小事一桩。狗日的魏林元敢把人打疯，这还了得？咱弟兄们是干啥的？区警，维护全区治安的，竟然在老子眼皮子底下发生这等事情，这不是笑话吗，我们还能不管吗？"

一个区警跟着站起来说："是呀，自古道打狗还得看主人，他打人也得看看打谁，要是欺负大少爷的人那还了得？"

赵锁儿说:"大少爷,这事儿咱今黑儿就办,你先回去休息。弟兄们立马去将狗日的绑回来,教训教训,看他还敢。"

"走,非叫狗日的林元服了不行。"

赵锁儿连夜带人到了东漳寨,捣开魏林元家的街门,将魏林元五花大绑带走了。

第十四章

　　坐了大半夜汽车，水瀛现在可是什么也弄不清了，我这是在哪里呀？我怎么回家回到这里啦？他的脑子里一片空白。看看周围，全是陌生人，都穿着老鼠灰的服装，身背长枪在那里训练。他才慢慢地省过神来，原来他已经被拉当了兵。他做了许多努力，原想带着花花去参加红军，可没想到被抓到太原进了晋绥军的军营。这可真的是阴差阳错呀。

　　我怎么才能逃出去呀？

　　水瀛心里苦极了，他恨那拦路抢劫的人，恨抓他当兵的人，更恨自己的苦命，可是现在有啥法子呢？四面的墙那么高，就是插翅也难飞出去呀！花花怎么样了？十五黑夜花花等不到他不知会怎样，他的心像刀剜一样的疼……

　　郭水瀛过开了兵营生活。早上，新兵排起队来接受长官们的轮番训话，讲的都是军队的纪律。这不许，那不许，条条框框特别多，一下子哪里能记得住？况且水瀛这心里头一心只想着回武乡，回东漳镇，八月十五黑夜，他要带着花花，离开她的那个虎狼窝般的家……

　　八月十五马上就要到了，可是，这一切看来已经成了泡影……

　　花花现在怎么样了？她知道我遭了抢劫？她知道我被抓了丁？她知道我现在进了军营？她是不是还在村口等我？她是不是恨我失约？她……

　　长官们训完话之后，便将他们这批新兵分到连队。

　　然后，让他们换衣裳，一批新兵全部穿上了土黄色的军装。就这样，郭水瀛便成了阎总督手下晋绥军的一名士兵。

　　"咱们这是在哪里呀？"

第十四章

换衣裳的时候,水瀛悄悄地向身边的一个士兵打听。

"你是被抓来的吧?"那个士兵反问。

"是呀。"

"哪一天抓的?"

"昨天。"

"你叫什么名字?"

"我叫郭水瀛。"

"哪里人?"

"武乡人。"

"哦,我也是被抓来的,名叫郑三儿,是和顺人。不过,我比你来得早,已经有十来天了。"

"咱们现在这是在哪里呀?"

"这里是太原,这是晋绥军的大营盘。"

"你愿意在这里吗?"

"嗨,愿意?谁愿意在这鬼地方。"

"那十来天了,你怎不跑呢?"

郑三儿长叹一口气,在他耳边关切地说:"水瀛呀,我看你也是个老实人,给你透露一下,以后可不敢再提这个'跑'字,刚才你没有听训话的内容吗,如果谁敢逃跑,抓回来就是军法处置,军法处置懂吗?那就是枪毙。前天,我亲眼看见一个逃跑的后生,被抓回来军法处置了⋯⋯"

"啊?"水瀛一听,连他刚才的问话也感到后怕,这是遇上了好人了,要是遇一个打小报告的,汇报到长官那里,说不定就因这一句话会没命的⋯⋯

换完服装,各班整队,这时走过来一位排长,马上把全排新兵都召集起来,开始训话:"各位新兵,今天我们这个排就算正式组建起来了,咱们这个排,是个新兵排,编号是二十九师三二四团六营五连九排。我姓陈,我们的师长也姓陈,以后对外就说是陈师属下。我们这个陈师,是阎总督的王牌部队,我们每一个士兵,都应该为被编进这个王牌师而感到骄傲,感到自豪。我们在今后的训练过程中,都应该刻苦努力训练,掌握军事要领,以保持王牌的光荣称号。下面我宣布军营纪律⋯⋯"

水瀛再也不敢向周围的人提逃跑的事了。军法处置,那可是要杀头的事情呀。可偷跑的念头，一直在他的心里没有断过，每到夜晚，劳累一天的士兵们都呼呼入睡，可他一闭上眼，就想到还在东漳寨魏家受苦的花花，不知现在成了个啥样子？怎样才能有一个合适机会呢？

八月十五早已过去了，在花花面前他失信了，没能在那个月儿圆圆的夜晚把她接出来，带着她从寨北那条僻静的小路上逃走。在原成均面前他也失信了，成均要带他与花花一起参加红军，到了那里可就是穷人的天下，整天可以心情舒畅地跟着红军闹革命。可是现在这算个啥呀，见不到自己心爱的人不说，说是当兵，其实和关了禁闭一样，没有了一点自由。一想起这个，他的泪就不住地流了下来。

他真后悔呀！他想得太天真了，他要去挣钱，挣到钱再带花花远走高飞，去一个遥远的地方好好生活，一个多么美妙的设想，可是他挣的钱呢？被土匪抢了，他接的花花呢？完全变成了空话，不仅这样，自己也身陷军营之中，成天进行军事训练，成了一只笼中的鸟。

他真后悔呀！如果当时听武先生的话，把他介绍到南路去搞革命多好。带着花花，一边打个工挣点钱养家，一边搞地下共产党的活动……

这一切都成了泡影，这个机会永远不会再来了。他每天这么想呀，想呀，人很快消瘦了许多……

如何才能逃出去？他苦思冥想，忽然有一天，郭水瀛想到裴家还在太原开着商号，为什么不想办法去那里让人帮他传个信呢？那个商号叫什么呀？在什么地方？太原城这么大……他尽力在自己的记忆中搜寻着……

"禄兴居"，对，就叫"禄兴居"。那一年他还小，他爹曾到太原给店铺盘点货，好像听爹回家时说过，在太原禄兴居盘货，是在……叫什么钟楼街。他想起来了，就是"禄兴居"，就是钟楼街。

他找来纸笔，在灯下认认真真地写了一封书信，慢慢地藏好，然后便去找长官请假，他提出要进城里走走买点东西。

"报告陈排长，郭水瀛有事想请假一次。"

"请假干什么呀？"陈排长拖着官腔问道。

"我、我想进城买点东西。"水瀛竭力使自己镇静下来，千万不敢让排长看出他心里有什么鬼胎。

"郭水瀛，军营的规定你就没有记住吗？刚入伍的那天，我可就给你们宣布了，出门必须五人以上一组，并有一名班长带领，相跟着才能准假出去，并且相互作保，一旦有人逃跑，其他人将要受到军法处置……等报名人数达到五人之后才能准许出去。"

郭水瀛点点头退了出来，只好静静地等待。第二天，接到通知，允许他进城。郭水瀛悄悄地把早已写好的书信带上，与其他四位士兵一起进了城。一路上，他向人打听，钟楼街在什么地方？

"哎呀，小老弟，看不出来呀，当兵才几天，你就想去那个地方了？这也是天性呀，哈哈……"一个士兵这样说。

这个士兵的回答，使水瀛摸不着头脑，那是个什么地方呢？他不敢再问，怕回去报告了，受什么军法处置。

原来这钟楼街是太原最繁华的地方，特别是钟楼街与柳巷相距最近。而柳巷妓院居多，士兵进城，大多是想到柳巷的妓女院里转一转，调调情，嫖嫖妓，发泄军营里的憋闷，只是都不说出来，人们一问上哪里去，都说是钟楼街。郭水瀛打听钟楼街，他是想去找"禄兴居"，好让老板帮他给家里传个书信，哪里知道被同行的士兵们理解为他要去逛妓女院了？

见他不说话了，其他的士兵都笑了起来。

又一位士兵说："没有啥，小老弟，年轻人嘛，找个妓女还不是正常的事情？咱弟兄们可都要去那里的，他妈的当兵这苦呀，长官们都成天和太太在一起，咱们呢？光棍一条，不找个女人玩一玩，这心里闷呀。我是觉得你当兵还没几天，一分钱没有，要是想去耍霸王货，那闯了祸，哥们可担当不起。"

这下他才听明白，原来他们说的和他想的是两码事。他笑一笑说："哪里，哪里，兄弟哪里能去办那个呢？我这身上可是一分钱没有呀，去了也只能看看。我是有个老乡在钟楼街，想去和他说个话。"

"那好说，咱们都要去钟楼街。"

"哈哈哈哈……"

这时又一个士兵说："不过，既然我们一起出来，咱们相互担着责任，也不敢让你一个人去找老乡呀？万一……这样吧，我们先陪你去找你的老乡，然后你随我们去妓院开开心，怎么样？"

"好，好。"郭水瀛答应着。

很快，他们来到了"禄兴居"。郭水瀛进去找掌柜的，掌柜的看见进来五位大兵，担心是什么麻烦事，急忙迎出来说："欢迎各位，这位老总找我有何贵干？"

"你认识郭有才吗？"郭水瀛打问道。

"哪个郭有才？"

"武乡的郭有才。"

"哦，认识，认识，当然认识，不是我们东家的大管家吗？"

"掌柜的，那你这里就是武乡裴家的商号了？"

"是的，是的。"

"老板，我是郭有才的儿子，现在在太原当兵，想请你帮我个忙。"

一听是郭有才的儿子，老板更热情起来："好，好，需要我做什么，你尽管说。"

"设法把这封信给捎回老家去。"

水瀛看看和他相跟的几位大兵，也没有注意他说话，这才小声说："我是让抓来的，你千万帮我这个忙呀。"

"哦，好办，好办。来，快请进来坐坐，喝点茶。"

可是其他人都说："快点走吧，那儿事还多呢。"

他们早已急不可待了，哪里还有心思在这里喝茶。郭水瀛也只好随他们走了。

回去以后，水瀛日夜思盼着家里能设法救他回去。可是等呀，等呀，杳无音信。走又走不了，跑又不敢跑，只好苦苦地听天由命了。

每天早晨，天不明起床号就响了，起床，跑操，沿着大操场跑几十个圈，跑得精疲力竭。上午又要集中进行政治军事学习，由政治、军事教员来讲授各种知识：什么国民教育呀，政治防共呀，国民军条令呀，阎主任语录呀，除此之外，还要学习炮弹性能、射程计算、战场隐蔽、战地救护、自我防卫等。下午便是军事训练，爬、卧、滚、打、爬杆、瞄准、射击、投弹……这不用说，有时半夜里军号一响，还得起床搞军事演习，谁要到得迟了，长官就要进行体罚。

真是度日如年。花花现在怎么样了？她不会出什么事情吧？郭水瀛一有些空闲时间，就不着边际地瞎想，只盼着有一天，能逃离这个地方……

第十四章

过年了，军营里也有了节日的气氛，可这对郭水瀛来说几乎是一种刺激。他可是给花花说下八月十五要回去接她的呀，现在已经过年了，花花还见不到他的影子，他对不起花花呀……

军营的士兵们一个个都欢欢喜喜的，过节好呀，伙食也改善了，还不用早起出操，不用军事训练，舒舒服服地休息几天多好呀。

不觉得又到了元宵节。水瀛的心里更加难过了……

整整一年了。去年的今天，他和花花在东漳镇手拉着手，偷偷地溜出村外的野地里，就在那玉米秆围着的窝窝里，花花把她珍藏了十几年的贞操交给他，同时也把自家的终身托付给他，期盼能救自己出火海，期盼能和他在一起，恩恩爱爱、白首偕老……这一切现在都那么渺茫……

如何才能走出这倒霉的军营呀，他一点办法也没有。

又过了几天，陈排长来通知，全体士兵组织清扫卫生，要把营房上上下下、里里外外收拾得干干净净。他们一边打扫，一边议论，一定是上司要来视察，清扫军营迎接人家哩。郭水瀛低着头，他不去想这些，管他呢，上级、下级都和他郭水瀛无关，就是阎锡山亲自来，难道还能把他郭水瀛放了吗？

这一切他不去想。他的心中就是等待，看哪一天能有个机会，走出军营，跑回武乡，跑到东漳寨，去见他的花花，这回可一定要带着她走，走到天尽头，再也不回头……

果然，不出老兵所料，前晌九点钟，全营官兵紧急集合，齐整整在站满了整个院子。他们在等待着。一会儿，一阵汽车声响，一大溜长官走了进来。

陈排长在队伍前喊："立正——敬礼!"全体官兵都行起了军礼。队伍中有人小声说："是团长、营长……陪同着……"管他陪同着啥大官儿？郭水瀛不操这个心，啥的官来都与他无关。

今天来的这位长官却和以往不同，并没有训什么话，他只是简单地讲了几句什么军务需要之类的话，就在新兵队列中走来走去，一会儿挑一个人出来，一会儿又挑一个人出来……郭水瀛有点摸不着头脑，这干什么呀，莫不是又有人犯啥军法了？无论如何，也不要把自己拽进去，咱还是自在些好……

郭水瀛正在那里嘀咕，那个长官来到了他的面前。他打了个冷战，下意识地缩了缩脖子，生怕出了什么事。谁知害怕就有鬼，他越是害怕，越有事儿，那位军官偏偏点住了他，他也被叫出了队列，站到了另一列中……

哎呀，坏了，这下可是坏了。一定是他给家里带信的事情被上级知道了，这带信就意味着想逃跑。逃跑，那就是违犯军法。这可怎么办呀？军法处置，军法处置……

他看见过军法处置是个啥样子了，外面校场西南角，专门筑着一个处置台，违犯军法的士兵，根据情节轻重，都在这里行刑。前几天，有个士兵说了句什么怪话，被吊在架子上打得皮开肉绽，还有一个士兵在街上吃了个饼子，没有给人家钱，被卖饼子的告状，居然就在这里被当众破了肚……他心跳得厉害，如果他的事情真要败露，那是逃跑未遂，和逃跑又有什么两样？逃跑，那可是杀头的罪呀……

他想错了。原来，这回是陈师长派刘副师长、张参谋长来，要在这些新兵中间挑选贴身随从。当然，这一切还是军事机密，别人都不知道。

郭水瀛因为模样英俊，帅气洒脱，便被初选进去。初选出的二十多位新兵，进行了严格的身份检查，确信没有犯过什么错误，又被集中到一个新的地方开始培训。

什么政治、礼仪、文书、军纪、官话等，都是培训内容。郭水瀛在私塾里可是学到不少东西，再加上他与武先生在一起住了很长时间，学了许多新东西，在这次的培训中，他的成绩非常突出。经过考试筛选，最后只留下五个人，郭水瀛是其中之一。

这五位新兵，将由陈师长来亲自考试。这一天陈师长大驾光临，来到培训他们的军校里，一个个地认真看了，经过一番口试，十分满意，于是又带他们五位到文庙去游玩，陈师长是位儒将，平易近人，对他们很好，问长问短，一个个了解情况。中午，陈师长还带他们一起进餐。下午返回师部，陈师长说："今天上午，带你们游了文庙，我看就以"文庙"为题，每人写一篇文章吧。"

五个人坐在那里接受笔试。这个考场虽小，可是森严壁垒，每位考生身边站着一位卫兵，何况陈师长又坐在正面，目不斜视地盯着他们。不就是写文章吗？关于文庙，关于孔子，这个题目对于一个儒生来说，并不是很难，何况郭水瀛在读书时就写得一手好文章，写起来自然十分轻松。怕啥哩，写就写，这一次如果写好，师长高兴，也许会给点特殊照顾，说不定哪一天可

第十四章

以放他回家，不就能见到花花了吗？

这可是个机会，郭水瀛低头认真地写起文章来。其他四位依照八股文的形式去写，可是，都读书不多，写得半生不熟，似是而非。郭水瀛则受唐宋辞赋影响，特别是和武文兴在一起，接受了新思想，只见他下笔如飞，思绪泉涌，没用多长时间，写就一篇《谒文庙赋》：

圣人创教，春秋始往；礼仪育人，德政为纲；文明始祖，臣民崇尚；徒有智慧，扶国安邦。余幼识新知，方解儒道，做人谨慎，学习疯狂，身居贫困，崇信如常。吾自认孔门一徒，瞻师尊颜，早有所望。今躬身文庙，朝拜尊府，谒庙祭圣，了此愿望。拙身虽位鄙庸碌，儒祖之教，不敢相忘，以身报国，以才定邦。八斗五车，为国栋梁，满腹经纶，方能为佐国之将。呜呼，悲哉！但恨学识浅，无以货帝王。故跪求圣灵，赋吾鸿鹄之志，赐予凌云之方，余将宏大儒道，欲到天宽地广。

尚飨

儒门弟子郭水瀛敬谒

甲戌仲春

陈师长阅卷，吃惊赞叹："好文章！"

该文结构自然，文笔流畅，简洁明快，特别是在文末，"赋吾鸿鹄之志，赐予凌云之方，余将宏大儒道，欲到天宽地广"，这些句子，显出了作者虽然青春年少，却有凌云之志。真是好文章。

于是，陈师长传令："快去叫郭水瀛来。"

郭水瀛走进了陈师长的客厅里。陈师长又认真、仔细地端详着他。嗯，这孩子长得英俊洒脱，白白净净，只是举止拘谨一些。这也难怪，一个乡下人，没见过大世面，一下子来到他这个师长的面前，他能不拘谨吗？陈师长问："你叫什么？"

"郭水瀛。"

"何方人氏？"

"本省武乡县人。"

"家里都有什么人?"

"家母早逝，只有父亲和我。"

"多大年龄?"

"虚岁十八。"

"可有家室?"

"没有。"

"好。"

陈师长很满意，这个郭水瀛不仅人长得标致，而且口齿伶俐，又有文采，不正是他要寻找的人吗？好了，这个贴身随从非他莫属了。

"水瀛，我想让你来做我的秘书。不知你……"

"多谢师长栽培。"

顷刻之间，郭水瀛由一个士兵变成了少尉副官。

第十五章

　　武文兴被营救出来之后，马上就与几位党员一起创办了《奋起》刊物，同时通过关系组织了一个流通图书馆，在县政府备了案，赵清风当上了馆长。许多识字的人听到这个消息，都高兴地来这里借书，一来二去，这个图书馆成了城里最红火的地方。

　　李文楷在太原寻找组织，跑了两个月也没有结果，他闷闷不乐地回到武乡来。几位党员坐在一起，心里也都不高兴，武云璧问："老李，还没有找到组织吗？"

　　李文楷垂头丧气地说："是呀，自打'九一八'以后，太原乱了起来，青年学生组织了抗日救亡团体，许多进步人士宣传抗日思想，掀起了抗日救国的热潮，阎锡山与国民党南京政府的政见不同，所以对此是睁一只眼闭一只眼。可是老蒋派了人来从事特务活动，并指派国民党省党部镇压学生运动，还打死了数名学生，弄得政府很被动，阎锡山极力想发展自己的势力，中原大战把山西经济搞垮了，现在就集中精力开发绥远，说是垦荒种地，实际是种大烟，还派人从青海、甘肃、宁夏等地收购烟土，制作成戒烟药饼，说是在民间实行戒烟，实际上背地里搞成官卖的东西。山西是阎锡山的地盘，他既不想让蒋介石插手，更不想让共产党生根，最近一方面大量抓丁，扩大自己的军队，开发绥远都是用部队去搞的，另一方面严防省城闹什么活动，有一点风吹草动，马上就出动军力镇压，太原风声很紧，把国民党省党部也关了，共产党员也抓了不少。根本无法联系组织，只好返回来。"

　　武云璧听了这话，在一旁说："现在咱们只是凭自己热情在武乡闹腾，虽然在群众中产生了很大影响，也得到群众支持，但我们不了解上级意图，光凭热情怕是不行，现在阎锡山已经把武乡列为"四大赤县"之一注意起来，我认为一直找不到组织，就我们这样干，怕是不利因素越来越多。"

魏大明站起来说道："怕什么，只要我们有群众支持，就说明我们工作有成绩。我们发动农民，以我与梦龄师兄开拳房手下这帮弟兄为主，组织他们起来抗债，咱们的势力壮大起来，和政府斗争。"

"云璧说得对，咱们必须尽快找到组织，只有靠组织的指示，我们的工作才有目标。不过魏师傅提出来的这个主意，倒是也适用，我们要在农民中组织一个抗债团，作为党的外围组织，再团结工会、农会，我们就有了广泛的社会基础。"武文兴说。

李文楷想了想说："是呀，我们先这样干，不能因为找不到组织就停止活动。怎么才能尽快找到组织呢……"

"是呀，这个问题是个关键。"大家都沉思起来。

过了许久，李文楷突然说："我有个办法。"

"什么好办法？"

"文兴，国民师范还有几位武乡籍的青年，听说也都是些进步青年，你去太原跑一趟，最好在太原谋个事做，就算是武乡党组织的联络点，通过你在太原的关系尽快找到组织，一旦有消息尽快通知我，我马上去汇报工作。再说，前段县政府抓你，说明你的身份有所暴露，你先离开武乡，这对武乡的地下活动也有好处，不易让政府发现我们。"

"好。"武文兴打点了一下就去了省城，找他的校长帮助。说来也巧，校长说："文兴你来得正好，这几天教育厅正要招几位干事，我托人给你疏通一下，不过你报名时要换个名字，千万别让人们记起你是国师的活跃分子。"

经过考试，武文兴用武文周的名字入围了，再加上校长的疏通，就在教育厅谋了职。有了固定工作，而且是政府机关的差事，武文兴这下有了保护伞，做什么活动也不怕像以前那样今天被抓，明天被赶，放心了许多。他一方面寻找组织，一方面组织武乡人给流动图书馆捐赠书籍，一下子搞回了一大批书籍，为了掩人耳目，赵清风让管理员把书皮都撕掉，即使有人来查，也一下子看不出是啥书来。这下可热闹了，学生、教员都来借阅图书，就连农民中一些识几个字的人也来找书看，通过与看书人联系，又发展了几名可靠的青年入了党。党员人数越来越多了。

第十五章

武文兴在组织募捐图书过程中,与一名叫段若宗的武乡青年学生熟悉了,通过他找到了太原特委。李文楷得到消息,急忙筹措了一点盘费,又一次来到太原,武文兴把他安排到了国民师范的武乡同学段若宗那里,又通知太原特委的负责同志来约见。这天下午,就在段若宗的宿舍里,李文楷给特委的同志汇报工作,段若宗提一把椅子坐在门口,仰着头高声地背诵着《滕王阁序》,其实他背书不过是个幌子,实际上是在放哨。

特委的负责同志听了李文楷的汇报,对武乡工作十分肯定,并作出指示说:"老李,你们的工作很有成绩,现在就我们山西来说,党的活动主要集中在省城,各地活动情况还很差,你们做出了榜样。根据你县的具体情况,特委同意你们的意见:第一,批准建立中共武乡县委;第二,积极在抗债团中发展党员;第三,继续开展各种形式的斗争。不过有一点我要批评你们,前段工作中有致命的弱点,就是主要骨干出头太多,容易暴露身份,可能会造成不必要的损失,在今后的工作中,千万要注意多发动进步群众,特别是进步青年起来组织活动,一方面可以发现和培养新的对象,另一方面出面的人多了,不易被当局注意。"

李文楷听了特委的指示,感到非常高兴,特别是特委的批评,对他震动很大。以前只是注重搞斗争,而忽略了策略,引起了当局的注意,甚至被抓捕。当然这是因为原来没有党的组织机构,不能利用组织形式来领导而造成的。这下好了,上级批准建立县委机构,也同意大量发展党员,武乡的斗争形势一定会越来越好。李文楷回到武乡,立即召集党员开会,中共武乡县委正式成立。

裴延寿虽然出生在富豪家庭,但是由于受武文兴的影响,思想比较激进,特别是在县立师范时,常常参加并组织学生运动,成了学生领袖人物,自然也成了党组织发展对象,武文兴临去太原前,把培养裴延寿的事委托给了魏大明。县委成立后,魏大明就把发展裴延寿入党的建议提了出来,可是有人反对,说他是大地主家庭出身,这样的人不可靠,只能利用不能吸收进组织来。

裴延寿常与这些进步人士接触,做有利于百姓、有利于革命的工作,自打到了田赋局后,就发现田赋征收中存在的盘剥现象。他感到武乡百姓的贫穷与层层盘剥有着极大关系,只有推翻这种制度,才能减轻百姓的负担。就找魏大明说想把这个情况汇报给党组织。

李文楷听到这个消息,马上同意与裴延寿见面,具体探讨。由于谈论这个事情需要很长时间,怕在城里找不到个安静的地方。李文楷决定以到奇崖头白龙庙求神为名,与武云璧、裴延寿约好一起在奇崖头商谈。

奇崖头是武乡古八景之一,它延绵于太行山脉,这里有莽莽无边的原始森林,凌空危挂却郁郁葱葱,一线鸟道却荡气回肠,绝壁千仞却高远开阔,万木霜天却漫山红遍。这里的山生得特别奇,有嶙峋怪石,有翠柏苍松,有悬崖峭壁,有曲径通幽。特别是一座天然的石崖足有三十余丈高,崖上面凸出十来丈宽,四周形成环抱状,下面形成一个天然的崖洞,奇崖头之名即来源于此。再加上周围的自然景观,有奇峰异石、漫山红叶、隐山云海、金顶日出、古藤悬吊、峡岩逼空、清溪百折、天幕飞瀑等,这可是一个僻静幽雅的好去处。崖下有一白龙庙,供奉白龙神,据说这白龙神十分灵验,特别是每当年逢大旱时,人们都来此祈雨,不出三天定会天降甘霖,因此,香火特别旺盛。

这一天,李文楷与武云璧、裴延寿带了干粮,上了奇崖头。为了做个幌子,他们也先到白龙庙烧香,然后便转到庙后的崖头下。李文楷开门见山地说:"延寿,听说你对政府征收田赋的事有许多看法,我是弄枪杆子的,对经济不懂,特请云璧来一起研究,你就先谈谈情况吧。"

裴延寿一听,知道李文楷对此重视,便从身上拿出他早已写好的汇报材料,认真地读起来:"这个田赋征收,可是有很多年历史了,现在咱们政府对全县农田是按地亩征收银圆的,全县近六十顷土地分为上、中、下三等,但是征收方法一直还沿用明清时的折合方式,这个算法十分烦琐,许多人都弄不懂是怎么算出来的。比如:在明朝时是征粮的,上地每亩征粮七升九合六勺二抄,中地每亩征粮五升三合八勺二抄,下地每亩征粮二升七合七勺一抄。到了清朝把征粮改为征色银,但并没有新改色银的征收标准,而是用粮与色银折合,每升粮折色银七厘二毫七丝五忽九微四纤四沙三尘三埃七漠。到了民国又将征收色银改为征收银圆,每两色银折征银圆三元,再加上地方附加税每两三角,征收费每两三分。你看看这样的数字谁能算得清?这样折来折去,真的是弊端丛生。农民大多不识字,不会算账,政府征收在中间作祟就很容易了,特别是政府要根据年景、公务、远近、时限等情况,搞一些加征、蠲免、附加等,这就弄得老百姓摸不着头脑了。"

李文楷听着延寿的汇报,不禁说道:"你所列举的数字这样具体,但我真还不明白,一亩该缴多少钱。这样折来折去,老百姓的脑子里不成一锅糨糊才怪呢。"

"是呀。不仅这些数字不好懂,还有更乱的东西,纳粮制一直用明朝的管理形式,虽然民国以后行政管理改为编村制,但土地管理还是里甲制,这个里甲制是氏族管理,随着人口迁徙,原本属一个里甲的人,现在可分布在几个甚至几十个村庄,收缴极为不利。还有一点,土地买卖本属常事,土地买卖后过粮手续却极为烦琐,不好办理,有些土地易了主,但粮还在原主头上顶着。还有的地主买了人家的土地,买地时假用高价,便说不带粮银,这就使粮银负担一直顶在穷人头上。这种种原因导致最早的直接缴粮变成了商号代征代纳。商号利用农民怕到官府的恐惧心理和夏天征收无钱缴纳的困难,便趁机加收代纳金。"

"通过这各种手段下来,百姓究竟要多出多少呢?"

"我算了一下,本来按规定,一两粮银应缴三元三角三分,但现在实际上商号征收下来,要达到七八元,稍微有点积蓄的人家能按时缴纳上来的,最少也得五元几角。"

"哎呀,原来中间有这样大的猫腻?那老百姓为什么不让里甲长来征收?"

"其实一样的,原来一个里甲的人,现在已经分住各地,里甲长收缴时也要加收手续费、垫款费、旅途食宿费等,七加八加,下来还是个大数额。"

"延寿,你知道这多收的部分,究竟是下了谁的腰包?"

"两个渠道,一是政府人员,二是官商。官商是依托政府给他们撑腰的,而政府人员靠官商的贿赂。"

"真是岂有此理,这样下来,全县色银九千两,该折银圆两万七千块,而被官商收下来就成了七万块了,富豪越来越富,官员越贪越多,百姓越来越穷。"

在裴延寿讲述的时候,武云璧一直没有说话,他一边认真地听着,一边盘算着这事究竟怎么处理。这时,李文楷问道:"云璧,你说这事该怎么办呢?"

武云璧沉思着说:"要搞田赋改革,这还必须靠政府。"

"那么我们还是靠游行，靠宣传，发动百姓来造大声势，这样能不能推动政府呢？"

"这样的斗争需要策略，虽然舆论宣传可以让百姓了解自己被盘剥了多少，但如果仅仅靠游行、造反是不能解决的。"

裴延寿说："云璧说得对，仅仅靠这个是不行的，我想，田赋局王局长思想也比较激进，前几天他见我算这个账，他还支持我仔细算算，看究竟百姓多负担了多少？从他的话中可以看出来，他是希望改革的。"

"这倒是个好消息，如果这样的话，我们可以设法通过王局长来完成这个工作。"武云璧说。

"这个王局长，我和他也有过交情，"李文楷说，"我可以与他商谈，只是你们要有个具体办法，我才好与他商谈。"

裴延寿说："我想过，但还不成熟，先说出来你们听听，看可行不可行。一是改进过粮手续，将卖方土地粮银转到买方名下，现在谁有土地谁纳粮；二是将征收用的里甲制改用编村制；三是将原来的代征制改为农民直接缴纳。这样的话，可以减少收缴中各种各样的加征理由，也可以减少官商在中间的盘剥。"

"延寿说得有道理，我再补充一下：第一，把过粮手续完善后，将土地重新登记造册，彻底纠正粮银负担不合理的现象；第二，将过去政府可以随意加征的政策，改为定额缴纳，这样才能给农民一个明白，该缴多少就是多少。"

武云璧说："你们说的这个办法，听起来是很适用。如果照这样搞下来，老百姓的负担是减轻了，一两粮银三元三角三分，这就成了一个确数。但是，这对官商、对政府的官员都有很大影响，似乎彻底断了他们的财路，他们会轻易同意吗？"李文楷反问道。

李文楷这么一反问，倒使武云璧与裴延寿怔住了。是呀，我们设想好了，还得王局长同意，即使王局长同意了，这田赋改革的事还不可能是他一个人说了算，县长不同意是万万行不通的，而这个方案如果要征求官员意见，肯定没有人支持。怎样才能使这个方案得以实施呢？

"那你说怎么办？"两人不约而同地问道。

"我想还得用我们的老办法，"李文楷胸有成竹地说，"首先，我们还是写文章，把政府和商人勾结，加重百姓负担的情况写成文章，采用张贴、刊登等方法，让广大百姓有更多的了解，知道他们每年要多缴多少赋税。其次，发动农民队伍上街游行示威，坚决要求县政府改革田赋制度，还农民一个公道。还有一点，我认为也很重要，能不能做一两家开官家商号的老板的思想工作，让他们出来主动说明以往通过代征，每年得了多少好处，又给政府官员贿赂了多少，这样可就有了得力的证据。"

"我知道我们家在城里开的商号也一直代征田赋呢，我回家做我爹的工作，希望他放弃商号经营代征赋税，并能主动站出来……"

"这个事情你可以给裴东家说清，让商号老板出面就行，不用裴东家直接出面。"李文楷看着延寿积极的样子，内心十分高兴，虽然他出生富豪家庭，但一来裴东家并非为富不仁之人，是非常通晓事理的，二来延寿又十分向往革命，发展他入党，这个对象没有错。

于是，李文楷让延寿回家做他爹的工作，武云璧写文章，而他要尽快去找王局长，希望王局长能同意赋税改革方案，并送县长审议，同时让魏大明来组织农民。他特意安排，根据特委指示，这回党员都不在公开场合露面，以免引起特务注意。

有位农民来商号缴税，裴家商号张老板故意高声地说："我们以后不再代征赋税了。这位老汉，你暂时也不要缴税呢，听说县政府正在进行赋税改革。以前征收赋税里头你出的冤枉钱可太多了，你家多少粮银？本来政府可是一两粮银收三块三角三，可你要出七八块。要说，这可不是光我们商号代收，就赚你这么多，其实多收的钱大部分都送给人家当官的了，现在，我这号子是想通了，宁不赚钱，也不做这伤天害理的事情了……"

裴家商号当众揭了底，并主动提出放弃代征，赵恒昌可急坏了，搞代征十之八九是他的产业，每年仅此项收入在十万元之上，这样闹腾岂不是断了他的财路？他急忙跑到县长那里去煽风点火，"皇粮国税这是千百年来的历史，老百姓拒缴，这说明他们与政府对抗，岂能容他们的这种作为？"

范县长也担心改革田赋出问题，反正各县都是这个办法，又不是武乡一家。王局长拿来的方案，他一口否决。王局长私下说："范县长，现在农民都知道了田赋征收中自己该出多少，他们出多了，政府可是一分未得，都是商号和少数官员从中渔利，你要是不同意改革，岂不是将这个黑锅背在自己身上？他们得利，让你做冤大头，这又何苦呢？咱武乡的情况你是知道的，张县长怎么走了？还不是被老百姓轰走的吗？前车之鉴呀……"

一听王局长这么说，范县长犹豫了，与其因此与百姓为敌，不如做个顺水人情，给百姓留下一个善良的面孔，"好，就这样，马上组织人力，对全县土地重新登记"。

第十六章

　　郭水瀛的命运一下子改变了。他没有再回大营盘那个什么二十九师三二四团六营五连九排，不再去学什么国民教育呀，政治防共呀，国民军条令呀，阎主任语录呀，也不用再去学习什么炮弹性能、射程计算、战场隐蔽、战地救护、自我防卫等，更不用去野外搞那些军事训练，爬、卧、滚、打、瞄准、射击、投弹……他直接住进了陈师长的府下，做了师长的随从。

　　他成了陈公馆的关键人物。他的办公室兼卧室，紧紧靠着陈师长和陈太太的卧室，陈师长所有事情，都由他来安排了。什么他那个最初接触的陈排长、营长、团长……也根本见不到了，就连那些旅长，甚至副师长、参谋长要见陈师长，也得先给他打招呼。

　　他每天的工作就是：查阅、整理绥署下发的文件，清理下级报上来的请示、报告，根据文书之密级、内容之缓急，一件件分门别类，送呈陈师长审阅批示，然后他再遵照陈师长批示，下传至各旅、各团。来人求见师长，那得先问他，由他来安排会见时间。另外，还要处理师长生活上的事情，师长到哪里他就要跟去哪里。他的工作很紧张，整天忙忙碌碌的，这倒也好，可以减少一些思念的痛苦。

　　他的生活从地狱到了天堂。但从他内心来说，这并不是什么高兴的事情。越是这样，他的心里越难过，在这里他不用担心什么军法处置了，可是他的身子更加不自由了，自打进了陈公馆，就像进了一个牢笼。

　　他看看门外站着的那一道道岗哨，那个壁垒森严的样子，心里想起花花，这下算是完了，原以为来到陈师长的身边，侍候师长，他可以自由一些，能找个借口回去，回到东漳镇去，找他的花花，完成他欠下的那一笔情债，也完成像武文兴说的反封建的目的，然后带着花花一起到陕北去参加红军。哪里想到，来到这里，外面三步一岗五步一哨，里面工作十分紧张，毫无一点空闲，行动更加不自由呢？

每到夜晚，他将手边的工作一一安排停当，又安排陈师长和陈太太休息，将这一切做完以后，回到自己的卧室，洗漱，解衣，上床，拉灭电灯，静静地躺下，那就开始辗转反侧……

深深刻在他心底的故土，总是一幕幕地出现在他的眼前。东漳镇、东漳寨的山山水水，沟沟壑壑，一直在他眼前晃动。花花的影子，久久地留在他的心底。她打水、担水，她走路、说话……一举一动，都是那样的清晰。有时眼前幻化花花挨打的情景，狗日的魏林元打在花花身上，可是疼在他的心上。

每每此时，他都会想起他们的约定。嗨，这个虚无缥缈的约定呀，八月十五，他永远记着这个约定，可是，记得又能怎样？他还是失约了，撇下她在村头翘首等待，久久地盼望着他，这一切早已经成了泡影。不知她现在……正月十五也过了，那个约定也早已失去了时效。这不由得想起去年正月十五那个难忘的夜晚……

恍惚之中，陈师长在叫他："水瀛，你来一下。"

他急忙跑了过去，陈师长关切地对他说："水瀛，这么长时间了，你也没有回过家，早该回去看看了，正好有军务要到武乡办理，你带我的车去全权办理一下，具体内容一会儿我给你安排，这次回去，你可以顺便回家跑一趟，看看你的父亲，并代表我向你的父亲问好。"

他兴奋地叫出了声，呀！陈师长真好，这样的差事，他让我全权办理，还派汽车送我。我是师长身边的红人呢，师长还让我回家看看父亲，这下可真是衣锦还乡了。这是个好机会，这次我回到老家，千万不能再错过机会，一定要去东漳寨找花花。我如今是少尉副官了，身上有枪，又有汽车送我，看他那个狗日的魏林元还敢欺负花花。等见着花花了，我要带着她一起走，到一个……

不，这回不用怕了，就是把她带到军营里来，也未尝不可。对，一定要把她带到省城来，我有身份，有地位了……

"水瀛。"他被一声高叫喊醒了……

第十六章

嗨！他长叹一口气，却是个梦。

陈师长在叫他，他赶紧起床跳下地来："报告师长，有什么事请吩咐。"

"水瀛，今天是礼拜天，二小姐要回来家里过礼拜。一会儿你带车到山西大学去，把她接回来。"

"是，陈师长。可我还不知道……"

"司机能找见，你跟着去就是了。"

郭水瀛领命。车子从陈公馆开出，没多久，便来到了学校。车子钻过了一个书写"山西大学堂"的青砖大牌坊，进入山西大学校园内，速度一下子慢了下来。他认真地观察着这个美丽的校园，这个山西大学堂建于清末，已有三十年历史，现名山西大学，是山西的最高学府。以前，只是听武文兴说过，今天有幸来到这里，真是百闻不如一见呀。院子里进进出出的学生不少，一个个穿着时髦而统一的校装，有说有笑，但也举止文雅。

他们直接来到女生宿舍楼下，司机按一下喇叭，只听见一个女子在楼上的窗户口应了一声："哎，我下去了！"

一会儿，一位女学生便跑了过来，这大概就是陈师长的二小姐了，水瀛这样想。

只见她跑了过来，脸上就带点撒娇地埋怨说："王师傅，你怎么才来呀？说好早点来的，我都等不及了……"

司机老王说："我可是连早饭都没吃，就赶来接你了……"

二小姐刚要说什么，扭脸看见站在汽车旁边的郭水瀛，军部的人她都熟悉，这位怎么不认识呢？便向司机老王打听道："这位是……"

"哦，你还不认识他，他是新到陈师长身边工作的……"

郭水瀛马上认真地回答："少尉副官郭水瀛。二小姐请上车回府。"

"嘻嘻……"二小姐被郭水瀛的认真逗乐了，便盯着他笑，水瀛感到对方的目光有点热辣辣的，他低下了头："二小姐，请上车。"

"郭少尉，你就别叫我二小姐了，我有名字，陈亚妮，亚洲的亚，燕妮的妮。知道燕妮吧，伟大的思想家马克思的夫人，以后叫我亚妮好了。"

"是，二小姐。"郭水瀛马上一个立正敬礼。

"什么？还二小姐？"

"对不起，亚妮小姐。"郭水瀛接着又是一个立正敬礼。

陈亚妮看着他这个拘束的样子，开怀大笑起来。笑了好大一会儿，她才说："给我敬什么礼呀，又不是师长。郭副官，就别那么客气了，现在你是少尉副官，堂堂的军官，我还是一名大学生，你可是比我官大呀。要敬礼，还得我给你敬呢。"

亚妮这么一说，闹得水瀛不知该说什么好。他只好点点头，翻手将车门拉开，像请陈师长上车一样："亚妮小姐，请上车。"

亚妮一看他这个样子，故意绷下脸说："再这么客气，我就不走了。"

郭水瀛还没有缓过劲儿来，以为二小姐真生气了，这位二小姐怎么如此古怪呀，说翻脸就翻脸，这算什么事呀？他窘得不知该怎么办，陈亚妮已经坐进了车里。

水瀛这才将后门闭上，又拉开前门，他要坐在秘书的位子上。

这时，刚刚闭好的后门突然又开了。郭水瀛以为是心理紧张失误了，没有将门闭好，又急忙下车来要去闭……

陈亚妮在车里对他说："郭副官，你也坐这里来。"

亚妮邀请他，要他和她一起坐在后排座上。水瀛犹豫了一下，只好坐了进去。

车子发动起来，刚出校门，亚妮就说："王师傅，到海子边……"

王师傅有点不解地说："刚刚你不是嫌我们来得迟，着急回家吗？怎么又要去……"

"刚才是刚才，现在是现在。你们不是还没有吃早饭吗？我请你们吃早点去……"

司机老王也闹不清二小姐今天怎么了……

原来陈亚妮在看到郭水瀛的一刹那，居然一见钟情。这个少尉副官英俊潇洒，言谈举止又是那么礼貌，真是一位优秀的青年呀。她回家不也是想解解几天在校园里的烦闷吗？与这位郭少尉在一起，一块儿遛遛，应该是更开心吧……

吃完早点，亚妮又要水瀛陪她去晋祠游玩。水瀛有点难为："这……师长没有吩咐呀，水瀛不敢做主。"

"没有事的，礼拜天我常常用车出去转的。回去给爸爸说一声就是了……"

第十六章

水瀛拿不了主意，两眼瞧着王师傅，想等王师傅说话。

王师傅说："二小姐想去，就陪她去吧。以往也常常是这样，出来呢？就看二小姐想去哪，反正礼拜天就是陪二小姐了。"

亚妮看着郭水瀛做了个鬼脸："郭少尉，怎么样？上车走吧。"

于是，他们从太原城一直驱车南行四十来里，来到悬瓮山脚下的古塘村。这里有一处山环水绕、古木参天的园林，这就是太原著名的古八景之首——晋祠。

晋祠，最初是为纪念周武王次子唐叔虞而建。三千多年前，叔虞封唐，兴修水利，富国强民，由于叔虞之功，唐国人民安居乐业。后其子姬燮继位，因境内有晋水，便改国号为"晋"，晋国由此而强盛起来。人们缅怀叔虞的功绩，便在这晋水源头修了一所祠堂来祀奉他，后人称为晋祠。

晋祠是华夏北方著名的园林。走进去看，百余座殿、堂、楼、阁，古色古香，造型优美，还有那著名的周柏、隋槐，老枝纵横，却又长得生机勃勃，郁郁苍苍。清朝末年八国联军进京，慈禧西行，曾将此地作为行宫。这里的山美，树美，建筑也很美。然而，最令人陶醉的还要数那甘醇清凉的晋祠泉水。

晋祠有三泉，即善利泉、圣母泉、难老泉。这三股清泉，为晋祠增添了小桥流水的情趣，曲径通幽的意境。当人们信步园林，只见这里有一泓深潭，那里有一渠清水。殿下有泉，桥下有河，亭中有井，路边有溪，石间涓流潺潺，如丝如缕；林中碧波闪闪，如锦如缎。无论多深的渠、潭、井，只要光线充足，游鱼、碎石、水草，历历可见。来这里进香的香客，在虔诚地烧香祷祝之后，总是要游历一下这里的园景。无怪乎当年李白游晋祠，曾赞叹曰："时时出向城西曲，晋祠流水如碧玉。浮舟弄水箫鼓鸣，微波龙鳞莎草绿。"

这么美的泉水是从哪里来的呢？叮叮咚咚，只闻环佩齐鸣，却找不到一处泉眼。守祠老人得知是陈师长的千金小姐到来，陪着他们一处处游园，并将这里的故事讲述给他们。

关于晋祠的泉水，还有一个古老的传说。相传，这是水母柳氏留于世间的。很早以前，聪慧贤淑的柳氏嫁到古塘村。从此，柳氏备受婆母虐待，不仅命她每日从远处挑水，还给她做了两支尖底的木筲。有一天，柳氏在路上遇到一位骑马的白衣大士，大士要讨水给他骑的白马饮用，柳氏慷慨允诺，后来白衣大士便将手中二龙吐须的马鞭赠给她，让她放在家中的水瓮里，只需轻轻一提，清水便满瓮，但不可将马鞭提出水瓮外。婆婆发现媳妇没去挑水，瓮里的水却是满满的，瓮里还插着一条马鞭。于是，她抓起鞭来，欲打一旁的媳妇。谁知鞭刚被抽出水瓮，一股大水涌泻而出，马上便会危及全村人的生命财产。柳氏见状，急中生智，从地上拿起一个草编坐垫，就势盖在了瓮口，并坐压其上。大水压住了，柳氏却因此献身，幻化成石人。人们说，难老泉上水母楼的水母，就是"柳氏坐瓮，饮马抽鞭"幻化而成的……

水瀛听到这里，马上又想起了老家的花花来。花花的命运，和这柳氏有多少相似之处呀，她也是累遭婆母、小叔子的虐待，长年累月地挑水呀，婆婆虽然没有给她做尖底的木筲，可挑水路上是一道大坡，哪里有歇脚的机会。现在她怎么样了呢？他陷入沉思……

陈亚妮可是一会儿就叫一声郭少尉，不时地问这问那，他只好随口答应。可是亚妮和他说话，他却有时答得牛头不对马嘴。

亚妮怪他："郭少尉，人家和你说话，你在想什么？"

水瀛怕这位小姐回去在师长旁边说什么，只好收起神来。

自打认识了郭水瀛以后，陈亚妮一下子就看上了他。她每个礼拜都要回家来，而每次她都要求郭水瀛副官带车接送……

陈亚妮是一位新潮青年，芳龄十八，圆圆的脸蛋，长得白白嫩嫩，十分清秀，虽然生在这样的富贵人家，但穿的还是十分朴素的学生装。在学校里她还是一位活跃分子，学校里的各种活动，她都是积极参加，在学生中影响颇大，因此她不仅是山西大学学生自治会的主要领导，而且还是省学联的主要成员之一。

陈亚妮回家来，又常要到郭水瀛的住处来，有事没事地和他交谈。

在郭水瀛的印象里，陈亚妮是个好姑娘。她的谈吐，她的思想，与武文兴有着许多的相似之处，自打抓来当了兵，他真还没有听到过这样的言论，因而谈起来也比较投机，乐意与她交谈。

"郭少尉，听我爸说，你的文章写得很好，是吗？"

"哪里，我读书少，文化低，不过是信笔涂鸦而已。"

"你别谦虚呀，你那篇《谒文庙赋》，我拜读过了，写得非常好，不仅文笔流畅，韵律调和，触景生情，而且言简意赅，含义颇深。特别是在后半部分，写出了'拙身虽位鄙庸碌，儒祖之教，不敢相忘，以身报国，以才定邦。八斗五车，为国栋梁，满腹经纶，方能为佐国之将'这样的好句子，道出了礼仪之邦儒教扶国的实质。还有'但恨学识浅，无以货帝王''赋吾鸿鹄之志，赐予凌云之方，余将宏大儒道，欲到天宽地广'，更是抒发了你为国为民的远大志向。真的是好文章呀……"

听着陈小姐恳切的评论，特别是她能随口咏颂出文章中许多句子来，说明她非常认真地读过那篇文章，郭水瀛心里也很满意。其实，他在写这篇文章时也并没有想这么多，只是觉得笔下流畅，随手而来。现在，经她这么一分析，反而自己也觉得这文章的含义确有些深刻了。

"陈小姐你过奖了，我可没有那样深刻的思想认识和远大抱负，倒是陈小姐见多识广，给了水瀛过高的评价。"

"你写得就是好嘛，好长时间来，我还没有见过这样的好文章呢。我想推荐到《民报》上发表，不知你是否同意？"

郭水瀛不安地说："随你便吧……"

"郭少尉，从你的学识看，你一定读了不少书吧？"陈亚妮又向他打听。

"很惭愧，我读的书很少。除了四书五经之类，还有些《水浒传》《说唐传》《兴唐传》等，其他书籍接触得就少了，尤其是新书，读得更少呀。"

"那你为什么不去读一些呀……"

"我家在山沟里，条件太差，几乎没有什么书，更别说新书了。就是接触到这少量的书籍，也是先生武文兴借我看的。"

"哦，你认识武文兴？"

"认识呀，他在我的学校里当先生，他很有学问，在他身上学了不少东西，我们还在一个炕上睡了很久。怎么，你也认识武文兴？"

"武文兴是太原学生运动的领袖，太原的学生哪个不知道他？那时候我刚上大学，正是'九一八'事变之后，他是国师的主要骨干，那时他就带领省城各校的学生进行抗日宣传了……后来，由于南京政府主张'攘外必先安内'的政策，抗日分子受到当局的打击，他也受到了国民党省党部的通缉，许多学生被列进了黑名单。自那后他也就销声匿迹了，原来是到了你们那里。"

说到这里，陈亚妮又介绍起了"九一八"以后，太原轰轰烈烈、接连不断的学生运动。她说得眉飞色舞，兴致勃勃。郭水瀛听了这一切，也觉得非常新鲜。许久，亚妮还是返回原来的话题上来："你喜欢读书吗？"

"当然喜欢。"

"那我就给你找些书来读，我们学校有好多好多的书呢，不过，要看好书，学校图书馆里可没有，教育厅有一帮子人经常去检查，说是怕有什么禁书。其实，什么叫禁书呀？他们所说的禁书，无非是那些宣传进步思想的书籍。只要有抗日呀，有反帝反封建呀，有马克思呀，有共产主义呀，这就统统说成了禁书。这是什么理论？难道我们抗日错了吗，难道中国人都做了亡国奴才好吗？"

听了陈小姐慷慨激昂的言论，郭水瀛真感到有一种畅快淋漓的感觉。本来，在郭水瀛心中，以为她不过是一位官宦之家的娇小姐，没有想到她的思想竟是如此的敏锐。他有点羡慕，自己怎么就不能有这样的思想呢？原来，武文兴还想推荐他加入共产党组织，引导他走进革命的队伍中来。因为爱情的波澜，家庭的曲折，他错过了这个机会。可是，现在他能有自己的思想吗？不行。他成了晋绥军第二十九师陈师长的秘书，师长的思想就是他的思想，师长的指示就是他的思想，他成了一个机器。

果然，过了一个星期，陈亚妮给他带回好多的书。

当然，大多是文艺作品，左拉的《崩溃》、莫里哀的《伪君子》、雨果的《悲惨世界》，还给他带回了俄国作家托尔斯泰的《战争与和平》和果戈理的《死魂灵》、苏联作家高尔基的《童年》等，还有鲁迅、茅盾、巴金、叶绍钧等人的作品。在这其中，还夹有一本《共产主义ABC》。

亚妮神秘地指着那本《共产主义ABC》说："这可是'禁书'，是不可以随便看的。不过拿到咱们家来，是没有人敢来查的。你要喜欢看，可以看，不喜欢呢，我就拿走。"

这本书，武文兴给他多次介绍，今天得以一见，他能不喜欢看吗？

水瀛非常高兴。亚妮拿回来的这一堆书籍以前他都听武文兴介绍过，现在能有机会读到原著，当然是爱不释手。陈亚妮见郭水瀛高兴的样子，便调皮地说："郭少尉，以后想看什么，我可以给你拿来。我给你借来这么多书，你也该想想如何感谢我呀？"

水瀛看看亚妮，不知该说什么……

他不知亚妮的葫芦里卖的什么药。支吾了一阵，说："我真心地感谢你。"

陈亚妮笑笑说:"光嘴上说感谢是不行的,你还要……有实际行动。哎,这样吧,我让你陪我学骑洋车。"

"学骑洋车?哎呀,这恐怕……师长那里还有事哩,我……"

"没事,我已经给你请假了。"

亚妮是陈师长的掌上明珠,陈师长四个孩子,最宠爱的就是她了。既然她这么说,郭水瀛也就只好陪她去了。

陈亚妮推出一辆德国造的"奥斯特"洋车来。这洋车子是个稀罕东西,原来在乡下时,水瀛可从来没有见过,只是到了太原以后才看到,他感到非常新鲜,这东西好怪呢,两个轱辘,一前一后,怎么就能走呀,为什么不会倒呢?乡下的车,那车轱辘可都是左右并排的呀。

郭水瀛只好陪着她,来到仓库大院里,学起骑洋车来。这个院子是个普通物资仓库,院里没有人住,只有门卫把守。他俩来到这里,院里当然只有他俩人了。

陈亚妮说:"郭少尉,我来学骑车,你帮我扶着这支架,可是牢牢地抓住呀,不然一旦失去平衡,可就把我摔地上了。"

"是,保证完成任务。"水瀛答应着。

"摔坏我了,可不饶你呀。"

"你学吧,我会小心的。"水瀛心里有些紧张,真的失手摔坏了小姐,他可是要吃不了兜着走了。

陈亚妮歪歪扭扭地上了车子。

郭水瀛双手紧紧地抓着支架。他不敢松手,怕摔着小姐,就这样跟着走呀、走呀,一会儿水瀛累得满头大汗。

"郭少尉,咱们休息一会儿吧,看把你累的,"亚妮见水瀛满头是汗,下了车子,从身上取出一块洁白的手帕递给他,"给,擦一擦汗吧。"

"不用了,谢谢陈小姐。"

"早让你叫亚妮嘛,还要叫小姐,再这样称呼,我可急了呀。"

"对不起,我知道了。"

过了一会儿,亚妮说:"郭少尉,你也来学一学吧,我帮你扶。"

"不,我不学……"水瀛推辞着说,他已经知道了扶车子的苦楚。

"看你,你现在已经是少尉了,而且马上还要晋升,可连个洋车都不会骑，不怕别人笑话？现在这可是时髦呀，来吧，不要扭捏了，你就来学一学吧。"亚妮连推带拉，把水瀛推上了车子。

水瀛也只好学了起来。他上了车子，感到浑身不自在，摇摇晃晃的，两只胳膊越使劲，越是摇晃得厉害，这时他才感到学骑车比扶车子更累。没有多久，便浑身是汗。亚妮刚才怎么就不出汗呢？

学了一会儿，郭水瀛有点支持不住了，他说："哎呀，休息一会儿吧。"

"不像个男子汉，看你那样子。还是我来骑。"

他们俩又换了个儿。亚妮骑在上面，水瀛照旧扶着。

突然，车子一扭，倒了下去，水瀛使劲拖，也拖不住了，亚妮从车上摔下来……

水瀛正在着急之际，亚妮一下伸手过来抱住水瀛的脖子，水瀛也担心摔坏亚妮，急忙抱住她……车子倒了，亚妮却被水瀛紧紧抱住。

这个动作是在无意中做出的。水瀛吓了一跳，他紧紧抱着亚妮，生怕将这位尊贵的千金小姐摔坏了，那可怎么交代？

许久，水瀛才从惊慌中醒了过来，哎呀，他怎么能这样冒昧地搂抱陈小姐呢？这太不像话了，他红着脸，急忙撒开手，可是亚妮还是紧紧地抱着水瀛的脖子。

"陈小姐……"

"什么？"

"亚妮，没事了，你……"

亚妮红着脸笑了……

"水瀛，你真傻，傻得可爱呀。"

亚妮一边说着，一边才轻轻地松开了手，她站在那里，两眼直直地盯着水瀛的脸，直看得水瀛浑身不自在起来。

此时，水瀛才意识到什么，亚妮是爱上他了吗？这动作是她故意做的吗？他该怎么办？他想尽快避开这个场景。他不敢再让这种情感发展下去，他的心里已经有了一个人，已经做出了终身的决定，他的爱，这辈子已经交给花花了。可是亚妮如今倾慕他，这怎么办呀？再发展下去，会伤害她的……

水瀛装作什么也不理解似的："亚妮，没有摔着吧？"

"没有事的，"她把水瀛本来是绕弯子推辞的问话，理解为一种关心，她心里高兴极了,"水瀛,还是你来学吧。"

水瀛骑在车上,亚妮一边给他扶着,一边说:"你不要紧张,身体放松,一会儿就能掌握了平衡的……"

果然,按亚妮的指挥,一会儿水瀛便能骑着走了。

"好了,你看,这不就行了吗。不是什么难事呀。"亚妮说。

水瀛不知道,原来亚妮已经撒开了手,他学会骑了。可是当他知道亚妮撒了手,心里一紧张,便倒了下来……

亚妮跑过去扶着他:"你看,好学吧。一会儿就行。来,我给你示范一下。"

说着,亚妮一下骑上车子,在院子里转了起来。哦,原来亚妮早已会骑了,她不过是变着法子要和水瀛来接近呢。刚才的摔跤,原来是亚妮专门制造的一个假动作……

第十七章

陈亚妮在山西大学可是个名人。

她之所以有名,有几个方面:第一,她积极参加各种活动,又是校学生自治会的主要领导成员之一;第二,她是直接负责太原城防警备的晋绥军第二十九师师长陈长柱的千金,有着特殊的身份,学生们搞游行示威抗议政府的活动,这一切可是离不开她的,只要她出面,军方肯定不会来抓来打;第三,她很有才干,在山西大学中文系她是高材生,常常在《民报》《太原日报》上发表文艺作品,还在上海、武汉、北平等地的刊物上发过诗歌呢;第四,她长得非常漂亮,高挑个儿,白白的瓜子脸,一对大眼睛水汪汪的,显得特别招人喜爱,在中文系被公认为系花。其实,就是在整个山西大学,她也是数一数二的漂亮女子。因此,追求她的人特别多。尽管有许多男生不敢来攀龙附凤,她还是常常收到许多的求爱信。她不喜欢别人追求她,而是要自己去选择自己所爱的人。

在择友方面,陈亚妮要求很严格,她的追求目标是找一个才貌双全、品行端正的男子,她总是用不理会的态度去拒绝一些人的邀请。当然,有些难以推辞的应酬她还是要参加的。这不,今天她就得去参加一个男同学举办的舞会。这是辖制太原城的阳曲县县长的公子、她的同系同学张敬亭邀请的。

张敬亭举办这次舞会,实际上就是朝她来的。他为了亚妮举办这次舞会,有两个目的:一是他喜欢陈亚妮,无论外表还是才干,都令他倾慕,能找这么一位女子来做自己的终身伴侣,当然是他最希望也最值得骄傲的事情;二是出于政治目的,这也是他父亲的主意,他父亲是辖制太原城的阳曲县县长。这太原城已有两千多年历史,是一个古老的城市,原来在这里设立太原府,后又增设冀宁道。到民国十六年，依照孙中山先生的建国方略，实行省、县两级行政制度，将县分为三等，阳曲县为一等县并统管太原政务，而太原县则在晋源镇设立，可见这阳曲县非同一般。这位张县长还是省府委员，是太原城显赫的人物，你知道这张县长是何许人也？正是在武乡任上偷跑走的张祚民。自打从武乡偷跑返回太原，他找到自己的靠山，使了许多银钱，汇报了武乡如何闹共产党，他怎么清除共产党，把自己说成了一个英雄似的，因此得到了阎锡山的重视，居然被委以重任。

　　做了阳曲县县长权力更大了，说句话地动山摇，就是绥署主任阎锡山、省府主席徐永昌也会给他面子。可是，自打发生"九一八"事变后，整个中国好像都乱了，政府也常常陷入游行示威的干扰之中，特别是还不时地遭到一些不法分子的攻击，这种非常时期的政府官员难当呀，所以要想稳稳当当地做官，需要军界来支持。在太原城，军界最显赫的就是负责太原城防守备的二十九师陈师长了，张县长想，要能与陈师长家联姻，那可就是一个非常伟大的同盟，对于整个太原城的统治，不就等于军政一体了吗，何愁太原不稳？

　　本来，陈亚妮和张敬亭在学校的交处并不算多，因为张敬亭虽然学习成绩也很突出，但他很少参与政治，不喜欢学生搞什么示威游行，认为政务是政府的事情，学生要都起来管政事，那还要政府干什么？只是最近一个时期，张敬亭才常常出现在学生政治活动的场所，也来参与印制和散发抗日传单、青年读书会的学习等活动，表面上也积极起来。其实，这都是为接触陈亚妮寻找的一种借口。这个目的他达到了，和陈亚妮从一般的认识，发展到非常的熟悉。

　　他盘算趁热打铁，组织一次家庭舞会，进一步促进关系发展，也让大家知道，他与她的关系已经发展到了不一般的程度。

　　这一切，陈亚妮看出来了。不过，亚妮还是落落大方地接受了邀请。

　　当然，亚妮也有自己的想法。她早就想和水瀛参加一次舞会了，乘此机会去走一遭又有何不可？前些日子的礼拜天，她还教过水瀛跳舞呢，只是水瀛很腼腆，就是不敢动弹，一直说他学不了这个。

　　亚妮说："你现在是师长身边的贴身人员，师长可是常常参加一些上流社会活动，到了那些场合，有人邀你跳舞，你不会，这不是掉师长的面子吗？"

水瀛一听这话，也不敢说不学。亚妮打开留声机，放上了唱片，节奏感很强的舞曲响起，她开始拉他跳起舞来。一开始，水瀛顾了身子顾不了脚，顾了脚又顾不了手，不知道该如何动才好，显得十分的笨拙。亚妮则边跳边讲，如何上步，如何退步，如何转身，如何踩曲中的鼓点……

郭水瀛在礼仪培训时就学过，今天他有些拘束，心里一紧张，手脚就乱了，他的情绪慢慢地稳定下来，渐渐地跳得好了。

亚妮高兴地说："郭少尉，你的进步真快呀。"

这天晚上，陈亚妮要让水瀛和她一起去参加舞会。

陈师长和太太一想，这样也好，这种活动让女儿一个人出去，他们还不放心呢，于是，就派水瀛去和她做伴。

他们乘车来到张县长的府第。

张敬亭今天举办这个家庭舞会，可以说是煞费苦心的。

他将他家的大客厅装扮得艳丽无比，色彩斑斓，并且唤来了政府新组建的西洋乐队，现场乐队的气氛，当然要比放留声机效果好得多了。

他今天请的全是大学的同学。不过，他挑选的都是父亲在省府的、军界的，还有少数是大富豪的子弟。数十个人在客厅里热热闹闹的，他们在谈论着省城发生的各种各样的新闻。

一会儿，一个高挑个儿的青年过来对张敬亭说："张兄，怎么还不开始呀？我们可等不及了呀。"

"好，马上就开始，马上就开始。"

张敬亭一边回答，一边却又走出院子来。

他着急地等待着，因为他今天要请的主角还没有来呢。

正在焦急观望之际，门口打了一声汽车喇叭，接着，一辆高级轿车开进院子里来，张敬亭一看就知道是陈亚妮来了，他急忙迎了过去。

车门开了，下来的是一位青年军人。张敬亭怔了一下，只见在那军人的后面，陈亚妮也走了下来。张敬亭这才招呼道："欢迎，欢迎。老同学，我们等你好久了。"

"是吗？那太有点过意不去了。"陈亚妮一边拉着水瀛往进走，一边笑着说。

这时，张敬亭从前面跑进去，大声地说："各位同学，我们山大学生自治会社会部部长、中文系的系花陈亚妮小姐，有幸光临我们这次舞会，这使小府蓬荜生辉。让我们以热烈的掌声欢迎她的到来。"

陈亚妮在掌声中说："你们要折煞我了，我们都是同学，多亏张敬亭同学能给我们提供这样娱乐的机会，我们还是感谢主人的厚意吧。"

接着又是一串掌声……

张敬亭拍拍手说："好，下面舞会就要开始了……"

此刻，只见张县长从楼上走下来，他向大家招招手说："欢迎各位同学光临。今天各位能来鄙舍，老朽真是万分荣幸，我来和大家见上一面，希望大家日后能常来。好了，你们都是热血青年，老朽就不多说了，希望你们尽兴。"

张县长发表了简短的演说之后退了下去。

张敬亭高声说："舞会开始，请大家一起跳起来吧……"

他走到陈亚妮的身边毕恭毕敬地说："亚妮小姐，我可以请你跳一曲吗？"

陈亚妮大方地笑笑："好啊，谢谢你的邀请。"

陈亚妮陪张敬亭走进了舞池之中……

这时，一个女学生走到郭水瀛的身边来，问道："先生，我们可以跳一曲吗？"

郭水瀛也只好应酬着……

西洋乐队高奏起了悠扬的舞曲，舞池中一对对青年翩翩起舞……

张敬亭今晚特别高兴。

他是今晚这场舞会的主人，他邀请来了足以震撼太原城的举足轻重的人物——难道这些太原各界要员的子女还不能起到这个作用吗——来参加这次舞会，他感到非常自豪。特别是现在他能与陈亚妮共舞，这更使他感到自豪。他多么希望她——陈亚妮也能成为今天这场舞会的主人，一个美丽的女主人。想着想着，他有些陶醉。

"亚妮小姐，能和你在一起跳舞，我真高兴。"张敬亭靠在亚妮的耳边轻轻地说。

"是吗？我们同学们能在一起本来就应该高兴呀。要不然你组织这次舞会，不就失去意义了吗？"

"对，对，亚妮说得对，你开心就好。"

"开心，当然开心。能来参加你组织的舞会，我太开心了。"

"好，这就好……"

张敬亭一听这话，更加陶醉了。

他拉着亚妮的手，好像感到从她的身体里，给他传来了一股特殊的电流，内心有说不出的快乐。

过了一会儿，张敬亭又说："亚妮，你现在是咱们系的尖子了，而且现在在太原学界影响颇大，毕业后，一定能成为一位巾帼英雄、女中豪杰呀。"

"别捧我了。"

"不过，说实在话，我担心你……会掉队的。"

"哦，为什么？"

"你过多地参加社会活动，特别是抗日呀、示威呀……把精力都用在了革命上，这学习……自然要退步的。"

"依你说，我们不要去参加社会活动？"

"那倒也不能绝对，不过我们还是学生呀……"

"学生怎么了，我们学习为了什么？学习不就是为了改变社会、推进社会吗？可是，现在日本鬼子占领了东北，他们还不满足，又对华北垂涎三尺，妄图吞并中国。我们要是不来抗日，那中国都会被日本鬼子吞并了的，到那时，我们全成了亡国奴，那学习再好，还有什么用呢？难道能让我们用学来的知识，去给日本人服务吗？"

张敬亭看着亚妮，无话可说了……他后悔不该说这个话题，弄得自己十分尴尬。

亚妮一边说，一边却在注视着水瀛。

和水瀛跳舞的那个女学生，分明也在和水瀛聊着……

一曲终了，亚妮又回到水瀛的身边坐下来。此刻，张家的使女将水果、香槟、汽水端了上来。亚妮送给水瀛一杯，自己也拿了一杯喝起来……

水瀛说："亚妮，你跳得真开心。"

"怎么，你在偷偷地监督我了？这也要向师长汇报吗？是副官，还是特务？"亚妮开玩笑地说，其实她心里却是喜悦的、甜滋滋的，水瀛在看她，这说明他心中有她。

"我……"水瀛不知该如何回答她。

"没事，副官本来就应该具备特务的素质呀。我爸选择你，本身就是一个明智的选择。我爸真是好眼力呀……"

休息了一会儿，第二曲准备开始。

张敬亭又朝她走过来……

看来，他今晚的目标是选定陈亚妮了。

可是，陈亚妮的心中却爱上郭水瀛，这是从她第一次见到水瀛后就确信了的事情。现在她看见张敬亭又向她走了过来，如何摆脱他的纠缠呢，今天来到这里，在这个场合，她不能像在其他地方那样使性子，可是也不能让他放任自流呀。怎么办呢？

就在张敬亭快要走过来的那一刹那，亚妮突然站起来，她面对大家高声地说："诸位同学，今天，我借张敬亭同学贵方宝地，给大家宣布一项小小的内部消息，"她一把将郭水瀛拽了起来，"我陈亚妮有了对象，就是身边这位郭水瀛少尉。"

舞会上，几十双眼睛一下子注视在了郭水瀛的身上。张敬亭一听也傻眼了，没想到一番苦心，竟然付之东流。

郭水瀛不知该说什么，不知该做什么，亚妮的这几句话真有点太突然了。尽管从认识亚妮以来，他已经感觉到对方对他的那种爱慕和追求，但是他的心里早已经有了一个人，那就是他的花花。他不能再去爱另一个人，虽然亚妮是个非常漂亮又很有才干的姑娘，所以他一直在回避着她。可是，没有想到，今天晚上，在这样的场合，陈亚妮竟然会在不征求他意见的情况下，突然做出这样的决定！

他被那几十双眼睛盯得脸上热辣辣的，真是坐也不是，站也不是。

水瀛感到了舞场上的那些青年男女羡慕的目光：他和她，他们是天生的一对……

后半场的舞会是如何进行的，水瀛都搞不清了……他的脑子里已经乱糟糟的，亚妮拉他起来跳舞，可他就连音乐的节奏也听不清，只好在舞场上胡乱走动，几次都踩了亚妮的脚。幸亏别人看不出来……

直到他们回到自己的车子上，他才稍微轻松了些。

车子驶出张府的院子，亚妮问他："郭少尉，刚才我没有征求你的意见，说出了那个决定，你……不介意吧？"

郭水瀛能说什么呢？她长得那么漂亮，又是师长的千金，还是山西大学中文系的高材生，无论从哪一点，对他来说都是有过之无不及，能有这样的姑娘来爱他，他应该心满意足了。如果他现在心中还没有人，他会选择她的。但是，偏偏有了一个花花，一个曾经爱过的花花，一个已经把贞操奉献给自己的花花，一个在久久地等待着他的花花，一个和他私订终身的花花……他该怎么办呢？

亚妮见他不吭气，拍一拍他的手："怎么，你没有听见我和你说话吗？"

"嗯……听见了……"

"水瀛，难道你不爱我吗？"

"我……爱，可是……"

"爱就是爱，没有什么可是。"

听到郭水瀛说出了"我爱"两个字，陈亚妮心满意足了。她把水瀛后面没有说出来的话，理解为他是一个小小少尉，好像与堂堂的师长千金不是那么门当户对，怕她以及她的家庭瞧不起他。

亚妮怕他说出这样自卑的话来，她不想让水瀛产生自卑感。

一个深爱对方的人，知道对方也在爱自己了，还有什么能比把自己爱的人变成爱自己的人更让她感觉幸福和兴奋呢？

第十八章

再说裴延萍在县城女校住了不久,适逢省城的女中招生,她又征得父母同意,考入女中,来到了省城太原读书。

这可是她早已向往的地方,还是在裴家府上东院的私塾里,她静静地听武文兴讲省城的学校,讲省城发生的一切新鲜事,讲省城发生的轰轰烈烈的学生运动,她的心里就曾想,如果能到省城念几天书,那该有多好。她时常向武文兴打听省城的消息,现在总算如愿以偿了。

裴延萍是个性格开朗的青年,再说曾受武文兴的影响,她的思想非常激进,来到太原以后,又与武文兴接上了头,在武文兴的帮助下,她很快就入了党,凭她的热情和才干,很快就成了女中学生中的活跃分子。

自打"九一八"以后,太原的学生运动就没有停止过。

国民党省党部在"九一八"之后的几天内,对游行示威活动进行了制止,并且抓了一批学生,通缉了一批学生领袖,可是尽管这样,非但没有吓倒学生,反而更加激发了他们的斗志,太原的抗日浪潮更加汹涌,简直是一浪高过一浪。

虽然通缉的学生领袖消失了,可是上街游行的学生反倒越来越多了。

国民党省党部对此非常头疼。

其实,这中间还有一个特殊的原因。国民党省党部遵照南京政府的指令,严令禁止学生上街搞什么爱国游行,搞什么抗日示威,还派出警力封锁了许多学校。但是,山西省主席徐永昌是阎锡山的亲信,此时虽然阎锡山因中原大战失败而被迫下野,隐居大连,但是不久前暗暗回到山西老家河边村,又继续对山西政界进行着暗中操纵,面对学生运动的日益高涨,政府当局嘴上也在高喊反对制止,而实际上只是睁一只眼、闭一只眼。特别是为了满足群众、学生的抗日要求和愿望,省府还在太原上马街的省农校成立了"抗日义勇军训练所",来培养学生骨干。于是,太原各大学校学生干脆组织成立了山西省学生抗日救国联合会。学联成立以后,又组织了大规模的游行示威活动,并派出学生代表到省府请愿,要求开展抗日救亡运动,废止一切阻挠和压制抗日救亡运动的法令,答应成立全省的抗日救亡联合会,要求政府改变不抵抗政策,迅速动员全国人民团结起来,共同抵抗日本帝国主义的侵略,同时出兵东北,收复失地。

学生代表们到了省府,要求面见省主席徐永昌。

徐永昌派出参事裴居义代表他接见了学生代表,答应考虑学生们的意见,并向南京政府提出出兵东北的建议。

学生代表又提出,要派出学生请愿团到南京去请愿。

这下徐永昌也着了慌,他本想利用学生、群众运动来与国民党省党部对抗一下,压一压省党部的威风,谁知道学生又要到南京请愿,这要是闹出乱子来可怎么办?他只好亲自出来劝阻学生:"同学们,你们在娘子关里干什么我都答应,你们要体谅我的苦衷,千万不要做出出格的事来。到南京去请愿,这可是件大事,我们需要议一下再作答复。"

可是,由于山西省教育厅长是国民党省党部常委,他按照省党部要求,极力反对学生运动,此事就没有议成。

学生们见省府在拖延,他们的请求已是黄鹤一去,为表示请愿决心,学生们经过研究,当即宣布绝食。

第二天一大早,到省府门前声援的学生达三四千人,卫兵紧闭大门不让学生进去,学生们因见不到徐主席,非常气愤,把省府的牌子摘下来去撞门,有的人爬墙而入,没有多久,学生都冲进了省府前院,砸了办公厅及教育厅。

接着学生们又到国民党山西省党部去请愿。

此时,省党部早已有所准备,已经调来了武装纠察队,各处戒备森严,荷枪实弹,经过交涉,学生代表进入省党部递交请愿书,谁知这是一个骗局,学生代表刚刚进去便被包围,并被棍棒殴打,门外的学生们见此情景,怒不可遏,奋力冲进了大门。

就在这时,武装纠察队向学生开了枪,当场将进山中学的学生穆光政打

第十八章

中,穆流血不止,在送往医院途中便不幸去世……

这就是轰动山西的"一二·一八"惨案。

山西陷入了紧张而混乱的局面。

此刻,阎锡山派手下干将四处活动,通过裴石曾、魏道明等人,甚至搬动了蒋介石的夫人宋美龄来为山西说情。

可是如何才能保稳山西,许许多多的建议,都是一个意思,只有让阎锡山出山主政,才能稳定山西局势。

蒋介石没有办法,只好重新启用曾与他为敌的阎锡山就任太原绥靖公署主任,主持晋绥两省军政。

阎锡山上台后,当然首先就是解散国民党山西省党部。拔掉老蒋插在山西的这颗钉子,这样山西的学生活动当然也就更加活跃起来。

裴延萍自来到太原读书以后,积极投身于学生运动之中,很快就成了女中的学生中坚,甚至还成了省学联的领导成员。

一天,他们又准备组织学生到南京请愿,需要筹措路费。学联在街头已经募捐了一部分,可是还是不够,于是有不少家境较好的学生纷纷表示愿意出钱。裴延萍当然也不示弱,她也要出资捐助。

回到宿舍,她一看自己的钱包,手头已经没有现钱了。这些天印传单、搞活动已经花去不少,她只好到"禄兴居"去取款。

"禄兴居"是她家在太原的商号,也是她的经济后盾,她来太原上学以后,从来没有从老家带过钱,都是在这里取现的。

裴延萍来到"禄兴居",老板一见是裴家大小姐来了,当然是热情接待,按照小姐吩咐,马上让掌柜的如数取出给她。延萍写下一个字据就急着要走,这时老板叫她等等,并对她说:"大小姐等一下,还有一事要对你说,三个月前,有一位后生说是郭有才郭管家的公子,送来一封信,让我千万转回武乡,可是这么长时间,一直没有个合适人,这信一直搁在这里,也不知是什么重要事情,耽搁了没有,实在抱歉。今日你来了,就交给你吧。"

"啊,是水瀛哥的信?"裴延萍的心急剧地跳了一下,"快,快给我拿来。"

水瀛出走时,她还在县城女校上学。自打水瀛离家出走以后,她这心里非常难过,她恨那个花花,因为她,逼得水瀛哥离家出走,下落不明,一走这么长时间,不知道是死是活。就在水瀛哥出走了以后,郭有才大伯到西山找了他两个多月，也没有找见，直到现在已经一年多了。她可也是随处打听，一直没有消息。谁知踏破铁鞋无觅处，今天却在这里得到了消息？

老板取出信来递给了裴延萍，她一把夺过来，马上拆封就读。

看罢信她才知道，原来水瀛在路上遭了强盗打劫，又被拉去充了军。现在，他就在太原附近的大营盘。

他的部队番号是二十九师三二四团六营五连九排。

裴延萍急匆匆走出"禄兴居"，马上又雇了一辆人力车赶到大营盘。

大营盘在亲贤村附近，离太原有七八里路程，她坐着车颠颠簸簸地来到这里，看见四周高大的围墙，她想这一定是军营了，水瀛哥大概就在这里。于是便走过去，见门口戒备森严，哨兵两手握枪，直挺挺地站在那里。延萍上去打问："老总，帮帮忙，请问一下，这里是二十九师营房吗？"

"你要干什么？"

"找一个人。"

"找什么人？"

"二十九师三二四团六营五连九排战士，名叫郭水瀛。"

"你没有看见牌子上的禁令吗？"

哨兵非常严肃地指了指门口那块大牌子。延萍一看，原来上面写着"军事重地，非军人一律禁止入内"。

裴延萍再说什么，哨兵说："请你不要妨碍军务，否则后果自负。"

她吃了闭门羹，再说什么，就是进不去，她只好无奈地返了回来。

裴延萍回到学校，心里非常的难过。

她原本想，好不容易有了水瀛的消息，她想先到部队上去看看他，看他在那里怎么样？据他在信里说，他非常痛苦，想逃出去，还想让家里人设法救他出去。一定是那里非常的苦，现在她在太原，想先去了解一下情况，然后再设法救他出来。可是她哪里想到，不用说救他出来，就是见他一面都不行，这可怎么办？

这时同学们正在那里研究去南京请愿的事情。她的心情不好，没有像以前那样滚进中间，积极发表意见，只是忧郁地坐在一旁。

同宿舍的一位同学润芝见她从外面回来，一脸的不高兴，还以为她没有拿到准备捐的钱，便问："延萍，你怎么啦？"

第十八章

"没有什么。"裴延萍愁眉苦脸地说。

"那你怎么一脸的不高兴呀?你不说我也猜出来了,因为没有拿到钱是吗?这没有什么,这些天你为咱们学校的学生抗日活动已经捐的不少了。咱们可以再想别的办法,再说还有许多同学要捐呢,这去南京请愿的路费,我们一定能凑齐的。"

"不,不是因为钱。"

"不是因为钱?"润芝怔了一下,"那又是因为什么呀?遇到什么困难呀,你得给我说呀,有什么事情我们大家帮你嘛。"

"嗨。"延萍长长地叹息一声,还是咽了回去。

这时,一位叫王春的男同学听见她们叨唠走了过来,关切地说:"延萍,你遇到什么困难了?有什么事你就说,我来帮你。"

几位同学都这么说,延萍才说:"嗨,就怕你们帮不了我……是这么回事,我哥失踪一年半多了,去向不明,今日偶然得到个信,说他被抓了丁,当了兵,现在就在大营盘的军营里。我急忙去见他,可是,军营有纪律,人家不让见。"

王春问:"你去大营盘了吗?"

"去了呀,那些哨兵说那是军营,非军人禁止入内。我又请求人家,看能不能帮我叫出来说句话也行,可还是被拒绝了……"

"现在你可知道你哥在哪个师哪个团……"

"知道。他说在二十九师三二四团六营五连九排。"

"是在二十九师吗?"

"对,二十九师。"

"哎呀,要在二十九师,那可就有办法了。"

王春这么一说,裴延萍马上问:"有什么办法?王春你快说呀。"

"延萍,你不是认识山西大学的陈亚妮吗?"

"陈亚妮,当然认识,我们还很要好呢。我们志趣相投,又都是省学联的成员,常常在一块儿组织学校的各种活动。可是她又有什么办法呢?"延萍不解地问。

"延萍,要见你哥哥,只有她——陈亚妮才能帮你这个忙。"

"王春,你倒是快说呀,老在吊人的胃口。陈亚妮能帮什么忙呀?"润芝在一旁说。

"这个陈亚妮，就是二十九师师长陈长柱的千金。"

"啊，这是真的?"裴延萍一下子高兴得跳了起来。

她知道陈亚妮是个非常热情的人，她们在省学联常常在一起，无论是组织活动呀，还是捐款捐物呀，她都非常慷慨。

于是她迫不及待地就要到山西大学去。同学们都说天已经不早了，让她明天再去。可是她心急如火，哪里还能等下去，她要马上去见陈亚妮。

裴延萍又租了一辆人力车，赶往山西大学。

这时天快黑了，裴延萍坐在车上，不时地对车夫说："请你快一点呀，天要黑了。"

车夫无可奈何地说："我好长时间还没有跑这么快呢，车都飞起来了。"

是呀，车夫跑得够快了。可是裴延萍这心里急呀，她多么想马上见到水瀛呀……

来到山西大学门口，裴延萍付了车钱，小跑进去，她边跑边打听，终于在教室里找到陈亚妮。

他们有几个同学正在那里研究去南京请愿的事。

裴延萍走进来，高声地问："请问，陈亚妮小姐在吗?"

亚妮一听有人找她，扭头一看，原来是裴延萍。

"哎呀，延萍，真是稀客，你怎么来了? 有什么事吗?"

"我来找你呀。"

"那好，有什么事你就说，也是谈去南京的事吧，我们现在正在研究呢，你过来一块儿说说吧。"

"不，今天我来找你是私事。"

"哦? 有什么私事找我……你尽管说，只要我能帮你的……"

裴延萍笑一笑说："我就知道你会帮助我的。"

这时，陈亚妮拉她走到了同学们中间，说："来，我给大家介绍一下，这位就是太原女中的裴延萍小姐，著名的学生领袖，也是省学联的领导成员之一。"

同学们马上都说："久仰久仰，欢迎你——"

延萍心里有事，只是向大家点点头："过奖了，工作是大家一起努力的结果，我哪里能称作领袖？"

说着，她又对亚妮说："亚妮，我真有件急事，想请你帮忙。"

"你说呀。"

"我们可以去外面谈吗？"

"哦？还这样的神秘吗？好，我们出去。"亚妮回过头来给大家安排了几句，拉着延萍的手走了出去。

她们走到了校园的大操场边，在台阶上坐了下来，亚妮说："延萍，你说吧。"

"是这样的，我的一个哥哥去年春天失踪了，这么长时间来一直没有下落。今天我才得到他的消息，说被抓去当了兵。"

"哦，当兵？"

"是的，所以我想找你帮忙，见他一面。"

"他部队的番号是什么？"

"他在信上写着：二十九师三二四团六营五连九排。我好不容易得到这个消息，立即找到大营盘的军营去，可是哨兵说什么也不让我进去，差点将我抓了起来。没有办法，我只好回到学校，有位同学介绍，才知道令尊大人就是二十九师陈师长，这不，马上就来找你。你可要帮我，让我见我哥哥一面。"

"我还以为是什么大不了的事呢，原来是这个，没有问题。我可以让你去看他，而且如果他有什么要求，我还可以照顾他、帮助他。"

"太谢谢你了。"

"不用客气。不过你还没有告我，你哥哥他叫什么名字？"

"郭水瀛。"

"啊？郭水瀛？"陈亚妮怔了一下。

"怎么，你认识他？"延萍也看出亚妮的一些吃惊。

"嗯……不认识。不过我可以帮你查一下，一定引你去见他。"陈亚妮笑一笑说。

"真的要谢谢你呀。"

"哎，延萍，这个郭水瀛真的是你亲哥哥吗？"

"嗯。"

"那……为什么你姓裴他姓郭？"

"哦，是这样的。"裴延萍把他家里的情况，以及郭水瀛和她哥延寿干兄弟的关系等仔细地说给了亚妮。

亚妮听了后，点点头说："好，后天是礼拜天，我带你去。"

"那太感谢你了。"

"别客气。后天早晨在学校等我，我开车去接你。"

总算等到了星期天的早晨。延萍早早地起床，梳洗打扮了一番，照着镜子化妆了好大一会儿，又把准备给水瀛带的礼物仔细地检查了一遍。她翘首等待，又几次跑出外面来看那辆汽车来了没有……等呀、等呀，终于听到了喇叭声音，汽车来了……

裴延萍迫不及待地跑了过去。

陈亚妮打开车门喊："延萍，过来呀。"

"我早已等不及了。"

"上车。"

裴延萍上车和亚妮坐在一起。

延萍急忙向她打听："亚妮，查到这个人的名字了吗？"

"查到了，你吩咐的还能不给你查到呀？"

"就是在那个二十九师三二四团六营五连九排的吗？"

"这个你别着急，一会儿见着你就知道了。"

裴延萍这心里不知是激动还是难过，她想着见到水瀛以后该说些什么？该做些什么？他现在是什么样子？从他那份信中看，他在那里苦呀，一定是瘦多了，常常在外面训练，一定是黑多了。不过，这下好了，有她和亚妮这层关系，还怕他再受苦吗？亚妮已经说过了，她还可以帮助照顾他呢。想到这里她暗暗地笑了……

"到了。延萍，下车吧。"

裴延萍这才愣过神来，她跟着亚妮下了车。

可是一下车，她又傻眼了。这哪里像军营，分明是一栋别墅，院里有假山、有鱼池，铺着石头的小路弯弯曲曲，真有一种曲径通幽的感觉，石头小路的旁边，种着各种各样的花草树木，一片万紫千红……

延萍想，我前天去大营盘，虽然没有进到营房里面，可从外面看院墙高筑，看上去阴森森的，哪里有这般的美景，再说，水瀛要是住在这里，怕也不至于能写出那样一封信呀……

"这是什么地方？"延萍疑惑地问。

"我家呀。"

"不是说到大营盘吗？"

"你不是说要见郭水瀛吗？"

"是呀。"

"我让你见到郭水瀛就是。"

亚妮一边说一边笑，她伸手拉住裴延萍的手："来吧，进来。"

裴延萍有些怯生地跟着亚妮走了进去。别看她家是武乡的首富，也是个大户人家，可是，要与陈师长的别墅相比，那可是小巫见大巫了。每过一道门都有两位哨兵在站岗，可是他们见是陈二小姐的客人，只是敬礼。

延萍跟着亚妮径直走到楼上，进了一间办公室，她朝坐在那里写字的一位军人说："郭少尉，你看谁来了？"

"郭少尉？"延萍这心里一动，两眼朝前望去，这位郭少尉怎么如此眼熟？

"延萍？"

"水瀛哥？是你？"延萍一下子扑上去抱住了郭水瀛，"水瀛哥呀，你可让家里的人找苦了，原来你在这里。"

"延萍，我也好想你们呀。"

过了好大一会儿，水瀛和延萍才慢慢分开。这时水瀛回过头来问道："亚妮小姐，延萍是怎样找到你的？"

"让她给你说。"亚妮十分调皮地说。

水瀛又反过来问延萍："延萍，你是怎么找到亚妮小姐的？"

这时，陈亚妮却在一边说："郭少尉，妹妹来了，你连一杯茶也不请她喝，你这个哥哥可真粗心呀。"

"还是亚妮小姐想得周到。来，我给延萍倒杯茶。"

"我来吧，她来咱们家，我是主人呀。"亚妮马上忙活起来。

延萍和水瀛呆呆地对视着，分别后的千言万语不知该从何说起，过了半天，水瀛才问了一声："延萍，你是怎么到太原的？"

延萍说："去年你走了以后，正好省城的女中招生，我就报了名，一考就考上了，现在就在这里的女中读书呀。"

接着，她又把怎么参加学生运动，怎么认识陈亚妮，又怎么得到郭水瀛的消息……一连串地说给他。

水瀛又问起他爹、干爹、干妈、大太太以及延寿、文兴的情况，延萍一一说给了他。

"水瀛哥，自打你走了以后，郭大伯为了找你到西山跑了两个多月，回家后就病了……"

"什么，我爹他病了？现在怎么样？"

"水瀛哥你不要着急，我慢慢给你说，多亏了大伯母照顾他，整天给他端汤、喂饭、煎药，现在好多了。还要告诉你一个好消息，就在病情有所好转时，我爹娘多次从中撮合，郭大伯已经和大伯母碰在一起了……"

"哦，他们成婚了？"

"怎么，你反对吗？"

"哪里，我早就想了，只是我作为一个晚辈不能来管这事。其实，早就该了……我从小就不知道母亲是什么样子，一出生时母亲就去世了。是爹拉扯大了我，后来，在我七八岁时，渐渐地发现，大太太就像亲生母亲一样地对待我，时时处处地关心我、照顾我，好了，现在我终于有母亲了……"

听到这个消息，水瀛确实高兴极了。

他想，既然父亲能够与大太太走在一起，说明他的思想有了转变，这不仅给他找来了母亲，而且对他和花花的婚姻也是一件大好事。

看到水瀛现在已经成了少尉，延萍心里也非常高兴。

"水瀛哥，你现在这样好，为什么不给家里写信呢？"

"以前有限制，不让通信，你收的那信也是偷偷送去的。来到陈府后，我又从事机要工作，这信又不知该如何写，怕透露了什么军事机密。这下好了，你有空把我的情况告诉家里好了……"

"水瀛哥，这下总算又找见了你。今天，咱们到外面一起吃顿饭吧。"

"怎么，我家里没有饭吃？"亚妮在门外听见延萍这么说，边说边走进来，"延萍，看你说的，饭我已经准备好了，难得你和你哥见一面，咱们仨一起吃。走吧，咱们现在就到餐厅去。"

这天中午，他们仨在一起吃饭，饭间高高兴兴地聊了好久。

第十八章

下午陈师长要去绥靖公署开会，水瀛当然也得跟着去，他只好走了。

"延萍，我要和陈师长开会去了，你千万要把我的情况给家里传回去，免得我爹挂念。"

"你放心，我以后会常来看你的。"

裴延萍从陈亚妮家回到学校，她的想法完全倒过个儿来。

这事情的跌宕怎么就这样的大呢？那一天，当她在"禄兴居"看到水瀛写给家里的书信时，那封信上讲他在军营里如何如何的苦，他又是如何如何的想家，他非常需要家里人设法救他出来……

然而，从书信送出后，时隔几个月，一切都变得天翻地覆了。

郭水瀛由一个列兵，居然变成了二十九师陈师长手下的少尉副官。

要不是与陈亚妮认识，她真的见不着他呀。你想到大营盘的军营里找一个列兵，都进不去，何况要到师长府上去见一位少尉副官？

现在好了，既然他和她都在太原，他们之间的爱又到了发展的时候。她想，到了该捅破这层窗户纸的时候了，"祸兮福所至，福兮祸所伏"，延萍想起了这句话的哲理，是呀，本来她想让水瀛和她一起到县城、到太原读书，好慢慢地培养他和她的爱，可是谁知道阴差阳错，让他去爱上了个什么花花，还因为这离家出走。也还算水瀛命好，钱遭抢了，人遭抓了，居然又被陈师长看上了，一个参军几个月的小兵子，突然成了少尉副官。

如今，他在太原，她也在太原，再也不会受到那个花花的干扰了……

她和他本来就是天生的一对呢，很小的时候，他们在一起玩过家家，总是水瀛扮新郎，她扮新娘，她哥哥延寿给他们当证婚人，而其他那些孩子们，手搭手，把他俩人抬起来，吹吹打打送到他们的"家"中……

裴延萍把水瀛的消息，马上告诉给了武文兴。武文兴听了水瀛的传奇经历，也感到十分惊讶，他十分关切地问道："延萍，你在和水瀛的谈话中，感觉水瀛的思想有什么变化？"

"没有，一点也没有，和在东漳镇上一模一样。"

"那你现在有什么打算？"

"文兴，你不是以前准备发展他入党吗？我想通过一段时间的考验，把他发展进组织来，这样咱们就可以把组织打进晋绥军的内部，这对我们会有好处的。"

武文兴皱起眉头想了许久，才慢慢地说："延萍，水瀛的情况发生了变化，我不是不信任他，他是我们中间一位很好的朋友，但是，现在他在晋绥军中，我们发展了他，让他一人孤身工作，很不方便，我认为暂时先不发展他入党，只要他能为我们工作，党的大门是永远敞开着的，重要的是让他能为革命做贡献，利用他这个身份，这对我们也许会更有好处。"

第十九章

延萍的到来，使水瀛想起了家乡，一种归乡的急切心情油然而生。

本来他还特别想打听一下花花的消息，这是他心中最重要的，可是他一想，延萍喜欢他，最反对他去爱花花，女人总是有这样的醋意的，她不会去收罗这些情况，即使知道也不会告给他，也就没敢提这事儿。

听说父亲病了，他想应该回去看看他老人家，也看看对他有养育之恩的现在已经是他母亲的大太太。爹能娶了大太太，这不仅是他们二老的喜事，对他水瀛来说，也何尝不是喜事？这已经说明他爹的思想转变了，观念转变了……他要娶花花，他也不会再来阻拦了……

想到这里，他真的归心似箭。再说现在也有了一个很好的借口，他要回去看望他病中的父亲，陈师长一定会准他的假的。

现在的水瀛和以前不一样了，他已经是一名军官了，回去看那个魏林元还敢怎么样？这一次，可是再也不能失误了，一定要把花花娶过来。

上午，郭水瀛将一大堆文件，拿给陈师长审阅，先一件件简单地给陈师长汇报以后，他向陈师长提出了请假的请求：

"报告陈师长，听我妹妹来说，我父亲病了，我想……请几天假，回老家去探望。"

"哦？什么病？"陈师长抬起头来，关切地问。

"是这样的，去年我离开家后，我父亲就因想我而得病了。"

"现在病情如何？"

"身体一直不好，久思成病。"

"哦，看来不是什么急病的……"陈师长自言自语地说了一句，他喝了口水，"水瀛呀，你看这样行不行？这几天阎主任批准了咱们的请求，绥署过两天文件就会下来，二十九师要扩编为三十八军。这一段你的工作要更加忙了，一大堆军务需要你来处理。在这时，如果你离开，我担心影响扩编工作的进度。按说人生一世孝为先，你回去看望父亲，我应该支持，可是军务急呀，这也是忠孝不能两全吧。反正你父亲的病也不是什么急病了，这样吧，你先抓紧时间准备扩编，等我们的扩编工作完成后，我派汽车送你回去，如果你父亲愿意来省城，你还可以接他来这里住些日子，你看行吗？"

听陈师长这样说，水瀛只好暂时按捺住了回家的心思。

陈亚妮自打在张敬亭家里当众宣布了她与郭水瀛的关系以后，当时虽然是为了以此来阻挡张敬亭的纠缠，其实这也是她心中对水瀛爱慕的一种表露。见郭水瀛也对此事默认了，她心里非常高兴。

她想要和郭水瀛结婚，先要给他准备一件礼物，可是究竟送什么礼物最好呢？想来想去，只有一样最实惠，那就是让她父亲提拔他。

这一天，她回到家里，和父亲商谈起来。

"爸，你觉得郭水瀛少尉这个人怎么样？"

"哦？很好的，那是我一手提拔起来的，还能错了吗？"

"听起来爸对郭少尉是重用的了。"

"那可不是，现在全师的机密大事都由他来处理的。"

"我看也并非你说的那样……"

"哦，这话怎么讲？"陈师长一听亚妮话中有话，反问了一句。

"你说非常重视郭少尉，为什么才给他一个少尉？依他的才干，就是给个少校、中校，也不为过呀，是不是对他还有些什么疑虑呀？再说了，爸你这么一个大师长，出门带一个少尉副官，不觉得有点掉架子吗？怎么也该给他上校级呀。"

"女儿今天怎么管起我的军中大事来了？"

陈师长盯着女儿看了许久，突然醒悟过来："哦，如果我没有猜错的话，我的宝贝女儿是不是爱上郭水瀛了？"

"爱上又怎么样？"

"他可是我的副官呀。"

"你的副官怎么了？哪条军规中，写着师长的女儿不能爱他手下的副官呢？"

"好一个尖刻的女儿呀，算你说得有理。"

"本来嘛。"

"哈哈哈哈……"陈师长笑了。

其实，陈师长对郭水瀛也是非常看重的。那一次挑选副官，他一眼就看中了他，再加上看了他写的文章，就更喜欢这个小伙子了。自从他到师部来工作以后，工作干得井井有条，更使他满意了。现在见自己的女儿又爱上了水瀛，他打心眼里高兴，让水瀛来做他的女婿，他心满意足。

陈师长笑笑说："亚妮，这一段，我已经看出来了，你每次回家，都要求郭少尉去接你，回来以后呢，又常常到他那里去，谈这谈那，总是说个没完，我看你们很投机呀，水瀛是个好小伙子，你爱他我支持。"

亚妮红了脸，她低下了头。

过了好一会儿，亚妮又说："爸，我刚才问你的话，你还没有答复我呀。"

"你的心情我理解，想让他职务高点，出去更加体面些。这个问题，我也在考虑。只是现在还难以解决。他参军还不到一年……"

"提拔是看才干，又不是看时间……"

"可是，部队有规定……"

"爸，这个权力在你的手里，哪有那么多规定，规定是死的，人是活的呀。你说给他一个什么军衔，都是可以的，谁敢来给你讲规定。"

"你说得轻巧，现在部队正准备扩编，这可是好不容易才在阎主任那里争取来的。下面的各级军官都争着要趁这个机会提拔……你违反规定把水瀛提拔了，万一有人把这个事情捅到阎主任那里，影响了扩编……"

"爸，部队扩编，这正是个大好机会，二十九师扩编为军，正常说，所有军官都要升一大级，都在面临升迁之际，谁还去阎锡山那里告状？谁不知道二十九师是晋绥军的王牌师？谁不知道陈师长是阎锡山手下的红人？哪个人敢冒天下之大不韪，拿着自己的前程来做赌注，去告这样一个尉级军官的提拔呀？这不是明显和你过不去吗？"

陈长柱师长听了女儿亚妮的话，也觉得有道理，笑了笑说："你呀，真顽皮。不过，要提中校、少校那可是不行的，军内有规定，校级军官至少要有三年以上军籍，而水瀛当兵还不满一年……"

"那还不好说吗？水瀛现在才是个尉级军官，他的资料现在还都在师部呀，那就给他改一下嘛，改成三年以上军龄，不就顺理成章了吗？"

"你怎么就有这么多鬼点子呀……"

"爸，你就答应吧。"

陈师长沉默着不说话。

"爸，要么这样，现在先给他一个上尉。过一段正式扩编时给他一个中校，怎么样？这叫分两步走，别人更说不了什么的。"

这时，陈太太走了进来，听见女儿和她爸谈论什么提拔的事，便问："亚妮，你又和你老爸谈什么交易呀？"

亚妮笑一笑，不给她妈说。

陈长柱师长说："你看看，你女儿心中有人了……"

"哦，我说这些天怎么那么高兴呢。"

"嗨，八字还没有一撇，她倒和我谈起条件来，要让我提拔他。"

"这么说，是你的属下了？"

"嗯。"

"哦，是谁呀？"

"你猜猜……远在天边，近在眼前。"

"是郭水瀛少尉？"

"你算猜对了。"

"亚妮，你爱他吗？"

"妈……"亚妮的脸又腾地红了。

"那么他呢？也爱你吗？"

"当然。爱，那是两个人的事儿，他不爱我，我也不会这样……"

"可是……亚妮，前一段你带回那个什么延萍，说水瀛是她的什么来着？是她的哥哥，最近，我发现老是你不在家的时候，她就来家里找他……一次，我在水瀛的门口路过，听见他们正在谈什么爱呀，他们之间的关系是不是……好像并不是你说的那种兄妹关系。"

"哦，真有这事？"亚妮怔了一下。

说实在话，一开始，裴延萍来找她，她就曾想过这个问题，特别是一个姓裴一个姓郭，说是兄妹，就有点疑惑，可是从他们的接触中，她也偷偷地观察水瀛的动向，并没有发现什么异常，她才确信了他们的兄妹关系，难道水瀛也会给她打掩护吗？

陈太太说："无论如何这个问题你要考虑。"

"妈，你不用担心，我会处理好的。"

水瀛和裴延萍真的是那种关系吗？他们真的从小就是青梅竹马吗？如果真是那样，这个问题又该如何解决呢？

陈亚妮没有想到无意之中，她陷入了爱情的漩涡……

陈亚妮真的太爱郭水瀛了，从她见到他那一刻起，郭水瀛就在她的心中留下了非常深刻的印象，通过接触，更使她坚定了爱的信念。可是现在突然冒出一个裴延萍来，打乱了她的生活，早知如此，何必当初呢？她要是不带这个裴延萍回来，裴延萍说什么也不会见到郭水瀛的，她开始怀疑自己这样做是不是有点"引狼入室"了。可是，现在这一切已经无可改变，她该怎么办？

她想了许久，还是决定先去问问郭水瀛。

亚妮来到郭水瀛的办公室，水瀛正在忙着上报军部组建情况，见她走进来，点点头示意让她坐下。

亚妮说："你就这么忙呀，连看我一眼的时间也没有？"

"亚妮，我真是忙呀，绥署让一个月之内将军部组建完毕，可是现在许多机构都还空着，原来的师部一部分要改为军部，可还要留一部分做二十九师师部，还要新组一个八十九师，干部大量缺乏，绥署想调几个来，陈师长……哦不，陈军长不同意，所以我们要尽快准备一封合适的人选名单上报呀……"

亚妮笑笑说："水瀛你真可以呀，大权在握了，军部及两个师部的干部人选，都由你来决定了。"

水瀛摇了摇头："哪里的话，我只是按照陈军长的意思，把语言变成文字而已。"

这时，亚妮又问："水瀛，你的上尉军衔批下来了吗？"

"真快，批下来了。"

亚妮有点自豪地说："那可不是，这也只是个过渡，一个特别的过渡。还要快呢，过几天，军部一成立，你就要做中校。"

"谢谢，多亏了你的帮助。"

亚妮一听，噘起了嘴："看你说哪里去了，你不是成了我的未婚夫吗？我们是一家人了，哪里还用说谢字。"

水瀛红着脸什么也说不上来，他又该说什么呢？亚妮真的太爱他了，可是，他这心里却一直装着花花……

这时，亚妮看出他脸上的疑惑，心里想，我这么一说，他就一脸疑惑，是不是真与延萍……她马上趁热打铁地问："水瀛，问你一件事，你要诚实地对我说。"

"哦，什么事？"

"你和延萍究竟是什么关系？"

"兄妹，干兄妹呀。"

"你们是不是青梅竹马的娃娃亲？"

"看你说哪里去了，真的不是，我早给你说了，虽然我们从小在一起，可她是大户人家的千金小姐，我是佃户的儿子……"

"那她这一段来找过你吗？"

"找过呀。"

"为什么偏偏都在我不在家时她才来？你们有什么秘密背着我吗？"

"没有，亚妮，你要相信我……"

"好，这就好，那你忙，我走了，这几天我们搞'九一八'国耻示威活动，完了我就回来，我还有话对你说……"

陈亚妮心里一块石头落了地，她回到学校，马上投身到组织游行活动的工作中。

自打"九一八"事变发生以后，三年中，日本帝国主义先是向东北大举进攻，四个多月就吞并了东三省，祖国大面积惊人的领土和三千多万同胞陷入日本帝国主义的铁蹄之下，去年春，他们又几乎兵不血刃地占领了热河全省，接着又进攻上海。东北四省沦陷，华北门户洞开，中华民族遭受着沉重的民族灾难……

为挽救祖国危亡，太原学生哪里还能安心读书，他们要抗议，要斗争，早几天，他们就筹备在"九一八"到来之际，组织大型的游行示威活动。这一天，太原各大中学校学生云集在文兴湖畔，举行隆重的纪念大会，会场上同学们高唱着救亡歌曲……

第十九章

> 同学们！大家起来，
> 担负起天下的兴亡！
> 听吧，满耳是大众的嗟伤；
> 看吧，一年年国土的沦丧！
> 我们是要选择"战"还是"降"；
> 我们要做主人去拼死在疆场，
> 我们不愿做奴隶而青云直上。
> ……

大会司仪高喊：开会了——

会场上开始静下来，先有学联主席讲话，接着，山西大学学生会代表陈亚妮演讲，只见她跳上台，大声高呼：

"同学们，三年前的今天，日本帝国主义为侵占中国，蓄意制造了'柳条湖事件'，一夜之间，东北成了日本帝国主义的殖民地。至今整整三年，偌大一个中国，不仅未能起来反抗，起来斗争，把日本鬼子赶出中国，反而被帝国主义者吞并得残缺不全。三年了，我们的人民干什么去了？我们的国家干什么去了？我们的政府干什么去了？我们的人民，在忧国忧民中颠沛漂泊，流离失所；我们的国家，在帝国主义的铁蹄下支离破碎，痛苦呻吟；可是我们的政府呢，不仅将二十多万东北军撤回关内，而且又将强大的中央军调到江西，去围剿正要北上抗日的红军……"

在陈亚妮的鼓动下，会场上立刻高喊：

"打倒日本帝国主义！"

"打倒反动的亲日政府！"

"打倒卖国贼！解救中国人！"

……

纪念大会开完以后，情绪激昂的学生们沿着太原的各个主要街道游行示威，街上的工人、农民、商贩也都自觉地加入游行队伍……

活动进行了三天，虽然受到了一些警察的干扰，最终还是取得了胜利。经过他们的努力，省政府答应了他们组建抗日救国组织、赴南京请愿等一系列的要求……

省学联的几位同学们都非常高兴，他们一起来到山西大学，研究这次斗争胜利的经验。

"看来我们就是要斗争，不斗争永远也不会取得胜利。今天我们在一起庆祝一下，一会儿我们再研究下一步到南京请愿的事。"学联主席高兴地说。

大家都欢呼起来……

临解散时，陈亚妮有意将裴延萍叫到一边，对她说："延萍，告诉你一个好消息，今天是九月二十日，再过三天，二十三日也就是阴历八月十五，我和你的水瀛哥已经说好了，准备在这一天月圆的时候，举行定亲仪式，时间来不及，家里的人来不了，你是他的妹妹，你就代表他的家里人来参加，好不好？"

这个办法是陈亚妮经过几天的认真思考才想出来的。

既然郭水瀛矢口否认他们之间是情爱关系，那么，就算裴延萍有这个想法，他们之间也还没有形成相爱的关系，何不趁此机会打消延萍的这个念头呢？

裴延萍听亚妮这么一说，她该如何答应？她只是轻轻地点了点头……

裴延萍不知是怎样回到学校的。

这些天来，她早已在想，如何来和水瀛哥谈他们之间的事情。是呀，他们可以说是从小青梅竹马，两小无猜。可是，她的心里十分清楚，水瀛的心中从来就没有过她。

他不爱她吗？她不信。

那么，又是什么原因造成这个结果呢，延萍知道，水瀛的自尊心特别强，就因为他是佃户的儿子，而她是财主的千金，他不愿意让别人说他攀龙附凤。自打今年春天她找到水瀛以后，又看到他当上了少尉副官，延萍的心里高兴极了，这下好了，他再也不用自卑了。她几次去陈公馆找他，她怕遇上亚妮，所以有意回避，总是在亚妮不在家的时候找他。可是，她的那句在心里放了几年的话，就是一直没有说出来。他知道她爱他吗？他应该知道。可是，那他为什么又答应和陈亚妮定亲呢？现在他愿意攀龙附凤了吗？他想利用这个裙带关系得以高升吗？……

一串串问号，出现在她的脑际，她无以解释。

现在怎么办？她深深地陷进了爱的苦恼之中……

第二十章

　　武乡田赋征收制度的改革，可真是一件惠及万民的大好事，农民缴的田赋比往年少了一半还多，人们都纳闷，怎么天上会掉馅饼？政府原来可是想着法子搜刮民财呢，这回怎么突然怜惜开百姓了呢？

　　不久就有些知情人开始传说："你们知道吗？那田赋征收改革，是共产党施加压力才迫使政府改革的。"

　　"人家抓住了他们贪污的把柄，他们再不改革，就会闹翻天。"

　　"共产党可厉害呢，上次那个狗县长张祚民，想利用机会贪污二十万，就是让共产党给轰走的。"

　　"这共产党可是为咱穷人办事呢。"

　　这些天，"共产党"这个名字一下子在老百姓中间流传得火了。好多人都说："这共产党好呀，咱也想入人家的共产党，这可比给财神爷烧香顶事。"

　　李文楷听到这许多的传言，心里自然很高兴，难得能有这样的机遇，老百姓认识了共产党，拥护共产党，这是我们发展的一个大好时机。于是他召集党员开会，作出了新的部署：一是大量发展反帝大同盟、抗债团、共青团、农会、工会、国术团等党的外围组织；二是深入宣传党的思想；三是大搞群众运动，反对地主老财的盘剥；四是继续和政府的贪污行为做斗争；五是要在外围组织中发现优秀的人才，将其培养和发展为党员。

　　农民运动真的高涨起来，特别是抗债团，常常贴一些标语，"穷人没饭吃，没衣穿，哪里有钱还债！""穷人们联合起来，不给富人还债！""富人怎么富了？他们就是靠穷人的血汗肥的。"有时候，一夜间武乡从西到东三百里遍地都是标语，这么一闹腾，民间传得更奇了。

"武乡的共产党遍地都是。"

"听说这共产党个个是神人，武艺高强。"

"共产党在南山开了半夜会，到会的人不计其数，第二天光纸烟头就扫了两箩筐。"

弄得那些富人们心也不安了，有不少胆小的干脆就放弃了收债，"是呀，共产党这么厉害，咱还是避避风头，免得让共产党拿来开刀。"

魏大明趁此机会，干脆把他的徒弟们组织起来，以村、以片为单位组成了"拳房会""兄弟会""国术团"等，虽然都是些旧名字，但是旧瓶装新酒，利用这个形式，能很快把党的意图传达下去。

这一天魏大明抽个空子提了瓶酒来找霍梦龄："师兄，咱们可是好久没有见面了，今天我是专门来与你喝酒的。"

"师弟，自打你到县里有了公干，成了人上人，咱可就再也见不着你了，今天怎么有空来看我？"

"看你说的，不论到了哪里，咱也是兄弟情分呀。在县里不是忙吗？老是没有时间，今天总算有点空，就想来和你坐坐。"

"这就对了，忘不了你师兄，算你小子还仗义。"

"别让我在院里站着了，我得进家喝口茶。"

"哈哈，你看，看见你高兴得把这都给忘了，快进家，快进家。"

一边进门，霍梦龄一边喊着："他娘，你看谁来了……"

"嫂子——"魏大明也朝屋里喊道。

"哎呀，魏兄弟如今可是成了稀客了，这是甚风把你吹来了？"

"这用甚风哩，我来看看我师兄，还不正常？"

霍梦龄说："先别说淡话，快给大明去泡壶茶来。"

一会儿，霍大嫂端上茶来，给他们倒满茶，说："你们慢慢聊，我去给你们做饭去。"

大明笑笑说："光做饭可不行，还得炒两个菜，酒我已经带来了，我要和师兄痛痛快快地喝两盅。"

霍大嫂刚想说什么，霍梦龄便制止了她："快去忙吧，就怕把你当哑巴卖了，少说点不行？这老婆们就是婆婆妈妈的，说起来没完没了。"

"咱可是好长时间不见了，嫂子也是见了稀罕。"

第二十章

霍大嫂噘着个嘴白了丈夫一眼去了厨房。

霍梦龄说:"大明,我想你是有事情才来的,有什么你就说吧,咱弟兄们用不着打墙避影。"

魏大明说:"师兄,我知道你是个爽快人,咱们两个说话从来都是直来直去的。这一段你可听说共产党活动的情况了吗?"

"听说了,这共产党确实是为咱老百姓办事情的。不过有一点我想不通,他们办这许多事情自己也得不到什么好处,究竟图个啥呀?"

"呵呵,图啥?就图老百姓都能过得好一点,因为他们也都是老百姓。"

"那他们就都是为了大家的事?"

"是呀,打个不太合适的比方,就和你信黄善堂道一样,你信道也是为了积德信善,不害人,生活过得好一点。但是有一点不一样,你信善是自己善了,可害人的人还在害人,社会仍然是黑暗的。但共产党是专门和坏人作对的,只有把天下的坏人都消灭尽了,老百姓才能过上好日子。"

霍梦龄看着魏大明,此时他发现大明和以前不一样了,说起话来一套一套的,而且还很有道理,让人心服口服,想起来以前好像也曾和他说过参加共产党的事,当时他认为这社会那么乱,这党那派的,不知道要干些什么,不如他这黄善堂道,现在听大明这样一说,感觉这共产党也真和老百姓是一回事呢。

这时魏大明接着说:"师兄,但共产党也是人,他们也没有三头六臂,他们需要团结广大的人民群众,只有大家都起来站在一起,这老百姓才有出头之日。"

"你说得对,一个好汉三个帮嘛,人多力量大,就说这抗债吧,那么多人贴标语,搞宣传,弄得那些财主们也害怕了,就不敢上门讨债了。"

"是呀,师兄你可是个明白人,你在咱武乡也是个很有名望的人,出来说句话也是地动山摇的了。"

"大明呀,你不要给我戴高帽子了,有什么事需要愚兄帮忙,你就说吧。"

这时,霍大嫂用条盘端着炒好的菜走了进来:"菜好了,你们兄弟边喝酒边聊吧,"说着,把两盘菜放在了桌上,一盘山药丝,一盘炒鸡蛋,"咱家里没有好东西,大嫂这手艺也不好,大明,你就将就着吃吧。"

魏大明先夹了一口菜吃了,"嘀,大嫂炒得真香",一边说一边把酒打开,斟在杯子里。

"师兄，现在这社会很乱的，政府腐败，欺压咱老百姓，日本人也一天天地抢占土地，听说现在天津、北平都住了不少，看来迟早会有一场大战的。咱们这老百姓不反抗，那就只好等着死了。"

"是呀，可是咱又能怎么样呢？"

"师兄，咱们得团结起来，要反抗，光凭热情不行，应该有什么本事使什么本事才行。我想你能把徒弟们组织起来，经常给他们讲些革命的道理，一旦需要的时候就会一呼百应。再一点，凭你我的本事，我知道打个十来八个后生不在话下，可是以往咱们坐拳房，大多是教些花架子，光能健身，不实用，我认为以后要传授他们一些真功夫，能让大家有些防身的本领，遇到敌人了，也轻易不会吃亏。"

"大明，你说得有道理，自古道害人之心不可有，防人之心不可无，让徒弟们学些防身之法，这也是应该的，以前我是怕他们闯下事的，有些年轻人太冒失，不等学一下，就想试两下，以前在拳房里也遇过打坏了人的情况，好在我会推拿之法，一般的跌打扭伤，按摩一下就好了，可如果我不在场，打坏了怎么办？所以很少传授，现在经你这样说，这倒是很有必要了。"

"这就要看师兄的引导了，让他们知道防身的本事该在什么时候用。呵呵，我想师兄能处理好这事的。"

就这样他们一边喝酒一边聊，不觉得一斤白酒已经下了肚，兄弟二人还酒兴未尽，不过没有酒了，只好滔滔不绝地谈论着……

这回霍梦龄真的服了魏大明，没有想到几天不见这小子，有了一套一套的理论，比他这只知道使枪弄棒的武汉子强了许多。弄武的人有个好处就是怕服了，不服你的时候，你说什么也想和你比试比试、较量较量，从手段上分个高低，可是只要服了，你那话就好像是圣旨。这不魏大明走了以后，他就谋划着去组织他的徒弟们了。东武乡有上百个村都有他的徒弟，现在他的几个徒弟也坐拳房了。但实际上，他这徒弟们学到真功夫的人并不多，不是因为他保守，主要是他这人生性胆小，只怕出个差错，他的大师兄霍森玉是他师傅霍焕的大儿子，就是学一招就想使两招的人，常常爱闹事，有一年在集上和人争吵起来，凭自家的功夫，点了对方的穴，这种点穴法可不会当场毙命，而是隐痛数十日，百日快到时才会发作，结果伤了人家的性命。霍师

第二十章

傅得知此事，想给对方去治疗，可是对方已经一命呜呼了，因为这事，霍师傅内疚了许久，他亲自把他大儿子的武功给废了。

霍梦龄也是因为这事有了教训，所以在教练时，也只教徒儿们健身之道，并不传护身之法。可是今天听了大明的话，看来社会已经进入了非常时期，年轻人跟你习武数年，居然连个护身的本领也没有，这算什么习武？从今天开始，他就要传授真功夫了，在他这一生中，千万不能留下遗憾。

他把他这一大批徒弟在自己的心里过了一遍，选出精干的召集起来，开始传授真功夫。什么徒手格斗，什么借力打力，什么徒手胜刀枪，什么四两拨千斤……

还有一手最拿手的功夫叫"铁布衫"功，这功是防身最好的本领。这功夫很神奇，在你遇到强敌时，只要你先行运气，使出"铁布衫"来，浑身的皮肤就会变得如钢铁一般，刀枪不入，你若用棍棒打来，他不仅感觉不到疼痛，反而会震裂你的虎口。

霍梦龄决心把这真功夫传给他的弟子们。当然，若要练得真本事，首先也是要苦其筋骨。练"铁布衫"功，要先从打排砖练起，什么是打排砖？就是先用砖头自己打自己，从胸脯一直打到脚面，先轻后重，逐步加力，练习时要集中意念，运作周身内气，可在皮下自由运转，砖打在哪里，气就"衬"在哪里，自己打前身打遍了，练习的队员们又将方阵排为圆阵，后面的人打前面的人，正好是一圈子。随着师傅在中间一、二、三、四的喊声，徒弟们一齐将砖打下来……

霍梦龄传授真功的消息传了出来，走进拳房的人也越来越多。

而这些人又大多是抗债团的成员。这下那些地主老财们更是害怕了，想说出门去收租要债吧，就怕碰到抗债团的人。

"这年景不好，天旱地不收粮，你没有看见，哪里有甚租子呢？你想要租子，到奇崖头下问白龙爷要哇。"抗债团的后生们这样一说，催租子的先生便甚也不敢说，点头哈腰地扭头跑了。你要敢犟嘴，愣后生敢用大耳刮子扇你。

这农民们的腰杆子硬了起来，可是你说那地主能甘心情愿不要租子？于是他们都来找裴东家，这裴宝珊是武乡头号财主，可裴东家说："年景不好，咱们就缓一缓吧，逼得咱这乡间出人命，咱这脸上也没光彩。"

在裴宝珊跟前找不到办法，大家就去找赵恒昌。

赵恒昌与裴宝珊算是并肩王，本来前段搞田赋改革，一下子让赵家关了十几家商号，赵恒昌已经恨透了这些个专门闹事的农民，当时他就去找政府，想让政府出面来压压这股"邪气"，可是政府并没有因为赋税如此而影响什么，也不想弄出乱子来，就这样凑合着过去了。这下有了这么多人支持他，他便说："你们跟着我，咱们一起到县衙门里告状，自古道欠债还钱，这是天经地义的事，咱管他年成好不好，你要知道今年年成不好，不要租我的地呀，既然白纸黑字写下契约，就得按契约交租子。"

"是呀，赵东家说的这话太在理了，你说引我们去哪里，我们就跟你去哪里，总不能让那些穷小子们就这样高兴，说不还就不还债了。"

"是，他们欠咱的有什么不还？这还讲不讲理呢？"许多地主们都附和着。

这一帮大小地主在赵恒昌的带领下，一起来到县衙，要面见县长亲自告状。这里头除了赵恒昌还有不少有名望的乡绅，范县长听说一下来了这么多乡绅，他也不敢不见，马上来到议事室召见大家，这一帮人见了县太爷，可算是找到了说理的地方，你看他们你一言他一语，都说让县里出面治一治这个抗债团。

这范县长既然也知道抗债团之所以活动得很凶，是有共产党在背后撑腰，可是共产党就是靠这一帮大穷人，他们说一句话总是会一呼百应，他也曾和共产党斗过几个回合，总觉得有点斗不过他们，所以是能凑合就凑合，千万不敢像张祚民那样让赶跑，人家张祚民有后台，在武乡走了，还能到别处当县长，他范某人要是被老百姓赶跑了，这个官帽就怕再也没有了。所以嘴上答应一定"严加治理"，可究竟怎么个治理法，他心里也没有底。

范县长决定到省府去汇报，请求省里来帮助他，武乡既然成了山西的"四大赤县"之一，阎主任应该重视呀，怎么不给咱派些兵来呢？把那些闹事的农民们镇压镇压，看他们还敢。

范县长来到太原，正遇上了好时机，不用他汇报，省里就决定处理武乡的事情了。

原来是这样的，武乡建立起共产党的县委机关后，太原特委认为武乡党的活动做得好，就派一个姓段的青年党员来武乡具体了解情况，想把武乡地下党活动的经验在全省推广，以扩大党组织。姓段的在武乡以走亲戚为名，住了一个多月，回到太原以后，暴露了身份，被捕入狱，在监狱里他经不起

第二十章

严刑拷打和金钱利诱，最后做了叛徒。他不仅供出了太原党组织的一些情况，更是把武乡地下党的领导成员全部供了出来。

省府以武乡警察局工作不力为名，撤了警察局长的职，从太原新派了一位局长，新任警察局长梁楫拿着一个名单，一到武乡上任，就抓了十来个人，抄了流动图书馆，李文楷、武云璧、赵清风、魏大明等都被抓了起来，武乡的地下党组织遭到了严重的破坏。

范县长对抓来的人进行了审讯，他们谁也不承认，可是警察在抓捕时都进行了抄家，有的从家里抄出了进步书籍，有的搜出了纸张，这些都被作为"罪证"，硬是给他们列了罪状。只有魏大明因为不识字，什么也没有搜出来，再说他一直在警察局，和大家的关系都很好，许多人都帮他求情，特别是县政府的秘书是魏大明的远房表亲，他悄悄地来到范县长的耳边说："魏大明这人一定不是共产党，他要真是共产党，咱可抓不住他呀，范县长你没听说过吗？这个魏大明从小学的一身好武艺，那叫身怀绝技呀，他会遁形之术，以前还在人前头显摆过呢，人们用绳子把他捆起来锁在家里，几个人站在门口守着，他就会大摇大摆地从街门外走进来，谁也不知道他是怎么跑出去的。可见如果他要真是共产党，他还能让咱们把他捆在监狱里？他还会飞刀杀人，放出飞刀来，自会去取人首级……"

秘书把魏大明说得神乎其神，范县长琢磨了一下，宁可信其有不能信其无，天下之大无奇不有，如若他真的能飞刀取人首级，何苦惹这个麻烦？不如以没有证据为名放了他，一来落个顺水人情，二来有他这身本事，以后也好护卫着他这个县长，就这样接连审了三堂，魏大明坚决说他不是共产党，最后就放了。其他人全部解送省城，关进了反省院。

第二十一章

"铃铃铃铃——铃铃铃铃——"

天才蒙蒙亮，陈公馆的电话就响了。

郭水瀛被电话铃声惊醒，他急忙披衣下床。

昨晚他没有休息好。明天就是八月十五了，他睡在那里，又想起老家的花花来，他曾与她约定着去年的八月十五月儿圆了的时候，他回去接她，他们要远走高飞，到一个人所不知的地方去生活，到红军的队伍中去。可是，谁想到人生在世，哪里把得住要经历些什么遭遇？他从来也没有想到，辛辛苦苦劳动了半年，挣下的那点血汗钱，竟然会被强盗抢去。正所谓天有不测风云，紧接着又是雪上加霜，他又被拉当了兵……

他们的约定不能履行了……

整整一年过去了，现在花花怎么样呢？月儿又要圆了，她还在村口等他吗？可是，花花还会失望的，他这里身不由己呀，不过，总算有盼头了，陈师长，哦不，陈军长已经答应了，等扩编工作一结束，马上派车送他回去看望他爹，那时，他就要大大方方地去东漳寨，一定要把花花带上……

他刚刚蒙眬上眼，谁知这电话就响了。这么早有电话，一定是有什么急事，他光着身子披了件外衣就去接电话。

"喂，哪里？"

"请问是陈公馆吗？"对方的声音有点急。

"是，有什么事，你说。"

"请问你是哪位？"

"我是郭副官，有什么赶快说。"水瀛感到有点凉。

第二十一章

"我是山西大学校长办公室。出事了，昨晚警察署来了一大帮人，在学校抓了二十几个学生，陈小姐也被……"

"什么？"郭水瀛这下可着了急，亚妮是陈军长的掌上明珠，谁这么胆大，敢来抓她？

"警署说他们是'共党分子'……"

怎么会出这样的事情？原来，就在亚妮告诉裴延萍她要和郭水瀛定亲的时候，刚好张敬亭想过来和她说几句话，没想到听到了这个消息。这下张敬亭好气呀，你说你个陈亚妮，也太有点不够意思了，我一个堂堂的省府委员、阳曲县县长的儿子追你这个师长的女儿，也算是门当户对了，我们又是同学，论人表、论才干，哪一样也很突出。可是，你偏偏要去爱一个小小的少尉，真是荒唐，何况大家都知道我对你的感情，你让我这脸往哪里搁……好，既然你不仁，我也要不义，总得给你一点颜色看看。

张敬亭马上回到家里，和他父亲商量。张县长也为这个陈长柱看不起他而生气，想报复一下。再加上这个陈长柱新选的女婿是武乡人，他可是一听武乡眼里就冒火呀，借此机会报复那是一箭双雕的了。他要利用的当然是警察署了……

可是，这警察署也是较量不过驻军的。警察署只有东城、西城、南城、北城四个警备队，每队不足两百人，驻在南城的警备队已经对陈师长的情况了如指掌，他们哪里还敢在老虎头上动一下"王"字？特别是二十九师正在扩编，陈长柱现在就成了三十八军的军长。由此看来，陈长柱是阎锡山身边的红人，怎么才能让他出出丑呢？硬着来肯定不行。于是，张县长想出一个办法，正好，这几天学生发动大规模运动，逼着省府答应了许多要求，省府有不少人说，这是"共党分子"在活动，要对共产党组织进行整治。这倒是个机会，他下令严查共产党，让东、西、南、北四个警备队对调十天，进行排查，以防警备队内有人给共产党做内应。实际上是让北城警备队到南城来，他们对南城的情况生疏一些，好做手脚。这里又让张敬亭设法弄到山西大学活动最积极的二十八位学生领导名单，当然也包括陈亚妮在内，将他们的宿舍号全部写好，然后收买一个地痞，去密报给警备队。

北城警备队来到南城，正发愁无法下手，有人送来了山西大学共产党地下组织的名单，当然，他们不会错过这个立功的机会，于是，一晚上就逮捕了二十八位学生。

水瀛一听这个消息，吃了一惊，他也顾不得光身子的冷了，马上让电话局接警察署的电话，他要找警察署的郭署长。可是警察署还没有人，这么早哪里有人上班呀。

水瀛不敢怠慢，又赶紧穿衣，去报告陈军长。

"什么？"陈军长还没有起床，一听这消息就火了，"他妈的，谁这么大胆？"

陈军长是位儒将，说话从来是文而雅之，今天说了骂人的话，真的是急坏了。

郭水瀛把给警察署打电话没打通的情况简单说了，陈军长说："你马上带几个人去城南警备队。"

"是。"郭水瀛跑下楼来，马上叫两辆车带十来个人，去了南城警备队。

谁知他进来找警备队长，出来个人却不认识。

那人说："我就是警备队长，你找我有什么事？"

郭水瀛说："听说你们昨晚在山西大学抓了几个人？我们军长的女儿也被你们抓来了，你必须马上放人。"

"什么？你们军长的女儿？"警备队长仔细看了看郭水瀛，他是不是来诈我？军长的女儿能成共产党？不可能。他盯着郭水瀛笑一笑，"你别给我来这一套，鬼骗人的事我见的多了，什么军长的女儿。我是执行上锋命令，只管抓共产党，不管什么军长的女儿，就是阎主任的女儿，只要是共产党，我也要抓。"

郭水瀛严厉地说："我警告你，你不要给脸不要脸，出了事我让你吃不了兜着走。"

"诈唬谁呀？不就是个上尉吗？我这个队长就比不上个上尉？"

郭水瀛见和他纠缠不清，他怕这样下去误了事情，马上返身出来，叫车赶回陈府，给陈军长做了汇报。特别是他担心陈军长只去托个人放出自己的女儿来，而让其他二十七位同学受了苦，他必须随机应变来个将计就计，利用陈军长的权力把所有的同学都营救出来。于是，他添油加醋地说了警察署的许多坏话，说警察署如何不把军长放在眼里，不给他们个下马威，怕以后还要挑衅呢。

陈军长一听，一拳砸在桌子上，脸色黑紫黑紫的，马上命令："郭水瀛，去给我调两个营，立即包围南城警备队。"

"是。"

不到半个时辰，二十九师部队包围了南城警备队。

这下，那个警备队长才知道真的闹下了大乱子。百把个警备队员都退回到院内，一个个面面相觑，不知该如何是好。

警备队长硬撑着说："怕什么，我们也是执行命令的，他敢把我们怎么样？"

郭水瀛在外面高喊："给你们最后一次机会，立即将昨晚抓捕的二十八名学生释放，并给予赔礼道歉。否则，我将你们全队一起消灭……"

警备队乱成一团。

"队长，赶快放了人家吧，顶不住呀。"

"这样下去，我们都没命了……"

"越是等下去，对我们越不利呀。"

警备队长可是一点办法也没有了，他现在是放人也没有办法放了……

就在这时，警察署郭署长听说此事，急忙乘车赶来。

他下了车，马上跑到郭水瀛的身边，说："郭副官，误会，误会，我来迟了。请你不要生气，我让他们马上放人，马上放人。"

郭水瀛非常气愤："放人？没有那么简单。郭署长，你这可是和陈军长过意不去的呀，这件事看该如何处理。"

"是，一定严肃查办，一定严肃查办。"

郭署长立刻走进警备队的大院里，没有几分钟时间，二十八名学生全部放了出来。

郭水瀛把亚妮接到车里，送回陈府。

天到小晌午，郭署长亲自来到陈军长府上登门道歉，并告诉陈军长他对这次事件的处理结果：第一，北城警备队长撤职查办；第二，立即抓捕并枪毙报信人；第三，严查相关人等，全部追究责任。

因为这么一闹腾，今年这个八月十五，实在过得无趣了。

特别是陈亚妮，她原本想，今天要与郭水瀛举行定亲仪式，从此正式确立他们之间的关系，没想到无端之中，生出这样一件事来，搅得一切都乱了。

本来，从"九一八"以后，太原的学生运动就没有断过，自打阎锡山复出后，取消了国民党省党部，军警对此一般是睁一只眼闭一只眼的。特别是去年她被推选为省学联的领导成员以后，成了学生运动的领导者，军方从来没有出来阻挠过学生的游行示威活动，警方也是做做样子，南城警备队百十名警察，哪一个不知道陈亚妮？昨晚为何又能出了这样的事情？她想这中间一定有什么原因。

陈长柱因为二十九师扩编在即，明天军部就要成立，他暂时顾不了这事，也顾不上去追问，他只是给郭署长下了个死命令，让他去勘查处办。

郭署长这下也真的害怕了，陈军长敢调动两个营包围警备队，说明他是天不怕地不怕的，要是找不出个目标来，还不拿他郭某人是问？再说陈军长与阎锡山的关系那是没得说的，他这一个小小警察署长，还不是人家一句话就玩儿完了？于是，匆匆忙忙回到警署去进行调查。

第二天，大营盘的军营里一片欢声，二十九师的扩编工作正式结束，今天军制正式启动，三十八军正式成立了。

军营内彩旗飘飘，彩带飞飞，洋鼓洋号，一片欢歌。特别是新搭建的观礼台色彩斑斓，耀眼夺目。全体官兵也都穿着一新，都来庆贺这一盛大的节日。

八月十六，这是陈军长选定的良辰吉日。

前晌九时，典礼的时辰到了。只见以太原绥靖公署政治部主任梁化之为首席长官的领导团，在陈军长的陪同下，登上了观礼台，全场立即响起了经久不息的掌声。

司仪宣布："现在，三十八军建军仪式正式开始。"

话声一落，场外鞭炮齐鸣，场内鼓乐喧天，上上下下的官兵高呼起来……

司仪又带领全军将士，给悬挂在主席台上正中的孙中山、蒋介石和阎锡山大幅画像进行祝福。之后，司仪又说："下面请太原绥靖公署政治部主任梁化之先生宣布建军方案。"

梁化之清了清嗓子开始讲话："遵照阎主任的命令，我代表太原绥靖公署以阎主任本人名义在此宣布，晋绥军第三十八军正式成立。军长陈长柱，下设三团制之师两师，二十九师，师长由陈长柱兼任；八十九师，师长由温如飞担任；新成立军直特务团，团长由中校副官郭水瀛兼任。"

接着梁化之给陈长柱授了任职命令，陈军长宣布了军以下各级副职人选。

几天内，郭水瀛又由上尉提升为中校，并兼任特务团团长。

这天，省府各厅、署、会及太原各界，纷纷送来贺礼，阎锡山也派秘书送来了厚礼，就连军政部也发来了贺电。

为了庆祝三十八军军部成立，从八月十六开始，三十八军大搞庆典活动，不仅张灯结彩，还组织了规模宏大的三天堂会，并请来省内著名的艺术家演出助兴，晋剧著名戏剧大师丁果仙登台亮相。

下午，警察署郭署长风风火火地跑来，要求密见陈军长。

郭水瀛将陈军长请到小客厅，郭署长便马上进来汇报："报告陈军长，昨天那件事情的原委我已经查清楚了，完全由省府委员、阳曲县张县长父子一手密谋策划和制造，这一切都是他的安排。他说为了清共，怕警备队有人与共产党勾连，通风报信，便令城内四支警备队对调进行清查，我当时也没有想到他有什么阴谋，只是听命而已，谁知他又派其儿子收买一个流氓，把一封写有所谓'山西大学十八名共党分子'名字的名单报到警备队，从而利用警备队之手来泄自己私愤，专门制造这样的事件。"

说着，郭署长又打开自己的手提包，取出几件材料，一件件摆在陈军长面前……

"这是张县长下的搜查命令；这是我写的根据县长安排警备队调动情况；这是城北警备队长写的他当时接收报信人材料的情况；这件最重要，是报信人写的关于张敬亭如何给他名单、给了他多少钱收买他来报信的情况……"

只见陈军长越听越气，脸色越来越难看，他把陈亚妮的名字写进"共党分子"的名单之中，明显是要加害于他陈长柱。怎么也没有想到，这个张县长竟然敢对他下如此毒手。这是怎么回事？这个张县长父子为何要这么干？这个张敬亭也在山西大学读书，会不会是与亚妮有什么关系？……

想到这里，他马上吩咐道："郭副官，叫亚妮来。"

一会儿，陈亚妮走了进来。

"亚妮，这个张敬亭和你是什么关系？他收买人来报信，专门让警署到山西大学去抓人，是不是和你之间有什么纠葛？"

亚妮一听，她被警署抓捕，原来是张敬亭在中间捣鬼，非常气愤，她马上说:"爸,有是有纠葛,他想追我,可是我不喜欢他,拒绝了他,所以他就来陷害我们。更重要的那个张县长,因为你掌握太原城防的军权,似乎影响了他的权力,早已对你有了成见,本来他想施用美男计,利用儿子联姻的关系,把你拉到他的门下,让你就范,从而达到他左右太原城的目的。没想到,他一计不成,又生一计,竟然用这样卑鄙、流氓的手段来陷害别人。"

陈长柱一听,肺都气炸了:"别说了。郭水瀛,备车。"

陈军长一把拿起郭署长送来的一堆材料,就往出走,他立即赶到阎锡山府下,亲自对阎主任陈述了张县长的种种行为,要求阎主任给予答复。

陈长柱是阎锡山手下最红的人物之一,老头子当然是支持陈长柱的。军政不和,势必给太原城造成极大的影响。阎主任权衡利弊,立即做出决定:撤销张某人的省府委员,立即调任山西北端的河曲边远小县任县长,遗职开缺。

陈长柱痛痛快快地出了这口恶气。

返回陈公馆的时候,陈军长心里一直在想这个事情。那个张县长固然是为争权夺利而下此毒手,可是,亚妮在这中间也自然成了事件的导火索。因为亚妮长得漂亮,再加上她的家庭条件,想攀龙附凤的人大有所在,在学校追她的人特别多,如此下去,还不知要出些什么事情。现在既然她和郭水瀛都有了这个意思,不如趁军部庆典的大好机会,为他们举行定亲仪式,来个喜上加喜,再说,在这个公开场合给亚妮定了亲,让全太原城的人都知道亚妮已经定了亲,也就堵住了那些追她的人的路。

这天夜里,陈军长把他的想法说给太太。

陈太太听了也同意,她点点头说:"老爷,你想得对,女儿大了,是该给她定亲了。她从小让你给宠坏了,在外面办事也真有点无法无天,既然她也非常爱水瀛,就给他们定了吧,我看水瀛这孩子也真是不错,有出息。"

"好,那就这样定了。"

军人做事,都是雷厉风行的。第二天上午,陈军长让亚妮叫水瀛来。

水瀛正在办公室处理军部的事,由于建军典礼,这两天他可是忙坏了,见亚妮叫他,就跟着来到了陈军长的小客厅。一进去,见这里只有军长和太太在坐着,不过,在这个客厅里,常常是这样的,水瀛习惯了。

"陈军长,你找我?"

"呵呵，水瀛，你坐下，坐下。"陈长柱朝着沙发点点头，示意他坐下。水瀛在军长身边工作这么长时间，当然一点也不拘束，他大大方方地坐在那里，等待军长吩咐什么工作。

这时，陈太太说："水瀛呀，今天有件事和你说。按说前一段老爷已经答应你了，军部成立以后，就让你回家看望你的父亲，再把他老人家接到太原来住上些日子，要是让你父亲来到省城，我们这话就更好说了。可是，现在正是军部成立典礼的庆典时刻，老爷想提前把这事办了，所以才临时这么决定的……"

水瀛听着陈太太的话，有点丈二和尚摸不着头脑，怎么又是典礼，又是看望他父亲，又要办什么事情？陈太太究竟想说什么呢？……

陈太太在那里接着说："听亚妮说，你们在谈恋爱，时间也不短了，彼此相互也都有了了解。是不是趁这个军部典礼的大好日子，也给你们定了……"

一听这话，水瀛可着了慌。以前他知道亚妮对他有意思，因为都在一些特殊的场合，他也就没有当回事。他想，等到亚妮正式向他提出来的时候再做解释。他总不能自作多情，去说这个话呀，谁知道这事，亚妮也不和他商谈，就给陈军长和陈太太说了。事情到了这个地步，这可怎么办？

"这……"水瀛红着脸，什么也说不出来。他该如何办？那边他与花花已经私订终身，可这边，一旦回绝，后果将是什么样子，他根本无法想象……

陈太太见此情景，以为他有些腼腆，不好意思说话，便说："这有什么，你们都这么大人了，男大当婚，女大当嫁，这是个正常的事。你的情况呢？我们也都了解，其他都不用你操心，一切都有我和老爷操办就是了。"

亚妮在一旁说："水瀛，你倒是说呀，把你和我说的那话说出来呀。"

"啊，不……"水瀛觉得事到如今，不说是不行了呀，他只好硬着头皮说："陈军长，陈太太，亚妮小姐，实在对不起，感谢你们对我的厚爱，可是水瀛家中已经有了对象，去年春天，因为家父不同意，我自己又没有钱娶，只好离家出走……"

陈军长一听这话，非常尴尬，他觉得满身难受，说："亚妮，你真是胡闹。"

陈军长赌气进了卧室。陈太太也两腮通红，不知说什么好。过了一会儿，她才对水瀛说："你先下去吧。"

水瀛走了以后，陈太太马上对亚妮发开了火："亚妮，你看你，这是干的一件什么事情？你不是说你们已经说好了吗？哪里知道又出了这样的事情，叫我和你爸这面子上怎么下得来呀？"

"他说过他爱我的。我也没有问他家里有没有找下，再说他就是找下也没有娶过呀，这算什么？小女不过门，还是两家人，那也没有什么呀，哪里能影响了我们的事呢。"

"你听听，你听听，这说的叫什么话？人家已经有了媳妇，还没有什么，都是你爸宠坏你了，你马上都要大学毕业了，还这么不懂事。"

"我怎么不懂事？我就是看上水瀛了，就是要嫁他。"

陈军长从里屋走出来，看着这个固执的女儿，说："好，你嫁他，嫁给他当二房去。你真的是让宠坏了，人家已经找下了，你还说这样的话。"

"我就要说，就凭他这样，我才更爱他。他是一个对女人负责的男人，他要是一个见异思迁的人，我能爱他吗？"

陈军长见女儿这样说，似乎也有一点道理，可是，水瀛又不接受，这可怎么处理呀？他只有来做女儿的思想工作了："亚妮，你不要太固执了，这件事行不通的。"

"不，我非水瀛不嫁。"

陈太太说："怎么，你真的要去当二房？"

"要不嫁给水瀛，我就上五台山，当尼姑去。"

这下可把陈军长和太太难住了……

第二十二章

　　第二天一早，郭水瀛刚刚起床，有个哨兵进来叫他，说外面有人找，他跟着走出去，只见在一辆汽车跟前，有两个陌生人对他说："你是郭水瀛郭副官吗？"

　　"是，你们……找我有什么事情？"

　　"我们是绥署派来的，请你上车说话。"

　　水瀛还没有反应过来，两人便将他推进了汽车。接着，车一溜烟地开走了……

　　水瀛急得在车里喊："你们这是干什么？干什么？你们敢绑架我吗？"

　　那两个人一下子将他的嘴脸蒙起来，他话也不能说了，眼前变得一片漆黑……

　　水瀛在车上颠簸了好大一会儿，车才停了下来，他被带进一间屋子里。

　　等他慢慢地睁开眼，发现四周一片漆黑，什么也看不清，只有一股刺鼻的霉味，呛得他难受。这是哪里？他这是在哪里？这个地方他肯定是没有来过的。是呀，他是中校副官，他怎么会来过这样肮脏的地方呢？

　　他坐在墙角的一张硬板床上，心里想着，这是谁把他弄到这儿来的呢？又是因为什么？

　　是陈军长报复他吗？不可能，虽然他没有同意陈太太提出的这门婚事，他也鞍前马后地侍候军长半年多了，军长对他一向很好的，他不该这样吧。可是，如果不是这个原因，可真再也没有原因了……他一向遵纪守法，兢兢业业，行为规范非常注意，毫无一点点出格……哎呀，他突然想起来，是不是因为救亚妮小姐，他带兵围困了警备队，妨碍了警备队的工作秩序，制造了省城的紧张空气，警署告到了阎主任那里？刚才抓他的那两个人，就说是绥署派来的，哦，他一定是让绥署关了禁闭。

这可怎么办？陈军长知道吗？这事可是为了救二小姐，为了救共产党员和进步青年，虽然他在中间做了手脚，但毕竟也是受军长安排，要他出面救的。谁知道阎主任那里怎么样？要真的发了火，弄不好，陈军长这要来个丢卒保车，那他就彻底完了……

这可怎么办？他想呀想呀，一直也理不出个头绪来……

过了好久，听见外面有响动，有人来了。只有这个机会，他要问问原因。接着听见开门声，门一打开，屋里才稍微有了一点点光线，原来是给他送饭来的，"吃饭吧。"

那人放下饭说了一声，扭头就要走，水瀛急忙伸手抓住他，问道："我犯了什么罪？你们这是把我关到了什么地方？"

"我什么也不知道，我的任务就是送饭。"

"不，你要告给我，这是在哪里，我是三十八军中校副官兼特务团团长，你们为什么关我呀，我要见你们的上级。"

"你吃饭吧。"

"不，你不说，我就不吃，我要绝食。"

郭水瀛身子一仰，躺在了那个硬板床上。

送饭的人还是什么也不说，扭头走了……

一个中校副官兼团长竟然莫名其妙地被人抓到这里关了起来，他心里非常难过。哪里能吃下饭呀，怎么办？究竟怎么才能……绝食，首先要绝食。这样才能见到他的上司，才能知道这是因为什么……

过了好久，门外又有了响动。

哦？有人来了，水瀛一激灵跳了起来，他要抓住这个机会问个明白。

门开了，这回进来两个人，前面的士兵提着一盏马灯，搬了一把椅子。他借着这灯光一看，后面跟着的却是三十八军军法处的赵处长。

赵处长一摆手，让那个士兵退下去，他坐在那把椅子上说："郭副官，我受绥署委托，来对你进行调查，希望你能认真地、如实地回答我的问话。"

"赵处长，这是怎么回事呀？"郭水瀛见只有赵处长一人了，便急火火地问，这位赵处长原来是二十九师军法处的副处长，扩编时原来是要升师军法处的处长的，他一向与郭水瀛交情不错，提拔时，还是水瀛给军长建议，把他提成了军部的军法处处长，这一点，他赵处长该是知道的。

可是，赵处长说："郭副官，我们还是按照程序，先进行军事调查，希望你能理解我，支持我，配合我，认真地、如实地回答我的问话。"

郭水瀛只好低下头："好吧。"

赵处长从身上拿出笔和笔记本，对着那盏马灯下的亮处，先在上面写了几个字，接着问道："你叫什么名字？"

"我叫郭水瀛。"

"籍贯是哪里？"

"山西省武乡县东漳镇。"

"现在何处供职？"

废话，这些你不都清楚吗？在我面前撑这个臭架子，帮助你提拔升职，反倒来我面前充大，早知此时，何必当初，组建军部机构时就不该给你说那几句好话，把这个职务给了谁，也会为我说几句好话的。水瀛心里这么想。可还是认真地回答："三十八军军部中校副官兼特务团团长。"

"哪年参军？"

"民国二十二年秋天。"

"几月几日？"

"八月几日我记不清了，总在中秋节前。"

"那就是说你参军才刚满一年，是吗？"

"是。"

"可是，你的履历表上写着参军时间为民国十九年秋，这是怎么回事？"

"我也不清楚。"

"这履历表是谁填的？"

"是我填的。"

"你为什么要这么填？"

为什么要这么填？那是亚妮告给他的，亚妮说想帮助提拔他，想让他升校级军官，可是军内有规定，担任校级军官需有三年以上军龄。原来二十九师尉级以下的军人资料，都由郭水瀛掌握，要想提拔，必须先将资料改过来。他想这一定是陈军长的支持，所以也就改了。可是，现在出了事，他能怪人家亚妮吗？不，这个内幕不能说出来。

他低下头说："也许是利令智昏，我想骗取提拔的机会。"

"有人在幕后指使你吗？"

这他更不会说的，难道能把亚妮拖出来吗？好汉做事好汉当，再说，她这么做也是为自己能晋升的，不，这个内幕不能说出来，水瀛说："没有。"

赵处长又在本本上写了几句，说："好了，调查到此结束。"

他收起笔记本，这才对郭水瀛说："郭副官，你这下可闯了大祸。"

"大祸？这怎么说？"

"怎么说？你私改履历，骗取提拔的事有人告到了绥署。今天一早，我接到命令，奉命调查此事，你是知道的，'伪造档案''谎报军情'可都是杀头之罪呀，咱们晋绥军军纪严明，这一点你不是不清楚。"

"这可怎么办？"一想到这军法，水瀛就透心凉，是呀，晋绥军军纪严明，这他是知道的。去年冬天，他刚刚参军时，有一位士兵在街上吃了一张大饼，不知因为什么，竟然没有给人家付钱，结果让人家告了，就这一点小事，那个士兵居然受到了剖腹处置。大营盘的处置台上哪天不见点血迹？没有想到，今天轮到他郭水瀛了，真想不到呀……可是，他还有事没有办完呀，老父亲足下就他一个儿子，他一旦死去，父亲老来丧子，这是人生之一大不幸，他还能顶下去吗？还有花花，她可是在久久地盼望着他回去，她还指望后半生跟他一起生活呢，他一旦死去，对花花来说则是中年丧偶，这又是人生之一大不幸。哎呀，他这一死，势必又要有人跟着他的阴魂而去……

"这可怎么办？赵处长，你可得救我呀……"

"郭副官，凭咱们的关系，我不能不救你。可是，说实在话，我是真救不了你。你弄虚作假，谎报履历，骗取提拔，这已经是事证确凿的。我身为军法处处长，如何敢再知法犯法？你这事已经捅到了绥署，我若是再来帮你隐瞒，恐怕不仅救不了你，反而把我这条小命也搭了进去……"

郭水瀛低下了头，他默默地想了许久，又说："赵处长，难道我郭水瀛就这样白白死了不成？……不，我不能死，我还有许多事没有完成，你能给我指个路，看怎么才能救下我这条命呀。"

赵处长思量了一会儿说："郭副官，依我看，只有一人能救你。"

"谁？"

第二十二章

"陈军长。你想,你的提拔,是由他来提名的,如果你受到军法处置,这说明他也犯了错误,当然他也要受处分的。只有救下你,他也便没有事了。"

郭水瀛点点头。确实也是,这事和陈军长脱不了干系……

赵处长接着说:"陈军长是阎主任手下的红人,他去那里说话也算是一言值千斤了,如果让他出面将你的情况给阎主任做个解释,我想这个事情就会大事化小,小事化了,不仅能救了你的命,连你的职务也能保留下来。郭副官,你侍候军长鞍前马后,也算是他的红人了,何不投他的门路呢?"

"可是,我如何去找他呢?"

"这个我倒是可以帮你去报个信。你写几句话,我帮你送去,不过,天知地知,你知我知,这事可千万不能再让第三人知道。"

郭水瀛长长地叹了口气:"谢谢你的帮助,可是,我难开这个口呀……"

"怎么,难道……难道陈军长对你还有什么成见吗?"赵处长一脸的疑惑,两眼盯着郭水瀛,不解地看着他。

"赵处长,你听我说……"事到如今,人之将死,郭水瀛还有什么要隐瞒的呢?他便将他和亚妮的关系发展的前前后后,以及陈军长和陈太太准备给他们定亲,他如何拒绝等都说给了赵处长。"嗨,这也怪我呀。亚妮是个很好的姑娘,说真话,如果我没有花花,在爱的道路上第一个遇到的是她,我会高高兴兴地选择她的。可是,作为一个负责的男人,花花把身子交给了我,更把心交给了我,我还能见异思迁,就这样抛弃了花花吗?"

赵处长从身上拿出一包香烟来,他递给郭水瀛一支,自己也拿了一支,然后划了根洋火点着了。那烟头的火星在昏暗的屋子里忽闪忽闪的,沉默了许久,赵处长才说:"郭副官,听了你的故事,我更了解你了,你是个真正的男子汉。可是……现在,你面临的已经不是爱哪个人的选择,而是在爱情和生命中间的选择。我想,如果你选择生命,或许你可以免去劫难,俗话说'留着青山在,不怕没柴烧',以后还有可能去爱你爱的人,这也未可知。如果你坚持一条路走到黑,非要选择爱不可的话,那可是只有命丧黄泉了呀……"

"那……你说……"郭水瀛犹豫起来。

"依我说,你还是去求陈军长。军长的为人你是知道的,他是不会计较一些琐碎小事的,只要你改变态度,或许军长会出面保你的。"

水瀛根本没有想到，自己一向谨慎从事，居然犯了军法，犯了该是杀头之罪的军法。他该怎么办呀……

赵处长走了，带走了他的希望，那也是一个微乎其微的希望。陈军长还会来帮助他吗？

他一个人静静地躺在那个硬木板上，心情却一点也不能平静……

他这是做的一个什么事情呀，他怎么会听亚妮的话去改什么履历呢？是为了追求一点点虚荣，还是为了什么？居然就忘了军法。其实，就是那个少尉，不也是很好的吗？能利用这样的身份做一点自己想做的事，做一点对革命有益的事，已经足够了。可是，今天闯了这样的大祸，这可叫怎么办？

小的时候，他也是很有志向的，特别是认识武文兴以后，讲给他许许多多的革命道理，这更让他有了目标，他感觉长大了，成熟了，于是他爱了，他想冲破几千年的封建统治，想用自己的抗争，来取得自由，可是，一个人去和数千年的传统抗争，谈何容易？他只有背井离乡……

经过了种种苦难，终于他又可以有自己的志向了，可是，却招来了杀头的大祸。做个少尉，这已经很不错了，何必又利令智昏，去追求什么校级军官？现在，校级军官是当上了，可是，换来的却是杀身之祸，这性命丢了，别说校级军官，就是给你一个将军的名义，又有什么意义呢？

唉，水瀛呀，你也是，要是昨天答应了亚妮的婚事，也许不会是这个结果，阎主任和陈军长是同乡，还是远亲，又私交甚厚，他不会把军长的乘龙快婿处死的。可是，就在昨天，你推辞了，你拒绝了，你的心里还想着花花，不仅仅是为了爱，还为了与封建势力进行抗争……这倒好，弄得现在自己一点办法也没有了。

这一切，真的没有挽回的余地了吗？

他是一心忠于爱的。从他认识花花那天起，他就已经决定把自己的一生交给了她。为了这个爱，他已经经历了多少的风风雨雨，多少的酸甜苦辣，可是，最终还是一个没有结局的爱……

如今，他就要死了，他和她的那个约定——中秋节的约定，却还没有实现，而且是永远也不能实现了……

这可怎么办呀？

不，他不能死，他要活下去，为了那个约定，为了花花，他还要回去，

第二十二章

回去见他的花花……

他想起了赵处长刚才告诫他的话,"如果你选择生命,或许你可以免去劫难,俗话说'留着青山在,不怕没柴烧',以后还有可能去爱你爱的人,这也未可知。如果你坚持一条路走到黑,非要选择爱不可的话,那可是只有命丧黄泉了呀。"

是呀,这话有理,为了爱,你即使殉了情,仍然不能给花花留下一点点温暖,反之,她若听说水瀛在太原遭到军法处置,那不是更伤心吗?若是能够保全性命,或许他有朝一日还能回武乡,回东漳镇,回东漳寨,见到他的花花,还能带着她去一个可以容身的地方去,去找红军,参加红军队伍重新开始他们的生活,去继续他们的爱……

可是,陈军长真的还会来救他吗?即使自己现在答应可以做人家的女婿,陈军长也未必答应了,那可是军长的千金小姐,军长的掌上明珠呀,不是让你一个无名小辈随意玩弄的……

他还能有见陈军长一面的机会吗?即使见到,这句话他还能说出口吗?他就这么想呀想呀,想得头都疼了,还是想不出一个结果来……

第二天早上,陈军长来了。

是赵处长陪他来的。一进门,赵处长就说:"郭副官,陈军长看你来了。"

"哦?"水瀛一怔。

门打开,一股呛人的气味冲来,陈军长摇了摇头。赵处长马上说:"陈军长,要么换个地方谈吧。"

"不,就在这里吧。"陈军长摆了摆手。

赵处长点点头,放下马灯,扭头出去了。

陈长柱看见水瀛在黑暗中凄凄凉凉的,真有点于心不忍,他关切地说:"水瀛,我对不起你,让你在这里受苦了。"

"陈军长,你终于来了……"郭水瀛望着陈长柱,两眼的泪水夺眶而出。陈军长来了,他终于来了,这说明军长还是有意救他的。"陈军长,是水瀛做错了事,是水瀛对不起你呀,给你添麻烦了……"

陈军长说:"嗨,其实,这事也不怪你呀,我十分清楚,这个错误,不是你造成的,都是跟上亚妮,都是她呀……才让你来受苦。"

"不,军长,不能怪亚妮,她也是为了我好的,这一点我非常清楚。事情都是我办的，与亚妮没有关系。"

"嗨……话又说回来，是亚妮出的计谋。可是，她既非军人，更不在三十九军任职，军法也不能去处置她呀，只是把你害苦了……我知道，在这个时候，军内各级军官争权夺利，都想谋到一个更高、更好的职位，所以，当未能满足少数人的欲望时，他们就会狗急跳墙，出来告状，唯恐天下不乱，搅得清水变浊。"

水瀛两眼巴巴地望着军长："军长，难道水瀛这事就没有挽回的余地了吗？"

"水瀛，我也在尽量想办法。昨天凌晨，绥署派人来执法，我一听这个消息，马上就给阎主任报告，请求阎主任下令，先不要让别人插手，以免事情闹大。说了半天，阎主任才同意先让三十九军军法处来调查。"

陈军长被这呛人的气味呛得打了几个喷嚏，他揉了揉鼻子，掏出香烟来点上，接着说："水瀛，自从认识你之后，从你的文章中，我看得出你志向远大，才华出众，应该是个有前程的人。后来亚妮又说你们在相爱，我可是当儿子一样待你呀。你的提拔完全是我提议的，当时绥署就有人提出异议，校级军官都是军校毕业生呀，可是你没有这个条件，是我亲自给阎主任说，你是我的未过门女婿，军校可以让你去上，职务还是先给你考虑一下，这样阎主任才勉强同意。阎主任在用人上，是十分讲究的，许多要害部位，当然是要用自己的亲信。咱们山西早就流传着这样一句话，'学会五台话，就把洋刀挎'。我和阎主任是同乡，又沾着远门亲戚，特别是阎主任还在太原起义前任八十六标标统时，我就到他手下当兵了，有个熊国斌要谋害阎，我曾救过他的命。后来他又让我上了保定军校，毕业后便渐渐成了他的干将。熬了二十几年，才熬到今天这个位置。阎主任同意给你任中校团长，都是我的脸面。本来，我还想送你上军校学习两年，回来以后，便把二十九师交给你，我现在兼任此职，一是不想把嫡系部队送给别人，二是给你占着这个位置。谁知道你原来给亚妮说了许多谎言，到关键时刻变了卦，弄得我人不像人，鬼不像鬼……"

"军长，水瀛对不住你。我不该……其实，亚妮真的是个好姑娘呀，如果我没有以往的经历，我会毫不犹豫地选择她的，只是……可是现在我已经犯下了杀头之罪，如何又能改正自己的失误……"

第二十二章

陈军长又抽起了香烟，浓浓的烟雾在他的头上盘旋。

"军长，你千万要救救我呀。"

"不是我不救你，只是我这面子上难呀，我已经对阎主任说了，你是我的女婿，他才破格录用了你。可是，现在你又不要亚妮了，这叫我如何去张口呀，晋绥军一向军纪严明，除非自己的亲信，阎主任是不会破这个例的。"

现在，水瀛真想依赵处长说的那样，答应做陈军长的乘龙快婿，傍着陈军长这棵大树，好留下他这条年轻的生命，他绝不是贪生怕死，而是他还有夙愿没有了结。可是，这话又如何说起呀？你亲口说了不要人家，现在到了这个时候，却又想利用人家，陈军长还如何能看得起你呀？那是军长的女儿，不是一件玩物，你想扔掉就扔掉，想捡起来又捡起来的。

就在这时，赵处长又进来了……

"郭副官，依我说，二小姐有才又有貌，哪一点配不过你，二小姐爱你，这是你的福分，你却要一条路儿走到黑，去留恋一个乡村寡妇，这一点你真的错了。你还是给军长谢罪吧，请求军长的原谅；给亚妮小姐谢罪，请求小姐的原谅。这样，你不仅能留下性命，还会飞黄腾达，前途无量。何乐而不为呢？"

赵处长真的给郭水瀛下了一场及时雨。这一根"稻草"，也许就是一根救命的"稻草"，他再也不敢错过这个机会了，马上说："军长，你就原谅水瀛这一次吧。我对不起亚妮，对不起你们全家，如果亚妮能给我一次机会，您能给我一次机会，我……"

陈军长长出了一口气说："水瀛，至于爱，那是你们两个人的事，我回去和亚妮说说，如果她同意，我也不说什么了。绥署那边，我再去想办法，还是用我这张老脸，找阎主任去。"

陈军长走了以后，水瀛一直在想，他会去救我吗？他能救下我吗？

第二十三章

郭水瀛没有被杀头，他被陈军长救了下来。

可是谁又知道这其中的奥妙呢？原来，陈军长非常喜欢郭水瀛，他本来就没有要杀他的想法，再加上陈亚妮已经说了，"我就非水瀛不嫁，要不嫁给水瀛，我就上五台山当尼姑去。"陈军长那么娇惯亚妮，哪里还能让杀了水瀛？

其实，这件事情也没有人知道，更没有人去告状，郭水瀛被绥署扣押并准备军法处置，完全是陈军长导演的一出戏。他之所以导演这样一出戏，不过是为逼水瀛回心转意，来娶亚妮罢了。

这一切，在整个三十八军中只有军法处赵处长知道是怎么回事，其他人是一概不知。就是在军部，郭副官失踪了两天，人们只以为是公事外出，谁又能想到，他就在这两天内去死亡线上跑了一趟呢？

仅仅两天，军部的庆典活动刚刚结束，一切又恢复了正常。

本来，陈太太打算利用这个庆典活动给他们举行订婚仪式来个双喜临门，由于郭水瀛的固执，闹出了这样的变故，这个双喜临门是不行了。不过，这订婚仪式还是要搞的，只是原来让水瀛回武乡探亲的事情算是泡汤了，因为陈军长担心这个死心眼的郭水瀛回乡以后再出什么变故。

郭水瀛答应了婚事，陈军长和太太怕夜长梦多，马上就给他们举行了订婚仪式，几天以后，又挑选了一个良辰吉日，给他们举行了婚礼。

本来，按照陈军长和太太的意思，迎亲的队伍，还准备用当时最讲究的形式：动用各种仪仗，从前到后，有炮手、开道锣、开道旗、"肃静"、"回避"、朱牌、宫灯、金瓜、斧钺、朝天镫、龙虎旗、团扇、日罩……吹打鼓乐迎娶，新郎、新娘接乘花轿。

可是，亚妮不同意，她说，新青年就要用新式的方法来迎娶，打破旧的礼教习俗，一不从封建的婚礼贺典，二不依西方教堂成婚。这一整套新式结婚方案，都是亚妮自个儿想出来的。不过他们都是新青年，又在一个社会变革的时代，只要顺利办了婚事就好，什么形式都无所谓，军长、太太也就依了。

结婚这一天，前来贺喜的人特别多，整个太原府上上下下的大小官吏都来道贺，陈府张灯结彩，鼓乐喧天，其热闹程度不亚于军部成立时的场面，整个三十八军又是一片欢腾。

陈府的通勤兵可是忙坏了。大门上一喊"杨军长到——"，他便跑出去将杨军长迎进二门，大门上一喊"李厅长到——"，他便跑出去将李厅长迎进二门，大门上一喊"王参谋长到——"，他便跑出去将王参谋长迎进二门……就这样，省府首脑以及各厅的厅长，晋绥军的军长、师长，太原工商界名人……来的人不计其数。

"梁主任到——"

陈军长夫妇一听今天最关键的人物到了，马上走到大门口迎接。这梁主任就是梁化之，按照辈分是阎锡山的姨表侄，因为这层特殊的姻亲关系，在大学毕业不久就开始担任阎锡山的机要秘书，后任省府秘书长，逐步成为山西政坛上新兴的活跃人物，是阎锡山选定的接班人，也是山西的青年领袖，太原绥署成立后，他又兼任绥署办公厅主任。

绥靖公署的高级军官都到场了，特别是阎主任不仅派人送来贺礼，而且还让梁化之代表他专门出席婚礼，并做他们的主婚人，这使在场的客人都颇为吃惊，可见陈军长在阎主任心中是多么重要。

前来贺喜的客人中还有一位也很引人注目，那就是裴延萍。她是陈亚妮专门请来的客人，婚礼日期确定后，由于日期非常近，已经来不及让水瀛家里来人，陈亚妮便亲自给裴延萍送去了请柬，并千叮咛万嘱咐，一定要她出席他们的婚礼，这不仅因为与她陈亚妮要好，更重要的是她是郭水瀛的干妹妹，在婚礼上让她代表水瀛的家人。

巳时初刻，随着司仪高喊："良辰已到，婚礼开始——"

一时间礼炮齐鸣，鼓乐喧天。"新郎新娘入场——"

只见郭水瀛与陈亚妮穿着新婚礼服走了过来,他们踏着红地毯缓缓而行,一朵硕大的红彩球连着他俩。亚妮没有顶那蒙头红,她那喜乐的心情溢于言表,只见她紧紧地依偎在郭水瀛的身边,一手抱着鲜花并牵着红彩球,另一手则紧紧地拉着水瀛的手……

接着,按照礼俗,司仪喊着:"一拜天地,二拜高堂,夫妻对拜,送入洞房——"

陈军长夫妇笑容满面,看着这一对新人终于成了婚,心中不尽喜悦。而此时,新郎新娘早已被陈亚妮的一群同学紧紧地围着,簇拥进了洞房。

一群青春时尚的同学,知道陈亚妮的婚姻是"自由"的结果,于是他们便吵着闹着要他们介绍经验,陈亚妮倒是大方地介绍着……这一帮同学并不满足,他们也不管水瀛是什么中校团长的身份,今天他就是他们同学的丈夫,闹洞房,这个丈夫当然是他们"围攻"的主角。可郭水瀛的心中沉甸甸的,他的脸上虽然也挂着一丝微笑,但他的心里却充满了痛苦,他有一种负罪感。他永远不会忘记前年的正月十五,他与花花跪在村外的玉茭秆上对天发过的誓,可是今天他却与别的女人手牵着手举行婚礼,他这样做对花花的伤害有多大呀,月老你可看见了吗?水瀛现在真的是没有办法了呀,他低着头默默地祷告上苍,乞求花花对他的谅解,他想总有一天,他要回到花花的身边……

却说裴延萍接到陈亚妮给她的婚礼请柬,心里真不是滋味,她没有想到,自己的命怎这样的苦。从小她与水瀛青梅竹马,她就一直爱着她,她常常把童年过家家的游戏,看作是她与他婚姻的起点,她老想着有一天,这个"过家家"的游戏会以正规的形式表达出来,可是没有想到就在私塾分别的时刻,他偏偏爱上了花花,这让她想不通,她哪一点不如花花呀?可是他偏偏却要去爱那个花花……这且不说了,水瀛失踪后,他们一家子是踏破铁鞋,千辛万苦地找啊,却没有找到他的踪迹。她来到太原后,突然得到他的消息,这使她感到多么的兴奋,心中深埋了许久的爱火一下子又燃烧起来,于是她想方设法找到了他,她是多么想能够重温旧梦,哪里想到陈亚妮近水楼台,来了个先下手为强。听说过多少富豪大户的公子强抢民女,没想到权贵之女也会夺"夫"逼婚?她站在这里,眼睁睁看着自己所爱的人与别的女子举行婚礼,心里别提多么难受了,可是为了水瀛,她还是得来参加他的婚礼,因为在这里她是他唯一的家里人!

裴延萍与陈军长夫妇站在一起,看着他们的婚礼一项一项地进行着,她的眼睛紧紧地盯着水瀛,她看出来了,水瀛的眼里有着许多的忧郁、许多的忧愁、许多的忧伤……他肯定不乐于这样的婚事,只不过是迫于无奈而已。她想着,或许有一天,水瀛能挣脱陈家的纠缠,与她重续儿时的梦……

裴延萍不知是怎样坚持下这一天来的,强作欢颜,这不是她裴延萍的性格,可是今天为了水瀛她忍受了内心巨大的痛苦,傍晚时分,陈军长派车将她送回学校,她今天代表的是郭水瀛的家亲呀。回到学校,她一头栽倒在床上,再也没有起来的力气,她病了。

第二天,武文兴来找她,见她脸色苍白、病恹恹的样子,关切地问:"延萍,你这是怎么了,病成这个样子?"

裴延萍有气无力地说:"没有什么,可能是着了凉,发烧……过几天就会好的。"

"这怎么行,我给你找大夫去。"

"别,你别去,你能陪我坐一会儿就行了……"

"不行,延萍,我们还有要紧的事,你现在必须马上治病。"

裴延萍一听说还有要紧的事,她强忍着支起身子来:"有什么要紧事,你就说,我这病不要紧。"

"那怎么行呢,我给你找大夫去。"

武文兴出去一个多时辰,找回了大夫,大夫诊了脉,开出一个方子。

"有没有合适的成药可以吃?"延萍问大夫,她考虑武文兴说有要紧事,要是吃汤药,又是煎又是熬,太费劲。

"有,你这病是胸中烦闷造成的,吃两盒开胸丸也可见效。"

"那就吃成药吧。"

武文兴急忙给她买了两盒回来,又赶紧倒了杯水让她吃药。

裴延萍一边吃药一边说:"有什么要紧事,你快告诉我。"

"等你病好一点再说。"

"不,你要是不告诉我,我这病更好不了啦。"

武文兴看着延萍着急的样子,再说这事关重大,必须马上商量对策,也只好说给她:"我们武乡的党组织被破坏了。"

"什么?"裴延萍一下子坐了起来,她瞪大了双眼,以为自己听错了。

"由于叛徒出卖,一下子抓了十三位同志,县委领导机构主要成员全部被捕。只有魏大明在抓后侥幸被放,其余十二人都被关了起来,并有李文楷等五人作为要犯送到太原,现在就关在省第一监狱。我听到这个消息以后,急忙去一监探监,证实了这个消息,监狱看守得很紧,就连说话也有人在旁边看着,怕我们串通。我只好暗示让他们坚持,我们将在外面积极设法营救他们。"

"可是,这营救工作该做些什么,怎么才能把他们营救出来呢?"

"我已经托人打听过了,最近政府对共产党活动防范非常紧,阎锡山正酝酿组建防共团呢。这给我们的营救工作带来了极大的困难,不过,好在这一段监狱里新关进来的政治犯多,李文楷等人的案子还没有审理,我们要趁还没有定案,尽快想办法营救他们出狱。"

"你说吧,我可以做些什么?"

"你这病……"

"不要紧,现在到了紧急关头,哪里还能顾得上病呢。"

"延萍,我看你这面色很不好看,担心你受不了的,把身体拖垮怎么办?"

"别说这了,营救同志们要紧,你就快吩咐吧。"

"我分析,这回正是在阎锡山大肆抓捕共产党人的节骨眼上,再加上我们一下要营救五位同志,难度很大,我已经托过关系,但反馈回来的是一个字——'难'。我想,现在我们必须利用郭水瀛来营救他们,如果水瀛的力量还不行,让他通过陈长柱,陈军长在阎锡山身边是红人,这个面子总是可以的。"

一说到郭水瀛,延萍神色一下子黯淡下来。

武文兴问她怎么回事,她才把水瀛与陈亚妮结婚的事说了一遍。

武文兴说:"我相信水瀛是迫不得已才这样做的,他的心里还是爱着花花的,再说陈亚妮也是一位革命先锋,他们结合对革命是会有好处的。现在我们最重要的不是谈论个人情感问题,而是尽快营救我们的同志出狱。你要赶快去找水瀛,我把情况去汇报给特委,同时看特委有什么关系可以协助我们营救。"

延萍毕竟接受党的教育多时,她很快把个人情绪抛在一边,立马挣扎着

第二十三章

下床去找郭水瀛。

郭水瀛一听说武乡地下党遭到破坏，心里十分难受，特别是五位重要的县委领导人员被关押在太原，这是他必须努力营救的，可是，一下子营救五位同志，这个工作该如何做呢？以什么名义，亲戚？不可能五个人都与你水瀛是亲戚，弄不好怕是救不出同志来，自己的身份也暴露了，虽然他现在还没有入党，他相信有一天自己要加入共产党组织。眼下事情十万火急，他该怎么办呢？

送走裴延萍，水瀛决定先去监狱跑一趟，打听一下情况。关在一监的除了李文楷、赵清风、武云璧以外，还有两个叫张贵青、郭步锦。郭水瀛以郭步锦是他的本家哥哥为名去探望。

一到省第一监狱，郭水瀛就把他的名片递进去，凭他这身份，监狱长急忙派人请他进去。

"郭团长请坐，鄙人周继梧不知郭团长大驾光临，失敬失敬。"

郭水瀛寒暄了几句，便单刀直入地说："我本家哥哥郭步锦本是个老实巴交的农民，但近日遭人诬陷，说他是什么共产党，被关进了一监，我今日来看看他，并想和周监狱长了解一下，现在他的情况怎么样？我想保他出去。"

监狱长低声地说："这回从武乡一下子押解来五个人，都是共产党要犯，那个领头的叫李文楷，据说是武乡的共产党县委书记，他还写过一本叫什么《二次世界大战》的书，大讲苏联斯大林的理论，他这可是铁证如山了，昨天省法院已经进行了审理，判处了六年徒刑。其他四人目前由于证据不足，还没有处理。这个郭步锦如果是郭团长的亲戚，我就破一回例让你见见他。"

一听周继梧这话，水瀛感到有机可乘，马上从身上拿出一百块钱来："周监狱长，一点小意思，不成敬意，我郭某来此之意你应该明白，我这哥哥确实是个老实本分之人，他不会是什么共产党，我以我这特务团团长的身份作保，希望你能给我个面子，释放他出狱。"

"郭团长，这事实在是难呀，鄙人真的不敢做主，保释要犯必须有院长签字方可……"

"谁不知道周监狱长是院长的心腹？你要帮兄弟这个忙，一定能成的，山不转水转，以后有用得着兄弟的事，尽管说一声就是，这个忙你可一定得帮我呀。"

"好，好，在下试试，能为郭团长出力，鄙人不会推托的。"

第二天郭步锦就被保释了出来。

郭水瀛设法找到武文兴，以散步为名把他约出来，一边在街上散步，一边把如何营救郭步锦以及李文楷已经判刑的情况说给他。

武文兴听说李文楷已经判刑，心里很难过："这次我们武乡一下被抓捕了十三人，地下党组织遭到严重破坏，这给我们的工作带来相当大的影响，好在东、中、西三个支部的基层组织没有暴露，才避免了更大的损失。这都是因为叛徒出卖，这个叛徒名叫段崇高，由于出卖武乡地下党组织立了功，现在已经被提拔到省政府当了处长，我们必须找个机会除了这个败类。"

"我可以派人暗中下手，把他崩了，这样的叛徒留下来还不知道要做什么伤天害理的事呢。"

"李文楷被判刑了，看来我们暂时是营救不出他来了，等以后有机会想办法给他减刑，再救他出狱，现在我们还是继续努力，营救其他三位同志，一定要把损失减少到最低限度。"

"文兴，你说得很有道理，你说吧，下一步我们怎么办？"

"云璧的舅舅，在朔县当警察局长，我已经和他联系了，让他想办法来保释云璧，只有赵清风、张贵青两人了，因为他们都是县委领导重要成员，利用一般的关系，怕是难以放出来，如果你有可能的话，搬动陈军长，或者假借陈军长的名义，我想放两个人还是可以的。至于李文楷嘛，我们过一段再想办法。"

"好，我去想办法。"

郭水瀛回到陈府，已经是傍晚时分了。走了半天多，让还在新婚蜜月中的陈亚妮十分着急，直到对面看不清脸庞的时候，才见他回来，亚妮急乎乎地跑过去问他："你去哪里了？走的时候也不给人打个招呼，你究竟干什么去了？"

郭水瀛愁眉苦脸，一声不吭倒在床上。

亚妮本来还想和他耍一耍小孩子脾气，一见他这个样子，反而没有了办法。他究竟是遇到什么难事了呢？刚刚结婚才几天他应该高兴呀，为什么出去跑了半天，就这样愁眉苦脸，会有什么事情让他这样呢？是听到老家那个花花的消息？还是去私会了裴延萍？如果不是这事，还会有什么？亚妮坐在

第二十三章

他身边用手把水瀛的头扭过来问:"怎么了你?有什么事呀,愁眉苦脸的。你倒是说呀?"

亚妮越着急,水瀛越是不吭气,直到亚妮问了十来遍,他才长叹了一口气:"你别烦我好不好?"

亚妮满心的疑惑,究竟是什么事会使他这样难为?我们刚刚结婚,感情上的事他也不敢表现得这样明了吧,那么除了感情上的纠葛,还有什么能让他这样作难?"水瀛,你有什么难事,起来说给我好不好?"

"说给你,你能帮我吗?"

"看你说的什么话?现在咱们是一家人了,还分什么你我?你的事就是我的事,我怎么能让你这样愁眉苦脸呢?快说呀。"

郭水瀛坐了起来:"刚才我出去碰见我的老乡……"

"谁?是不是裴延萍?"陈亚妮瞪大了眼。

"不是,这人你也知道……"

"是谁?"

"武文兴,是他告诉我,我的两个亲戚由于与人发生了纠纷而遭到暗算,诬告他们是共产党而被抓了起来,现在关在省一监,但是由于这是凭空捏造,没有任何证据,这案子一直没有办法下结论,听到这个消息,你说我能不急?我要不管他们的话,以后回去怎么交代?可是,管,又怎么去管?我有那个能耐,让人家把共产党放出来吗?"

"这怕什么,和爸爸说一声,不行还是带兵去。"

"你说得倒轻巧,这和救你是两回事,他们抓了军长的女儿,我带兵去救理所当然,即使闯下乱子,捅到阎主任那里,阎主任也不相信一个军长的女儿是共产党,可是……"

"可是我真是共产党……"

郭水瀛一听这话,直愣愣地望着亚妮不知说什么好。

"是呀,我是共产党员,这事对你我想不用再隐瞒了,本来我早有发展你入党的想法,我也知道你一直在做着支持共产党的事,今天,你又为营救共产党员的事犯愁。你用不着对我说谎,这两个人一定不是你的亲戚,而真的是共产党员,不过,这不是我们个人的事,我们有责任营救革命同志,你快把详细情况给我说说。"

水瀛把情况一五一十地说给了亚妮，亚妮说："我有个办法。"

"什么办法？你快说说。"

"咱们拿着爸爸的名片去找监狱长，就说是家里的亲戚，他敢不给这个面子？"

"不行，现在我给你说实话吧，我已经给监狱长花了钱，只救出一位同志。再说，监狱里规定，他们仅仅是看管犯人，而犯人的生杀大权在法院不在监狱，不经过法院他们是不敢随便放人的。"

"那好，我们就去找法院。"

第二天，郭水瀛叫了汽车，他与陈亚妮一起来到了省法院，一打听这事要找审理科，于是他们便直接来到审理科，一个自称是科长的瘦高个子接待了他们。

陈亚妮把她爸爸的名片递过去："我是陈军长的女儿，我们家有三位亲戚，因与人做买卖而遭人暗算，被诬陷为共产党抓了起来，现羁押在第一监狱，我爸由于军务在身，特派我们来，希望能给个面子，将他们给放出来。"

瘦高个儿问道："你们那三位亲戚叫什么名字？"

"赵清风、张贵青、李文楷。"

瘦高个儿搬出卷宗来查看了许久，然后抬起头来说："这三位确系共产党要犯，特别是李文楷，他曾出版了宣传苏联斯大林理论的《二次世界大战》一书，事证确凿，无可辩驳，已经被判刑。这事实属难办，还请谅解。"

水瀛与亚妮再三恳求，瘦高个儿也不肯答应。

"难道真的要陈军长亲自来吗？"

瘦高个儿说道："除非绥署阎主任亲自来，不然这共产党要犯，谁也不敢做主释放。"

陈亚妮没有想到这事会吃了败仗，她以为架了她爸爸陈军长的名义，还有人敢不给面子吗？谁知道这个瘦猴子居然就像吃了秤砣铁了心，一推六二五，死活不给这个面子，并且还说除非阎主任放话，难道这事就非去找阎主任吗？这时她才想到原不说水瀛因这事愁眉不展呢，原来真的很难，可是，陈亚妮生性顽强，越是难办的事她越要办成，凭她的身份，还没有什么事情办不成呢。

水瀛说："你看，我说难办吧，你还说不难，你看弄成这样可怎么办？再说我们借了军长的名义，丢了我们的面子倒无所谓，丢了军长的面子，这真的是让我难受……"

"我就不信，这事就会是这个结局。走，回府。他不给面子，我就要让军长来一趟，看这个面子他们究竟给不给。"

陈亚妮回到家里，饭也不吃了，坐在那里闹别扭。陈军长夫妇问她怎么了，她也不吭气，以为他们小两口闹矛盾，问来问去，亚妮才说在外头受了欺负，而欺负她的人竟然是法院一个小小的审理科科长，这时亚妮添油加醋地说了这个科长的许多坏话，并且说他怎么不把军长放在眼里。

这个激将法可是起作用，第二天一早陈军长亲自到了法院，他找到院长说明情况，院长马上把审理科的人叫来："既然是陈军长的亲戚，怎么能和共产党挂上钩？昨天是谁接待陈小姐的？"

那个瘦高个子低下头轻声说："是在下。"

"怎么，军长的千金来了，你还是这个态度，可见如果是百姓来访，你将是什么态度？作为政府官员，你太失职了，从今天起停职检查。"院长又转过脸来，赔着笑脸说："陈军长，这位李文楷先生已经核准判刑，确实成了无法更改的事，只能让他委屈些时日，待有个机会我设法给他改判，其余二位立即释放，你看……"

陈军长黑着脸，没有再说什么就扭头走了。

第二十四章

却说四娃报信，延寿摆宴，区警队队长赵锁儿和他的队员们吃完酒席，马上连夜到了东漳寨，捣开魏林元家的街门，将魏林元五花大绑带回了区上。

按说这魏林元家也是个差不多点的财主，他可从来没有受过这样的制，可是这年头都是见了孙子当爷爷，见了爷爷当孙子，这回让区警们绑了起来，他也弄不懂是因为什么，一路上，魏林元软一阵硬一阵，不停地嚷嚷："各位老爷，我可是遵纪守法的人呀，没有办过什么坏事，没有犯什么律条呀，你们为啥要抓我？"

一位区警说："魏林元，你好好想想，你真的没有犯啥律条？难道是老子们诬陷你不成？"

另一位区警说："别跟他啰唆了，回区上再说，磨那个嘴皮子顶甚用？"

本来从寨上到区里，又是坡，又是小路，弯弯曲曲不好走，再加上是夜路看不清，何况魏林元真还没有受过这个制，上身被绑得严严实实的，走起路来真难，这胳膊甩不开，走起路来东摇西晃的，几次差点摔倒。

就这样跌跌撞撞，摸黑儿总算去了区上。

区公所设在玉皇庙。这庙叫玉皇庙，是东漳镇上一个复式庙，修建年代说法不一，庙中各路诸神都有。庙还修得非常阔气，是一个五进式大庙，一条中轴线上有六排殿堂。最前大院正殿，供奉玉皇大帝尊神；第二层供着佛、道、儒三教佛祖；再后面第三层是奶奶庙，供奉女娲娘娘；第四层为老爷庙，塑有关公关圣人神像；最后面是阎王殿，殿里塑着十殿阎君，分别为秦广王、楚江王、宋帝王、仵官王、阎罗王、卞城王、泰山王、都市王、平等王、转轮王。大院正南方是一座宋朝修下的戏台，面北而坐，这是逢年过节、五大

第二十四章

庙会唱戏的地方。贯穿整个庙院的还有东西廊房，原来是供护庙僧道做的，近几年护庙僧道少了，有许多空屋，区公所就立在这里。

在西厢房里，专门设有一个询查室，那是专门审讯歹人的地方。里面陈设很简单，除了区警队长有张条桌，后面放着三把罗圈椅子，剩下的就是刑具。人犯在这里要是不遵法，区警们便刑具伺候了……

他们进到询查室后，区警点上了松明子，屋里便亮了起来。原来这里墙上画着阴间的刑法，什么油锅煎人、石磨推人、削皮剜心等，黑夜里看了更是瘆人。

赵锁儿坐在正堂上，他把惊堂木一拍，开始了审判："下面可是魏林元？"

魏林元见这情景还真是要审他，立即点着头回话："小人是魏林元。"

"你犯了什么罪？如实招来。"

这下可把魏林元难住了，这一路上，他一直在想，他这半年多来确实没有做过什么歹事呀，贩卖烟土？他没有干过；奸宿人妻？他也没有；偷盗？他也没有过；杀人放火？他更没有……莫非是去年在武安宿娼的事？也不可能，一则官家不管娼事，二则远在河北直隶，他们如何会知道呀？不可能。想到这里，他胆子硬了起来，说："小人实在不知。小人一向遵纪守法，循规蹈矩，不曾有半点儿出格的事呀。"

"放屁！难道老子错扣你不成？"赵锁儿急了，他又狠狠地拍了一把惊堂木，"看来这小子嘴还挺硬，不打是不会招的，给我打。"

一个队员问："队长，用啥打？"

"这小子他娘的不老实，用水绳。"

诸位不知，原来这打人用水绳比棍子厉害多了。一般最轻的人犯才用棍子，对付不老实的家伙，都要用水绳。绳子是软的，如何能打人？这你就不知道了。这可是个厉害的刑具，将核桃粗的一条麻绳，前头结结实实地绑一个大疙瘩，打人时在水中一蘸，这麻绳就发了硬，可又不像木棍那样，是柔中带刚，刚中有柔。棍子打在人身上，着力点只有一点，而水绳打在人身上却是一条。打一下，身上起一道棱，两位区警一人一条水绳，一左一右，在魏林元身上交替打，打一下林元动一下，没有几下，那小子便耐不住了："哎呀呀，老爷别打了，我招，我招供……"

"好，说吧。"赵锁儿让他招供。

可是，招什么？他一概不知。他真想不起犯了什么王法，这可让他说个什么？支吾了半天，最后只好说："老爷，我就是去年在武安贩棉花，宿了一夜娼。今年去了还想去来，没有找见，就去年那一夜。俺可没再乱来过啊……"

"日你娘呀，你还是个风流东西。老子不管你那事。继续招供。"

魏林元一听，不是这事，哪还有什么招的？实在想不起来了……

"这小子耍滑头，继续给我打。"

接着，又是一阵痛打，起先魏林元还杀猪一样地喊叫，后来连叫的力气也没有了……折腾了大半夜，什么也没有说出来，区警们也都累了……

赵锁儿说："好了，咱们也该歇息了，把这小子吊起来，天明了再审。"

原来，这屋内的房梁上就时常拴着一根寸把粗的大绳，上面套着一个活结，抓起来往林元身上一套，正好卡在胳肢窝下面，两个区警在那边一拽，魏林元便两腿蹬空，吊在了房梁上。人们也不管他，吹灭松明子走了……

魏林元平时在寨上办事情，总是占别人的便宜，可是一次亏也没有吃过，今儿个谁知道惹下了哪路神圣，叫他吃这个苦呀？他想来想去摸不着头脑。一开始吊起来，他还"扑棱"了两下子，一会儿就再也动不了……

好不容易盼到天明，赵锁儿和区警们才又进来。赵队长说："把这小子放下来，看他反省得怎么样？"

一个区警去解开绳索，一出溜将林元放了下来。

魏林元被打得皮开肉绽，又被吊了半夜，早已浑身麻木，放下来两腿着地，却站也站不住，"咯噔"一下倒在地上。

区警们吊的人多了，也没理他怎么回事，任他倒在地上。

赵锁儿又问："魏林元，你不要装相，你倒是招也不招？"

魏林元还是不知让他招供什么，只好精疲力竭地说："赵队长，老爷，祖宗，我招，我什么都招，只是请给我指指明路。"

"你真不知所犯何罪？"

"祖宗，我确实不知呀，不敢瞎说。"

赵锁儿再拍一把惊堂木，这才又问道："魏林元我问你，花花是你什么人？你为什么要打她？"

这下林元才清楚了事情原来出在花花身上。

可是，多少年来，他还不知道这花花有什么后台比他林元厉害，他不敢瞎说了，又怕惹下什么麻烦，他只好打点着说："嗨，花花是我的嫂，她惹是生非，老在外面做些不守妇道的事，我才……"

"放你娘的屁。她就再做什么，关你甚事？你是他的男人？"

"不是，我说了，她是我嫂。可是我哥哥早已死了，就靠我管她。"

"屁话，哪有小叔子管嫂的道理。有句古话叫'老嫂比母'，这嫂就是不老，可她也是嫂，是你的长辈，你凭什么去虐待她？"

就在这时，魏林元的娘来了。自夜黑来区上五花大绑捆走了林元，她就一宿没睡着，想跟着到区上去看看究竟犯了啥事，可是她脚脚小，不能走路，只好等着。听见鸡叫了，她便赶忙叫个长工来，备了匹毛驴，骑着来到了区上。刚到门口，听见林元正过堂，人家问他为什么要打花花，她想是呀，他是个小叔子，动手打嫂那就是不对呀，要是管花花，俺是婆婆，不如俺去承认，好减轻些林元的罪过。她马上走进去说："各位老爷，打花花这事，主要是俺办的，林元是给俺帮了帮手，就是顶命，也用俺这老命吧。"

赵锁儿见又进来个老太婆，马上问："你是什么人？"

"俺是林元他娘。"

"哦，来得正好，我还没去抓你，你倒自家找上门来。来人，给我一起绑了。"赵队长说，"你们母子联合，虐待一个早已死了男人的寡妇，现在'民国'都二十几年了，孙中山先生早就提倡民权，你他娘的就不拿国法当回事。花花的民权哪里去了？看来你们是想蹲几年大牢。"

林元家娘没有想到这样厉害，别看她在村里是母老虎，可是到了官府，软蛋一个，她能有什么本事？一听要让她母子蹲大牢，马上磕头："大人饶命，俺们再也不敢了。快，林元，给大人认罪，给大人认罪。"

"认罪就能没事？你们母子已经将花花打得疯了，这和杀人可是同罪的，你们母子是该去蹲大狱的，甚至还要抵命。"

"大人开恩吧，求求你了，俺母子以后再也不敢了……"

……

林元母子好一阵乞求，赵锁儿就是不吭气，过了许久，他才说："既然你们有悔改的表示，这罪先不追究了，但是告给你们不能算完，随时都有可能去抓你们的，这要看你们以后的表现如何。另外，你们以往所作所为，十分恶劣，先交一百元大洋的罚金，以后不能再犯。"

林元家娘一听要罚一百元，心里觉得有点亏，想搞搞价："大人，这一百元……"

"怎么，不想出钱？那好，我还省得麻烦呢，那就送人吧，来人，将此二犯麻绳捆绑，押送县衙大牢，下狱就是了。"

"哎，大人，一百就一百，俺这就回去拿，千万别把俺娘俩送进大狱。"林元家娘又磕头又作揖，这才出来，又骑上毛驴回到寨上。她取出一百元大洋，让那个长工送到区上，后晌林元才被放了回来。

林元身上疼得不能动弹，躺在炕上直哼哼，他娘看他这样，叹了口气说："嗨，跟上花花那个败家子，看把俺孩打成这个样子，还差点蹲了大狱，如今可是想出出气也不敢打她了，这可叫怎么办？"

林元咬着牙，翻了翻身说："娘，你看她人也疯了，水也不能担了，在家里成天疯疯癫癫，咱还得白白养活她。再说，谁知什么人在背后做了手脚，让区上知道了，这以后说不定还要出什么大事哩。"

"这可叫怎么办？"

林元想了想说："我看不如把她卖了，能弄几个钱算几个。这总算是个了结，她离开咱家了，以后再也不用找咱的麻烦。"

他娘听了，觉得这话也有道理，卖就卖了，多少还能补一补区上罚下的那"窟窿"，就这样定了，过了几天，叫个媒婆四下去打听，查访个主户。果然，没用几天，就在天谷村找下个想要花花的主儿。杨三愣快三十了，还没有娶下媳妇，如今爹娘都死了，只有他一个人，他想找个媳妇，人好赖不说，精愣不说，只是能开门放水，给他生个一男半女就行，不要断了杨家的香火。经媒婆一拉扯，终于以十五元大洋做了交易。

那天，杨三愣来引花花走。可是，花花不走。

"你叫俺到哪去吗？俺不走，俺哪也不去，水瀛哥和俺定好了，叫俺在村口上等他，他就要回来引俺了。"

"我引你去个好地方。"

"不去，不去。俺哪也不去，俺要去村口上看水瀛哥了……"

魏林元赶忙说："花花嫂子，你跟着三愣走吧，他那里有吃有喝又有钱，去他那里可好活呢。他家是个大财主。"

第二十四章

"不去，不去，就不去。好活不好活那扯淡。俺就是要等俺水瀛哥呢。"花花两眼直愣愣地睁着，一会儿咧开嘴笑一笑，一会儿又哭两声。

杨三愣见这情况，怕引回去疯得没有法子管，就想反悔，说："像这样引也引不回去，引回去也怕管不住，不如退了吧。"

林元见杨三愣要退，他赶紧说："不怕，一会儿就好了。"扭头又对花花说："花花嫂子，水瀛就在天谷村等你呢，他不想来咱寨上，让三愣来接你了。"

"哦，这是真的？……你说说，这是真的？"花花拽住杨三愣的胳膊，一边摇动一边问。

杨三愣说："是，你就跟我走吧。"

"哎呀，你怎不早说，好好好，总算找着水瀛哥了，咱快走吧。"

就这样，花花被魏家卖到了天谷村……

花花自打被卖到天谷村，一天疯疯癫癫的，要说这杨三愣也还真的对她不赖，一天哄着她，喂她吃喂她喝，照顾得很周到，后来村里人们都说，"花花这病太重了，三愣怎么不引她到黄善堂看看？"

这话倒是提醒了杨三愣，可是花花哪里也不去，就要在村里死等水瀛。三愣连哄带劝，把花花引到奇崖头下的黄善堂，那道人说这病是长久思念、急火攻心所致，吃药是一方面，主要还得慢慢调养，多听些开心的话，或许能调养过来。

三愣是个实在人，就是不会说话，他对道人说："老爷爷，你看我这人是个没嘴葫芦，只能干力气活，就是不会说话，想给她说些开心话，也不知道怎么说。"

道人说："天谷村离这也不太远，以后你常引她来吧，后院里还有几位与她这病差不多的，有个善婆婆天天对她们讲，该能见效。"

就这样过了半年多，花花的病果然有了好转，她也不说了也不唱了，见了人什么礼仪也懂了。杨三愣见自己的老婆病好了，算是放下了一块心病。

再说郭有才打从和大太太来弟成婚之后，在来弟的精心照料下，身体也渐渐恢复了。

美兰平时还是像原来一样，经常过来和来弟说些知心话儿，妯娌俩处得跟姐妹似的。这一天她们又在一起说起话来，美兰说："嫂子，有件事俺早就想和你说，也不知……"

"啥的话你尽管说就是了，咱们妯娌还有什么话不能出口吗？"

美兰点了点头说："那倒是。俺是想说，这水瀛一走不知去向，这么多天没有个音信，是死是活，还真难说。依俺说，你也刚刚三十来岁，还能生养，你们不如再生个一男半女，以后也要好一些。"

来弟嘴上应付，心里也在想，嗨，她何尝不想这样呢？都怨狠心的有才，那年，担心他们在一起出了事，好端端给她吃啥绝经药，到现在想要个孩子，也怀不上了……

不过，美兰这个提醒，倒使来弟有了一个想法。既然水瀛一去没有音信，不说他死活，就说如果日后不回来，他们老了可又怎么办？谁来给他们养老送终？自家没有个孩子真是不行的。何不抱养一个？从小养活起来，到大也会亲的。

想到这里，她和有才商量。有才想了想也是，来弟这个想法，的确也有道理。于是从远处抱回一个几个月大的小子，给他取名续瀛，精心喂养起来。

俗话说："猫老吃子，人老惜子。"有才和来弟年纪都大了，自从抱养上这续瀛以后，真是当宝贝。小续瀛只要一睡醒，两个人就你手上倒我手上，我手上倒你手上，不让孩子哭一声。

隔了这么多年，有才又算是有了老婆孩子，过起了享受天伦之乐的日子。

直到第二年年跟前，延萍从省城回家来过年，才把水瀛在太原的消息传回来。

她爹娘见到女儿，非常高兴，问这问那，都要让女儿说说省城的新鲜事。说来说去，延萍就说到在省城见到了水瀛。

她娘马上说："什么？你见到水瀛了？这么重要的消息，你怎么不早说，因为这，你有才大伯差点送了命。快去喊你有才大伯。你在哪里见到水瀛的？他怎么样？"

延萍淡淡地说："好着呢，有出息。人家现在出人头地，威风着呢。不仅自家当了团长，还娶了军长的女儿。"

"啊？这好呀，水瀛本来就有出息呀。"裴宝珊点着头说。

延萍却讽刺地说："有出息，出息透了。见利忘义，原来说他非常爱花花，谁知道到了关键的时候，还是抛下花花不管，去当了军长的乘龙快婿。"

这时，有才和来弟相跟着走了进来。

有才一进门就问："延萍，怎么，你有了水瀛的消息？快点告给我，他现在怎么样？"

来弟也着急地问："闺女，快给咱说道说道。"

延萍说："好好好，等我慢慢说。他从家走了以后，到太谷城打工，挣了几个钱，秋后本来打算回家来，谁知在半路上遇到了拦路抢劫的贼人，把他的钱抢了，还打了他一顿……"

"啊？没有打坏吧……"一听水瀛挨了打，来弟马上接着话茬打听。

"伯母，没有，还打好了呢。水瀛哥被打倒了，人家抢上钱跑了。正好抓丁的过来，把他抓到太原去当了兵。人家命好着呢，到了太原没有当几天小兵，就被师长选中了，当了师长手下的副官。这还不算，更要紧的是，师长的女儿看上他了，死皮白赖地要嫁给他，这不，就娶了人家。不久，这个师扩编，师长升了军长，乘这个机会，军长请示阎锡山，就把水瀛提成了中校团长。"

郭有才听到这里，这才高兴起来："那好，那好。"

"大伯，好什么？把人家花花欺骗了，他却去那里享福。"延萍噘着嘴说。

郭有才本来就不同意水瀛娶那个花花，听延萍这么一说，他反驳道："哎，延萍你这说得不对，本来水瀛和花花，那就没有父母媒妁，不算什么事情，再说现在花花叫魏林元卖到了天谷村，水瀛也娶了媳妇，这也算各得其所了。"

自打有了水瀛的消息，有才高兴得不得了，特别是孩子有出息，在太原当了团长，他可是整天乐呵呵的。这个年呀，过得畅畅快快。

过了年以后，延萍又要上学走。

有才和来弟商量说，想跟着延萍一起去太原看看水瀛。

延萍一听摇摇头说："大伯，你去了恐怕也见不上他。我听说在水瀛哥结婚前，本来陈军长还想派车来接你老到太原参加他们的婚礼，可是自打让人家知道他在家曾有个花花，那就坏了。人家控制他，根本不让他见到家里的人，怕相互传递什么消息。以前我还能去看看他，从结婚以后，也见不到他了……"

这样说来，有才也就没有办法了……

第二十五章

其实，郭有才就是到了太原也是见不到水瀛的。

水瀛和亚妮结婚以后，陈军长便更加精心地培养他。过了年以后，正好保定军校要招收一批中级军官进行培训。通过阎锡山的关系，陈军长保送他去保定军校学习。这样培训半年也算是镀金，再回到部队就是正规的军校毕业生，也就有了资历。

亚妮呢，年底学校毕业后，《民报》的吴社长便将她要去当记者，可是水瀛要去保定上学，亚妮不放心，非要跟着去。吴社长当然最会巴结军长了，一听亚妮想去保定，便说："那正好，我正准备在河北直隶找个特约记者，如果你想去，那就不用找特约记者了，你就做《民报》驻河北特派记者吧。你的任务就是每月发回一篇关于河北方面的特稿来。"

这样，郭水瀛夫妇到了保定。半年以后，他们才回到太原。

水瀛回来，正好赶上山西军事吃紧。全军上下忙得不可开交。

原来是南方的红军也到了陕北。这对山西来说，确实是件大事。从阎锡山角度看，本来只有刘志丹、谢子长的陕北红军，就已经把陕北、晋西搅扰得乱糟糟的了，前一段徐海东、程子华也带兵到了陕北一带。阎锡山心里正着急，最近又传来消息，红一方面军也从江西来到了吴起镇。唇亡则齿寒。陕北成了红军的天下，晋绥宁三省难免要受到影响，而这三省之间只有晋绥两省是归阎锡山的管辖。若是宣传些革命呀、抗日呀这些大道理倒也无所谓，一旦发兵来这可怎么办？阎锡山这下真的是火烧眉毛了。

秦晋之间，有一条奔泻于崇山峻岭之中的九曲黄河，这是秦、晋二省的天然分界，也是历代军阀割据称雄的关河天堑。阎锡山也企望着依据这黄河天险,将红军阻挡于黄河以西。

当然天险是天险,阎锡山认为滔滔黄水是上苍为他安排下的可抵百万雄兵的第一道防线,他的晋绥军还必须进行严密布防。为了阻挡红军打过山西来,一方面他按照蒋介石的指示,派正太护路军军长孙楚为"陕北剿匪前敌总指挥",率四个旅入陕协助"围剿"红军,他认为这样可以加大陕北方面的压力;另一方面,他将主要力量集中在河防上,把沿河树木全部砍光,渡口崖畔削成陡壁,所有船只全部扣留东岸,并在南北纵长千余里的岸上构筑防御工事。数月之内修起明碉暗堡千余个。每碉派驻一个班,重要渡口两个排,并附以机关枪、迫击炮等重武器。不仅如此,还在晋西搞起了三线六区的防御总部署。

阎锡山确实是绞尽脑汁,费了一番苦心,有黄河天险,有吕梁要塞,有布防严密的河防工事,有三线六区的纵深配合,他以为这样便万无一失了。

再一点就是坚固太原城防工事,负责防守太原城的三十九军当然是重点了。太原为山西省会,所有首脑机关均在此驻扎,太原城是必须做到万无一失的。

郭水瀛从保定回来,正赶在这个节骨眼上。

听说郭水瀛回来了,武文兴便风风火火地去找他。水瀛一见文兴来了,自然十分高兴,好长时间没有见面了,又问这又问那,水瀛问:"文兴,你找我有什么事?"

文兴瞅着他眨了眨眼,示意他不要多问,然后说:"呵呵,没有什么事呀,好久没见你怪想的,这不,听说你回来了,就想来看看你。"

说了一阵淡话,武文兴要走,郭水瀛说:"那我去送送你。"

走出门外来,武文兴看看周围没人了,才小声地说:"水瀛,听说各地都要成立防共团?"

"是呀。阎锡山担心红军到山西来,加强防共呢,不仅省里要成立总团,各县都要组织防共团,还要给配发枪支。"

"能不能找陈军长出面,让魏大明当上武乡的防共团团长?"

"哦?他是共产党,怎么要让他来当这个防共团团长呢?"

"由共产党员来当这个防共团团长,以后咱们党组织的活动不就更有条件了吗?用咱们的人来当防共团团长,我们的党组织还怕被破坏吗?白天,他当防共团团长，黑夜，他就是共产党员，来搞我们的活动。"

"我懂了，你这想法倒是很好。不过省里有规定，团长是由县长兼任的，我设法给他委任一个副团长，其实县长顾不上管这个。"

"好，这样在招团员时，我们就可以把抗债团那些积极的青年招收进来，我们就有了枪杆子。"

这天晚上，吃饭的时候，水瀛边吃边闲聊道："爸，听说要在各县组建防共团？"

陈军长点点头："是呀，阎主任怕红军过河哩，其实那防共团能挡住红军？红军真要过河，还得靠正规军。"

"那是，那是。我有个表亲，现在在县里的警察局做巡警队长，他叫魏大明，托人给我捎来一笔钱，想当防共团团长，您能不能给省府的人说说？"

"你们武乡共产党太多，阎主任都头疼了，他当上也不好办，万一出了事可是要担责任的。"

"爸，其实武乡偏僻山区哪里有什么共产党，县府里的人贪污严重，那些山民们不怕死，就要造反了。"

"你也好几年不在武乡，哪里知道这情况。"

"听些老乡瞎叨唠的。"

"好吧，明天我去说一声。"

果然，陈军长一出面，没费什么力气，就给魏大明弄了一张委任状。

魏大明上任后，立即和县长商量，招收防共团团员，县长当然也没有时间来做这事，全部让魏大明操办，除了从警察局调了几个人外，大部分招收了抗债团的那些骨干。

战事吃紧，军队便当先行，正所谓养兵千日，用兵一时。可是，由于中原大战失利后，山西经济处于崩溃时期，阎锡山为挽救山西，采取了一系列手段来发展经济，包括裁军、屯田，甚至变相倒卖大烟土。由于裁军，军队空额过多，难以进入临战状态。在这样的情况下，又要大规模补充兵源了。

郭水瀛就更忙了，他一方面要加强特务团的体制，特务团主要负责保卫军部，在特殊情况下还要随时准备开到第一线去。另一方面还要处理军部的各项工作，监督落实军长布置的各项任务。

一天，郭水瀛奉命跟随副军长、军参谋长到八十九师去检查兵源补充情况。在八十九师的营房里,他遇到了一个人,你知道是谁?原来是太谷"妙手堂"的掌柜武大夫。水瀛感到非常奇怪,他怎么会在这里呢?于是马上走过去搭话:"武大夫,没想到在这里见到你。"

武大夫抬起头来,见一位年轻军官和他说话,他想不起这是谁呀,这里怎么会有他的熟人,问道:"你是……"

"不认识我了?"水瀛急忙脱下军帽,"你仔细看看,我是郭水瀛。"

"哦,郭水瀛,武乡的郭水瀛?"武大夫看着他认真地端详了好一会儿,"哎呀,虽然时间不长,我可真不敢认你了。你如今当官了?"

"武大夫,什么官不官的,你可是我的救命恩人呀。"水瀛上去紧紧地握住武大夫的手说,"你怎么会在这里呀?"

武大夫抬头看看跟前站着那么多大军官,他什么也不敢说,只是苦笑着摇了摇头,不过从他脸上表情看去好似有什么苦衷。

水瀛理解了他的心情,马上拉他离开众人:"没有事,你给我说吧。"

武大夫这才说:"听说咱山西怕是要打仗了,部队在扩兵,现在下面闹得很厉害,按说我这年龄不该当兵了,可是人家说部队缺少军医,就把许多的乡村医生都抓了来。"

"哦,原来是这样。你想不想在这里呀?"

"长官……"

"武大夫,你看你,还能叫我长官?就叫水瀛嘛。"

"好,水瀛,我给你说实话,一来咱家里开着药铺,二来我年纪大了,哪里还能上战场,我能在这里吗?你能不能帮一帮我,让他们放了我,我这里感激不尽了。"

"武大夫,看你说到哪里去了,前年你救了我的命,我还欠你药钱呢,这次我可一定要还给你呀。"水瀛说着,回头就对周师长说:"周师长,这位武大叔是我的亲戚,和你商量一下,我想把他引回军部。"

周师长一听,哪里还敢说什么,在三十八军,郭副官那是驸马爷,谁还能驳他的面子,马上说:"哦,既然是郭副官的亲戚,那好,一会儿让他跟你走就是。"

晌午时,水瀛引着武大夫回到陈公馆。

一进门,他就说:"亚妮,你看谁来了?"

亚妮出门看见是一个四五十岁的老年人，还以为是水瀛他爹，便说："这是……莫非是老太爷来了？"

"不是老太爷，胜似老太爷。以前我不是给你说过吗？前年得了急性盲肠炎，差一点送了命，就是这位武大夫救了我。他不但给我治好了病，还白白地用了他好多贵重药，那时我一分钱也没有，要不是他，我这命早就没了。"

亚妮高兴地说："哦，原来是大恩人呀，别光顾说话了，来，我给恩人倒茶。"

陈军长听说水瀛的救命恩人来了，也来接待他。

这次，水瀛可是好好招待了武大夫，第二天武大夫想走。

陈军长说："武大夫是小婿的救命恩人，我看你就别回太谷了，不如在太原城给你置一套门面，把家搬到这里来。"

武大夫说："谢军长的好意了，在太谷住惯了，还是想那里，我还是回太谷吧。"

武大夫执意要回，既然是郭水瀛的救命恩人，亚妮非要送给他厚重的礼物，武大夫死活不要，亚妮也就没有办法，只好由他了，于是便派车将武大夫送回太谷。

送走武大夫，水瀛急着忙军务，特务团还有二百个增兵指标没有完成，军部又有许多事务。眼看要过年了，阎锡山却召集晋绥军师以上将领开会。会上，阎锡山说，红军东渡呼声很高，虽然他们喊着要借路到抗日前线，可是谁能保准他们究竟是何居心？一旦赖在山西，岂不是……所以，红军要抗日，咱们不管，要借路，可以让他们走绥远，告知傅作义给他们让道就是，千万不能让红军进入山西。特别是现下黄河封冻，红军要从冰面上过河，显然是很容易的，我们必须提高警惕，加强防务，等过几天一打春，冰面一开就好了。

虽然三十八军主要任务是死守太原城，离黄河边还很远，却也不敢有丝毫马虎，万一红军过河，太原城也会岌岌可危。

所以，太原也没有了一点儿过年过节的欢乐，到处都是一片紧张的气氛。

好在红军并没有过河来，年是平稳地过了，元宵节也过了。

特别是正月十三打了春，黄河上冰面开始坍塌，这黄河上的冰一开，人们不仅不能从冰面上渡河，就是坐船也危险了，因为什么？黄河上出现了凌汛，大片的冰块漂来，小木船可抵不住凌块的撞击。这下，阎锡山紧张的心情才稍稍有点缓解。

可是万万没有想到，就在冰开河下的时刻，红军会整装东渡。正月二十八黑夜，上万神兵突破黄河天险，红一军团和红十五军团兵分两路，从北起绥德的沟口，南到清涧县的河口，在百余里的河防线上突击强渡。

第二天，当太阳升起的时候，各路红军突击部队都登上了岸。阎锡山认为固若金汤的河防，被撕裂开几道大口子。红军的千军万马，源源不断地渡向河东。

很短的时间内，太原接到了前线的报告，中阳城失守，石楼失守，三交镇失守，留誉镇失守……

特别是被晋绥军称为"满天飞"的周原健独二旅，因救援中阳而全军覆灭。

红军势如破竹，没有几天，晋绥军就丢失了许多城镇，阎军一路败退。政府封锁了失败的消息。武文兴暗暗通知水瀛，应该把这些消息尽快传出来，山西的地下党组织要从各方面声援红军东渡抗日，同时也宣传晋绥军的失败，这就是得道多助，失道寡助。随后，各地都贴出了支持红军的标语，也公布了晋绥军失败的许多消息。

这让阎锡山的心里很是不安。更可怕的是红军已经兵分两路，一路南下，直逼临汾、运城，一路北上，直逼太原。

阎锡山立即在太原召开了紧急军事会议，研究对防措施：第一，要加强防卫，千万不能让红军再渡过汾河；第二，确保太原安全；第三，向蒋介石借兵，以退红军。

阎锡山能做出这个决定，实在是难以想象呀。在会上，赵戴文提出了向蒋介石借兵的建议，许多军官马上反对，说怕老蒋进兵山西，用咱山西话说那肯定"好请难打发"。阎锡山又何尝不是这个想法，苦心经营了几十年的山西，他愿让别人轻易占领了吗？蒋介石曾委以他军事委员会副委员长，想把他调离山西，把三晋大地这块肥肉吞进自己的肚子里，可是他就是不买蒋的账。阎锡山可是死守山西的人，他每时每刻都怕别人对晋土有所侵犯，就连铁路都修成了窄轨，把火车造成活轮，山西的火车能开到外省，而外省的火车绝对进不了山西，阎锡山死保山西之心可见一斑。而今天，赵戴文竟然提出让老蒋派兵来援，这让人如何是好？这边红军势不可挡，那边老蒋虎视眈眈，不论如何，都是顾此失彼。事到如今又没有什么好办法，次陇（赵戴文的字）之言也算个权宜之计！想到这里，阎锡山终于开口了，几十年来，我是一直反对其他势力插足山西的，这一点我做到了。可是今天，突然间来了强大的敌人，我不能眼看着大片土地让红军盘踞，现在也只好先顾眼前了，就按次陇所言办吧。当然请蒋来，我们还不能依靠蒋，只能是让他给我们助一助威而已，主要还需要我军的努力。

死守太原城的重任，当然是以三十八军为主的。红军一路北上，势如破竹。阎锡山急令部队在交城、文水、汾阳一线严密守卫，给太原城做下一道道铁壁铜墙。尽管这样，三十八军也将主力调于清源（现清徐）、太原（现晋源镇）两县，他们要将红军堵在汾河以西，绝不能让太原城的百姓有兵临城下之感。

陈军长按照阎主任的指示，马上调集三个主力团组成第一梯队，由张参谋长任前敌总指挥，开到清源、太原两县。同时又派刘副军长率两个团为第二梯队后续跟进。一旦前方吃紧，马上支援，郭水瀛被任命为第二梯队副总指挥。

听说让郭水瀛上前线，陈亚妮当然不同意，她担心丈夫的危险，找到她父亲非要让他留下来。

陈长柱说："亚妮，这一次可是非常时期，阎主任给我下了死命令，让死守太原。所以这次安排主力部队全部开到前方，在这个时刻，水瀛作为我的女婿，我也真难呀，那可不比往常。一来他如果不上前线怕别人不服；二来作为军官在战场上经过锻炼以后提拔才更有资本。所以把他安排在第二梯队，既不在最前线，又可捞政治资本，何乐而不为呢？"

"可是，战场上你死我活，一旦有个闪失，那可是……"

"我想太原守城还应该是没有问题的。在交城、文水、汾阳一线我军已有重兵，红军就是再厉害，也不会突破这三道防线的，他们在那里不过是摆一下姿势而已。"

万万没有想到，三十八军的第一梯队刚刚到前线，工事还没有筑好，红军就打过来了。

原来从汾阳到交城的三道防线，竟然如此不堪一击。张参谋长马上和刘

第二十五章

副军长联系，请求支援。前方已经和红军交火了……第二梯队的部队也只好开到晋祠一带。

郭水瀛率特务团的主力开到晋祠附近的村子里。

这里他是第二次来了。去年的现在，也就是刚刚认识陈亚妮的第一天，亚妮带他来到这里，那是来这里游玩的。可今天，他再次来到这里，却是面临着战火纷飞。

郭水瀛现在当了团长，可是说起带兵打仗来，他还真是不行。虽说在保定军校培训了半年，一来参军时间短，二来参军后主要从事文职工作，没有实战经验，现在已经隐约听见前方的炮火声，他真的手足无措了。还是刘副军长照顾他，只让他集中力量守住晋祠这条大道。

这是阴历三月初，天气还很冷，郭水瀛的特务团在这里住了两天了，只听枪炮声，并不见红军来，大家都认为前方一定顶住了红军，也就有了点麻痹，晚上哨兵也躲在墙旮旯里打起盹来。谁知就在这天晚上，红十五军团的第七十五师，在骑兵连的掩护下打入晋祠，团部指挥所的人们还在睡梦中，便全部做了俘虏。

红军马上给他们开会，讲了红军的俘虏政策，愿留者欢迎，愿去者也不勉强，不要听信阎锡山的反共宣传，为虎作伥。当下有不少人表示愿意参加红军。

郭水瀛也做了俘虏，可他不同旁人，他是中校团长，哪里能随便放呢？红军领导请示上级，将他转送到了军团部。

此时此刻，郭水瀛的心情紧张极了，他没有想到，曾经三次准备加入共产党、两次准备参加红军的他，今天居然做了共产党、红军的俘虏。在晋绥军中，阎锡山一直在军内宣传"红军过来杀人如割草"，当然他不会相信这个宣传，因为以往听武文兴介绍过共产党、红军的情况，也曾准备带着花花与原成均一起到陕北参加红军。可现在他做了红军的俘虏，他说这些谁还会相信呢？何况他是晋绥军的团长，红军还能饶过他吗？完了，完了，真是一步错步步错呀，悔不该当初不听武文兴的话，文兴让他带上花花到南路去干革命，他偏要上西山挣钱，结果到现在花花不知是死是活，而他遭了抢劫、被抓了丁，还差点让军法处置，总算躲过了几场灾难，谁知这又被红军俘虏。三番五次经受这种种磨难，嗨，在劫难逃呀，虽然听起来红军对待俘虏的政策很好，也放了许多士兵，怎不放你郭水瀛呀？你可是晋绥军的团长呀，红军能轻易放过你吗？看来这次是真躲不过一死了……

他死不足惜，只是他和花花的那个约定未能完成，他这心里实在是放不下呀……

他被押解到一个不知名的地方。这一天，有位红军高级领导审讯他。

这下怕是死期到了。水瀛呀水瀛，你真是利令智昏，做什么军长的乘龙快婿呀？当什么军官呀？要还是一个小兵，这回让红军放了，也能返回武乡，返回东漳镇，好歹见到花花，就是死也死到一起，也许还能带着花花跑到这里来参加红军，高高兴兴地跟着红军干革命。可现在身为俘虏，一个当过团长的俘虏，红军还不处置你等什么？

他正这样想着，这时，这位红军领导过来，搬过一个小凳子让他坐下，说："郭团长，你不必害怕，红军是仁义之师，是优待俘虏的。其实，咱们都是中国人，日本鬼子占了东北，又要占华北，可老蒋不去打，偏要在这里打内战，而你们又为啥偏偏助纣为虐，在这里自己打自己呢？"

水瀛听这话，好像没有什么歹意，他怔怔地望着面前这位军官。

那位领导面带微笑继续说："郭团长，你们这些中下级军官和士兵也是不得已而和红军打仗的，你们是无辜的，红军不会难为你们，对于俘虏我们的政策是宽大的，愿意回家的，我们放他回家，并发给路费；愿意参加红军的，我们欢迎；还有愿意回晋绥军的，我们也不反对，一定集中送回去。郭团长，你别怕，我也是咱山西南路解县人，在太原国民师范念过书，后来参加了红军，在红军中我当过师长、军长、军团长，也做过政治工作。在我们红军队伍中，没有薪水，官兵一致，一天只管三顿饭，心里只是想穷苦百姓都能过上好日子。现在日本鬼子占领了我们大片的领土，而且他们的胃口越来越大，还想吞并全中国。大敌当前，国难日深，我们不能再这样打内战了，而应该团结一致，奋起抗日，有钱出钱，有力出力，有知识出知识，有武装出武装，我们红军此次渡河东征，就是要到第一线去抗日。"

"哦，原来长官也是咱山西人？"郭水瀛恳求地说。

这位红军首长笑着说："你放心，红军不会难为你的。我叫你到康城多住几天，没有别的意思，只想让你好好学习学习，更进一步明了我们的主张。"

水瀛被送到红军总部保卫局驻地——康城镇，并参加了红军大学的学习。

第二十五章

这一天,他正往教室里走,只听得有人叫他的名字:"郭水瀛,你怎么在这里?"

水瀛猛地回过头来,一个小伙子站在他面前,水瀛吃惊地说:"成均,是你?"

"是我呀,上次让我好等,约定的时间过了好几天,一直等不来你,没办法我们才走了。现在我在红军中当了连长,就负责政治保卫。可你……"

"嗨,一言难尽呀……"郭水瀛这才把他与原成均分别后的情况细细说了。

原成均说:"水瀛,你别难过,我会把你的情况说给领导的。"

果然,那位红军首长再次与他谈话,水瀛要求要参加红军,那位首长说:"郭团长,我们想交给你一个任务,这个任务比你参加红军有更重要的意义。"

第二天,红军首长向郭水瀛表达了共产党与阎锡山合作的意向,交谈许久后,拿出一封信,希望水瀛带给阎锡山。

郭水瀛回到太原之后,请求面见阎锡山。可是阎锡山并不见他。陈军长对郭水瀛做了红军的俘虏感到很没有面子,但亚妮见他安全回来了马上破涕为笑,高兴得不知说什么为好,见父亲不高兴,她理直气壮地说:"虽然水瀛做了俘虏,但他还是上了前线的,怎么不比那些一听说上前线就又是躲又是逃的好?晋绥军都败了,又不是光三十八军的特务团败了,他阎锡山的所有部队都是吃的败仗,败得一塌糊涂,最后请了蒋介石,这难道也是水瀛的原因?我认为红军之所以胜利,充分说明红军抗日是正确的,是有广大群众支持和拥护的,而晋绥军不敢起来抗日,这才是失败的主要原因。现在水瀛带了红军首长的信,可他阎锡山为什么不敢见水瀛呢?他是怕得罪蒋介石,他是怕得罪日本人。如果这样下去,山西很快就会灭亡的。爸,我希望你一定要支持水瀛,去说服阎锡山,让他见一见水瀛,一定要让水瀛把红军首长的信亲手交给他。"

亚妮的话虽然有点偏激,但陈军长还是默认了,他找到阎锡山说明利害,阎才答应面见郭水瀛。

郭水瀛来到阎锡山的面前,直截了当地说了他在红军中的一些感受,然后掏出红军首长委托他带来的信。

"呈上来。"之后,阎锡山对郭水瀛说,"你先下去吧。"

郭水瀛走后，阎锡山迫不及待地打开信，认真细致地读了起来。

看完信后，阎锡山眼前一亮。自打红军回师后，蒋介石留在河东的五个师赖着不走，而日本人又派人来拉他做伪政府的首脑，他一直在想，是抗日还是和日？是拒蒋还是拥蒋？是联共还是反共？凭他目前的实力，在这三股势力中玩转，等于在三颗鸡蛋上跳舞，哪一个也不能碰着，现在形势非常严峻，需要做出抉择。是呀，既然共产党有此诚意，愿意与他团结合作，看来联共是最为适合的一条路了。现在共产党的要人又给他送来书信，亮出合作的底牌，现在日方步步紧逼，老蒋又虎视眈眈，与其故步自封，作茧自缚，倒不如试着走几步，缓和一下和共产党的关系，或许可以趟出一条路来。

时隔不久，中共高级人士彭雪枫到太原秘密设立了红军办事处，阎锡山开始了和共产党的秘密合作。但是，郭水瀛的事，确实也在太原吵得沸沸扬扬，阎锡山怕被日本人和老蒋抓他什么把柄，便把陈长柱叫过去吩咐，必须马上让郭水瀛在晋绥军中消失。

第二十六章

　　陈军长这回可真的是作了难，红军打过黄河来，晋绥军败得一塌糊涂，可是谁也没有受到什么处分，偏偏他的女婿郭水瀛因为做了俘房，又给共产党的领导人做了信使，阎锡山非要让他离开军中，还说这也是看了他陈长柱的面子，不然是要杀头的。

　　回到家里，陈军长闷闷不乐。

　　陈太太见他茶饭不思，面带愁色，便问道："你今天这是怎么了？"

　　陈军长沉默不语，太太一再追问，他看了女儿一眼，欲言又止。

　　陈太太一想怕是这事与女儿有关，只好使个差事把女儿支出去。这时陈军长才长叹一口气说："水瀛因为给共产党的领导带了信，被阎锡山给开了……"

　　"啊？怎么会是这样？"

　　"是呀，我也是没有想到呀……"

　　"那这事可怎么向女儿、女婿交代呢……"

　　其实陈亚妮并没有离开，他见爸爸神秘兮兮的，假意离去，在门外偷听，一听说水瀛被开了，她立即推开门进去，问道："爸，这是怎么回事？"

　　知道女儿已经听到了这事，他也不想再隐瞒，纸里包不住火，迟早要知道的，这事不能再隐瞒下去，陈军长说："亚妮，我知道这个决定对你的打击太大了，本来，我是一心要培养水瀛的，送他上了军校，还准备提他当师长，可谁知道出了这样的事。这就是政治呀，政治本身就是残酷的……"

　　这时郭水瀛也回到家来，一进门见一家人都不高兴，而且也隐约听到政治是残酷的，以为是他或者亚妮为共产党做事被人揭发了，他必须马上弄明白这是怎么回事,马上说:"爸、妈,你们这是怎么了,出什么事了?……亚妮,你说呀,出什么事了?"

陈军长冷静了一下,说:"水瀛,你别难过,因为你给红军首长带信的事,阎主任让你离开晋绥军,回乡下老家……"

郭水瀛怔了一下,然后坦然地说:"原来是这么回事,这没有什么,我以为是什么大事呢,如果仅仅是这,我一点也不后悔。共产党有心团结全国各界人士来共同抗日,现在,他们以民族大义为重,召唤阎锡山起来共同抗日,这难道有什么错吗?我为共产党传信有什么错?他阎锡山不是也请来了共产党秘密合作吗?可是,我就是不明白他这人做事,总是阴一半阳一半,这里在联合共产党抗日,可背地里还和日本人拉拉扯扯,把土肥原贤二派来的和知鹰二奉为座上客,表面上拥护蒋介石的领导,而背后又排挤蒋的势力,生怕老蒋插手山西。用这种两面三刀的手段,迟早是不得民心的。我做了共产党的信使,其实我还想做一名共产党员,这是我的愿望,今天阎锡山让我离开晋绥军,无非是做给日本人看,做给蒋介石看,也就是用牺牲我一个人,来做一个表面的文章,证明他没有与共产党联合。好在我看到阎锡山总算有了与共产党合作的迹象,有了抗战的准备,我郭水瀛传信,还是起到了作用,哪怕是牵着他、赶着他,这头老'牛'总是开始耕地了。我还是很荣幸。能让抗日救亡的阵营中增加一支力量,别说是不让我当这个团长,就是让我郭水瀛死,我也甘心情愿。"

水瀛讲得慷慨激昂,陈军长也听得入了迷,陈亚妮一下子站了起来,过去拉着郭水瀛的胳膊:"对,水瀛说得很对,只要对民族有利,对革命有利,当不当团长无所谓,只要阎锡山能走上抗日的路,可以让水瀛回老家,我情愿陪着他回武乡去,一辈子做一个农妇。"

"这怎么行呢?"陈太太一见女儿也要跟着水瀛走,忙出来阻拦,"这是万万不行的……"

"俗话说,嫁鸡随鸡,嫁狗随狗,我既然嫁给他郭水瀛,我们就是一家人了,他去哪里我就要去哪里,我们不会分开的。"亚妮说得斩钉截铁。

"老爷,这事难道真的一点办法也没有了吗?你不能去求求阎锡山吗?当年要不是你,他那条命就让熊国斌给毙了,可今天……难道他就这样绝情吗?"太太见女儿意志坚定要跟着水瀛走,一下子急了。

第二十六章

陈军长长叹一声："政治呀，政治太残酷了，这事不可能再改了，也好，先让水瀛回武乡吧，或许有一天……"

亚妮很干脆地说："有没有返回来的那一天无所谓，只要阎锡山能起来抗日，咱们就算做出了成绩，就是给中华民族做出了贡献。"

郭水瀛心平气和地说："爸、妈，千万不要再给你们增加什么麻烦，我打点一下，明天就回老家去。"

"我也跟你一起走。"亚妮说。

"你……"

陈太太说："亚妮，你怎么能去呀？"

"我怎么不能去？我偏要去。"

"孩子，妈本不是想拆散你们夫妻，看你有孕在身，而且将要临产，你这样走了，妈怎么能放心呢？你听妈一句话，等你生产以后，身子挂利了再走，到那时候妈绝不拦你。"

水瀛也说："妈说得对，看你现在这样子，我也不敢带你走，你就安心养孩子吧。"接着郭水瀛扭回头对陈军长说："爸，感谢你这几年对我的栽培和帮助，明天我就走了，最后我再求你一件事，李文楷是我的好朋友，希望你能想办法让他减刑，尽早出狱。"

陈军长叹息一声，点点头说："难得你对朋友这样的挂念，好，我一定想办法。"

这天晚上，陈亚妮几乎一宿没睡。她自打和水瀛认识一直到结婚，可以说是形影不离的，她已经将自己全部的爱，投注在了郭水瀛的身上，可她老是感觉水瀛的心里藏着另一个人，她极力想用自己的爱去消除这个阴影。可是，现在他要回到那个女人身边，她怎么能放心呀……她恨阎锡山，这个老奸巨猾的家伙，就是想在日本人、蒋介石、共产党三方力量中，玩转自己三颗鸡蛋上跳舞的把戏；她恨她的父母，对她太爱惜了，宁可拆散他们这对鸳鸯，也不让她随水瀛回武乡；她恨腹中的孩子，为什么偏偏在这个时候发育起来，如果现在没有这个孩子，或者已经出生，她随水瀛回武乡不都是名正言顺的吗……

这一夜她不知流了多少泪，郭水瀛劝说着，可他越劝她的泪水反而越多。

"水瀛，你能不能答应我，回去后不要再去找那个花花……我知道，你一直放不下她，你的心里一直想着她，可是，现在你是我的丈夫了，而且我们已经有了……你马上就要做爸爸了，你如果不答应我，我宁愿放弃一切，也要随你回老家。"

"亚妮，你就放心吧，我的性格你知道的，我会为我所做的事负责的。妈说得对，你还是安心在太原，等孩子出生后再做打算。至于我，你不要担心，我知道该如何做。"

第二天一早，陈军长一家子把水瀛送到长途汽车站。陈军长小声地对水瀛说："水瀛，你先回老家住一段，千万不要因此而一蹶不振，现在国内形势瞬息万变，只要有机会，我会马上把你调回身边来的，我相信会有东山再起的机遇。"

太原到长治是一天一班的长途车，是一辆破旧的卡车。郭水瀛坐在上面，向陈军长一家招手。

陈亚妮看到这个样子，真有点心酸，其实，如果要不是这样的状况，就让军长的专车送水瀛回武乡，可水瀛知道，他不是衣锦还乡，讲那个派头太不实在了。

卡车开动了。

陈亚妮的眼泪又一下涌了出来，她多么想与他一起坐在那辆车上，一起走……她泣不成声地一边挥手，一边说："记着，一到家就给我写信……"

卡车颠簸着驶出太原城，亚妮一家子送行的场面慢慢地被一阵飞扬的尘土遮挡了。郭水瀛心里乱糟糟的，人呀，一生究竟是怎么度过的，要经历多少坎坎坷坷，想起从他离家出走，到今天返回武乡，他就像做了一个梦。

记得读书的时候学过一个叫南柯一梦的故事：隋末唐初的时候，广陵人淳于梦在梦中被大槐国国王招为驸马，当了南柯郡太守，享尽富贵荣华，醒来才知道是一场大梦，原来大槐安国就是住宅南边大槐树下的蚁穴，南柯郡不过就是大槐树南边的树枝。

想到这里，郭水瀛不觉苦笑，他离开武乡这四年时间，也好像做了一个梦而已，这个梦的离奇，不亚于淳于梦梦到做了大槐安国的南柯太守呀。今天，他的梦醒了，他还和原来出走时一样，悄然无声地回来了。不过他现在心里感到非常轻松，现在他总算是有了一个自由自在的自己。

太阳已经偏西了，汽车才颠簸着到了权店。

第二十六章

司机喊："哎，到权店了，谁下车呀，动作快点。他妈的这破路，赶黑也到不了长治。"

郭水瀛一听到了权店，才挤了挤站起身来。

"我下车，"他把自己带的行李提了起来，"老乡，请帮我接一下行李。来抬抬腿，让我下车。"

郭水瀛下了车，接了行李，那汽车又冒着烟，在尘土中走了……他拍一拍麻木的腿脚，又抖了抖身上的尘土，才扛了行李开始向东走去。

"武乡啊，我郭水瀛又回来了。"他望着故土长长地叹了一口气。这一道道山，那一道道水，在他的眼中还是那样的熟悉，离别几年，没有一丝的变化。想起他走的时候，也是这样，拿着花花送给他的那一点干粮，今天，他又回到这片土地上，山还是那道山，梁还是那道梁，水还是那道水，可是人呢？花花呢，她现在怎么样？还在等他吗？

回到武乡了，他该先做什么呢？要是在他们约定的那个八月十五的黑夜，他能回来多么好呀，他会去带着她远走高飞。可是现在已经物是人非，又该怎么办呢……

第二天晌午，他才回到东漳镇。

"水瀛回来了——"

他刚刚到家门口，不知道是谁已经看见了他，早把这个消息传遍了裴府。

"快，水瀛回来了。"裴府上下的人们风风火火地走了出来。是呀，听说郭水瀛在太原当团长了，还做了军长的女婿，他今天回来，一定是风风光光的，当然都要出来看呢。

郭有才听见有人叫喊，"真的是水瀛回来了吗？怎么事先一点消息也没有？他走好几年了，也该回来看看了"，他嘴里念念叨叨，急忙起身走了出来。

郭有才一看见水瀛，两行泪顺腮流了下来。他一下子扑过去，父子俩抱着痛哭起来，这时，来弟走过来说："看把你高兴的，快，还是先进家吧。"

"对，进家，进家，"裴东家也说，"先让孩子歇息一下。"

"好，好。"郭有才拉着水瀛，走进家门。

此时郭有才看着水瀛，才细细地打量起来。见他这样子有点狼狈，明明听说他已经升了团长，怎么会是这个样子呢？

"水瀛，听说你娶了亲，又当了团长。可是……"

239

水瀛低着个头，什么也不想说。其实，当不当团长，这对他来说已经无所谓了，只是不能利用那个职务之便，给党的组织做一点有用的工作，这是一个遗憾。

来弟看着这个情景，猜想到他总是有什么难言之处，便也过来说："孩子刚回来，让他歇歇再说吧。"

裴东家吩咐厨下，今天黑夜要炒几个菜，他要给水瀛接风。

吃饭间，水瀛喝了几口酒，才慢慢地把他从参军到提拔，再到因为什么又回到老家来的这一段经历说了出来。

之后，水瀛关切地问道："这几年，我一直想着花花，可是没有一点她的消息，你们能告诉我她现在怎么样了？"

一提起花花来，郭有才心里感到一阵惭愧，慢慢地说："水瀛，你不是已经娶了陈军长的女儿吗？以往的事都是爹的错，事到如今，就让它过去吧。"

"哦，她现在怎么啦？"水瀛两眼直勾勾地望着他爹，他想，难道花花又遭什么不幸了吗？

这时来弟接过话来解释道："水瀛，你也别担心，现在花花很好。"

他真不懂这葫芦里是什么药了。

来弟把水瀛走后花花的这段经历说给了水瀛，随后又说："水瀛，不管怎么说，现在你也娶了妻，花花也嫁了人，好在她的丈夫对她很好，初嫁三愣时她疯疯癫癫，是三愣每天背她到黄善堂去看病，苍天不负有心人，花花的病终于好了。"

水瀛静静地听着，眼里噙满了泪水……真没想到，因为他没有听武文兴的话，走错了一步棋，竟然发生了如此之大的变故。就在他做那一"梦"的同时，原来花花也在做另外一"梦"，不过水瀛做的是天堂的梦，而花花做的是地狱的梦。好在现在两个人都从梦中醒了过来，可是水瀛有了老婆，花花有了丈夫，时过境迁，他们的爱还如何继续？

现在他水瀛回来了，他该怎么办？他想去看看花花，把这一切都说给她，可是，她已经嫁了人，杨三愣见到他将是什么态度？

第二天，水瀛一个人去了天谷村。

"快，水瀛去了天谷村，这可怎么办？"来弟听到这个消息，赶紧和郭有才商量。

第二十六章

有才也很担心，去了他可要做什么？他们已经各自都结了婚，这要再藕断丝连，死灰复燃，人家杨三愣还能容忍？要真是弄出故事来，这可是出人命的事呀……

"哦？这可是个事情，"裴宝珊一听也着了急，"快叫小三来。"

裴东家让丫鬟把小三叫来，吩咐道："小三，你快到区上，叫赵锁儿，就说我吩咐的，让他带两个区警去天谷村一趟，千万不能让水瀛出了事。"

区警队长赵锁儿不敢怠慢，急忙叫了两三个人，就往天谷村跑。来到天谷村，见风平浪静，也没有听到什么吵吵闹闹的声音，感觉不会有什么事，才喘了口气，然后打听杨三愣家。

赵锁儿等人进了门，才见水瀛正在三愣家吃饭呢。谢天谢地，他们能这样和和平平地坐下来，而且还成了三愣家的座上客，不知道这三愣怎么这样大度？

原来，自打花花的病好了以后，花花才把水瀛怎么对她好的事慢慢讲给了三愣，三愣也是个老实人，他感觉花花对他毫无隐瞒，而且也知道这个水瀛是个好心人。水瀛今天来到天谷村后，他找到花花的家，花花一见水瀛终于回来看她了，悲喜交加，泪水夺眶而出："水瀛，你让我等得好苦……"

"花花，实在对不起，人在江湖，身不由己，我真的是没有办法呀。那年八月十三，在回来的路上……"水瀛这才把他的痛苦经历说给了花花。

双眼已经红肿的花花，听了水瀛的诉说，长长地叹了口气："也许命该如此吧，俺知道失约不是你的错。水瀛，今生咱是不能在一起了，但愿来世我们能如愿。"说着，她两眼盯着戴在手指上的那个定亲戒指，"水瀛，能让这只戒指陪伴俺这一生吗？"

"你就戴着吧……"

这时，杨三愣听说郭水瀛回来了，也赶忙回家来，很客气地招待了水瀛，说道："水瀛，你和花花的事，我也听说了，你对她好，你帮助了她。这我要感谢你，可现在……"

"杨三哥，你放心，现在花花与你成了夫妻，我也娶了老婆。过去的事已经过去了，我不过是想来看看，只要花花能有一个心疼她的好丈夫，我也就放心了。"

第二十七章

自从水瀛回武乡后,水瀛留下的事就由陈亚妮来办了。水瀛走时的那个请求,她可没有忘,她虽然在家里坐月子,却也时刻追着让父亲去活动。

李文楷自进了监狱,一天也没有消停过,他常常串通监狱里的"政治犯",闹绝食,要求改善伙食,要求夜不封门,要求看书看报,要求调整接见时间,他们的活动通过狱中党组织的内线,都传了出来,登载在了报刊上,引起了社会舆论的关注,当局也只好妥协让步。不过,李文楷也被狱方定为一个"刺儿头",把他作为要犯之一,冬天不给他被褥棉裤,热天不给他换单衣,并且身带手铐脚镣,受尽了非人的折磨。由于生活条件太差,他患了严重的肛裂病,爬也爬不起来了,这才被移送到病狱。红军东征回师后,阎锡山的政策有所转变,他选择了拥蒋、联共、抗日的政治主张,这样,对政治犯相对宽松了一点,陈军长抓住这个机遇,托了关系,监狱答应释放他。

陈亚妮立即把这个消息传给了裴延萍。延萍在女中毕业后,曾在特委工作一段,薄一波接管牺盟会后,召集大量的共产党员和进步人士进入牺盟会工作,裴延萍也就到了牺盟会。得到李文楷要出狱的消息,她喜之不尽,马上想把这个喜讯告诉武文兴。

当裴延萍找到武文兴,文兴正躺着。见她进来了,便一边往起坐,一边说:"延萍,你来了?快坐下。"

延萍看他脸色蜡黄,便问:"文兴,你这是怎么啦,是不是有病了?"她吃惊地凝视着他,心里忍不住一阵悸跳。

"没有,没有病。只是有点不舒服。"文兴微笑了一下,随身歪在床铺上。

延萍不安地瞅着文兴:"不对,如果没有病,脸色不会这么难看的。"

第二十七章

她过去用手摸摸文兴的头，果然正在发烧，问："你是感冒了吧，怎么，没有吃药？"

文兴慢慢把脑袋挪放在枕头上，疲倦地闭上眼睛休息了一会儿，然后睁开眼来冲着站在床头的延萍说："不要紧，昨天晚上我出去搞宣传了，我们去贴号召民众抗日救国的标语，这你知道，阎锡山只让说守土抗战，不让提抗日，怕喊抗日的口号惹恼了日本人。警察日夜在街上巡逻呢，我正在那里贴标语时，警察过来了，我就朝黑黑的巷道里跑，结果掉在了水里，好在没有让警察抓住，可是浑身湿透了……"

他说得很平淡，可延萍的心里还是担忧。她忙去倒了一杯开水，给他端过去："来，多喝点开水，感冒了就得发发汗。"

接过延萍倒的开水，文兴一边喝一边说："延萍，我看你很高兴，是不是有什么好的消息呀？"

"当然是，有好消息。"

"什么好消息，你快说呀。"

"看把你着急的。这可真的是大好消息，老李减了刑，提前释放。"

"是吗？这可太好了。你在哪里得来的消息？"

"水瀛离开三十八军时，对陈军长提的唯一的一个条件，请求陈军长在老李的事上帮忙。老李在狱中的斗争也很激烈，他了解到外面抗日救亡的形势越来越好，就在狱中发动了绝食斗争。这样，监狱终于答应了给老李减刑，明天出狱。"

"那好，明天咱们去接老李。"文兴听说了这个好消息，好像病一下子减轻了许多。

延萍见他一下子坐了起来，马上关心地说："不要太激动，你还是躺着，好好休息一会儿。来，我再给你倒杯水。"

延萍过去让文兴躺好了，她接过水杯又去倒开水。谁知这下一不小心，水洒了出来，桌子上湿了一大片，她急忙拿布子去擦，有一个本子下面沾水了，她小心地拿起来擦了一擦，随手翻开看了一下，上面写了许多的诗。

"哦，这是你写的诗吗？"延萍一边问，一边看起来。

文兴一见便马上说："你不要看，那是我的日记。"

这时延萍已经翻了好几页，见上面写着的是很多隽秀的诗行，翻着翻着，突然，有一个标题跳进她的眼帘——《写给萍》。哦，她紧张起来，她有点惊慌，这是写给谁的，难道是写给她的吗？

"延萍，你看什么呢？"文兴见她翻看自己的诗，脸一下子红了。

"你这诗写得真好……这都是写给谁的呢？"

"延萍，我知道你心里有水瀛，可是现在水瀛已经和亚妮结婚了，我常常想，爱，是个很复杂的事，所以有许多的想法，我不想说出来，只有将这许多的情感悄悄地播种在深情的诗行中……"

听着文兴的话，延萍的脸红了。其实从她认识文兴那天起，文兴这个深深影响了她思想的青年，在她的心中已经留下了深刻的印象，只不过，那时的她心里只有水瀛，并没有想过其他的男人，水瀛结婚以后，她从痛苦、郁闷、难过中慢慢解脱了出来，她不想再去想这感情的事，只是把精力全部用在工作中，她想用忘我的工作来抑制情感的空虚，她不再去爱，生怕再发生错爱而招来更多的痛苦。可是今天看到武文兴那许多真挚的情诗，一下子点燃了她内心情感的烈火。

文兴见她怔在那里，不知她心里怎么想，生怕对方看了生气，低声地说："你——不怪我吗？我不会写什么诗，只是、只是心里想的多了，便在寂寞的时候，随手把内心的情感用这些诗句记录下来。我想你能了解我，不生气。"

文兴说完，只用两只眼紧紧地盯着对方。他的脸色是宁静的，单纯而明朗的。他似乎在等待对方的回应，又似乎只在抒发自己的情感。

延萍的脸红了，也只有遇到这种场合才能有这种神情。她默默地低着头，过了一会儿，她才用低沉的声音说："文兴，我非常佩服你的冷静，心里像大海一样汹涌澎湃，而表现在现实中却是那样的风平浪静。你的这许多激情，为什么以前一点也没有表露出来呢？"

文兴轻轻地笑笑："因为你心中还没有装着我，我怕你拒绝。"

延萍坐在文兴的身边，轻轻地给他揩去额上的虚汗，小声说："文兴，能把你的诗让我认真地看一看吗？"

"行呀，这诗还没有读者呢，你是第一个读者。"

延萍羞涩地笑了……

第二天，他们一起来到反省院接李文楷。

看见文楷支撑着软弱的身躯走了出来，武文兴与裴延萍既高兴又难过，他们走过去紧紧握住文楷的手："老李，可算是把你盼出来了。"

李文楷笑笑说："呵呵，看来还是共产党员的骨头硬，最终还是熬退了反动派的监狱。"

武文兴特意给他带了一身干净衣服，找地方让他换了，李文楷一下子精神了许多。他迫不及待地说："快把情况给我说一说，在里面真是闭塞得很。其他人现在怎么样呢？"

于是，武文兴把自从他们被抓后的情况细细地做了介绍，并把营救其他同志的经过都说给了他。李文楷听说虽然他们被抓了，但党的基层组织没有受到多大破坏，而且通过文兴等人组织营救，其他同志都在短时期内被释放，高兴地说："只要组织没有遭到破坏，这就是好事。"

武文兴问道："老李，你现在出狱了，将作何打算？"

"我想马上回武乡，看武乡的党组织现在是什么状况，已经三年了，我不知道他们与上级联系上了没有。当然，希望你能帮我找到特委，我要了解特委对近期党的活动有什么重要指示。"

"这个你放心，我已经给你做准备了，现在中共北方局已经设立了山西省委，我们县委由山西省委直接领导。目前的形势是这样的，自西安事变后，在中国革命进程中，国共两党关系表现出了一个好的开端，现在是即将发生重大变化的转折关头，日本帝国主义的侵略野心越来越明显，中日民族矛盾上升为主要矛盾，看来中日之间的战争已经不可避免了。在全国性抗日战争即将爆发的前夜，为了使全党明确当前的形势、任务以及党的政策、策略，做好迎接重大转变的思想准备，省委要求我们，要注重发展自卫武装，号召和组织广大农民积极投身抗日救国的洪流中。"

"好，有了省委的指示，我这心里就有了谱。"

"老李，还有一件事，郭水瀛这个青年很进步，记得几年前我就给你说过准备发展他入党，可是因种种原因一直未能如愿，后来他在太谷打工，还准备去陕北参加红军，可不幸的是被晋绥军抓了丁，之后被陈长柱的女儿陈亚妮看中了，他被提拔当了团长，但是他并未因为身份改变而改变自己的追求和信念，在这期间，他利用这个职务，做了许多有益于党的工作，特别是在营救我们的同志时出了很多力，在红军东征战斗中，曾被红军俘虏，红军首长接见了他，并托他给阎锡山带了一封信，从而沟通了红军与晋军的联系，也促成了共产党与阎锡山的初步合作。然而，这个老奸巨猾的阎锡山，他怕蒋介石知道他与共产党联系，就把水瀛开除了。现在水瀛已经回到武乡，你回到武乡以后，希望能继续培养他，发展他入党。"

"哦，他这可是干了一件惊天动地的大事呀。"

"你准备什么时候动身？"

"就这一两天吧。"

这时裴延萍说："老李，你还不能走呢，还有一个重要任务。现在阎锡山主持成立了牺牲救国同盟会，这个组织，名义上阎锡山还是'会长'，实际上领导权已经交给了共产党员薄一波同志，我们把它适当加以改组，加强进步因素，扩大群众基础，通过它发动群众、组织群众参加抗日救亡运动。我们按照北方局提出的要抓实权，做实际工作，反对空谈主义的方针，制定了牺盟会的行动纲领，迅速把工作开展起来，在工厂、学校和农村，广泛发展牺盟会组织。为了迅速培养干部，我们在'山西军政训练委员会'的名义下，办起了'临时村政协助员训练班''军政干部训练班''牺盟会特派员训练队''民政干部训练团'和'国民兵军官教导团'等，把山西当地和全国各地来到太原的成千上万的进步青年吸收进来，加以培养训练。这些训练单位，实际上成了我党的军事政治干部学校，造就了一大批骨干力量。经过短期培训的牺盟会特派员，都是比较优秀的党员，他们被派往各县工作，同时担负着党组织交给的建党任务。并在各地创办了村政协理员培训班、军政干部训练班等。你在狱中领导的绝食斗争，薄一波同志听说了之后非常赞赏，他要请你去军政干部训练班给学员做报告呢。"

"是吗？"

武文兴说："是，你还不知道吧，延萍在女中毕业后，在省府找了个差事，薄一波同志接管了牺盟会以后，抽调了许多党员充实牺盟会，组织就把她也安排在了牺盟会工作。"

"那好，听从组织安排，我一定去做这个报告。"

太原坝陵桥国民师范，是军政训练委员会所在地，军政干部训练班也在这里，学员们就像在部队一样，都穿着统一的军装，朝气蓬勃，训练有素。李文楷来到这里时，大操场上，学员们早已整整齐齐排好了队，首长们陪李文楷走进会场时，学员们"啪"的一声一齐敬礼，李文楷的思绪一下子又回到他参加广州起义时的情景,这种军营生活他已经离开很久了,今天来这里他感到非常的亲切。

"各位学员,今天我们请来了曾经参加过广州起义的老革命战士李文楷,他为了抗日救国,争取民族解放,身在狱中,坚持斗争,表现出了伟大的气概,今天我们就请他来做报告。"

随着主持人的开场白,学员中又一次爆发了热烈的掌声。

"谢谢大家,我讲什么呢?我讲一讲为真理而斗争。随着'九一八'事变的发生,日本帝国主义侵略中国的野心,已经由阴谋变成了事实,作为一个中国人,我们都应该起来为自己的民族存亡而斗争,然而蒋介石政府却坚持着'攘外必先安内'的政策,因而许许多多的仁人志士,不能走到抗日最前线,反而坐进了国民党的牢房。这是一种悲哀,是民族的悲哀;这是一种耻辱,是民族的耻辱。我李文楷也曾因此而进了国民党的牢房,牢房,锁住了我们的身体,限制了我们的自由,但是永远也锁不住我们的精神,因为我们坚持着真理,我们还要为真理而斗争。白色恐怖下,如何才能为真理而斗争?这需要一种精神,一种胆略,一种意志,更需要机智和勇敢……我在武乡被捕以后,一下子戴上了手铐脚镣,我从来没有当回事,一天一个狱役问我,'我们都为你担心,可你白天面不改色,夜里呼呼睡觉,你就不害怕吗?'我说,'没有做亏心事,我怕什么?我反对官僚,但我只反贪官,我反对土豪,但我只反盘剥乡民的土豪,我坚持抗日,抵制帝国主义侵略,这几点哪里做错了?自己不做错事,当然也没有什么可怕'。有一天,一位党内的同志来探视,我担心他看见手铐脚镣而影响了情绪,不敢继续斗争,我就用长袖和裤子把镣铐挡起来,同时我暗示他,我们做的事,是为争取广大人民的利益,希望他和大家能坚持斗争。后来,我作为要犯押到太原,又被判了重刑,受着非人的待遇。于是我联合同监狱的'犯人'要求改善伙食,要求看书看报,并组织大家用绝食来坚持我们的真理。特别是有一天我偶尔听到院墙外有人高唱抗日歌曲,高喊抗日救国的口号时,我敏锐地感觉到,抗日救亡又进入了一个新的高潮,要求释放我们这些政治犯出狱,参加到抗日救亡的洪流中……《国际歌》中就有这样的歌词:起来饥寒交迫的奴隶,起来全世界受苦的人,满腔的热血已经沸腾,要为真理而斗争。是的,我们为真理而斗争,一定会取得最后的胜利,我们开始了又一次的绝食斗争,这中间也经过了恐吓，也经过了残暴，但是为了真理，为了自由，我们不惜用自己的生命来抗争，有的人饿得晕了过去，但我冷静地告诉大家，只有坚持才能胜利，妥协必然失败，直到第六天，当局终于答应对我们的案子重新进行认定。我们终于取得了胜利……"

李文楷的演讲，多次被掌声打断。场上又多次喊起了抗日救亡的口号……

演讲刚刚结束，一位青年过来对李文楷说："老李，薄秘书找你。"

真没有想到，就在这里他见到了薄一波，薄一波说："你的演讲很成功，很有教育意义，现在新组建的国民兵军官教导团缺乏干部，你是参加过广州起义的，听说还任过红六军的秘书长，是老革命了，我想请你来国民兵军官教导团任职，怎么样？"

"我原来任中共武乡县委书记，可是监狱里待了这么长时间，不知道武乡的党组织现在是什么状况，我想回去看看……"

"好，给你几天假，回武乡安排一下，然后马上到太原来报到。"

薄一波干练的工作作风令李文楷非常敬佩，他"啪"地敬了一个军礼："服从命令！"便转身走了。

李文楷风风火火地回到武乡，他找到原来的县委领导成员，才了解了具体情况。原来，赵清风他们被释放之后，赵清风就直接找到特委，把武乡党组织遭到破坏的经过做了汇报，为了不使组织受到更大的影响，特委指示尽快组成新的领导机构，一是清理组织中意志薄弱的人，二是继续领导广大民众坚持抗日救亡的宣传，三是反对贪官污吏、土豪劣绅，在条件不成熟的时候，不要片面追求组织的发展，保持党组织的先进性和纯洁性。

根据特委指示，赵清风等人对县委机构进行了选举，充实了人员，只是县委书记一职还给李文楷留着，赵清风担任副书记。李文楷传达了省委的指示，并说明自己要到国民兵军官教导团任职，就让赵清风担任了书记一职。

郭水瀛离开了花花，虽然他们曾爱得死去活来，他们曾私订终身，他也曾把爱的信物送给了她。可是，事过境迁，他有了老婆，她有了丈夫，一切都已经如此无奈，他还能怎么样呢？好在看到花花离开了魔鬼般的家庭，跟了一个老实巴交的好男人，这也算能够让他放心一点了。

现在他的心里好失意，好矛盾，他不知道该做什么，于是他来到城里找延寿，想让他帮忙出个主意。

裴延寿说："水瀛，我想办法在政府给你找个差事吧。"

水瀛摇摇头说："这样的政府我已经烦了，不能办自己想办的事，我想做一点具体的工作。"

"那……咱们去找找魏大明吧，他也许有什么主意。"

"好。"

于是他们一起来找魏大明。

红军回师后，阎锡山又有了和共产党联合的主意，这个人的主张就是"冬天穿皮袄，夏天穿布衫"，需要什么就来什么，他觉得防共团这个名字刺眼，就改成保安团把愿参军的人编了进去，调去补充了晋绥军，在各县又新成立了一个公道团。现在魏大明就是公道团团长了，虽然改了名，其实换汤不换药，从阎锡山的内心还是起防共作用的。魏大明是组织安排并托郭水瀛在太原找关系才当上这个职务的，由他在中间领导，对共产党组织起了很大的保护作用，在严查共产党的时候，他们就出来应付应付，放放哨，查查路条，上面非要让抓人，完不成任务要罚，他就想办法顶替。有一天，正好查了一个太谷卖大烟的，你不是卖大烟害人吗？魏大明生了一计，就让这家伙当一回"共产党"吧，于是，把这个贩毒的人说成是共产党，那家伙也自认为可能招认是共产党要比贩大烟轻一点，就招认成了共产党，结果押到东门外给毙了，因此魏大明还得了奖呢。后来改为公道团后，就更灵活了。有人举报某村有个人是共产党，魏大明就先派人暗中去透漏消息，让那人跑了，然后便大张旗鼓地去抓共产党，虽然扑了空，可人们都知道公道团严查共产党呢。

"哟，水瀛来了，"魏大明一看见水瀛就招呼着说，"听说你回来了，我这还正准备抽个空去看看你呢。还没有等我动身，你倒先来了，你看这……快，来里边坐，裴少爷你也坐。"

"老魏，今天我们可是无事不登三宝殿。"裴延寿说。

"有什么事，你们说吧。"魏大明顺便望了望窗外。

"水瀛回来以后，想找个事做，我说给他在政府找个差事，可是他不喜欢，在家里又闷得慌，你看有个什么合适的事……"

"是呀，老魏，现在没有工作，我这心里直觉得空荡荡的，可是，我也不想去政府，和那些人打交道，我更感觉憋闷。"

"嗯，这……"魏大明低下头想了一下，"哎，水瀛，你看这个行不行？我突然有了一个想法，咱这公道团，虽然成立时候上头还是想让防共产党呢，可是我专门招收的都是些进步的青年，人家规定必须有五十亩地以上的人才能参加，可是大部分富户谁想出来当兵呀？可这是硬规定，他不来不行，有的人在家里哭闹，就是不想参加，我就趁这个机会给他们出了个点子，让他们给咱想要的青年出点钱，还得写个假地契，就说卖给某某人五十亩地。这样咱也招收了自己想要的年轻人，还挣了地主、富农的钱。其实这些团员们，大多数都是咱们的人，我想好好把他们培养培养，你不是当过军官吗？你干脆给咱来这里当教官，培训他们的军事素质。你看好不好？"

裴延寿一听，说："这个主意好。"

"好吧，我就来做这个。"

李文楷回来以后，把组织的事安排好，便打听郭水瀛，魏大明说在他的公道团里做军事教官。又仔细打听了一下现在的表现，感到确实已经成熟了，这天晚上，李文楷就找水瀛谈话。

"老李，你终于回来了。"水瀛一见李文楷有说不出的高兴。

"是呀，同志们都是多亏了你的营救。文兴早就给我介绍你，几次想发展你加入组织，都擦肩而过，你在晋绥军中，虽然担任了中级军官，但你利用这个职位，长期为党工作，做了突出的贡献，经武文兴等同志介绍，现在批准你加入中国共产党。"

"是吗？这一天终于到来了……"郭水瀛热泪盈眶。

"可惜，由于警方经常搜查，我们不敢保存党旗，这样吧，我在墙上画一个党旗，让你来宣誓。"李文楷手端油灯，拿了一根小木棍，认真地在墙上画了"镰刀斧头"的图案，"这代表一面鲜红的旗帜，是我们中国共产党的党旗！镰刀和斧头，象征着工农联盟，表示工人和农民团结的力量。从今天起，你就是一名中国共产党党员了。来，握紧拳头举起来，跟着我进行宣誓。"

这时候，周围非常静寂，静得连心跳的声音都听得出来。他的心情是那样激动，身上的血液在急促奔流……他举起右手，对着党旗，认真地跟着李文楷，以颤抖的声音宣誓："不怕困难，不怕牺牲，为共产主义事业奋斗到底……"

第二十八章

"可是弄坏啦。"

"怎么啦？有甚坏事情？"

"哎呀，你还没听说？日本人炮轰了卢沟桥。这回可是真的和咱中国人大打起来了。"

"我就知道狗日的东西没安好心。"

日本帝国主义向中国进攻，中日战争全面爆发。这个消息不胫而走，很快传到了武乡。老百姓没见过大的世面，也不懂是怎么一回事情，但既然是打起仗来了，打仗嘛，肯定不会是什么好事情，那一年，冯玉祥的"饭桶子"（樊钟秀）和阎锡山的"菜包子"（蔡荣寿）在蛤蟆滩一战，"饭"把"菜"给化了，可是弄得武乡许多百姓跟着当了炮灰。前几年中原大战，阎锡山败了，弄得山西人苦不堪言，这回日本人要是打过来，那肯定是又要遭"兵灾"了。

果然，没有过几天，又听说日本人打到了山西，中央军、晋绥军根本顶不住日本鬼子，纷纷败退，不久，太原就失守了。只是那溃军窜了下来，一天要过几十伙，有穿灰军装的，有穿草绿军装的，三个一群，五个一伙，有的驴驮马鞑，有的扛着大包小包，歪戴着帽子，背着枪，南腔北调，各种口音。你说他们战场上吃了败仗，财物上却赚了很多，一路走一路抢，也不知道在哪里弄了许多的东西，这些老总们，有的赶着大车，有的牵驴拉牛，牲口上拴捆着花红柳绿的包袱。一到了村里，见门就进，见人就捉。手里提着皮带，一开口就是"妈的屄"，一伸手就是几皮带。要白洋，要大烟，要酒肉，要女人……嘴里老是骂骂咧咧，一直说着，老子在前线打仗怎么怎么地了，这帮不要脸的兵痞子，战场上都败得一塌糊涂了，还在百姓面前充大。

打不过日本人，可欺压老百姓是好手，叫这狗日的们糟蹋了一回，老百姓真的是咬牙切齿了。

抗日战争全面爆发后，中共中央北方局来到太原，根据党中央洛川会议的精神，组织贯彻《中共中央关于目前形势与党的任务的决定》《抗日救国十大纲领》，为了积极做好全民抗日的准备工作，北方局发出了"共产党员脱下长衫，到游击队去"的号召。赵清风接到省委的指示，马上召开县委扩大会议，进行贯彻和讨论。

"同志们，刚刚接到省委指示，因为事关重大，我们必须马上开会讨论。抗日战争全面爆发以后，以国共两党合作为基础的抗日民族统一战线已经形成，红军已经改编为国民革命军第八路军，东渡黄河，走上了抗日战场。根据这一情况，现在我们的任务也有了重大改变，省委要求我们：第一，尽快组织抗日游击队；第二，广泛宣传群众、发动群众，大力发展抗日救国的民众团体。"

"清风，你说吧，我们现在具体怎么安排？"武云璧问。

"我就是让大家来发表意见。"

"省里派来牺盟会的特派员后，各编村也都组织了牺盟团体，群众性的抗日救亡运动已经有了起色，韩特派员是外地人，虽然工作很积极，但他人地生疏，还有不少困难，我与他在太原上学时是隔班的同学，那我就和他一起来做这项工作吧，宣传群众、发动群众，原来的农会、工会活动不是很多，我们将其进行改组，让农救会、工救会活跃起来，同时，我们还可以组织青救会、妇救会，把我们原来抗债团的骨干利用起来。"武云璧说。

魏大明也急着说："那我来组织游击队吧，我和霍师兄一起，把徒弟们组织起来，武器嘛，就用拳房里的茅子枪、大砍刀，几户大财主家里为看家护院曾买过枪，咱可以让他们把枪交出来。"

"老魏这个办法好，我们要尽快拉起队伍。但是，这个工作我不希望老魏来做，因为你现在是公道团团长，你手里有一二百人，又有上百支枪。你现在要牢牢地抓住这支力量，把队伍中的骨干紧紧团结在一起，还要加强训练，在合适的时机，我们想办法将这支武装改组成我们的游击队。我看霍师傅那里，你倒是可以去做做工作，让他拉起人来干，另外张贵青可以回西乡组织青年们搞成一支游击队，你看行不行？"

第二十八章

张贵青说:"没问题,我心里也有这个打算。"

"好,老魏你可以去给霍师傅做做工作,让他出面,如果有困难,可以让步锦同志去协助他。我们就这样分头行动。"

张贵青回到家里忙活了几天,还真有效,不少青年报名参加游击队,可是,这队伍拉起来了,武器怎么解决呢?没有武器等于白干,他一直发愁这件事。

这天傍晚,天完全黑下来以后,从庄西进来一个人影,来到张贵青家的大门前,他把门推开,走进院子里。

"贵青哥在家吗?"

"谁呀?"张贵青从屋里走出来。黑暗中,见一个瘦头瘦脸却很机灵的人,他约有二十四五岁的年纪,可还是看不清是谁。

"我!乔猴儿呀!"客人一边说一边走了过来。

"哦,是猴儿兄弟呀,快进来,这黑天半夜的,你有甚事呀?"

这个乔猴儿大名叫乔三胖,虽然叫三胖,可他并不胖,倒瘦得像个猴儿,再加上这人非常的机灵,做事利落,人们送他个外号叫"乔猴儿",他也很乐意人们这样叫他,干脆就用这个外号做名字了。

猴儿进了家里,张贵青把门掩好,说:"猴儿兄弟,你这深更半夜来找我……"

"听说你要组织游击队?我也想参加。"

"这是好事呀,不过我事先要给你说清楚,咱们这游击队是自发组织的,没人给咱钱,咱们是义务宣传抗日,有事就来做抗日工作,没事时还要回家种地,一旦日本人打来了,我们还要上战场。"

"上就上,我还怕甚哩?日本鬼子来侵略中国,我就想和狗日的干一场,他凭甚来咱中国?"

"好兄弟,你这话说得很好,可是咱们不发饷,长期下来,你有没有意见?"

"贵青哥,我不仅不问你要饷,我还有礼物送你呢!"乔猴儿笑了。

"哦,你要送我什么礼物?"

这时,乔猴儿过去把门打开一道缝,把个瘦脑袋伸出去左右看了看,又把门紧闭上才小声说:"你要弄游击队,我不仅人要参加,我还要送你十二支长枪。"

"哦？这是真话？"张贵青一听很是高兴，可一想，他在哪里能弄来枪呢，大概是说个笑话吧，"你不是日哄我吧，你在哪里能弄到枪呢？"

"你看你，我日哄你做甚哩。前几天有一批国民党兵从战场上溃退下来，在俺村里住宿，让我给他们弄酒喝，他娘的，我猴儿还没酒喝呢，凭啥给他们弄酒？我就没理他们……可后来我一想，狗日们人人有枪，我就想糟蹋狗日们，于是就去买了一坛酒，引他们到野地里的土窑洞里让狗日们喝，一会儿就把狗日们灌得大醉，眼看着一个个不省人事了，死猪一样地睡了，我就把枪下了，全部背到沟里找个地方埋了起来，随后我返身就跑了，一下走了好几天才回来，管狗日的们酒醒过来怎么办。"

"猴儿，你可比猴儿机灵得多呢。哈哈哈……"张贵青高兴地说，"好，你为咱游击队出了大力，你就当这游击队的队长吧，那兵痞子喝的酒钱，我也给你。"

"贵青哥，看你说哪里了，我这人可不是当官的料，队长我是当不了，酒钱呢，我也不要，要是你真看得起我，哪天请我喝一顿就行了……"

"好，一言为定。"

张贵青这天晚上可真是高兴，游击队还没有组织起来，这倒先有人送了十二支枪来，咱这队伍拉起来就有枪，多么威风。陆陆续续来报名的人越来越多，很快就拉起了五六十号人马，西乡游击队就这样组织起来了。

魏大明把他的师兄约到县城来，也和霍梦龄谈组织游击队的事。师兄弟俩又有好久没见面了，大明见霍梦龄应邀而来，好高兴，急忙让人买了酒菜来，在家里与他坐下喝起来。因为要谈正事，不想去饭馆子里，那里人多太杂乱，说话不方便。

"师兄，日本人打过来了，你听说了没有？"

"早听说了。"

"对这事，你有什么看法？"

"要说咱是老百姓，管不了国家大事，可政府那些管国家大事的人又他娘的稀松，真是气人。"

"是呀，现在日本人已经打到山西，天镇战役败了，平型关战役败了，娘子关战役又败了，中央军和晋绥军天天传的是败消息。就是听说八路军打了两个胜仗。"

"这八路军是什么队伍？"

"就是红军，共产党的队伍。全面抗战开始后，为了打日本鬼子，红军接受了国民政府的改编，编成了八路军上了抗日的前线。"

"早就听说红军特别能打仗，果然名不虚传。"

"来，为了八路军打胜仗，我们干一杯！"

"哈哈哈，好，干！"

两个人举起杯来，满满地干一大杯。

"可是，话又说回来了，现在日本鬼子是兵强马壮，装备又好，要想抗日，还得有个长远的打算。"魏大明说。

"那么多的中央军、晋绥军都败了，长远打算又能怎么样？"

"师兄，这是个暂时现象，咱们中国这么大，人口这么多，难道能一直让小日本欺负吗？迟早我们会把小日本赶出中国去的，当然，要想把日本帝国主义赶出中国去，还需要我们全民族团结起来。"

"你的意思是……"

"比如，我们可以组织游击队练武，做好抗日的准备，等日本鬼子打过来，我们就和他干。"

"你这想法是好的。"

"这就是说师兄支持我了？"

"你说对了，我当然会支持你的。"

"好，那你现在就可以把咱们开拳房的那些徒弟们组织起来，组成一支游击队。"

"这……"

"师兄，你还有什么难处？"

霍梦龄若有所思，可什么也不说，只管自己倒上喝酒。魏大明把酒壶夺过来："来，兄弟给你倒。师兄，你有什么想法，咱们可以商量。"

"师弟，虽然我也感觉到抗日是全中国人民的事，但你是知道的，我这人不善于出头露面，怕是组织不了……"

"其实师兄太谦虚了，我是知道的，你在咱们的徒弟中，那是一呼百应。只要你出面，大家都会来参加的。"

"在这方面你比我强,你怎么不来搞游击队呢?"

魏大明从窗户里朝外看了看,见院里没有人,才回头说:"师兄,不瞒你说,我非常想去搞游击队,可是我不想放弃公道团这个组织,因为那里有百把枪,一旦日本人打过来,我要把这支队伍拉出来,成为我们自己的武装。"

"好,有想法。可是……我……"

"师兄,你放开手脚干吧,我给你派一位同志去协助你的工作,他叫郭步锦,你也认识的。"

霍梦龄听说派人来支持他,心里当然十分高兴。其实,凭他以前组织国术团的情况,许多青年江湖义气十足,滴血起誓,在这些青年中,他是一呼百应的。可是,他这人虽然自幼跟随师傅霍焕习武,但他的性格却与人为善,不太喜欢打打杀杀,他总觉得武只可防身,不能用于争战。

"哦,你派老郭来那最好了,让他当队长,我帮助他组织人马……"

"不,师兄,还是由你来当队长,让他当教导员,我还可以给你派郭水瀛去做军事教练。"

"那好吧,就这样。"

郭水瀛这下子事情可就多了,把他在太原、保定学的许多内容全都用在了这里,不仅教练爬、卧、滚、打、爬杆、瞄准、射击、投弹……也把什么炮弹性能、射程计算、战场隐蔽、战地救护、自我防卫等知识一项项讲授下来。

由于游击队的枪支很少,练习瞄准就很困难,更别说射击了。他一直想,怎么才能解决这个问题呢?我们虽然现在枪很少,但总有一天枪会多起来的,作为游击队员,如果不会用枪,那算什么游击队员?真要是日本人来了,给你一支枪,也怕不知道怎么瞄准,怎么射击。可是枪就那么几支,只好轮着来。一天,一个叫二狗的后生,拿了根木棍子,也趴在那里瞄,别人都笑他:"看,人家二狗子,狗子拿上打狗棍了!"

"这叫'人舔碾子狗推磨',出新鲜事啦。"

"哈哈哈……"

队员们都起哄起来。郭水瀛过来看了看,突然心里有了个启发,用木头棍子确实没有法子练,可是做成真枪的样子,不就可以练了吗?于是他抽空去找个木匠,刮了几十支木枪,对大家说:"来吧,大家都过来,一人一支木枪,练习瞄准。"

第二十八章

游击队员们一个个趴下试试，嘀，还真行呢。

这下子可是解决了大问题，可以全队一起训练了。村里的小孩子们看很好玩，都缠着让爹给刮木头枪，没有几天，孩子们也人手一支枪，见游击队在训练，他们也都趴在场上练开了瞄准。

郭水瀛回去把这情况给上头汇报了，武云璧听后又有了新的主意："这是好事呀，咱们宣传抗日，发动民众，咱们已经组织了农救会、工救会、青救会、妇救会，小孩子也是民众呀，干脆把儿童也组织起来，编成儿童团，除了上学每天训练他们少半天。"

"好。"这个主意大家一致赞成。

武乡发动民众有了新经验，这个消息很快被刚刚设立在距武乡只有三十来里路的沁县的晋冀豫省委知道了，省委机关随同山西青年抗敌决死队就住在这里，他们认为这是一件大好事，要尽快宣传，力争大面积推广，于是马上派《黄河日报》的记者到武乡采访。

记者由一位决死队战士护送，来到武乡左打听右打听，总算在一个村子里找到正在写标语的武云璧。

"老武，有人找你。"一个老乡朝武云璧喊。

武云璧把手里的刷子和石灰水桶放下走过来，那位老乡指着身后两个人说："老武，就是他们要找你呢。"

"哦，你们是……"

"我是《黄河日报》的记者，这位是护送我的战士小李。"女记者一边介绍一边伸手过来。

"你好。"武云璧擦了擦手上的石灰水和她握手。

这时，女记者直截了当说明来意，武云璧一听，原来是要采访这个，他说："我带你去找一个合适的采访对象，我们游击队的教官。"

武云璧带着女记者一直来到了训练场，他朝放哨的队员说："快去把郭教官叫过来。"然后指着一旁的几块石头说："咱们就在这里坐坐，条件不好，露天办公，哈哈……"

一会儿，郭水瀛就过来了。

武云璧见他过来，忙站起来对女记者说："我给你介绍一下，这就是我们游击队的军事教官郭水瀛。"

"水瀛——"

"亚妮，是你——"

"你们认识？"武云璧有点惊讶。可他还没有醒过神来，又见他俩也不顾给武云璧介绍，便走过去抱着哭开了。

"嗨，这是怎么回事呀？"武云璧两眼直勾勾地瞪着……

过了好一会儿，水瀛才擦了擦泪水说："你看，光顾激动了，忘了给你介绍。她就是我的妻子陈亚妮。"

"亚妮，这是武云璧，这个名字你该知道吧，那年被捕了关在太原的监狱里，你还帮助营救呢。"

"哈哈哈，真没想到你们能在这里重逢。"

郭水瀛急忙问道："亚妮，快给我说说，你是怎么来到武乡的。"

原来，郭水瀛离开太原以后，陈亚妮心情非常不好，她怎么也想不通，阎锡山为什么要这样做，能让红军派代表到太原常驻，能派人去北平邀请薄一波回山西来主持牺盟会工作，可为什么不能容忍郭水瀛呀？他不就是做过红军的俘虏吗？他不就是为红军首长传了一封信吗？这难道是他的错吗？他帮你老阎找到了抗日的出路，你却不能容他，好在山西的政治气氛越来越好了，这对她来说也算是一个安慰。不久亚妮就生产了，看着怀里的儿子，她更想念丈夫。

亚妮常抱着孩子问妈妈："妈，你看这孩子像不像水瀛呀？"

"像。"妈妈不想多说，她不想让亚妮因为想自己的丈夫而忧郁寡欢，一说这个，她就急忙找其他的话来岔开。

可是亚妮爱着水瀛，她怎么能不想他呢？特别是在坐月子的时候，闷在家中，不由她不想。水瀛现在怎么样了？他是不是去找花花了？那个花花还等着他吗？……问号一个接一个……可是，这一串串问号，她一个也回答不了。她母亲常常拿些好听的唱片给她放，想让她开心，可是她越听心里越烦，不住地说："关掉，关掉。"她关心水瀛，可是没有水瀛的消息，她关心组织，可是又不能打听，哪里有心思听什么唱片……熬呀熬，总算出了百日，她实在在家里闷得慌，说什么也要走出去了，于是就说服母亲，把孩子托给保姆，寻找组织要求工作。

在国家危亡的时刻，每一个爱国者都会投身到救国的运动中来，这时太原已经沸腾了，山西已经沸腾了。太原的大街小巷，从早到晚，到处可见牺盟会成员一手拿着募捐名册，一手拿着饭碗、瓷缸，进行募捐活动。同时牺盟会成员也在街头高声地讲演："同胞们，请你捐献一个铜板，请你签上自己的名字。敌国的侵略，是人间最大的灾祸，国家面临灭亡，我们中华民族只有万众一心，共赴国难，才是脱离苦境的唯一出路。同胞们，反对侵略的战争，是正义的，请支持我们，支持抗战……"

陈亚妮被安排到牺盟会，专门培训派往各地的牺盟特派员。很快日本鬼子打进山西，北起天镇，南达娘子关，多路出击，直逼省府太原，可是晋绥军、中央军连连败北，最后阎锡山把所有兵力都调往忻口，指望死守忻口，以保太原平安，谁知血战死守，还是扛不住日军的进攻。

"太原怕是保不住了……"

省城的南门外，一直车水马龙，眷属转移，政府南迁，老百姓一见这情景，知道大势已去，也都向南逃命。

陈军长守卫太原，可是也感觉力不从心，他多次向阎锡山请求放弃太原再做打算，阎也不想让嫡系受到损失，便调傅作义来守卫太原，而让自己的部队南撤。

三十八军眷属要南撤了，陈太太要亚妮跟她到临汾。亚妮说："妈，你是答应过我的，等我生了孩子，你就不管我了，现在在国家危亡时刻，你怎么能让我跟着你逃命呢？"

陈太太见无法扭转女儿的态度，也只好由她去了。

就在太原失陷的时候，陈亚妮向组织请求要上前线。

"亚妮同志，你做过记者，根据战争需要，现在我们要设立晋冀豫省委，新的省委将要创办报纸，你可以到晋东南去，去那里做战地记者。"

这个决定对她来说真的是再好不过了，她早就打算到晋东南来，如果有机会她就可以到武乡找自己的丈夫。就这样她来到了新创办的《黄河日报》社，谁知道第一次采访的对象居然就是自己的丈夫——郭水瀛。

"亚妮，现在妈和孩子呢？"

"太原失陷前，阎锡山命令二战区和省府机关向南转移，三十八军的眷属也随着转移，妈带着孩子去了临汾。"

"这就好，这就好。他们都能平安我就放心了。"

第二十九章

　　二狗这天五更早早起来，他要去游击队训练，这几天他爹病了，起不了床，每天晚上他都要请假回家来照看，好在离得不远，前庄后庄只有里把路，五更起来跑步过去，误不了训练。

　　他从炕上爬了起来，隔窗户看了看天还黑咕隆咚，稍远一点就看不清，不过这路是熟路，每天他都是这个时候出发的，于是他穿衣起床，给老爹把尿罐子送了，然后回来把房门掩好，他照例去打开那扇用荆棘编成的篱笆街门，准备跑步到后庄。刚刚迈腿出门，哎呀不好，街上那是什么？一片一片的，他虚下眼细细一看，原来是那一片一片的黑影子并不是什么东西，而是一个个人，而且都抱着枪。哦，这都是兵呀，穿的什么服装？看不清。怎么睡着那么多的兵？昨天夜里实在没有听到什么动静呀，天这么冷，他们怎么睡在大街上？这是些甚的兵？啥时候开到俺村里了？中央军？晋绥军？还是日本鬼子？反正弄不清。

　　二狗这时心跳得厉害，怎么办？我该怎么办？他把伸出门的腿慢慢地缩了回来，小心翼翼地把篱笆门子又掩了起来，反正是不敢出去了，一出去把他们惊醒了怎么办？听说中央军和晋绥军都在抓差，要是他们抓了我可怎么好？如果是日本鬼子，那就不光是抓差了，怕是小命也没有了……可是一直这样等下去，也不是办法呀，一会儿天明了，就更没办法了……不行，得赶快想办法，还是先把情况汇报给队长吧。

　　可是街上全躺着兵，怎么出去呢？万一惊动了他们可就……

　　二狗用脊背紧靠着篱笆门，生怕街上的兵一下子推开来。翻墙吧？对，翻墙。他急忙拿了根棍子把篱笆门顶住，跑到茅厕里，从那里翻过去，后面

第二十九章

是小巷子,可以绕着到后庄去汇报。很快,二狗翻过了墙,轻手轻脚地落下地来,他左右看了看,确定小巷子里没人,便猫着腰一直朝后庄跑。

"报告——"二狗气喘吁吁地来到队长张贵青的住所。

"二狗,有什么急事?"张贵青见他跑得满头大汗,有点摸不着头脑。

"前庄……前庄的街上……睡、睡着许多的兵,不、不知道是什么队伍……"

"哦?怎么回事?你慢慢说。"

二狗喘了口气,才慢慢将他看到的情况说了。

这时,郭水瀛和乔猴儿也都来了。

郭水瀛分析道:"肯定不会是日本鬼子,听说鬼子烧杀掠抢,他们还会睡在大街上而不扰民吗?"

"对,不是鬼子。不过也不像中央军和老阎的兵,前一段他们败退下来,在咱这儿没少折腾。"张贵青也分析着。

乔猴儿说:"这样吧,我去前庄跑一遭,看看究竟是什么人……"

"好,你要小心,侦察清楚马上回来报告。"张贵青吩咐了猴儿,然后回头对水瀛说,"今天早上咱们暂停训练,游击队全部转移到村外,做好战斗准备。"

"好。"集合起来的游击队员,今天格外紧张,在张贵青和郭水瀛的带领下,他们来到村后的山上,观察着前庄的动态。

乔猴儿来到前庄,天已经亮了,他侧着身子利用各种物体作掩护,观察着情况。那些兵已经在街上走动开了,只见他们有人挑水、有人打扫街道……

就在这时,有个军人看见了他,见他这个样子,便朝他喊:"老乡,过来吧,别怕,我们是八路军,是抗日的队伍,是人民的队伍。"

乔猴儿曾听说,八路军是红军改编的,前一段也听说八路军在前线打鬼子,打了几个大胜仗,平型关战役一下打死千把鬼子呢,他也知道红军是共产党的队伍,都是穷苦人起来造反组成的,而且看他们这样子就和中央军、晋绥军不一样,也就放了心,大大方方地过来和他们说话。

乔猴儿掌握了情况便急忙跑回后庄向领导汇报。

一听说是八路军来了,张贵青高兴地说:"同志们,不用紧张了,原来是咱们自己的队伍，我们还得去欢迎八路军呢。"

贵青和水瀛他们赶紧来到前庄，大部队已经继续向南走了，还有少部分战士在村子里写标语。

水瀛看到一个背影好熟悉，他走了过去，原来真的是熟人，这人正是原成均。

"成均——"

原成均扭回头来，一见是水瀛，叫道："水瀛，是你呀。"

两个人高兴得抱在了一起。好久，水瀛才说："来，我给你们介绍一下，这是我们新组建的游击队队长张贵青，这是我的朋友原成均。成均，我还不知道你现在……"

"卢沟桥事变发生以后，国共两党开始了第二次合作，建立了抗日民族统一战线，咱们红军就改编成国民革命军第八路军，划归第二战区，东渡黄河，走上了抗日战场，我们开到晋东北后，日本鬼子已经从天镇、阳高、灵丘以及娘子关等处，分几路打进山西来，咱们八路军三个师分别在平型关、雁门关、阳明堡等地打了几个漂亮仗，给了鬼子沉重的打击，也极大地鼓舞了全国人民抗日的信心和决心。但是，由于国民党部队的恐日心理，再加上我们装备太差，太原会战失利。太原失守后，我八路军便开始了分兵发动群众，八路军总部跟随一二九师来到了晋东南。现在，大部队继续向南转移，而留下我们这一少部分人，组成八路军工作团，我们将在武乡驻下来，发动群众。"

"成均，这么说你留在武乡工作了？"

"是呀……"

"那敢情好呀，以后我们就可以在一起了。"

"水瀛，你不是在晋绥军中当团长吗？怎么回来老家搞游击队了？"

"这事，你得去问阎锡山。"

水瀛把他们分别后的经历简单说了一遍，原成均听了说："这也倒好，我们可以在抗日战场上打鬼子了，省得跟着他一直往后撤退。"

八路军工作团来了没几天，武乡广大民众的抗日热情更高涨了，短短十来天时间，各种群众组织的人数急骤增加。

就在这时，八路军工作团接到师部急电，工作团立即与县政府、牺盟会、公道团联系并召集游击队、各救会以及有名望的乡绅来开会研究对策。

会议的主持人当然是万县长，这几年武乡的县长是走马灯似的换，长的住一年多，短的仅是几个月，有人说是武乡共产党多，老与政府作对，有人说是官员贪污严重，抓点钱就跑。牺盟会的韩特派员、公道团魏团长、八路军工作团原副团长都是会议的主角。

万县长干咳了几声，向场下的人们摆了摆手说："各位，现在我们静一静，今天召集大家来，是有一件非常重要、非常紧急的事与大家商量，下面我们请八路军工作团的原副团长介绍情况。"

原成均站起来两手扶着桌子，干练地说道："各位先生，今天有一个好消息告诉大家，同时也有一个坏消息要通报。前一阶段，第二战区阎司令长官搞了一个反攻太原的计划，为了配合反攻太原的作战计划，我八路军牵制并打击向晋南进军的日军，控制邯长线，并在长生口、神头岭、响堂铺伏击日军，取得了三战三捷的重大胜利，这是一个好消息。但同时有一个坏消息，日军遭到我八路军的重创后，深感'不容轻视'，准备对晋东南地区进行一次大规模的进攻，以消灭八路军主力。目前，日军以第一零八师团主力，第十六、第二十、第一零九师团及酒井旅团各一部，共集结三万重兵，分别从邯长公路、正太路、同蒲路、平汉路上的日军据点出发，分九路向晋东南地区中国军队大举围攻。现在，我八路军与阎锡山第二战区的几个军组成东路军，在总指挥朱德和副总指挥彭德怀的统一指挥下，正分别打击各路日军。多路日军已经被我军主力所击退，但是，刚刚接到通知，从南而来的一路日军，由于我方未能及时赶到阻击，直朝武乡、榆社而来。现在，我八路军主力部队正在紧急调动兵力增援武乡，可是日军离我们已经很近了，我们必须做好应战的一切准备。"

一听说日本鬼子就要来了，几个乡绅都害怕了："哎呀，这日本鬼子要来了可怎么办？咱们得赶快逃难呀。"

牺盟会的韩特派员说："我们该怎么办？今天叫大家来就是商量这个问题的。"

大财主赵恒昌说："共产党天天喊抗日，这日本人来了，怎么叫我们来商量？咱们都是老百姓，有什么办法，赶快调八路军过来打呀。"

原成均一听这话，气不打一处来，话到嘴边还是压了下去，现在形势十万火急,不是斗嘴的时候,说:"赵先生,八路军是要抗日,是要来打鬼子的,目前主要是我军主力距离武乡有一二百里路程,而日本鬼子已经过了襄垣,很快就要进入我县地界了,不采取应急措施,老百姓就会遭受重大损失。"

"那就看你要怎么个应急吧,反正这鬼子是八路军招来的,树大招风吧,你打他他就要来打你。总不能因为八路军让武乡老百姓遭了殃吧。"

裴宝珊开口了:"赵东家,话不能这么说,八路军打鬼子打错了吗?八路军还是红军的时候,日本鬼子就侵略中国了,这怎么能说是因为八路军惹的祸呢?现在我们主要是想办法顶住鬼子,保护百姓的财产。"

万县长也来打圆场:"对对对,现在我们主要是想办法。"

公道团团长魏大明说:"养兵千日,用兵一时,就我这几百人,百把条枪,我立即拉出去,与鬼子干一场。"

原成均继续说:"我的设想是,把我们的游击队与公道团战士们一起组织起来,去阻击日军,各救会马上组织掩护老百姓转移,最好把粮食、水井都埋起来,不能让鬼子有生存的条件。"

万县长说:"凭咱这百把破枪,还能顶住日本人?再说咱们的子弹也不多……能把老百姓掩护好就不错了。"

韩特派员火了:"日本鬼子已经来了,你作为县长还说这样消极的话。"

原成均说:"时间已经不容我们争吵了,希望大家精诚团结,共同抗日,打退日本鬼子的进攻。大家立即分头行动吧。"

散了会,魏大明立即把团员们召集起来,简单说了情况,并准备把他们调到前面的山顶上,严密监视前方情况。行动前,他带了几个队长到政府的仓库领取子弹。可是已经找不到县长了,秘书说县长带了千把块钱骑着马跑了,已经走到了几十里开外。

真没有想到这家伙临阵脱逃,魏大明火冒三丈:"你们给我把仓库撬开,所有子弹全部搬出来。三队长,去把弟兄们给我集中过来,我要训话。"

不等他们把子弹全部搬出仓库来,公道团的团员们已经齐刷刷地站在仓库院内,魏大明喊了一声"立正",开始讲话:"弟兄们,今天日本鬼子就要打到武乡来了,我们作为军人,本来应该走上抗日前线,可是,咱们的父母官万县长千方百计阻止,并且就在这万分紧急的时刻,他居然把子弹紧锁在仓库里，又带了县政府的现款逃跑了，这是一种什么行为，汉奸的行为，卖国的行为。自从他到任武乡后，一直让我们公道团注视共产党的行动，说共产党是假抗日，尽管国共合作了，他还是坚持原来的立场，可是今天，在日本帝国主义打到武乡来，蹂躏我们土地、杀戮我们百姓的时候，他却选择了逃跑。现在谁是真抗日，谁是假抗日，已经很清楚了。刚才我已经与几位队长商量了，我决定，从现在起，我们不是公道团了，我们要组成抗日游击队，跟着共产党，跟着八路军，走上抗日前线。弟兄们，大家如果愿意跟我们一起抗日，就参加游击队，我们就叫威名游击队，让日本鬼子知道我们的威名。如果有不愿意参加游击队的人，我们也不勉强，你现在就可以回家，但是枪必须留下，让我们拿着枪打鬼子去。"

"好，我们听魏团长的。"这时会场上许多人都喊起来。

只有几个人因为害怕上战场，提出想回家，魏大明一个一个与他们握了手，说："你们回家吧，但我奉劝一句话，我们都是中国人，千万不能做汉奸。"

形势十分紧急，威名游击队马上部署在县城外围，严密注视日军的动向。

韩特派员与各救会负责人马上组织百姓空室清野，随后迅速转移。

此时，日本鬼子已经沿河而上，一路上，他们杀人放火，无恶不作。到了武乡城，并没有找到八路军的主力，鬼子不甘心，一直上了榆社，可还是没有发现八路军，明明接到情报，八路军主力在武乡活动，为什么找不到呢？日军指挥官火冒三丈："八嘎，情报的不准。八路军的主力在什么地方？马上返回武乡，杀一个回马枪。"

返回武乡城后，鬼子已经走得人困马乏，但是找了许久也没有找到吃的东西，甚至连水也喝不上，他们如同疯狗一般，把锅碗瓢盆全都砸了。鬼子四处搜寻，把没有逃走的老百姓都抓了出来，一个个残忍地杀害，有的挖了眼睛，有的割了耳朵，还有几个妇女，浑身被剥得精光，尽管她们拼命地挣扎，鬼子还是奸污了她们并将她们杀害。鬼子把没转移走的牛羊架着火烤着吃了，最后放火把一座古城烧成了一片瓦砾。

我游击队看到鬼子在县城的暴虐行径，一个个义愤填膺，魏大明命令开枪射击，日本鬼子听到枪声，一看四周都是高山，担心中了埋伏，慌忙连夜东逃。

这时，八路军一二九师主力与一一五师一部已经赶到武乡。

韩特派员与赵清风、武云璧等人找到八路军的首长说："我们是武乡抗日组织的负责人，为了支持八路军打鬼子，我们已经组织三四千青壮年做好了参战准备，所有编村都有人负责。只要你们有需要，随时随地都可以与村里的人联系，找向导带路、往火线送弹药、跑联络送信、抬担架……反正做什么都行。妇女们还做了不少干粮，我们也会给战士们送上前线的。"

八路军首长握着他们的手说："真是太感谢你们了。"

时间紧迫，前方传来消息，日军沿河向东去了。八路军战士们不顾奔袭二百多里的劳累，立即分两路沿浊漳河两岸平行追击，次日凌晨，八路军将日寇夹在狭长的河谷中间。

郭步锦和霍梦龄带着游击队在东部放哨，看到八路军已经开了过来，马上过去找到首长汇报情况："刚刚有几个鬼子骑马从河滩跑了过去，我们估计是前面探路的，大队人马马上会跟过来。"

"这么说，我们在这里就完全可以截住敌人了？"

"是呀。"

"那好，通知各连，马上进入战斗准备。这里叫什么村？"

"长乐村。"

"好，我们就在长乐村一带消灭鬼子。"

八路军战士马上寻找掩体，爬上山腰，严阵以待。

当鬼子的大部队走了过来，远处打起一颗信号弹，南北两山上的八路军，摆开了十几里长阵地，向敌人发起猛烈攻击，敌人顿时乱作一团，因为他们在河槽之中，很难找到掩护的东西，也只好胡乱向山坡上射击。敌人想集中兵力抢占山头，但是，早已被八路军打得首尾不能相顾，更找不到抢占制高点的突破口。

战斗进行得非常激烈，支前的队伍可是发挥了大作用，郭步锦带着一个班的战士接连运送弹药五六次，也已经累得筋疲力尽了。他们从火线上返下来，在过一段险路时，战士李德元一不小心跌到沟里。郭步锦听到声音马上回头问："怎么了？"

走在最后面的石天福说："不好了，德元闪到沟里了……"

"哦？怎么回事？快，我们下去拉上他来。"

第二十九章

郭步锦和几位战士一起寻找了个最浅点的地方跳了下去……他们一直从那条长长的土坡上连滑带走，终于在一片荆棘中找到德元。可就在这时，一队鬼子从沟里爬了上来，鬼子一下子把他们几个围了起来。

为首的鬼子用生硬的中国话说："你的，带路的……上山。"

"这里没有路。"

"哟西，谎话的不行，不带路的不行。"

郭步锦一看这情况，他们逃是没有办法逃了，可是怎么才能让八路军知道敌人的行动呢？千万不能让鬼子从这里偷袭上去。于是他突然大声高喊："这里有日本鬼子了——"

战士们见他喊，也跟着一起喊起来。鬼子恼羞成怒："统统死啦死啦……"

小鬼子一齐举起枪来，郭步锦和六位游击队员便扑过去，与鬼子撕打起来，游击队员们都练过功夫，眼疾手快，三下五除二干倒几个敌人，李德元操起一块石头，朝鬼子的头上砸去，那鬼子顿时脑浆迸裂，丧心病狂的鬼子一起向游击队员射击，就这样，他们倒在了鬼子枪下。

上面的八路军听到喊声，才发现了鬼子原来想从这里偷袭，立即投下了手榴弹，将沟里的鬼子全部消灭……

郭水瀛也正在组织游击队员给火线上运送弹药，敌人发现他们在山梁上，就朝这边射击，打得脚下的土直冒烟，水瀛马上喊："大家快卧倒——"队员们一起趴下，就地翻个滚，才躲过了鬼子的子弹。

就在这时，水瀛发现五六个妇女正朝这边走来，他又喊："趴下，别过来，这里危险。"

战场上的枪炮声震天响，妇女们虽然听见有人喊了，但没有听清是喊什么，还是一直往前走。郭水瀛见她们还往前走，又高声喊，可她们还是没有停下来，这怎么办，再往过走可就一点遮挡也没有了，这样的话，她们将有生命危险，水瀛一边喊："胡闹，别过来。"一边站起来跑过去阻拦她们。此时，只感觉大腿上"嗖"的一下，他一个趔趄摔了出去……

"蹲下，退回去……"郭水瀛就在摔倒的那一刻，还在喊。妇女们见他负了伤，才知道原来这个地方很危险，她们忙猫下腰过来看。

"水瀛……"有人认出他来。

水瀛听见有人叫他，睁开眼睛，原来是花花，问道："你们……你们……上来干什么？"

"妇救会让我们上来给战士们送干粮。"花花回答。

"这里很危险，你们知道不知道？"

大家哪里知道，都红着脸不说话。

"你们再往前走三五步就没有了掩体，敌人正朝这里射击……"

这时妇女们才都省过神来，原来水瀛是为了救她们呀。

花花关切地查看水瀛的身上，只见他的大腿上血已经染红一大片，花花说："水瀛，你负伤了……"

这时，水瀛才感觉到大腿疼得厉害，他是学过战地救护的，他知道必须及时包住伤口，不然失血过多就坏了。他立即两只手死死卡住伤口的上部，对她们说："快，把我的衣裳撕开，紧紧捆住伤口。"

花花和妇女们按照他的吩咐，急忙给他包扎起来……

第三十章

　　长乐村战斗进行得非常漂亮，两千二百多小鬼子抛尸于十几里长的长乐滩。

　　赵清风组织大批青壮劳力抬担架，把八路军与游击队的伤员们送到十几里外的师部医院，郭水瀛也被送医院治疗。

　　他需要做手术，子弹还在肉里呢，谁来照顾他？花花心里想。这时，妇联主任赵先先说："姐妹们，水瀛是为了救咱们才负的伤，咱们就跟着去医院吧，一来能照顾水瀛，二来也可以帮助医院做点力所能及的事情。"

　　"好，这个主意好，我们就一起跟着去。"大家都高兴地说。

　　花花心里当然更是高兴，这样她也可以在医院伺候几天水瀛。

　　担架来了，大家把水瀛抬上去。一路上，花花照看得最紧，她又想让抬担架的走得快点，好尽快赶到医院；又怕走得快了，水瀛感觉颠得慌，他负了伤，能不能受得住。她一会儿便要问问水瀛："是不是很疼？能不能受得住？"

　　水瀛很轻松地说："不要紧，没事。"

　　花花看他轻松一点，心里也稍微放了点心。

　　见抬担架的已经累得满头大汗，妇女主任赵先先说："看把你们累坏了吧，稍微歇一会儿吧，我们姐妹几个来抬几步。来姐妹们，咱们换一班。"

　　"不用不用，咱们都是大男人，还能让你们受罪。"前头的青年说。

　　"哈哈，能和你们相跟着走，说说话，咱这心里头就高兴，劲儿很大呢。"后头的青年笑着在打趣。

　　他们这么说说笑笑，反而都轻快了许多。眼看着快到宋庄了，师部的医院就扎在那里。这时，谁知道偶然遇见了魏林元。

魏林元看到花花，不管怎么说以前总是他的嫂子，他还是叫嫂子顺口，问道："嫂子，你这是去哪呀？"

"咱们去医院送伤员。林元，你这是在哪里来？"花花随口说。

"嘿嘿，咱也抗日呀，抬担架，送八路军伤员。"林元说着看了看担架上的人，穿着村里人的土布衣裳，不像是八路军，"嗨，这是谁受了伤？"

赵先先说："咱游击队的。"

魏林元挨过去一看，原来是郭水瀛，说："这不是水瀛吗？怎么了？伤得重不重？"

水瀛轻声说："不要紧，皮肉伤。"

魏林元说："谢天谢地，不要紧就好，他娘的这小日本鬼子真恶极了，打伤了多少人呢。你们快去吧，早点治疗，别让耽搁了。"

花花送水瀛上医院了。谁知道这事儿偏偏让魏林元看到？在回来的路上，林元心里一直在想，你看这个花花，我虽然叫你嫂子，但说你风流咱也没有屈说了你，我以前说挨一挨你，咱在家里也能让你好活点，你他娘的大喊大叫就是不从，一心想着个水瀛，你现在嫁给人家杨三愣了，还忘不了这档子事，你看，还敢这样无所顾及地去医院送他，真是不要脸了。看来这女人就是贱货，不招人打，就要上房揭瓦。

这小子魏林元肚里尽是些坏水，他心里还记恨着以前的事，因为打花花他还被区警罚过一百块钱呢。这下算是又有机会了，还能不报复报复？怎么办？现在当然他是不敢打人家花花了，可是，魏林元不敢打，还有人敢打，何不去把这事说给杨三愣，让他来这里闹一回？那可就有好戏看了。

想到这里，魏林元打定主意，回了村边就没有回东漳寨，直接去了天谷村，他找到杨三愣，说："三愣，你在家做甚呢？"

杨三愣见是魏林元，以前对他也没有好印象，本来不想和他搭讪，可人家和他说话哩，也不好意思不答应，只好说："在支前来，才回来一会儿。"

"你也在支前来？日本人死了好几千，你就没有去战场上弄点什么日本人的东西？"

"咱不敢去，到处是死人死马，瘆人哩，血都流成河了，一看就恶心。"

"你呀，还大丈夫男子汉呢，人家妇女们都在战场上呢。"

第三十章

"抗战支前，打鬼子，都应该去呀。"

"那是那是。花花嫂子也去了吧，我还在前线看到她了。"

"抗日又不分男女，她也该去呀。"

"该去，该去，不过，也有不该做的事情呢。"

"什么不该做，你这话是甚意思呢？"杨三愣听到他话中有话，便不想听他的了，知道他狗嘴里吐不出象牙来，一定不会说什么好事情。

"三愣，这话我本不该说，可是我也看不下去，你说我那个花花嫂子，她现在已经是你的人了，可还和那个郭水瀛藕断丝连，今天水瀛在战场上负了伤，她居然跟着去医院伺候了，滚在一起，看上去还蛮亲热的……"

杨三愣一听这话，心里有些不是滋味，他也摸不清这个魏林元是不是专门挑拨离间，林元说得有鼻子有眼，他心想这也像，郭水瀛的老婆是军长的女儿，人家也没有跟他来，也不会跟他来，水瀛回到武乡其实就是光棍一条，他们毕竟以前有过一段相好的经历，这万一要真的再遇到一起，也怕死灰复燃、旧情复发，不行，我得去看看。

于是，杨三愣便匆匆忙忙往宋庄走。

一路上，三愣心里嘀咕着。你看你这个郭水瀛，以前你们好，那我管不着，现在你有你的家，我有我的家，你从太原回来，去了我家，我也没有和你吵闹，反而宾客相待，总认为你以前对花花好，帮助过她，咱这也算受人点水之恩，当涌泉相报。我这人老实，只认为这过去的也就过去了，谁知道到现在又要弄这事情？我就是再老实，你也不能骑在我头上拉尿吧，我去看看，如果你们真的要是缠缠绵绵的那样，我可也不再客气了。他按了按腰间，大襟下硬邦邦的，他别在裤带上的那个家伙还在，那是一把铁攮子，昨天他去支前时，怕面对面遇上小鬼子，作防身用的，他是要敢拖曳我老婆，干脆攮了他。反回来一想，真的是瞎想呢，明明水瀛负了伤，他们就是暗里还好着，他伤成那样也不至于拖曳花花呀。不行，我还是暗暗去观察一下吧，看看他们的动静，也会知道他们是不是还有勾扯。只要他们还有勾扯，我就对他们不客气了……

来到宋庄，看到整个村子都是那么忙忙碌碌的，不知道是些什么人来往穿梭，胳膊上带十字的人进进出出，各家各户的院子里，都是八路军伤员，有的挎着胳膊，有的拄着拐棍，有的头上缠着绷带……这还算些轻伤。他进了院子看，屋里土炕上还有许多重彩号，没了胳膊的，没了腿的，还有的在那里痛得直叫喊。杨三愣向人们打听："郭水瀛住在谁家？"

那些医生们都摇摇头。是呀，八路军哪里能认识郭水瀛？大部分是外地人，有的连他的话也听不懂，对着他只是摇头。这该问谁呢？看见村里的人过去问，他们也说："这么多伤兵，谁知道谁在哪里。"

"我就不信，就二三十户人家的一个宋庄，我找不到。"三愣自己安慰自己，查访不着，我就一个院子一个院子地找，非得找到不行。反正这里人也多，谁也搞不清谁是干什么的。三愣东家进西家出，找呀找呀，走了五六个院子，突然他听到了花花在说话，是，是他老婆的声音。

"肯定就在这里。"三愣一下子注意起来，他悄悄地来到窗户跟前，用指头蘸了点唾沫，把窗户纸泌了一小孔，然后用一只眼去看，果然是在这里，郭水瀛躺在炕上，光溜溜地露着一条大腿，上面缠着许多的绷带，还有一大片血迹，花花正和另外一个女人在跟前给他做着什么。

一看花花那个样子，三愣这火"噌"的一下冒了起来，你抗日我没意见，你拥军我没意见，为什么偏偏要来关心照顾他郭水瀛？这不是明摆着没有忘了旧情吗？就这个样子，等他伤好了，还能不死灰复燃？不行，再不能让他们这样了。三愣怒冲冲地进去站在地中间，喊道："花花，你还不回家在这里做甚？"

"三愣，你来了？"花花说。

"我不来能行？不来还不知道你要做什么。"

郭水瀛看见三愣火炮连天的样子，以为是嫌花花不回家，忙解释说："三愣哥，医院太忙，她们妇救会组织了个拥军小组，帮助医院做些事，支援八路军，这可是好事呀。"

"在你跟前伺候你，可不是好事，怕你不满意哩？"

"三愣，你这是说的个甚哩？不怕人家笑话？"花花红着脸急了。

"你要怕笑话，倒不在这里丢人现眼了。"

"我丢啥人了？我现啥眼了？这说的叫啥话？你真不害羞。"

"你才不害羞呢。"

"怎么，水瀛刚刚做了手术，我就不能来照看他？"

这时，赵先先等人听到这里吵闹，早走了过来，一看是三愣来闹事，赵先先板起脸说："你这三愣是怎么了？水瀛是为了救我们姐妹几个才挂了彩，俺们来照看照看他不对？再说人家水瀛的媳妇在跟前，你以为他们会怎么样？"

"哦？"三愣傻乎乎地不知道该说什么，"花花，哪个是水瀛的媳妇？"

花花委屈地两眼噙着泪水不理他，赵先先一把将陈亚妮拉过来，说："你睁大眼看看，水瀛家这媳妇，人家现在是八路军，她听说水瀛挂了彩，赶紧从沁县跑来看他，人家还感激花花照顾水瀛呢，你这大老爷们，原来这样小肚鸡肠。"

几句话说得三愣红了一盘脸，忙说："我是个拉不成，都怪狗日的魏林元挑拨，原来他是专门想破坏咱家里的关系。"

赵先先说："还不赶快给人家水瀛媳妇道歉？"

"嘿嘿，水瀛媳妇，我这人拉不成，瞎说八道，你就原谅我吧。"

陈亚妮笑笑说："没有什么，水瀛和花花原来好，这我知道。现在咱们都各自成了家，过去的事就过去了，咱们总不能因为这些，以后就什么也不做了吧，都是革命同志，相互还得帮忙。水瀛虽然负伤了，但是他是为了救同志而负的伤，是为了打鬼子而负的伤，是为了抗战而负的伤，我感到很自豪。来到这里我看到姐妹们主动帮助医生护士，又是洗绷带，又是换药，特别是她们一心一意地照看水瀛，我从内心非常感激她们。你也应该为有花花姐这样的好妻子感到高兴才对。"

三愣更是无地自容，过去问候了水瀛的伤情，安慰他好好养伤，又吩咐花花她们，安心在医院帮几天忙，然后回家去了。

郭水瀛在医院住了一段，回到东漳镇养伤，在继母来弟的精心照料下，很快就恢复了，他能拄着棍子走路了，这下他可再也在家里坐不住了，非要去找游击队，继母劝说了许多也不顶事，郭有才说："他是个犟货，他思谋要做的事，你就是拉也拉不住，还是由他去吧。"

查访着游击队在奇崖头的白龙庙休整，他就赶忙去归队。

"老魏，我回来了。"

魏大明见他还拄着拐棍，便说："看你，你就在家多休养几天吧，来了咱这游击队里生活总不像在家里好些，我担心影响你的伤口愈合。快坐下说话。"

"你不知道，在家坐着心里憋闷得慌，老是惦记着咱游击队，你快给我说说这一段的情况吧。"

"好，我一宗一宗给你说。"魏大明给水瀛倒了一杯开水，"先说第一宗，万县长在长乐战斗前跑了以后，再也没有回来，县城被日本鬼子烧成了一片废墟，可以说是把个县政府也烧垮了。战斗结束后，牺盟会、八路军工作团和我们县委在一起商量研究，旧县长跑了，旧政府散了，这是一个大好的机会，我们就乘此机会成立了武乡县抗日政府。韩特派员当了县长，八路军工作团的原副团长当了武装主任。还在下边组建了五个区政府，现在，咱们就有了自己的政府了。"

郭水瀛听了非常高兴："这是好事，我们有了自己的政府，以后这抗日工作就更好做了。"

"我再给你说第二宗，在这次战斗中，我们武乡的地方党组织发挥了很大的作用，得到了晋冀豫省委的表扬，我们不仅做了大量的工作，也培养了大量的干部，这不，省委决定派赵清风、武云璧二人去沁县、辽县当抗日县长。"

"看来我们这个大熔炉还真是锻炼人的好地方。"

"我再给你说第三宗，不知道你发现了没有，这一段咱们的游击队就剩几个人了，我们给八路军做了大贡献，就在长乐战斗结束后，八路军三八六旅减员严重，师部首长和我们商量，希望我们能给八路军补充兵源，于是，我就把刚刚整编的威名游击队，还有师兄老霍组织起来的游击队全部拨给了八路军。"

"那我们的游击队怎么办？"郭水瀛有点舍不得，"怎么也得留下一部分呢。"

"这个你放心，咱们武乡的老百姓，都是支持抗战的，我相信不用几天，我们的游击队又会发展到几百人的。"魏大明接着说，"还有一宗不好的消息，我也告诉你，就在这次战斗中，郭步锦同志英勇牺牲了……我们一共牺牲了二十多位游击队员。"

郭水瀛慢慢地脱下了军帽，低下头，为牺牲的同志默哀。此时，他想起了在太原营救郭步锦的事，他为自己营救了一位英勇的抗日志士而自豪。

"老魏，下一步咱们的工作重点是什么？"

第三十章

"你还是放心养伤吧，我准备尽快把威名游击队组建起来，抗日政府已经做了决定，我是队长，你是副队长，我的师兄霍梦龄是武术教练。我们的游击队必须尽快搞起来，因为现在日本鬼子已经在武乡扎下了据点，我们的抗日工作，是一项长期的任务了。"

"什么？日本鬼子在武乡扎下了据点？"

"是呀，"魏大明接着介绍道，"日本鬼子占领长治后，一方面要沟通长治与太原日寇大本营的联系，建立向我上党地区运送军火物资的补给线；另一方面，日寇早已派遣葛木联队对长治一带的地下矿藏进行了勘查，发现这里有大量的煤、铁等，准备大量抢夺地下资源。同时，也想把我们初创的晋东南抗日根据地分割开来，让我们东西不能联系，正着手修筑北起太谷白圭镇，南到晋城的白晋铁路。为此，鬼子在沿线建起了许多据点，并抓来了大量的民工，现在，日寇正在紧锣密鼓地修路呢。

"张贵青的西乡游击队，现在主要任务就是破坏敌人的修路计划。当然，日本鬼子也不会善罢甘休，他们也会来'扫荡'我们的根据地，八路军主力在外线作战，我们的任务也就更加重了。这不，昨天县委作出指示，让张贵青带游击队袭击鬼子的南沟据点，解救修路民工，破坏敌人的修路计划呢。"

郭水瀛说："要偷袭小鬼子的据点，那可不是容易的事，咱们要去帮助他才是。"

"不行，你这腿还没有好呢，你怎么能去？"

"不怕，虽然我不能去摸炮楼，但共同讨论个计谋，总是人多些好。"

"那就依了你吧，我们走。"

张贵青接到县委指示，一直在考虑如何去打这个据点呢。敌人的炮楼里连明连夜都有人放哨，而且时常架着机关枪，就凭游击队这十几条枪，怎么才能攻破敌人的封锁？他和副队长乔三胖以及两个排长一起商量对策，正在这时，魏大明和郭水瀛走了进来。

看见他俩人走进来，张贵青笑着说："你们来得正好，我们正在讨论偷袭炮楼呢，帮助咱们出点主意。"

"你们还是接着讨论，我们就算旁听吧。"

一排长李贵和说："我带一排去进攻，我们选定炮楼对面的土山，和鬼子对着打，吸引了鬼子的注意力，然后选一个精干的小队冲进去，打开关押民工的大院，只要民工们都跑出来，几千人乱糟糟的，鬼子就没办法了，这样肯定能成。"

张贵青说："怕是不行，我们这十来条枪，子弹又不多，怕是压不住敌人的火力，敌人有一挺机关枪就够了，咱们一开火敌人就会出来，这样我们肯定完不成解救民工的任务。"

二排长说："是呀，一响枪，惊动了鬼子，怕是不好办，再说鬼子要是用电话联系其他据点，增援的敌人赶来了就更难办了。"

乔三胖说："你们看这样行不行？"

"怎样？"

"我有个办法，引蛇出洞。"

"怎么个引法？本来咱还怕小鬼子出来呢，你反倒要引他出来，这能行？"二排长说。

张贵青说："猴儿，你有什么新花样，快说呀。"

乔三胖这才把他的计划说出来："我带上两个人，先趁黑将鬼子的电线绞了，切断鬼子与其他据点的联系，之后，故意让敌人发现，他们就会出动来打我们，这时一排分成两个组，从两边向敌人开枪，鬼子摸不清我们有多少人，肯定会出来追，我们且战且退，把敌人引开，二排趁机摸进去，打开关押民工的院子，把民工放出来……"

"猴儿这办法我看行。我想，二排放出民工后，可以用几个人带民工转移，而主力要抵抗鬼子的追赶，要尽量保证民工的安全。"

郭水瀛说："还有重要的一点，不论是往出引鬼子也好，还是我们疏散转移民工也好，要尽量分散一些，咱们都是熟路，炮楼里的鬼子不会很多，我们越分散，敌人的兵力也就越分散，这样，我们的计划才更能够顺利完成。"

"好，计划定了，我们就分头行动。"

这天夜里，满天稠密的星星，山风吹得庄稼叶子沙沙作响，约莫三更时分，三个黑影从玉米地里钻了出来，摸索进了南沟据点附近，三个人猫蹲下朝着据点里观察了一阵，一个黑影像猴子似的，"嗖嗖嗖"就蹿上了电线杆子，只见他登高如履平地，哧溜哧溜就爬到杆顶，拔出腰间的大铁钳子，"咯嘣、咯嘣"几下子，电线纷纷落地。

下面这个说："哎，这电线咱拿回去也会有用吧，我把它收起来。"

另一个说:"今黑夜主要任务可不是收电线呀,你不要因为这个误了大事。"

"怕啥哩,这叫放羊拾柴,捎带之工。咱们俩现在是半夜打老婆,闲着也是闲着,不如把电线收了,有空再找几部电话机,以后咱也和县委用电话联系。"

"呵呵,你这家伙还真有想法呢,那咱就干。"

乔猴儿从电线杆子上下来,看见他们在那里弄电线,便说:"你俩不能弄那个吧,咱们今天的任务可不是偷电线的。"

"呵呵,顺手牵羊,弄回去咱们也可以用电话联系。"

"快走吧,弄些电线还不容易?今天可不能因为这个误了大事。"乔猴儿下了命令,那俩只好把已经盘了一大把的铁丝给扔了。

他们刚向炮楼靠近,在门口巡逻的鬼子就发现了他们:"你的,什么的干活?"

"老子告诉你什么的干活,打枪的干活。"乔猴儿照着巡逻的鬼子就是一枪,一个鬼子没了命,炮楼里的机枪立刻响了起来,一队鬼子冲了出来。早已埋伏下的一排立即开火,鬼子见火力很猛,还以为是八路军呢,便把兵力全部集中过来对付。打了一阵子,一排的火力点向后撤离,鬼子见对方有点顶不住了,便乘胜追击。就这样,没过半个时辰,战场离开据点二里路。这时,二排已经摸了进去,他们从后面将关押民工的院墙推倒了,二排长朝里喊:"老乡们,我们是游击队,来救你们的,赶快跟我走。"

其实,外面的枪声,早已把民工们惊醒了,他们串通起身拿了家伙,想着一有机会就冲出去和鬼子拼命。谁知游击队正好来救他们,两千多民工一下子如潮水般地涌了出去……

在游击队员的带领下,民工们四下疏散,炮楼里打机枪的鬼子发现了,也不知道该扫射哪个方向,只好胡乱扫。

二狗掩护着民工正跑呢,一回头,看到鬼子追了上来,可他没有枪,只在腰里别着两颗手榴弹,他想,等鬼子靠近了就给他一家伙,大不了同归于尽,千万不能成了鬼子的俘虏。眼看着鬼子追上来了,二狗掏出一颗手榴弹,可是万一要是投不准呢?不行我得先试试。眉头一皱,计上心来,他低下身脱了一只鞋,一试太轻,又找了块砣礓塞进去,嗯,和手榴弹差不多重,他回身朝鬼子扔过去，正好扔在鬼子的中间。小鬼子见掉下一个东西来，以为是手榴弹，马上就卧倒了，可等了好久不见响动，挨近一看，原来是一只大鞋。

鬼子冷笑了一声，原来这八路根本没有武器，还怕什么，放心去追，这回二狗掏出真手榴弹来，拉开了线，朝敌人扔过去，鬼子以为又是鞋子，根本没有在意，"轰"的一声，十来个鬼子就上了西天。

尾追的鬼子被消灭了，民工们听着游击队员的指点，猫下腰，很快就跑到了安全地带……

东方闪亮了，战斗结束。一排也撤回来了。张贵青让民工们各自回家。

这时有一位青年高声地喊道："我想参加游击队，你们要不要？"

马上有许多青年也喊起来："我们也要参加，收下我们吧。"

魏大明一听，这可是个好机会，这些民工大都是穷苦百姓，他对张贵青说："这是个好机会，咱们就把报名的青年吸收到游击队里来吧。"

经过严格的挑选，张贵青的西乡游击队增加了一百多人，而魏大明的威名游击队一下子收了二百多人。魏大明和郭水瀛带着浩浩荡荡的队伍回到了奇崖头。

第三十一章

杨三愣遭了魏林元的耍弄，窝了一肚子火。咱本来也是个抗日的积极分子，教狗日的魏林元煽了煽风，倒让人们说咱是个二百五了。

回到家里饭也不吃了，倒在炕上憋气。村里的弟兄们来找他，准备给八路军送公粮去，他说病了，打问了好久，三愣才说了受魏林元骗的事。

本家兄弟杨胖则说："三愣哥，这个魏林元不仅是挑拨你们的个人关系，更是在破坏抗日，这是汉奸行为，这事咱们不能就这样与他完了，去村公所告他，一定要让政府好好整治一下这个坏东西。"

"你说这样的事也能去告他吗？"

"能呀，怎么不能？他破坏军民关系，就是破坏抗日，怎么不能告他？"

"好，那咱就去告狗日的去。"

杨胖则陪着三愣来到村公所，一五一十地把事情的前前后后说清楚。村长和武委会主任一听，这狗日的就是想破坏抗日，破坏游击队和老百姓的关系，破坏拥军工作，是汉奸行为，已经给我们游击队造成坏的影响，必须严加治理，再加上以前他办了许多的缺德事，人缘也不好。于是，村长便派村警传讯魏林元。

魏林元自打上回让区警打了一回，知道去了那地方也没好，这可怎么办？好汉不吃眼前亏，三十六计走为上，跑吧，出外头躲一段再说。可是能往哪里跑呢？他先去了他表姑夫赵恒昌家里。因为是亲戚，以往他也常来跑跑，特别是他与赵恒昌的二媳妇，他二表嫂还有点私情，他想看能不能在这里躲几天。

他知道他表姑夫赵恒昌肚里的鬼点子多，去请教请教他老人家，或许有个办法能躲过这场难,免得受皮肉之苦。他说:"表姑夫,我给杨三愣说了个谎话,被人家告到村公所,村公所说我是破坏抗日,村警叫我去,你说怎么办?"

"哎呀,现在这破坏抗日,可是大罪呀,谁能替你顶得住?"

"那可怎么办?表姑夫,你要帮我想个办法。"

"你要住在我家,怕是你躲不下,把我也连累了呀,现在有八路军撑腰,那些穷小子们什么事都敢做,要打得咱没命了,不就亏啦?"

"表姑夫,你不能见死不救,总得帮我想个办法呀,你说这回该怎么办?"

"哎呀,那帮穷鬼们就恨咱富人呢,巴不得你犯点什么事,只要你有点毛病,他还不趁机往死里整你?这回真的怕是黄巢杀人八百万——在劫难逃了。"

魏林元吓坏了,一下子跪在了赵恒昌的身边:"表姑夫,你可要救救我。你就想个办法吧。"

赵恒昌仰起头,闭上眼,过了好长时间才说:"办法嘛,我倒是有一个。"

"表姑夫,你快说,有什么办法?"

"不知道你……"

"表姑夫,只要能救下林元,我给你当牛做马也甘心。"

"这倒不用,只是你不敢给别人说。"

"我这里躲命呢,还敢给别人说?"

"不瞒你说,你大表兄在天津读书,学的是日本话,毕业以后,正赶上日本人和中国开战,他就跟着日本人当了翻译,现在驻在长治,你干脆去找他,让他给你在日本人那里找一份差事这多好,别说是小小的游击队、村公所,就是八路军也没有办法。"

"表姑夫,那我不就真的成了汉奸?"

"汉奸不比死了好?你要是不想去,就当我没说,你去村公所投案吧,看人家整成你个什么样子。"

魏林元低下了头,什么也不说了。他心里想,是呀,表姑夫说得也有道理,只要能躲下这条命,管他汉奸不汉奸,再说,这日本人这么厉害,咱这中国人干吼叫哩,能打过人家?最后还不是遍地都是日本人?还不如在日本人那里找份差事,比现在要强。好,就这么定了,魏林元心里定了主意。

第三十一章

"表姑夫，你给我大表兄写个信，我带着去找他。"

魏林元一口气跑到了长治。

赵恒昌的大儿子叫赵通达，天津大学毕业以后，就跟着日本人做事了，实际上是给日本人做翻译，不过赵恒昌怕人说他是汉奸，一直说他在天津，就是不说干什么工作，日军占领长治后，因为这是他的家乡，趁他对这里熟悉，就调他来这里做翻译。魏林元找到赵通达，说明他来的意思，赵通达就安排他到特高科去受训。魏林元又是学军事，又是学日本话，特别是学习了许多的间谍知识。

有一天赵通达叫他说："为了配合皇军作战，新组建了皇协军，我给你疏通了一下，让你回武乡的据点做皇协军中队长。"

"表兄，这个中队长，是个什么官？"

"就是个营长吧。这个职务可不是谁也可以当的，不是表兄给你出力，皇军能信任你？"

"那能带多少兵？"

"二三百吧，主要是看护白晋线，同时也要配合皇军在武乡、沁县一带进行清剿。"

"好，好，好，手下有兵，我就不怕了。"

"你要干得好，我还可以提拔你当大队长。"

魏林元这下高兴了，不仅穿了一身黄狗皮，而且还到据点当上了伪军中队长。他把抓来的百姓整编集训，一下子弄了三百多人，开始四下清剿。在黄狗子里他最威风了，想打就打，想骂就骂，就是在"皇军"面前放不开胆，别说是平山队长，就是个一般小兵指挥他，他也得两脚并直把身子躬下一直答应"嗨"。

鬼子为什么要加强驻武乡的兵力？因为白晋铁路武乡境内有几十里长一段，这白晋线是日军重要的补给线，是日军"以战养战"的交通命脉，而且也是疯狂掠夺上党盆地的粮食、煤、铁资源的主要运输渠道。

为了保护根据地民众的利益，破坏敌人的交通路线、通信工具，打兵站，抢仓库，捣毁鬼子的军用设施和据点，就成了八路军、游击队的主要任务。

这一天，县武装主任原成均接到太行第三军分区的紧急通知，便立即召开各游击队、青救会、各区武装主任的会议。原成均简单介绍了三分区秘密计划：原来八路军得到了重要情报，敌人从石家庄运来一大批军火物资，是准备让鬼子搞秋季"扫荡"的，现在存放在南关车站的军用仓库里，八路军三八五旅已经进行了侦察，并做好了充分的准备，主力部队准备在明天攻打南关车站，三分区要求武乡派八百名青壮劳力，在战斗结束时，立即冲进去将物资全部搬运出来，并答应战斗结束后，可以给武乡县的游击队补充部分武器弹药。

大家听了非常高兴，能给游击队补充装备、弹药，这是再好不过的事了。魏大明说："好好好，这回咱游击队可要出一把力呢。"

原成均说："这次的主要任务是搬运物资，青救会负责组织八百名青年，于明天傍黑儿全部进入石盘山隐蔽，战斗一结束，快速进入仓库，将日军物资转移回我们的手中，西乡游击队担任警戒任务，保护搬运物资的队伍，威名游击队只在外线游击，预防不测。"

"怎么？他们去干，让我们在一边瞧？老原你这任务是怎么分配的？这不公道，我有意见。"魏大明一边着急地说，一边在地上磕他的旱烟锅子。

"老魏，你别急呀，现在鬼子三天两头出来清剿，仗可是有你打的，这回只要能争取多给咱们分点战利品，以后日子就好过了。"

"不行，这回我们也要上战场。"魏大明还是在争。

这时，在一旁的郭水瀛说："老魏，原主任不是让咱们外线游击吗？我看这外线游击，咱们也可以搞个名堂。"

"哦，你这有什么好主意？"魏大明马上凑到郭水瀛的身边问。

"打南关车站，是八路军主力部队的任务，咱们没戏，可是如果南关战斗一打响，鬼子的几个据点一定会出动去增援，这样其他地方就空虚了，我们可以趁这个机会，组织群众去破坏铁路，咱兵工厂不是缺材料吗？咱们搞他一点道轨，送到兵工厂去怎么样？省得以后做炮弹没有原料。"

"好，这个主意好。"

郭水瀛把具体做法说出来，大家都觉得可行，于是，便急忙分头准备去了。

次日傍晚，远处传来了枪声，南关战斗打响了，郭水瀛组织的破坏铁路的大军也冲向了白晋铁路沿线。只见他们有的扛锹，有的用镢，三人一组，五人一班，"叮叮当当"地干了起来，威名游击队队员则将子弹上膛，紧紧握枪，眼巴巴地盯着远方。

　　破路的大军，有的拧夹板，有的撬道钉，一截截铁轨被抬了起来，送到早已等候的牛车上拉走了。人们汗流浃背地干了半夜，一下子运走了几十条铁轨。这时，炮楼里的鬼子发现了，急忙出来追赶。我游击队且战且退，掩护着破路的百姓。为了防止敌人追赶，在不远处的黑风口，我游击队设下了密集的火力来封锁。

　　黑风口是一个只有两三丈来宽的窄沟，也是我破路大军撤退的唯一通道。这里是一处天然的关隘，更是狙击敌人的最好场所，等我游击队掩护百姓撤退过去，埋伏在两山上的游击队员就把住这个"大门"，当敌人追上来，山上的手榴弹就像下雨一样地抛了下来，只听得"轰、轰"的爆炸声，敌人便嚎爹叫娘地惨吼起来，一个小队的日军和六七十名伪军全部被炸死在了黑风口。

　　武乡游击队连续打了不少漂亮仗，在根据地是出了大名，多次受到太行第三军分区的表彰，《黄河日报》上也经常报道。此时，驻扎在潞城的八路军总部，常常遭到长治日军的袭扰、"扫荡"，安全受到了极大的威胁。为此，总部首长派出了侦察人员，到武乡来选择合适的地址，很快总部转移到了武乡。

　　八路军总部进驻武乡，这是一个秘密，一般民众只知道驻扎队伍，根本不知道是高级指挥机关，只有县委知道这个秘密。县委安排游击队注重盘查、侦察、保密工作，这下游击队的担子可就更重了。

　　自从在黑风口被游击队炸死七八名日本鬼子和六七十名黄狗子，中队长平山一郎就发誓要报复，非要找八路游击队决一死战不可，而且要追回丢失的铁轨。

　　"魏林元，你的，特高课的受过训，你要尽快给我查明铁轨哪里去了，游击队哪里去了。八嘎呀路，我要统统稀拉稀拉。"

　　魏林元点头哈腰地说："太君的放心，我一定查清楚，土八路的统统稀拉稀拉。"

　　魏林元当了皇协军中队长之后，便在全武乡布下了密探，都是他那些地主朋友，每接到一个消息，奖励几百块钱，而且还要给他们活动经费，这是长治日军特高课安排他做的。平山队长让他调查，他便换了便衣，悄悄地去联络。第一站就去了西漳的赵恒昌家。为什么要先来这里？很明显，赵恒昌家的二媳妇与魏林元早有勾搭，他当然也想借这个机会来与她私会。

"二表嫂，好久没有见你了，怪想人的。"

"林元，你这胆子不小，区上早已知道你投了敌，还当了皇协军中队长，正想抓你呢，你怎么还敢来呀？真是要色不要命了？"这二媳妇名叫桃花，是个有名的风流女人，和男人说话，那话中就像带着钩子一样，一下就把人钩住了。

"哈哈，看你说的，我是既要色，又要命，那些游击队有多大能耐？我这可是专门受过训的人，现在的魏林元，不是以前的魏林元了，他们要想抓我，还没那本事。"

"哟，看你去长治训了几天，倒能说大话了，有本事你也搞个日本女人，不要来找我。"

"看表嫂说的，你是我的心肝宝贝，咱就是有了日本女人，也忘不了你呀。"魏林元说着，就过去把桃花抱住了。

桃花也不示弱，一个金钩倒挂，便搂住了林元的脖子，两个人滚在一起，就像狗走窝似的，团成一蛋。

直到听见赵恒昌在街门外头的咳嗽声，两人才急忙分开。

见赵恒昌回来了，魏林元忙走过去说："表姑夫，我等你好久了。"

赵恒昌见林元来了，便说："林元你来做什么？你看，你当汉奸是明人，俺们这可是在暗处，咱在人前头还要抗日哩，你老往我家跑这不好，以后有什么事，我派人去给你送情报，你可不要再来了，不然，让人发觉，咱们可就都完了，抗日政府那帮穷鬼正愁找不到咱们的茬呢。"

魏林元说："表姑夫，这个我知道，其实我也不想来，因为东武乡没有人不认识我魏林元。可是平山队长催得太急，我只好亲自出马了，以后的情报就让二表嫂来送最好，为了行动方便，我已经给她搞了一张良民证。"

"说吧，这回有什么急事？"

"前一段游击队带着穷小子们去偷了白晋线上的铁轨，我想一定是土八路搞上了兵工厂，铁轨是不是送到兵工厂了？这个兵工厂在什么地方？游击队打死了皇军，平山队长要找他们报仇，他们平时驻在哪个村里？"

"这个……游击队那帮人东跑西跳，弄不清住在哪个村。这个兵工厂嘛，前一段我在赤峪口办事，听到'叮叮咚咚'的打铁声音，怎么会有那么多的铁匠？你这么一说，我分析就是兵工厂，一定是在赤峪口，村顶上有一排新打的窑洞，一定在那里。"

"表姑夫，这回你可要立大功了，我回去报告平山队长，等我们干掉这个兵工厂，就去长治旅团司令部给你请功。"

"我不要什么功不功的，只要你们能把这帮穷小子搞垮，我就满意了。"

魏林元这下高兴坏了，这回要能干掉一个八路的兵工厂，他可就会被提拔成大队长的，到那时，别说平山一郎，就是横川旅团长也要夸赞他呢。魏林元返回据点，把情况汇报给了平山一郎，平山立即决定联系沁县据点，共同出兵，直奔赤峪口。

拂晓时分，日军分两路包围了赤峪口村。

他们可是直奔兵工厂去的，按照赵恒昌说的方位，鬼子冲到村顶上的一排窑洞里，可那里已经是空空的了，但从遗留的杂物可以看出，这里确实就是兵工厂，有煤渣，有炉灰，还有几盘没有拆掉的铁匠炉膛，特别是还有几个做手榴弹、地雷用的翻砂模子。平山一郎以为是找到了八路的据点，他就是把赤峪口翻个底朝天，也要找到这些八路，一定要端掉这个兵工厂。可幸运的是，八路军总部进驻武乡后，已经决定建立总部直属的兵工厂，因为武乡兵工厂有不少工人，原来都是在太原阎锡山的兵工厂干的，这是一批能干的技术力量，于是就把这个小兵工厂合并了过去，所有的设备都搬到了新厂里，敌人这才扑了空，赵恒昌的情报，让鬼子吃了手抓屁。

日本鬼子并不甘心，他们接着挨门逐户捕人掠财，把全村人赶到村里的厂房院，平山一郎用生硬的中国话说："皇军，良民的不杀，只要你们说出谁是八路军，谁是游击队，谁是兵工厂的干活，皇军大大地奖赏。兵工厂搬到什么地方去了？"

村里的群众一声不吭。

"和皇军对抗的不行。不说话就统统稀拉稀拉。"

这时魏林元出来说："太君说了，皇军是不杀良民的，只要你们说出八路军、游击队的下落，说出兵工厂的下落，我魏林元保你们无事，太君还要奖赏你们，咱们乡里乡亲的，听我的话，不要因为土八路，叫大家吃了哑巴亏。"

大家都用仇恨的眼光盯着这个汉奸，魏林元又说："我可是为了你们好呀，为了八路军，为了兵工厂，真的让把你们一村人给稀拉稀拉，那可不划算呀。"

平山一郎见没有人说话，便凶相毕露："不用硬的是不行了。"

然后用日本话叽里咕噜吩咐了几句，鬼子便将抓来的百姓以青壮年与老弱妇孺分开，先把二十多名青壮年排成一行，然后残暴的日本鬼子就开始了杀戮，鬼子问一声："说不说八路军的下落？"

场里没有人答应，举枪的鬼子就"叭"的一枪，打死一个青年。这种杀人的方式是相当残忍的，俗话叫作"点名爆豆子"。鬼子整整折腾了半天，就这样把二十多名手无寸铁的农民杀害了。

但是，他们并没有从群众的口中得到任何消息。平山一郎气急败坏，他发誓非要挖出兵工厂的下落不可。于是，日军把留下来的老弱妇孺关到一个院子里，又对周围的村庄进行搜捕，抓来了几十个农民，全部带回赤峪口村的厂房院关押起来。

日本鬼子又开始迫害妇女，他们把一个刚过门的年轻媳妇抓过来，当众将她的衣服剥得精光，这媳妇感到羞愧，便反抗起来，鬼子就用绳子将她手脚绑在树上，当众对她进行了轮奸，那媳妇恨透了鬼子，可是手脚已经被捆死，当一个鬼子压在她身上时，她冷不防将那鬼子的耳朵一口咬了下来，几个鬼子冲上去就用乱枪刺杀了她……

看到无辜百姓一个个被残忍杀害，区干部魏三堂勇敢地站出来，他说："你们不要杀害无辜，我知道八路军在哪里。"

平山一郎一脸阴笑地走过去，魏三堂一拳便将他打出了两丈多远。魏三堂高声喊："总是一死，不如和鬼子拼了……"

百姓们一起向鬼子冲上去……

老百姓毕竟手无寸铁，最后还是倒在了鬼子的屠刀下……日本鬼子在这里暴虐三天，共杀害无辜百姓一百二十九人，掠夺粮食二百余石，宰杀抢走牲口三十余头，杀人的方式也极其残忍，有的砍头，有的开膛，有的挖出心来喂了狼狗……日本鬼子制造了惨无人道的赤峪口惨案。

第三十二章

赤峪口惨案发生后，八路军、游击队听说了可真是气得咬牙切齿，都要去找小鬼子报仇。而附近的老百姓可是都有些后怕，好多天过去了，一说这事，还倒吸一口冷气，"幸亏那天咱逃难走得早，不然也可能落在鬼子的手里，已经成了鬼。"镇上的百姓们一直在议论，其中有个群众说："这都是狗日的魏林元引来了日本鬼子，他不得好死，总有一天八路军会找狗日的报仇呢。"

有个叫张臭小的中年人接了话，这个人平时就好说些风凉话，他要张嘴，准没有什么好听的，这时他说："快不要提八路军了，他们见了日本人也是直跑。八路军穿着灰小布衫，日本人来了钻到后山。"

一听张臭小念出了顺口溜，大家都笑了起来。

有个群众反对他说："臭小你是瞎说呢，八路军啥时跑过？那叫打游击，敌进我退，敌退我攻。"

臭小又说："咱不懂啥叫打游击，反正是日本人到了东漳，八路军跑到彭庄。"

"臭小你真是瞎说哩，彭庄倒去了黎城，离东漳镇上有七八十里，八路军打游击还能跑那么远？我看你是诬蔑八路军。"

"就是嘛——遭殃（中央）军那可是见了鬼子就跑，八路军咱许多人都看见过，把鬼子打得横尸遍野，什么时候怕过鬼子？"

臭小不服气："怎么，我屈说了八路军吗？日本飞机转一遭，头顶扎上臭老蒿。八路军胆子也不大。"

……

张臭小这几段顺口溜，不几天传了一世界，其实许多人都是出于好奇，念起来顺口，也就瞎念了，这下可让坏人高兴了，也跟着说八路军不好。抗日政府的锄奸科听到这些话，很明显这是专门破坏军民关系，诋毁八路军的名声，是汉奸行为。于是，锄奸科展开了调查。

查来查去很快就查到了张臭小身上，张臭小被锄奸科抓了起来，这下臭小可吓傻了，本来这些话并不是他的杰作，而是有一天与老财主赵恒昌说话时，赵恒昌编出来的，他觉得这几句话说起来顺口好记，一下子就记在肚里了，那天人们在街上叨唠起来，他就顺口念了几句，原本以为只是些笑料，笑过就没事了，谁知道政府就把他弄成汉奸了，真的是病从口入，祸从口出，早知道说这几句话要闯事，打死他也不敢瞎念。现在可怎么办？只好实话实说，他说是听赵恒昌说的。

锄奸科又把赵恒昌也抓了起来，赵恒昌可是拒不承认，说："你看你这个臭小，好汉做事好汉当，你闯了祸怎么能往我头上推？我什么时候让你念过这个？这说话办事可得有依据，你要是找出个证人来，就算是我教给你的。"

"赵东家，我只知道说话办事凭良心，这些顺口溜明明是那天你给我说的，怎么不承认了？"

"你们去问问村里的百姓，我赵某人什么时候说过八路军的不是？咱八路军抗日打鬼子那可是有功之臣，咱们群众都拥护的。"

锄奸科的人见他们两人吵了起来，也不好断定，张臭小也给人家找不出个证人来，正没办法，赵恒昌反过来对他们说："你们是抗日政府的领导，你们可要给我做主，虽然说我这成分高，可是我思想觉悟也不低，咱共产党的报纸上不是正在宣传巩固农村统一战线吗？这张臭小要赖我，我可不能答应。你们可不能眼看着让他这疯狗来咬我。"

张臭小也再拿不出什么证据来，两眼生泪没办法。这下倒让锄奸科的人也没有办法了。

这时，赵恒昌追着问："怎么，你们准备怎么处理？"

锄奸科的人只好说："他又没证据，与你没事。"

赵恒昌说："这就好，你们说没有事了，我就走。我还要去参加八路军召开的会议呢，听说是八路军高级首长要和我们座谈。"

赵恒昌这样一说，吓得张臭小更是什么也不敢说了。等赵恒昌走了后，臭小才说："我冤枉呀，这话确实是他编的，他知道我这人爱说个风凉话，故意告诉我，让我出来念的，谁知道我这人没有头脑，就上了他的当。"

锄奸科的人也相信臭小的话，只是没有抓到赵恒昌的把柄，只好心里暗暗给他记着这笔账，以后他要再犯了，新账老账一起算。

冀东抗日领袖、第三军区抗日联军政治部主任杨裕民要去平西学习，绕道太行山来到八路军总部，不幸病逝在太行山上，八路军总部为他召开了隆重的追悼会。会后，为了巩固和发展农村的抗日统一战线，总部召集武乡士绅名流召开了一个座谈会。这次会上，朱德总司令、彭德怀副总司令以及许多八路军高级领导到会，朱德总司令亲自讲话，非常称赞武乡民众对八路军的支持，通报了八路军出师以后多次的抗日战绩，同时也讲了八路军在抗日中的发展，指出国民政府的军饷不仅少得可怜，而且还迟迟不到，八路军面临着极大的困难。大会号召大家有钱出钱，有粮出粮，有力出力，团结抗战，反对投降，把日本帝国主义赶出中国去！

裴宝珊听了朱德总司令的讲话，第一个站起来拍手支持，他说："听了八路军首长的讲话，我万分感动，八路军为了百姓，与日本鬼子进行殊死搏斗，这个我们是亲眼看到了，八路军面临的困难，这些天我也看到了，他们是非常困难的，脚上连一双布鞋都穿不上，许多人都还穿着破草鞋，我感到很难过，为了支持八路军抗日打日本鬼子，我裴某决定，为八路军捐献五千大洋、五千石公粮，也算是裴某人为抗日出了一点微薄之力。"

在裴宝珊的带动下，许多士绅都纷纷捐助，短短几天捐献公粮达十万石，现洋六万多块。朱德总司令亲手送给了裴宝珊一面书写"毁家纾难"的锦旗。

赵恒昌也是来参加这个会的，因为他心里有鬼，一是他大儿子当了汉奸，怕被人们发觉，二是刚刚让锄奸科审查，他要再不捐献，怕又过不了关，也咬了咬牙，捐了一千石公粮，这下可也真露了脸。

裴宝珊看他这回大大方方地捐了公粮，也拍着他的肩膀，竖起大拇指笑着说："我说呀，赵老兄赵老先生也应该是支持抗日的模范嘛。"

"八路军将士在战场上浴血奋战，打日本鬼子，咱出点钱粮，这是应该的嘛。"赵恒昌说。

"说得好，我看光咱们捐献，这些数额远远不足，咱们再搞一个《告晋东南绅士书》怎么样？让大家都来为抗战出力。"

"好，你老兄来写，咱们集体签名。"

这时有位女记者来采访裴宝珊。

这女记者便是陈亚妮，原来，为了加强宣传鼓动，前一段中共北方局创办了《新华日报》华北版，撤销了省委的《黄河日报》，报社的人员都合并到《新华日报》来，随着总部转移，陈亚妮也来到了武乡。

"裴老先生，您好。我是《新华日报》记者，听说您在这次座谈会上，主动带头为八路军捐献了许多的钱粮，我代表八路军向您致敬！您能谈谈您是怎么想的吗？"陈亚妮很尊敬地向裴宝珊提问。

捐款捐物对裴宝珊来说，本来不是什么稀罕事。早在国民初期，他就曾因救灾为中央捐款，还得过国民党中央内政部一等金色义赈奖呢。他的性格是默默无闻，并不想自夸，可是他一想，现在是非常时期，八路军靠他一个人捐助是不行的，还需要许许多多的爱国志士来捐款捐物，才能共同完成抗日大业，他的义举若能带动更多的人起来为抗日出力，这不是更好吗？想到这里，他才说："我乃山村野夫，讲不了什么大道理，但是我知道日本鬼子侵略中国，杀我同胞，占我土地，这是天理不容的，我目睹了鬼子在武乡烧杀抢掠的兽行，我们的民族，有着几千年的历史，不能让小鬼子得逞。可是遭殃（中央）军一直向南撤退，是八路军走在最前头，和日本鬼子拼命，我们有什么理由不支持他们呢？钱财乃身外之物，生不带来，死不带去，把鬼子赶出中国去，我们平安了，我们还有手，没有钱还可以去挣。而我们不起来抗日，让日本鬼子蹂躏欺负，怕是连命也没有了，要那钱财还有什么用？"

跟前的县武装主任原成均介绍说："裴先生是一位非常开明的士绅，他的孩子们现在都是抗日先锋，大儿子裴延寿在抗日政府工作，大女儿裴延萍在牺盟会工作，听说现在参加了薄一波领导的决死队。"

"哦，你是裴延萍的父亲？"陈亚妮感到非常吃惊。

"怎么，你和小女相识？"

"不只是相识，我们还是好朋友呢，我与郭水瀛结婚的时候，是她代表水瀛的家人出席我们的婚礼呢。"陈亚妮高兴得脸蛋红扑扑的。

"哦，这么说你就是水瀛的媳妇了？"

"是的，早就听说过您老人家，按说我也该叫您老一声干爹呢。"

"好媳妇，你抽时间一定回家里来跑跑，让你爹娘都见见你。"

"好，我会回家的，只是这些天报社人手还少，忙不过来，我回来武乡后，连水瀛也没见过呢，等有空的时候，我和水瀛一起，相跟上回去看二老，也看看干爹干娘。"

之后，陈亚妮又采访了赵恒昌，说赵先生踊跃认捐一千石粮食，这种精神也是值得宣传的，报社已经准备要给这一大批支持抗战的爱国士绅做一个专版。赵恒昌当然也要趁机表白一下，说了许多爱国的话语，并表示以后多为抗战出力。

嘴上这么说，但他心里可是恨透八路军了，本来自己不情愿，可是又无可奈何，还得装出一副主动的样子来给人家捐献，那可是一千石呀，要装七八百布袋呢。散会后，他心情一直忧忧郁郁的，脑子里老是想着那七八百布袋粮食，他心疼呀，幸亏还是自己使了点心眼，要像裴宝珊那样在人前头充大，五千大洋，五千石粮食，那还不亏透了？这一千石怎么才能捞回来呢？加租子？那是行不通了，八路军一直吼叫着减租减息呢，反正减来减去还是富人吃亏，自古道富人是穷人之恨，他们总想变着法子刮富人的油呢。可是，斧打凿，凿入木，迟早这一千石要寻个出处，咱不能白白地出这个冤枉捐，让八路军讨了这个大便宜。一提起八路军来，他突然想到在东山上开会，看那里村村都有八路军，人来人往，凭他这眼光看，好像还不是些小兵，倒像是当干部的，是不是八路军有大机关设在武乡？是呀，开会的时候还有八路军的大首长到场，他又把发给他的奖状拿了出来，果然上头写着朱德、彭德怀的名字，这不就是八路军最大的领导吗？要是把这个情报送给魏林元，弄不好也值那一千石粮食的价码。

对，就用这个来补偿捐粮的缺额，赵恒昌心想着，可又怎么去传这个情报呢？自打八路军驻下以后，抗日政府盘查得很紧，又是民兵，又是儿童团，这个要路条，那个问口令，走一村问几回，咱刚刚上了政府的报纸，成了表扬的模范，一旦查出来赵恒昌去了敌炮楼，那八路军可是非下手干掉不行，上回因为张臭小念那顺口溜，锄奸科已经来找麻烦了，亏他多了一个心眼来了个死不认账，这回要再发现他去敌炮楼，那可就成了屡教不改的大罪。

怎么办呢？记得魏林元说过，让老二家的去送信。让老二家去倒是有些理由，她娘家是沁县的，去村公所弄个路条，就说要去娘家，也倒是合理，只要进了日本人搞维持的村子，就不怕有人再查了。她究竟是去了沁县娘家，还是去了日本人的炮楼里，抗日政府是不知道具体情况的。可就是那日本人荒淫无道，万一要把老二家给糟蹋了……可怎么给儿子交代？这事儿可真难呀，赵恒昌在屋子里转来转去。可除了让老二家去，实在想不出另外的办法了。怎么办？只好狠一狠心，舍不得孩子打不着狼，要跟八路军斗，总得下点本钱。

想到这里，赵恒昌来到二媳妇的房里："老二家，你有好久没有去过娘家了吧。"

"是呀，四五个月了。"

"想不想回去看看？"

老二媳妇见公爹突然来和她说这个，总是有什么事要她办呢，也故意卖了个关子："咱不想回去，日本人天天来'扫荡'，外头乱糟糟的，一旦遇上了不是自寻倒霉？"

"看你说的，有八路军哩，日本人也轻易不敢来。"

"哟，日本人多怕哩，那赤峪口百把人怎么死了？那妇女们让敌人给糟蹋了，还把命要了。"

赵恒昌见虚话套不住她，也只好实说："老二家，咱是一家人，也不用打墙避影，其实，我是想让你去娘家跑跑，顺便给咱办件大事。"

"俺一个女人家，能办成什么大事？"

"给林元捎着送个信。"因为老二长期不在家，赵恒昌也知道老二媳妇与林元有些不清楚，也许一说给林元去送信，她就会高兴地答应呢。

谁知道这桃花还鬼猴精，不管公爹怎么筛这铜锣，就是不上他这个杆杆。她说道："林元是汉奸，他在炮楼里，俺还敢去那个地方？"

"其实也不怕甚，那附近的村子都搞维持了，秩序可好呢。"

"那我也不去，还是在家安生点吧。"

赵恒昌见说不动老二媳妇，没办法才拿出最后一招"杀手锏"，他从大襟底下掏出一副和田羊脂白玉镯来，问："老二家，你看这对镯子好不好？"

一见这个，看那色泽就知道是个正宗的好货，少说也得几百大洋，老二家那眼睛可就发了直，忙说："好呀，这是哪里来的？我看看。"

"你甭看，这是正宗的和田羊脂玉，上等好货。手摸上去柔触触的，戴在手上凉格茵茵的，好东西。"

"我抓手上看看嘛，试试看好戴不好戴。"

"你先说去不去？要去，这对镯子就归你。"

"嗯……"老二家还想再为难一下。

赵恒昌一边说，一边就收拾起来，"老二家你看吧，你要去呢，你就去办，你要真不想去，我也不为难你了，我总会找到个合适人去办的。"

"哟，这么好的镯子，你就轻易能给了旁人？谁说不去了，我只是想先试试合不合手呢。"

"这么说你答应了要去？"

老二家一边抢过镯子来就往手腕上戴，一边点点头应允下来。

做好一切准备，赵恒昌的二媳妇骑了头毛驴去娘家了。

一路上，左盘查右盘查，桃花这个心里也直嘀咕，俗话说不做亏心事，不怕鬼叫门，可她这真的要去办坏事，自家这心里就不稳妥，这就是做贼心虚吧。过一个村，人家就要看路条，一看要去沁县，有人就劝她，那可是要过白晋线的，铁路上日本鬼子终日巡逻，哪里能过得去？还是返回去吧。她只好说老娘病重，不去不行。嘴上应付，心里可一直"咚咚"地跳，只怕人家看出她的鬼来。好在也没有人再吓唬她。若是抓到村公所审她一回，早就说了实话。

总算进了日本人的维持村，这回好办了，老公爹给了她魏林元早已给她准备好的"良民证"，拿着这个很管用，也没人问去哪里，看看证就可以走。

直到天快黑时，才找到魏林元的营房。魏林元一见桃花来了，高兴得合不拢嘴，一把将她抱过来扔在床上，就如恶狼一般地"啃"了起来。

桃花一把将他推开："就知道这个，我看你就像疯了一样，人家一路上都快吓死了，你也不安慰安慰。再说，我这回来，可还有大事呢。"

"表嫂，不管什么大事，也要等我先'安慰'了你再说。"魏林元淫猥地笑着。

再说，陈亚妮完成了写稿任务，总算有了一点空闲，她设法与水瀛联系，真的想回家里看看。结婚五年了，还没有见过公婆呢，现在回到武乡了，离家只有几十里路程，可是工作总是紧张得没有一点时间，这下好了，总算抽了一点空闲，她请了两天假，约好水瀛一起回家。她来到水瀛的驻地，和他一起相跟着往家里走。没有走多远，一个村子里正在唱戏，只见街上有摆小摊儿的,也有卖麻花的、卖水果的,当然还有卖冰糖葫芦的,走过来游过去的,戏已经开了场,是新成立不久的武乡光明剧团,听说是生旦兼唱的名角梁旭昌主演,在开正本之前还要加唱什么宣传抗日的新折子戏《上前线》《换脑筋》《劝夫参军》等,这可都是剧团根据当地发生的事自己编的,群众还非常爱看。

水瀛带着亚妮来到街上,说:"正唱戏呢,咱们先看一会儿戏吧。"

"唱的是什么戏呀?"

"武乡秧歌,很好看的。"

"我只听过中路梆子,还没听过秧歌。"

"那就请你去开开眼界。"

于是他们二人就走进了戏场子里,戏刚刚开始。只见开场一位演员正在念着宣传抗日的板话:

……
不论汉满蒙回藏,
不论工农兵学商,
要想不做亡国奴,
一起奋起打东洋。
青年参军上前线,
中年种地出公粮,
老年喂鸡勤拾粪,
儿童放哨又站岗,
军民动员齐参战,
抗战胜利有保障。
……

亚妮边看边说:"这样的宣传鼓动还真有用呢,老百姓很容易接受。"

"是呀,寓教于乐嘛,老百姓里识字的人很少,有时候写在书上、纸上,也比不了唱出来更容易被接受呢。"

"这就是宣传鼓动的作用。"

看了一会儿，陈亚妮说："咱们走吧。"

水瀛问道："怎么，是不是听不懂咱武乡的戏？"

"不，我是急着回家，还有很远的路。"

"好吧。"

两人好不容易从拥挤的人群中走出来，来到街上，陈亚妮说："咱们给二老买点什么礼物呢？"

"哈哈，你这媳妇想得真周到，我可想不起来回家还得买什么东西。"

"第一次见面，我给二老买点水果吧。"

二人说说笑笑走出村来，今天亚妮特别开心，嫁给水瀛六七年了，可还没有去过婆家呢，今天她感觉自己还像个新媳妇似的，和水瀛肩并着肩，心里美滋滋的。

出了村口，刚刚转过一个急转，水瀛突然一下子把亚妮拖在墙根，"不好！"

亚妮还没有醒过神来，问道："怎么了？"

"敌人来了。"

"哦？"陈亚妮慌了，她微微把头伸出去一看，坡下面一队人马正往上走。

"这可怎么办？"

"是呀，这村子里的民兵太大意了，村里唱戏，为什么不设岗哨？这下敌人一下冲进村子，老百姓要遭受多大的损失。快，你跑回去报告，我在这里阻击敌人。"

"不行，把你一个人留在这里我不放心。"

郭水瀛火了："什么时候了，还说这卿卿我我的话，快点去，这是命令。"

"我就不走，要去，我们一块儿去，你一个人能阻击了这么多的鬼子？"

看着鬼子越来越近，再也来不及争论了，水瀛急中生计，只好鸣枪，让戏场里的人们知道有了紧急情况，马上疏散转移。他转身趴在路边的土圪垯上，对着领头的鬼子就是一枪。

戏场里的群众听到枪声立刻乱了起来，村干部知道有了紧急情况，立即跳到台子上高喊："大家不要乱，马上向东山转移。"

村里的民兵早已拿了枪，朝响枪的地方冲了过来。

敌人本来想偷袭，突然被一枪撂倒了一个，马上一边往山上乱打枪，一边"哇哩哇啦"喊着冲了上来。亚妮又没有枪,水瀛也只是一支手枪,哪里能顶得住?水瀛只好轻轻一瞄准,打死一个敌人,连打了几枪,敌人发现了目标,立即把枪口都调到这边来,水瀛还在那里专注地瞄准敌人,哪里知道有许多敌人同时也瞄准了他。亚妮一看不好,冲过去一把就将水瀛推倒了,可就在这时,几颗子弹同时打在了亚妮的身上,只见她的鲜血从几处喷了出来,手里的水果散落了一地。

"亚妮——"水瀛一把抱住她,大声地喊着她的名字,可亚妮再也不能答应他了……

这时,民兵们都冲上来,一起抵抗敌人,郭水瀛满腔怒火,抢过几颗手榴弹朝敌人抛了出去……

幸亏三分区独立团赶了过来,这才打退了敌人。可亚妮再也没有醒过来……

第三十三章

　　这次战斗结束后，我军从俘虏口中得知，原来鬼子的这次行动是冲着八路军总部机关来的，他们曾得到情报，怀疑武乡东部山区有八路军的高级指挥机关，便出动兵力，妄图捣毁我总部。

　　根据地的对敌斗争越来越激烈，针对这一情况，太行三分区召开了紧急会议，原成均从三分区开会回来后，马上召集有关人员进行讨论。

　　"根据太行三分区锄奸部的可靠情报，驻武乡的皇协军队长魏林元，曾接受日本特高课的训练，并在武乡布下了一张谍报网，这对我八路军的行动是非常不利的，我们必须设法搞清楚这个谍报组织的所有人员，并除掉这些民族的败类。"

　　"老原说得对，魏林元这个狗汉奸，作恶多端，自打当上了伪队长后，经常出动'扫荡'，我县所有的村庄都记下了他的血债，不除了这个败类，武乡人民就不能安宁。"韩县长愤怒地说。

　　郭水瀛更是义愤填膺："把这个任务交给我们游击队吧，我要亲手除了这个狗汉奸。"

　　这时乔三胖说："郭队长，杀鸡怎么能用宰牛刀？要除掉一个魏林元，我看用不着郭老兄，还是把这个任务交给我吧。"

　　原成均说："猴儿说得对，我看就让他去吧，他们经常在敌占区活动，对那里的情况熟悉。再说，我已经接到上级通知，威名游击队将要有重大的变更。老魏同志，水瀛同志，一二九师首长决定，将威名游击队编入八路军正规部队。太行三分区指示我们，由魏大明同志带游击队的一、二、三营立即开到屯留县，合编为三八六旅某团三营，八路军派老红军指挥员来担任营长，大明同志任营教导员。为了坚持武乡的对敌斗争，三分区决定以原游击队四营为基础新组武乡独立营，由郭水瀛任营长，独立营归三分区直接领导。目前四营人数最少，不足百人，希望新组独立营后，队伍能尽快发展，成为保卫根据地的坚强力量。"

乔三胖领了任务，高高兴兴地返回游击队队部，一路上他一直在想，怎么才能圆满地完成这项任务呢？要是瞅机会放黑枪，那就是杀十个魏林元也不难，可这个魏林元罪大恶极，他在武乡犯下了滔天大罪，必须想办法把他抓起来，交给抗日政府公审处决，这样才解百姓心头之恨，同时，也可以对投敌分子起到震慑作用。

乔猴儿和两位队友化装成老百姓，他们有人装成卖菜的，有人装成送柴火的，在南沟镇上蹲守了几天。镇上有一个游击队的内线姓刘，是个开小馆子的，到吃饭的时候他们装作买饭吃，来到小饭馆子里，这天，正好也没什么人，他们坐下来，刘老板让小二招呼客人，他和三位坐下来小声地说："猴儿，这个魏林元，我已经注意他很长时间了，他这人的特点就是有三爱，爱喝酒，爱赌博，爱女人。"

"能具体些说说情况吗？"

"他经常夜里到醉仙居去喝酒，隔三两天，喝完酒就去了花芙蓉家睡觉。知道花芙蓉吧，原来在太原做妓女，这名字就是在太原的艺名，鬼子占了太原后，她流落到武乡，现在成了魏林元的姘头。还有个地方就是镇上的苗财主家，他们两个臭味相投，魏林元隔三岔五就要去他家搓麻将，一玩就是半夜。这家伙出来的时候，一般不带随从，就是左右交叉挎两支盒子枪。"

乔三胖说："老刘，你提供的这些情况很重要，我们回去研究一下具体行动方案，你要继续注意，有了新情况马上告诉我。"

回到游击队队部，他们讨论究竟选择在什么地方下手呢？是苗财主家的麻将桌上，还是花芙蓉家的被窝里？这时张贵清说："为什么不能考虑醉仙居的酒桌上呢？"

乔猴儿说："那里人多，怕是不好动手。"

"哈哈，让我说，越是危险的地方，往往越安全。魏林元出门不带随从，这是一个很好的机会，我们可以找一个与他熟悉的人作引子，想办法在醉仙居请他喝酒，乘机将他灌醉……"

第三十三章

"好，这个主意好。只是去哪里找这个与他有点交往的人，来拉他和我们一起喝酒呢？"

"刘老板怎么样？他在镇上开饭馆，他们也有过一点交往，镇上的人请他，他也比较放心。"

过了两三天，乔猴儿戴了一副宽边眼镜，与两个队员又来到镇上，他们一起来到醉仙居找个雅座坐下。点菜上酒，还没有开吃，魏林元摇头晃脑地进来了。

刘老板赶忙高声地叫道："哎呀，魏队长，贵客贵客，我正叨念想请你呢。"

"你倒会说话，明明你这里有客人，怎么是请我？"

"这些当然是我的贵客，可是招待贵客，也须有贵客作陪是不是？这魏队长一来，不就蓬荜生辉了吗？快坐下，小二，来给魏队长上茶。"

魏林元歪过头两眼盯着刘老板："你这是玩啥的花样哩，你自家开饭馆，却来醉仙居请客？"

"魏队长，不瞒你说，这几位朋友，想找我联合做一笔大买卖，人家看不起鄙人的破馆子，非要来这里。"

"哦，你们想要做什么大买卖？"

刘老板把头偏在魏林元的耳朵跟前："他们在石家庄搞到一批药品，都是紧俏货，现在考虑是卖给中央军呢，还是卖给八路军呢？八路军太穷，怕拿不来钱，最后赖了账怎么办？中央军走得路远，又怕出危险。这下好了，正好遇上你魏队长，你要是有意帮弟兄们一把呢，给弟兄们撑撑腰，就给你分一份干股，你看怎么样？"

这时酒菜已经端了上来，刘老板给魏林元满上了一大杯，大家一起端起来，刘老板说："来，为了我们的合作干一杯。"

魏林元喝下了酒，说："你们要给八路军药品，这让皇军知道了可是要杀头的。"

"要么说请你魏队长入股呢。咱们做买卖不管他什么军，只要给钱就行，你说是不是？"

刘老板一边说，一边劝酒，而我们的队员倒酒时，趁魏林元不注意，给自己的杯子里倒水，给他的杯子里倒酒，这样连续干了几大杯，很快就把魏林元灌得差不多了。这时魏林元想起来，自己已经和花芙蓉约好，今天黑夜还要到花芙蓉家去睡觉呢，可不敢喝多了呀，于是他就说："我……不能再喝了。"

刘老板说："谁不知道你魏队长是海量呢？在这镇子上还有人敢和你比吗？来干一杯。"

魏林元又喝一大杯，算是给了面子，推托着再也不喝了，这时乔猴儿说："魏队长，只要你帮助弟兄们做成这笔生意，不仅给你分最大一股，我还要送给魏队长一位名震江南的大美女。"

一说大美女，魏林元就笑得合不拢嘴了："这倒是个好礼物，我魏林元就爱好这个……"

乔猴儿说："魏队长，前些天我跑这笔买卖路过太谷，见到一位苏州女子，长得非常漂亮，真可谓貌若天仙，据说是汪政府成立时山西省省长苏体仁去南京开会，带回山西来的。苏省长本来想金屋藏娇，谁知道被太太发觉了，非要杀了她不可，苏体仁有些于心不忍，这美女才连夜逃到太谷，在这里躲起来……这女子想找个有钱有权的人家从良，魏队长如果有意，不如我去买了送给大人。"

魏林元早已听得入了迷，也顾不上想花芙蓉了，一直打听这个苏州美女……

云天雾罩地谈了好久，魏林元已经喝成了一摊烂泥，刘老板出去看了看，天也不早了，外面一片漆黑，于是他们结了账，说送魏队长回去休息，就把他拖了出来，刚刚拖到镇子边上，马上将他五花大绑，前来接应的队员便抬着他消失在黑幕中。

第二天，抗日政府就召开公审大会，花花参加了处决魏林元的大会，在会上，她揭发了魏林元的许多罪恶事实，说得声泪俱下，场下的百姓高呼口号，坚决要求处决汉奸。县政府锄奸科宣布了魏林元的汉奸罪状，当着几千百姓的面，把这个罪恶滔天的魏林元给处决了。

自从陈亚妮牺牲后，郭水瀛的心情非常不好，他一个人坐在那里，两眼盯着亚妮牺牲的地方发怔，恍惚间，似乎看到亚妮在对着他笑，以前他们在一起的一幕幕情景又从眼前演过，不知道怎么就会突然跳在那散落一地的水果上……她是为了救他而牺牲的……想到这里，他总是止不住满脸的泪水。

第三十三章

他一直在拼命工作，想用工作把自己所有的时间都占去，没有一点儿思念妻子的空隙。新成立的独立营，不足百人，他到处宣传发动，仅仅用了一两个月时间就把独立营扩展到三百多人。

他终于累垮了。太行三分区郭司令员听说了专门来看望他，为了缓解一下他的心情，决定调他去抗大学习一段，让他换换环境，好减轻心理上的沉重负担。

花花对工作更加积极了，她的拥军小组可是跑得非常勤快的，哪里有八路军哪里就有她们，这几位大姐，成了八路军战士的老熟人，多次受到三分区和专署的表彰。

就在这年夏秋，为粉碎日本侵略者的"囚笼政策"，争取华北战局更有利的发展，并进一步影响全国的抗战局势，彭德怀副总司令与左权参谋长针对对敌斗争的形势进行了认真的分析，还派左权参谋长亲自去一二九师师部征求了刘师长和邓政委的意见，八路军总部在武乡做出了一个重大决定：发动一场向华北日军占领的交通线和据点进行大规模进攻的战役。八路军分别以正太铁路、平汉铁路、同蒲铁路、白晋铁路等重要交通干线为重点，进行交通总破袭战。随着战役的展开，根据地军民都走上了战场。

自从郭水瀛去抗大学习以后，副营长霍梦龄感到压力很大，现在全营不足百人了，又要发展，又要打仗，还要训练，可原来的骨干分子都随老魏编进了正规军，他一个人哪里能顾得过来？为了发展独立营，他向县委提出要求，调个人来帮助他的工作，县委考虑了他的实际情况，便暂时派原成均到独立营来兼营长，协助霍梦龄的工作。

原成均来到独立营时，一二九师部队正在破击榆辽公路，并相继收复榆社、辽县两县。为配合这次行动，武乡独立营也开到了榆社和武乡交界的红崖头一带，伏击从武乡出援的日军，可谁知敌人的行动提前了，独立营还没有到达指定位置，还在开进途中，便与日军援兵遭遇。

"不好了，我们遇到了鬼子。"一个战士突然喊道。

原成均与霍梦龄走过来一看，嗬，鬼子和伪军一大群，有汽车、有洋马，已经越来越近，他们来不及进入指定位置了，而敌人也已经发现了他们，看来正面交战已经不可避免。可他们只有百把人，再加上武器装备太差，与敌人正面交锋，一定不是敌人的对手，可事到如今，不交锋又怎么办？他们打敌人，遇到敌人能返回来跑吗？

"老原，怎么办？"霍梦龄看着原成均。

"现在是箭在弦上了呀，我们别无选择。"

"对，老原，不能下软蛋，我们行武之人有个规矩，在遇到对手时，无论对手有多么高强，就算对方是天下第一，明知不敌，也要使出自己的浑身解数，宁可战死，绝不怕死。"

"那我们就抱战死的心态了。没有时间了，马上进入战斗！"

独立营的战士们立刻寻找掩体，开始与敌人交火。此时，敌人的汽车也停下了，机枪也架起了，鬼子的指挥官已经拔出洋刀高高举了起来……

激战开始了，敌人的火力非常凶猛，而独立营的战士只能依托有利地形进行顽强抵抗，双方形成对峙。

霍梦龄说："老原，我有个建议。"

原成均说："什么意见？快说。"

"我们应该分一路到对面的山头。"

"为什么？我们的兵力很少，再分成两路，会更显得火力薄弱。"

"你说错了，如果我们从两面夹击，敌人会感觉腹背受敌，也许会主动撤出战斗。不然，我们真的怕要战死了。"

"怎么样，霍师傅，你怕死了？"

"不是我怕死，我是感觉就这样把独立营拼完了不划算。如果不同意我的意见，我希望你带部队撤出战斗，给我留下一个班在这里狙击。"

"那不可能，我们再顶十分钟，如果不见效，你把部队带走，我来掩护。"

战斗在激烈地进行，而他们俩却在争吵着。就在这时，只听对面的山坡上响起了枪声，坏了，是不是敌人抢占了对面的高地？这样的话，对我方更加不利，我们的兵力会全部暴露在敌人的眼前。如果真是这样，我们可就撤也来不及了。

霍梦龄抬起头来，却见对面山上的队伍也将火力压向下面的公路上，这时鬼子一看中了埋伏，受到两面夹击，只好匆匆收兵，在公路上留下了许多的尸体。

原来是三八五旅在赶往榆社的路上，听到枪声，知道这边有情况，便急忙赶过来，一看独立营正在与日军力战，马上抢占有利地形，给敌人以两面夹击，我军取得了胜利。

独立营在三八五旅的帮助下，取得了胜利。虽然牺牲了六名战士，但打扫战场时，我们缴获了长短枪二百三十余支，还有手雷、子弹等。

三八五旅领导很大方地说："你们独立营给了五旅、六旅很大的支持，为我们输送了上千新兵。可你们的装备很差，这次战斗也是你们主打的，我们不过是帮了点忙，战利品就全部归你们了。"

原成均一听这话，高兴得不得了："感谢首长给我们的支持，感谢八路军出手援助。今天如果不是主力部队来援助我们，可能独立营会全军覆没。"

"今天你们的处境是很危险，但是，战斗往往受时间、空间的影响，会不以人们的意志而转移，今天你们在这个紧急关头，在强敌面前勇于开战，这充分说明你们有一种大无畏的牺牲精神，这一点是值得我们学习的。好了，我们要赶到榆社城。"

原成均马上请求道："首长，我们也跟你去榆社城打鬼子吧。"

"你们就不要去了，我看你们今天的任务已经圆满成功，还是先返回武乡休整一下。要记住，仗有的是打，这次交通破袭战，越打规模越大了，你们一定要尽快扩充兵源，壮大自己的队伍，这样在与鬼子交锋的时候，才会更有胜算。"

原成均、霍梦龄带着独立营返回奇崖头下的白龙庙。一路上，原成均与老霍商量："老霍，我认为刚才旅首长的话说得很对，我们不壮大队伍是不行的。"

"是呀，现在我们这一二百人，哪能算独立营？顶多就是个游击队，我们是太行根据地的心脏，八路军总部也在咱武乡，所以咱们要在整个根据地做一个榜样，在全太行区做一个表率，不仅要把我们独立营搞到最好，我还希望我们发展成为独立团，成为一支强有力的抗日队伍。"

"老霍，你说得非常对。我们马上召开连排干部会议，安排去招兵。"

独立营组织连排干部分成四个组，分别到武乡的四个区进行招兵工作。

招兵小组来到了东漳镇，正好八路军前哨剧团在这里慰问，镇上看热闹的人真多，招兵小组一看这是一个好机会，马上在镇上贴了招兵通告，不到半个时辰，报名参军的地方就挤得人山人海。

有一个十四五岁的孩子也来报名要当兵。

"孩子，你叫什么名字？"

"我叫张三孩。"

"今年多大了？"

"十四了。"

"你年龄还小，就在村里参加儿童团吧，等过几年长大了再参军。"

"首长，我已经不小了，你可一定要收下我呀，反正我就要跟你们走。"

"那你说说为什么要这样坚决地参军呢？"

"首长，我爹是前年长乐战斗时被日本鬼子杀害的。为了报这家仇，我娘把我二哥送上了前线，让他英勇杀敌，为我爹报仇。我二哥是个英雄，在打襄垣城时，他最先冲进去，一口气打死六个鬼子，可是他……他也牺牲了。听到二哥牺牲的消息，我娘咬着牙，一点泪也没流，她就说，三孩，咱和日本人不共戴天，你一定要参加八路军，不仅要给你爹报仇，给你二哥报仇，还要给所有死在鬼子枪下许许多多的中国人报仇。今天我看到公告，我也不认得字，听人们说是独立营招兵，我就来了。首长你们一定要收下我。"

听了张三孩的诉说，周围许多青年都喊着要报名，特别是还有几个村的民兵队长跑过来说，他们村的全体民兵要集体报名参加独立营。没想到一天就报了五百多人。

原成均听到这个消息，他赶紧跑到东漳镇来，一看这踊跃的场面，当然喜出望外，不过细细看了报名情况后，他感觉有一点必须注意，有几个村民兵集体报名的事是不可取的，"我们不能让任何一个村的民兵全部参军，这样的话，一旦有战况，村里没有民兵保护，这对村庄是很不利的，我们必须保证村里留下足够的民兵队伍。"

尽管限制了报名人数，这回招兵还是非常成功，四个组带回的新战士一统计，独立营总人数又达到了一千二百人，每个连达到三百人。营部对新战士进行整编以后，马上开始军事训练。

这次交通破袭战可以说越打越有劲，八路军参战兵力也越来越多，据前线反馈回来的情况，最多时兵力上到一百零五个团。

当日军华北方面军司令部了解到八路军的整个百团大战进攻情况后，司令官多田俊气急败坏地命令所属部队，首先坚守和恢复各铁路沿线的据点，协同铁路工程部队修复铁路和桥梁，以确保对所有铁路交通的控制，然后组

第三十三章

织部队对铁路两侧及八路军根据地进行"扫荡"。

日军调动数万兵力向华北各抗日根据地开始报复性"扫荡",日军的这次"扫荡"更加疯狂,手段更为残酷,那可是见人即杀,见屋即烧,见牲畜和粮食即抢或焚毁,水井用后则一律封埋或下毒,就连老百姓日常用的锅碗瓢盆和农具也都砸碎、砸烂。日军企图通过这种恶劣的行动,将抗日根据地完全变成焦土,以挽回其惨败的面子,稳定其业已动摇的军心。在日军的摧残下,许多村庄被烧成灰烬,片瓦无存,其状极惨。

面对这一切,八路军总部首长恨得咬牙切齿。

一天,前方传来情况,日军冈崎大队八百余人,从黎城"扫荡"返回到蟠龙以东,准备经武乡返驻沁县。

八路军总部首长一听这个消息马上问道:"是一个大队吗?"

情报科的参谋回答:"是。"

"这小日本也太猖狂了,竟然敢用一个大队的人马在我根据地内横冲直闯。来人,马上给刘、邓发报,拦住这群敌人,既然送到我们嘴边了,就别想回去。"

八路军总部电令一二九师集中主力歼灭该敌。我八路军三八六旅立即赶往关家垴附近侧击冈崎大队。敌人察觉形势不利,立即停止前进,迅速抢占易守难攻的险隘关家垴,紧急抢修工事,准备迎战。

八路军总部决心要打大仗了,一二九师调三八五旅、三八六旅、新十旅和决死一纵队迅速集结,包围关家垴,鬼子被我军包了"饺子"。

根据总部指示,三分区领导做出决定,要求分区医院为这场战斗进行医疗保障,要尽量靠近主战场,以保证伤员能尽快处理伤口和进行治疗,但又需要隐蔽,有一个安静的环境。李院长正发愁找不到个合适的地点,这时霍梦龄说:"李院长,把医院搬到奇崖头吧,那里有一座大庙叫白龙庙,前后三个院落,足够住的,而且那里非常隐秘,地势险要,易守难攻,是个很好的场所,我们营部一直住在那里,这几天原代营长带部队去了白晋线上,营部只有我们五十来人留守,你们就搬过来吧,我营留守人员给医院负责保卫任务。"

"好。"李院长握住了霍梦龄的手。

奇崖头下的白龙庙一下子又热闹起来。

医生、护士们忙活起来，有的搬药品，有的搭手术台，有的点火烧水进行器械消毒……

花花带着她的拥军小组，也跟着医院来到白龙庙，她们知道，只要战斗一开始，医院肯定会忙得不可开交，她这姐妹几个已经陪伴医院好几个月了，都学成了多面手，不仅能洗绷带、喂饭、伺候伤员，而且还学会了包扎、换药……李院长还几次夸她们是医院的编外护士呢。

霍梦龄把战士们分成三组，分布在周围的岗哨点，轮流值班放哨，确保医院的安全。

一切准备妥当，所有人员全部进入了临战状态，静静地等待着，人们屏住气，倾听着远方的声音……

天色暗淡下来，空气更加紧张了，人们知道，战斗往往都在夜间打响，果然不出所料，就在这时，远方突然想起了密集的枪炮声……

几个小时后，伤兵陆续被抬到了医院……

战斗进行了两天三夜，将敌岗崎大队大部歼灭，日军从辽县派出了一千五百多援军，并有十多架飞机助战，我军完成歼敌任务后，主动撤出战斗。关家垴残敌在援兵接应下遗尸数百具，仓皇而逃。

而我八路军也伤亡惨重，仅分区医院就住进了五百多名伤员。

医院那个忙呀，别说医生、护士，就是花花她们这个编外小组也忙得不亦乐乎。这天前响，花花正在给伤员换药，她的同伴改弟拿着一张报纸跑了进来："花花姐，咱们的事上了报啦。"

"什么？"

"咱们拥军的事上了报啦。"改弟说着把一张《新华日报》递过来。"刚才李院长给我说了，这上面就登着咱们的拥军小组。"

"上面写着什么？"

"我也不认得字呀……"

这时，有一位伤员开口："拿过来，我给你念念。"

改弟把报纸递过去，那人接着看了一下标题：《花花和她的拥军小组》，他接着念道：

"花花是武乡县天谷村的一位普通妇女，她的老家在辽县，从小被卖到武乡东漳寨来做童养媳，不久丈夫死了，家里人说她是天生的扫帚星命，从此她备受虐待，成天挨打受骂，苦不堪言，受尽了折磨，直到被打得精神失常，又被卖到了天谷村。是好心的丈夫整天给她看病，才慢慢恢复过来。抗日战争爆发后，花花多次听人们宣传抗日救国的道理，特别是八路军进驻武乡后，思想进步很快，不久就担任了村妇救会秘书。有一次花花正在井上担水，一位送信的八路军战士路过，问花花要水喝，花花要带他回家喝开水，可这位战士说时间来不及，喝了几口冷水就赶路去了。因为这件事，花花心里愧疚了好久。'八路军战士在前方流血牺牲，而我们为什么就不能从生活上支援他们呢？准备些开水、干粮、布鞋……对，我们就组织一个拥军小组。'于是她找村里的姐妹们商量……"

读着读着，那人突然问："你就叫花花吗？"

花花回答："是呀。"

"没想到在这里见到了你。"

"你是……"

"我叫李文楷。以前听郭水瀛说起过你。"

"你就是李先生？俺也听水瀛说过你。你不是在太原吗，是怎么负伤的？"

这时旁边一位战士说："老李是我们团的政治处主任呢。"

"抗战爆发后，我调到了决死队工作，遵照八路军总部朱总司令的指示，很快回到了沁县一带组织民众抗日，十二月事变后，阎锡山公开破坏国共合作，我们就被编进了一二九师。这一次关家垴战斗，我们团也上了战场，这不，我就在战斗中负伤了。"

改弟在一旁说："李主任，你在战场上一定很勇敢吧，你给我们讲讲打鬼子的故事吧。"

"这次战斗，打得非常激烈，日本鬼子占据了关家垴，他们居高临下，对我军形成了极大的威胁，我们组织多次冲锋，副团长带着一营冲了上去，可是，由于我们没有掩体，全营战士暴露在敌人的火力中，那个场面太壮烈了，我们的战士冒着敌人机枪的扫射，英勇地冲了上去，当我们快要冲进敌人的战壕时，敌人的战壕里飞出了无数颗手雷，我们的战士就这样全部倒下了，副团长也壮烈殉国。我们团长在望远镜中看到了这一情景，他火冒三丈，马上喊：'二营跟我上！'这时，政委拦住了他：'团长，你不能上，指挥所里不能没有你，我带二营上。'此时此刻，我感到自己责任重大，这个战斗不能没有团长和政委的指挥，怎么能让他们带兵冲呢？我一下子冲出指挥所，'二营，跟我冲！'我与二营战士们冲进了战火硝烟中……后来我也负伤了。"

此后，她们稍有点空闲，就想来听老李讲战斗故事和抗日的道理。李文楷也有意培养她们，来充实党的组织。一个多月过去了，轻伤员一批批伤好归队了，只有几十位重伤员了，医院只留下李院长和两位医生，而护士的工作全部委托给了花花她们的拥军小组。

敌人自从在武乡吃了败仗，一心想寻机报复，常常派出密探来四下打听，还要派飞机出来侦察，妄图寻找我八路军进行决战。飞机连续几天在奇崖头的上空转悠，终于发现这里似乎有部队的踪影，便调集大批人马来"扫荡"。

这一天，突然五百多鬼子分两路包围了奇崖头。山上放哨的战士马上把这个消息通知了李院长和霍营副。

得知这个消息，李院长十分着急，这里可还住着近百名重伤员呢，他们的行动又都不方便，而我们跟前只有二三十名担任警卫任务的战士。这二三十名战士哪里能顶住五百多日军，如果敌人包围上来，后果不堪设想。

霍梦龄冷静地说："李院长，不必担心，你马上组织伤员撤退，我们的后山山高林密，树大沟深，你带领医护人员和伤员撤退，钻进山里找地方隐蔽起来，我再派二十名战士负责抬担架，只要凑合能走路的让他们自己走，一点也不能动弹的，让战士们担着、背着，我的目标是不能丢掉一名伤员。留下五名战士与我一起狙击敌人。"

花花和其他几位妇女一听有情况，急忙把院里晾晒的绷带、中药等收拾起来。李院长决定马上集合轻伤员编队向东山撤退，临时编为担架队的战士跑过来，重伤员多，要想抬着走，根本没有那么多人，战士们一个背一个。尽管这样，还有三位伤员没办法转移，李院长急得团团转，花花和她拥军小组的改弟、素珍跑过来，主动对院长说："俺仨人来背这三位重伤员向南撤，翻山走三里路就是俺村，这里的路俺们熟悉。"

就这样，院长让护士长给花花准备了一些急需的药品，就由花花负责三名重伤员撤退，等敌人过去，咱们医院再想办法联系。花花背起李文楷就走。

他们刚刚离开白龙庙，敌人就冲了上来。霍梦龄带着五名狙击手占据有利地形，顽强地抵抗着，他向战士们高喊："为了伤员们安全转移，一定要瞄准敌人，稳准狠地打，直到最后一颗子弹！"

第三十三章

这时,奇崖头的山岭上已经硝烟弥漫,随着"隆隆"声响,敌人的飞机也飞过来,投下一颗颗炸弹。

"霍营副,我没子弹了!"一个战士说。

"我也没有了!"另一个战士也说。

霍梦龄喊道:"赶快搬地雷。我们准备撤退,边撤边埋地雷,让鬼子寸步难行。"

撤退的人们都分散开来,钻进树林里隐蔽起来。花花背着李文楷在山路上艰难地飞跑着,她那双小脚疼得有点受不了,可她还是咬着牙。李文楷心里有点过意不去:"你放下我,你搀扶着我就行了。"

"不行,那样对伤着的骨头会有影响的。"花花还是咬着牙不松手。

敌人的飞机忽而高忽而低,在头顶上盘旋着,可能是发现了他们,就投下一串串炸弹,花花听见耳边"吱吱"地响,她估计敌人扔下了炸弹,马上趴下,用自己的身体来挡住李文楷。

"轰——轰——"

炮弹在她身边惊雷般炸响了……接着,听到一棵棵大树也被炸折了,一阵风似的倒了下来,沸沸扬扬的尘土落在了她的身上,耳朵里"嗡嗡"地响。

许久,花花才从尘土中爬出来,低声地叫"改弟——,素珍——"可是没有人应。她猫下身子,四下寻找,在不远的地方,看到了她们的尸体,原来她俩与两位伤员都已经不幸牺牲了。

日军搜山的喊声,她听得清清楚楚,花花来不及掩埋伤员和同事的尸体,她看到了尘土中的另外两包药品,赶紧拿在手上,回头望了一眼死去的战友,起身就走,她驮着老李钻进了密林深处,总算躲过了敌人的搜山。就这样,不知钻了多久,爬了多久,才把李文楷背回到天谷村自己的家里。

花花把老李背回家后,长吁一口气,开始给李文楷换药,她精心护理着,部队转移走了,医院转移走了,老李身中数弹,特别是腿部负伤无法行走,她坚持给他清洗伤口、换药,时间一天天过去了,带着的药品就要用完了,可老李的伤还不见好转,怎么才能找到医院呢?花花想派人去打听打听,可她的丈夫杨三愣跟着游击队去打游击了,不在家里。花花只好去找村里的青救秘书,村里派出两个民兵四下打听,回来说,分区医院已经分两部分一直向东撤退,翻山到了河北涉县一带。而且,这几天敌人还经常来这里搜索。

李文楷知道这个消息就说:"花花,我还是走吧,我不能连累你们,爬也要找到部队,要死死在战场上。"

花花瞪了他一眼:"你这个样子,怎么能走呢?你放心,只要俺能活着,一定要伺候你把伤养好。"

治理伤口的药用完了,花花又到山下的黄善堂寻那里的道人,请求人家给配了几种草药,她用石头细心地捣烂,敷在老李的伤口上,这草药可还真管用,老李的伤口渐渐有了好转。

为了让老李尽早恢复,花花把自己家仅有的一只母鸡也杀了给老李吃,村里的民兵也上山抓野兔、山鸡拿给老李,过了些天,老李终于能站起来了。他能拄着拐杖行走了,他就帮助花花劈柴。

花花看见了,当然不让他干活,老李说:"我这伤已经好了,你看。"说着,起来挺着身子走了几步。

花花安慰道:"好,好,你安心养着,俺让民兵们出去打听打听队伍的消息。"

几天后,一个民兵带回了好消息:"听说决死一纵队又回来了,这两天住在东漳镇整训哩。"老李一听喜出望外:"这是真的?花花,我今天可是非走不可了,我要马上归队。这两个月来,你照顾得太好了,叫我怎么感谢你们呢?"

花花说:"说啥谢哩,你们拼上命为咱老百姓打日本鬼子,要说谢,还要俺们谢你哩。"

第三十四章

　　李文楷来到东漳镇，找到团部，团部警卫看到李主任回来了，高兴地跑去报告："报告团长，李主任回来了。"
　　蔡团长、刘政委一听这个消息，急忙问："哦，在哪里？"
　　警卫员回答道："已经进了院子。"
　　团长、政委、参谋长一起跑出院子里迎接。
　　蔡团长激动地说："老李，这可是奇迹，可算把你盼回来了。"
　　刘政委也含着泪说："我就知道老李命大，小日本不会把他怎么样的。"
　　原来李文楷负伤被送到三分区医院后，不久就传来消息说，日本鬼子偷袭了医院，许多伤员在鬼子的狂轰滥炸中牺牲了，此后一直没有了他的消息，大家都认为老李也遇到了不幸。真没想到，老李安然无恙地回来了。
　　蔡团长喊道："警卫员，赶快去吩咐厨房，给我炒两个好菜，再帮我去镇上打一斤白酒，我和政委要给老李接风。"
　　蔡团长回过头来拉着老李走进屋里，刘政委已经给老李倒了一杯开水，"老李，喝点水"。
　　蔡团长急迫地问道："老李，快说说你是怎么活过来的？"
　　刘政委也说："是呀，听说那次鬼子派了十来架飞机在天上盘旋，炸弹就像冰雹一样。我们许多伤员在撤退途中不幸牺牲，三分区医院也遭受了很大的损失……"
　　"是呀，多亏了花花呀……"老李把他受伤后的情况特别是花花如何把他从炮火硝烟中救了下来，又是如果照顾他养伤的情况详详细细地说了一遍。
　　蔡团长说："你也是武乡人，我在武乡生活战斗这些天来有一个感受，武乡人伟大呀，武乡的广大民众为抗日战争做出了极大的贡献，他们为八路军捐款、捐粮，甚至捐献了自己的生命，还有许多青壮年参加了八路军。听说就在这个东漳镇，有个绅士叫裴宝珊，一次就给八路军捐了五千大洋、五千石粮食。"

"是呀，你说起这位裴先生，我还得抽空去看看他老人家。他不仅全力支持抗战，他还有一个革命的家庭，他的儿女都是共产党员，现在也都是抗日政府的骨干力量。"

正在这时，机要员小高走了进来："报告，旅部急电。"

蔡团长问："什么内容？"

"要求我团立即开赴太岳区，有紧急任务。"

"看来这一次我们是没机会看望裴先生了。马上集合队伍，准备出发。"

且说这年春天进行选举，裴宝珊老先生与花花等人被选为边区参议员，他们到辽县出席了晋冀鲁豫边区临时参议会，会议正式选举成立了晋冀鲁豫边区政府。根据地的各项事业有了长足发展。这期间，日本鬼子也在华北推行所谓的"治安强化运动"，加强对根据地的"扫荡"、"蚕食"和封锁。为了发展生产，抗日政府号召民众组织互助组、变工队，百姓们互助合作，抢种抢收，民兵放哨打敌人，壮年人种地搞生产。

这天清早，太阳刚从东山露出了半个脸，村里已经打了上地钟。民兵和变工组的人有牵着牛驴的，有扛着犁耙的，有背着地雷的，有扛着步枪的，都汇集到了村口，好像赶骡马大会一样热闹。人们抽着烟，说着话，听候指挥，等待出发。

杨三愣也成了村里的民兵骨干，他带着民兵们出发了，好像要去打仗一样。他们爬上山梁，布好哨点，注视着远方，一心掩护着群众。

一会儿，后边那两个变工组来了，都是三十来岁身强力壮的人。三愣布置好岗哨监视敌情，也叫来一些民兵一起参加变工队生产。

快晌午时分，放警戒的小苟满头大汗飞跑过来说："快，不好了，远远看到漳河滩上有一阵灰尘，可能是段村的敌人出来'扫荡'了。"

变工队里没有参加过打仗的人，大家有点慌手慌脚，有的扔下牛犁就跑。杨三愣喊道："大家别慌！快把牲口赶到山背后，我们民兵去看看。"

变工队的人这才心里踏实了一点，继续耕种。杨三愣带着民兵跑到前边来,大家趴在乱草堆里继续观察,只见敌人越走越近,渐渐看清了,敌人大约有数百人。民兵们把枪都推上了子弹,有几个民兵也有点慌乱。杨三愣说:"这么多敌人我们肯定是打不过的,大家抓紧时间,到路上把埋好的地雷拉上弦,只要敌人进了咱雷区,就让他们尝尝咱的'西瓜炮'。"

民兵们下到沟里大路上去活动。这是民兵们总结出来的经验,为了防止敌人偷袭,怕敌人来得急,顾不上埋地雷,他们就提前把地雷埋好,做上记号,平时老百姓走动也踩不响,只要敌人一来,他们就连忙挖坑掏土,把拉线挂起来,然后用早已准备好的羊蹄、马蹄、布鞋在上面按上好多印印,和原来羊、马、人走过的一样了。敌人过来也不会注意,想不到就会被地雷炸得人仰马翻了。

民兵们把一切都准备好,埋伏在山上观察敌人的动向,等了许久,敌人并没有朝这边来,而是开到了东漳镇。民兵们眼看打鬼子的机会没有了,心里也不高兴,朝着敌人放了几枪,敌人并没有反击,一直朝东漳镇走去。

杨三愣看到这个情况多了一个心眼,马上跑到奇崖头把情况汇报给了独立营。霍梦龄一听,这个情况很重要,这回敌人一定是有目的的,必须做好一切准备,同时派人向军分区首长汇报。

果然,第二天又有大批敌人开到了东漳镇。

原来,自从葛木联队勘探之后,日军早已对我武乡一带丰富的地下矿藏垂涎三尺,企图攫为囊中之物,便派平山一郎带一个日军大队,并指挥伪剿共军第一师三千余人占领东漳镇。

敌人占领东漳镇,就如同在我武乡根据地插进了一把刀子,东漳镇附近数十个村庄万余百姓只好背井离乡,逃难而去,而鬼子也开始在东漳镇四周修筑炮楼。

看来这次敌人是要在东漳镇长驻了,伪剿共军第一师师长是大汉奸段炳昌,他受日本鬼子扶持的山西省政府苏体仁指使,领上了榆武专署专员的委任状。

这一天,段炳昌派人把裴宝珊请到了专署。段炳昌很客气地说:"裴先生,久仰久仰。"

裴宝珊当然也听说过段炳昌的"大名",这人也是武乡人,少年时考上了军校,后来就在阎锡山部队里做了军官,还任过汾阳县县长。听说带着自己的部队投降了日本鬼子，当上了师长。这样卖国求荣的人裴宝珊最看不起，更为武乡出了这样的汉奸而感到可悲。此时，他一声不吭，朝着段炳昌指给他的太师椅走去。

"裴先生，今天我请你来，是有一件要事与先生商量。段某人不才，刚刚领受苏省长之加委，榆武专署新设，为实现皇军大东亚共荣之设想，新组各县政府，以保维持和稳定，裴先生在我县之威望，可以说是众星捧月之状，因此，段某人诚请先生出山，亲任武乡县县长一职，我们能够团结合作，段某真是不胜荣幸。"

裴宝珊闭目摇头："感谢段专员之厚爱，裴某不才，难以胜任。"

"哈哈……裴先生太谦虚了，谁不知道先生之雄才？先生原任武乡商会会长，真可谓一呼百应，就你的才华，别说区区一个县长，就是担任这专员一职也是绰绰有余。"

"裴某身为国人，虽无治国大才，但也知廉耻二字，怎么可以去做那卖国求荣的汉奸呢？"

段炳昌脸上的肉跳了两下，他收起挂在脸皮上的笑容，口气生硬起来："裴先生，我段某好心邀请，你可别敬酒不吃吃罚酒。新组武乡自治政府，实行维持，免受八路骚扰和压榨，这是皇军保护百姓的一大措施，专署考虑你的声望，才决定让你来担任县长一职。其实平山君对你很不满意，以前你曾给八路军捐过巨资，而且你的子女都是共产党，与皇军作对，是我力荐，皇军才勉强同意，没想到你竟然如此顽固。今天摆在你面前的是两条路，一是立马上任武乡县县长，二是接受平山君的制裁。"

"裴某没有段先生这样的德行，也就做不了这样的官，只好听任处置了。"

裴宝珊被敌人关押起来。

赵恒昌听说段炳昌在挑选武乡县县长，立即备了厚礼送进了专员公署。本来段炳昌也知道赵恒昌为人奸诈，乡党对其是敬而远之，可是一下也没有合适人选，他又急于扶持专署下的第一个县政府做一典范，好让榆社、辽县、沁县、襄垣等县效法，也只好勉强同意了，经请示日酋平山一郎，任命赵恒昌为武乡县县长。

赵恒昌一下子趾高气扬起来，首先在东漳镇搞起了维持，人人联保，户户联保，颁发良民证。允许老百姓出村走动，但必须是联保，某人要外出办事，必须有家人、邻里来作保，如果某人到期不归，将拿保人问罪，轻则鞭打，重则杀头。东漳镇成了鬼子的维持村。

自从鬼子占领东漳镇，三分区首长就多次研究准备组织攻打东漳镇，可是镇上的两千余百姓与敌人混合在一起，无法营救百姓，这个攻打东漳镇的计划一直未能实现。经请示一二九师与太行军区首长，三分区决定对敌人进行围困斗争。

分区调来四个团的兵力，对东漳镇周围进行了严密封锁，战役确定为东漳镇围困战。

其斗争方式为：有组织地转移敌区群众，安置好难民生活，将敌人所占村庄的人力和物资隐匿，使敌进驻后得不到可利用的物资，坚壁粮食，填堵水井，使其生活难以维持，同时，我们将东漳镇周围所有的交通要道全部封锁，堵死敌人的弹药和生活补给线，并利用各种游击手段扰乱和袭击敌人，摸敌哨、烧仓库、割电线、劫武器。通过围困，使东漳镇的敌人据点变成一座孤岛。

郭水瀛在抗大学习了一段时间，组织考虑为了减少他思想上的痛苦，调他到冀南军区部队工作。可是他心里还是想着武乡独立营的事，他一直想把独立营发展壮大，编成独立团，成为三分区最突出的战斗团体，几次请示上级要求返回武乡，东漳镇围困战开始以后，上级考虑要在这次战役中发挥武乡独立营的重要作用，可以利用他熟悉地形、语言无差异的特点，让他深入敌营进行各种活动，于是就把郭水瀛调回了独立营。

为适应斗争需要，郭水瀛再次扩编部队，招了许多新兵，并吸收了各村有战斗经验的民兵骨干，部队发展到八百多人。杨三愣听说独立营扩编，也报名参加了独立营。

这一天，郭水瀛在分区开会，领到了一个新任务，分区首长让他们端张家垴炮楼。张家垴是东漳镇附近的最高点，敌人的这个炮楼可以观察到周围几十里地的情况，对我军偷袭敌人很不利。

郭水瀛当然很高兴，一路上心里想了一个端炮楼的计划，回到营部立即进行安排。他把自己的设想说给大家："端炮楼是近距离作战，人不能很多，都得是精兵强将，咱们派二十来个人，分成两队：挑十几个有战斗经验的摸炮楼，从张家沟悄悄进入炮楼跟前，其余的在炮楼东、西、南三面山上作掩护，万一任务完不成，也好掩护往下退！"

郭水瀛刚讲完，大家都要求去摸碉堡，霍梦龄站起来说："大家都想参战，这是好事，但这是一次小规模的行动，只用二十来个人，我看这事大家不用争，就让二排来完成这个任务吧，二排长，立即挑选二十名战士组成尖刀班，今天晚上行动。"

二排长一个立正："是，保证完成任务。"

二排长准备去了。

天刚刚暗下来，二排长带着尖刀班出发了。

急行军一个多小时，二排来到张家垴附近，二排长把担任警戒的战士，分别布置在炮楼对面的山头上，自己带着挑选出来的骨干，向炮台顶靠近。

天很黑，星星闪着眼，战士顺山坡往上爬。二排长提着手枪走在前面，弯着腰爬一阵，就停住，听一听四周没有动静，再往上爬。爬到半山腰的时候，有一段石子路，杨三愣不小心绊了一下，差点跌倒，二排长瞪了一眼，然后对背后的人低声说："脱了鞋！防止出声。"战士们一个对着一个的耳朵，把这句话传给了最后一个人。大家都把鞋子脱掉，光着脚，屏住呼吸，继续往上爬。

隐隐约约，可以看见山顶上黑黝黝的那座碉堡了，他们已经靠得很近。前面传下话来说："停一停，趴下！"后边一个跟着一个趴下了。二排长把手枪插在腰里，两手托着地，一个人爬向前去了。

炮楼看得很清楚了。二排长又慢慢向前挪了几步，趴在一个土圪垯后面观察了一阵，也看不出有什么动静。

山野静寂得很。夜风吹着野草，发出轻微的响声。远远望见东漳镇灯火通明，后面的战士说："二排长，我们动手吧。"

二排长说："再等一下，等鬼子都睡了，给他个措手不及。一会儿我发令时，第一组五人，同时小跑步上去，把捆好的手榴弹全部塞进炮楼底下，拉响弦后，翻身撤退到安全地带。"

就在这时，有个战士因为感冒咳嗽了一声，二排长回头制止，谁知道炮楼里的敌人已经有所察觉，马上喊了起来："什么人？"

二排长怕错失良机，立即命令："上！"

五名战士拿起捆好的手榴弹匍匐前行，冲了上去，炮楼里的敌人不知道是发现了情况还是虚张声势，朝外打起了枪，对面山头掩护的战士感觉和敌人接了火，也朝炮楼放枪。

就在这时，负责炸炮楼的五名战士冲了上去。估计该爆炸了，可是一直没响动，是不是出事了？"二组，上！"

杨三愣分在二组，他早就想上去了，就怕破坏了纪律，一听到命令起身就冲，二排长喊："猫下身子！"他也不顾那些，就跑走了。眼看到炮楼跟前了，才发现刚才冲上来的战士已经负伤了，三愣抢过手榴弹就跑到炮楼跟前，可是看了好大一阵，就是找不到个塞手榴弹的地方，如果这样拉响，就怕炸不塌这个炮楼，怎么办？他仰起脸看看敌人正打枪的枪眼，如果从枪眼里塞进去肯定能把狗日的炸翻，可伸手试了试又不够高，他猫下腰在地上找了几块石头垒了起来，踩上去，终于把手榴弹塞了进去。

当他返身准备离开时，脚下的石头滚了一下，他掉了下来，把脚脖子扭了，就在这时，只听"轰"的一声，炮楼飞了一多半，砖头、瓦块从天而降，杨三愣被埋在里面……

三愣牺牲以后，区妇救会主任赵先先多次来照看花花。丈夫牺牲了，花花心里难过，啥也不想做。先先看着愁眉苦脸的花花，心里突然想起，原来花花与水瀛有情有缘，苦苦相恋了那么久，经历了许多的磨难，也没有走到一起，几年前水瀛的老婆牺牲了，现在三愣也牺牲了，为什么他们不能重续旧情呢？于是她便来安慰花花："花花姐，这人死不能复活，要恨咱就恨日本鬼子，是日本鬼子烧杀掠抢，才让咱老百姓家破人亡，咱们要化悲痛为力量，集中力量打鬼子。"

"你说得对，这下俺更恨日本鬼子了。以后咱要把全部力量都用在打鬼子上。先先，我也想参加八路军。"

"花花姐，你有这想法好呀，那就参加咱独立营吧，我看呀，郭营长自从妻子牺牲以后心情也不好，你们以前爱得那么深，现在三愣也不在了，不如你就嫁给水瀛吧，你也参了军，照顾他的生活，这样多好。"

"嗨，这都好几年的事情了，谁知道他心里怎么想？"

"我先问问你是什么想法，只要你同意，水瀛那边我去说，我就给你们来当一当这个媒人。"

"都经历了这么多的磨难，俺还能有什么意见？不知道水瀛他……"

"好，我这就去找水瀛，花花姐，你就等着好消息吧。"

先先正准备出门，郭水瀛走了进来。

"嗬，真是说曹操曹操到。"赵先先见水瀛来了，急忙返回身来招呼着。

水瀛接口道："你们说我啥？"

"说你啥？说你官僚主义，不关心群众，不关心家属，三愣牺牲了，他是你们独立营的人，你们这当官的连个照面也不打。"

"我接受你的批评，我是应该早点来看看花花，可是这几天战况紧急，我们围困东漳镇后，敌人生活一天比一天困难，再加上咱独立营配合八路军连续端掉了敌人三个炮楼，这下敌人更是像热锅上的蚂蚁，坐不住了。整天虚张声势要出来'扫荡'，可是小鬼子又怕吃亏，看来是撑不住了，准备撤退。越是这个时候，越要小心，三分区已经下了命令，趁敌人撤退时，集中兵力全面消灭敌人。"

"看来是我错怪你了呀。"

"也不是吧，什么工作也得做，这不，今天有点空闲，我就急忙来看看花花。"

"水瀛，你工作忙，俺没啥意见。三愣牺牲了，俺要去报仇，俺们也要参加独立营，去打鬼子。"

"花花，前方需要战士打仗，后方也需要民众支持，没有你们组织支前救护，这仗一样没办法打，你们的工作也非常重要，你还是坚持把你的工作做好，这就是对八路军，对抗战最有力的支持。"

"俺就要参加独立营。"

"看你，你这工作可是边区政府都给予了肯定的，希望你能坚持到底。根据形势估计，这几天可能有大仗打呢。好了，我得马上回部队去。"

郭水瀛站起来行了个军礼转身就走。

水瀛已经出了院子里，先先才想起来，还有大事没说呢，急忙喊道："水瀛，你等等，还有重要事情呢。"

"什么事？"郭水瀛站住了脚。

赵先先跑出院子，把刚才的事简要说了一遍，水瀛望了望站在门口的花花，爽快地回答："好，只要花花同意，我没有意见，等这次围困战斗结束后，我向县委请示一下，我们就结婚。"

第三十四章

　　东漳镇的敌人自从被我八路军包围起来以后，一天比一天困难，段村敌人派人运送物资，都被我军拦截，特别是被连续端了三个炮楼，吓得钻进碉堡不敢出来，大小便都在碉堡院里，这里一堆人粪，那里一堆马粪，满院子屎尿横流。死了的伪军尸体就扔在碉堡附近，八路军还派游击队混进东漳镇把水井也破坏了，敌人已经无法生存。

　　这天下午，天忽然阴了，黑云从西北面拥了过来，电光一闪，接着便是滚滚的雷声，一霎时雨来了，豆大的雨点，在碉堡上飘打着，平山队长忙叫大家接雨水。这下忙坏了满碉堡的敌伪军，小锅、大瓮、洗脸盆、钢盔、茶杯……凡是能盛水的家具，通通摆到院里了。可是老天有眼，就像专门与这鬼子作对似的，雨淅淅沥沥下了几滴，一股西北风刮来，霎时又云开日出，敌人满心的欢喜，又变成了忧愁。

　　由于缺粮，马匹也杀了许多，段炳昌的伪军也经不起这饥饿，这些天跑了许多，这样连死带跑，原来三千多人，现在仅剩千把人了。伪剿共军师长兼五县专员段炳昌也感觉再没办法住下去了，他多次找赵恒昌，让他想办法保证皇军与专署的粮食供应，赵恒昌好不容易花了钱当上这个县长，本想发点洋财，没想到不仅没发了财，反而赔了许多的粮食，这样下去可怎么是好？他哭丧着脸到段炳昌跟前说："段专员，这几个月来几千人可都是吃我家的粮食，由于战乱，已经连续几年没收过租子了，家里积存的这些粮食已经全部吃光了……"

　　"你为什么不把裴家的粮食找出来？他是武乡最大的财主，他家不可能没有粮食。"

　　"现在裴宝珊不是还在大牢里关着吗？为什么不让他开口？"

　　"已经打得皮开肉绽，可他就是不开口。"

　　"那家伙已经赤化了，几年前一下子就捐给八路军五千大洋、五千石粮食，看来他是专门与皇军作对的。不过……"

　　"不过什么？"

　　赵恒昌突然脑袋转了一下，如果继续这样下去，怕是弄不到裴宝珊的粮食，还得他破财，便说："裴宝珊的粮食都给八路军了，连子女也都跟了共产党，家里的财产已经没有了，不如把他杀了，再这样下去也不是个办法。"

　　段炳昌看看这日子也再无法过了，便思谋办法逃跑。他与平山一郎商量，还是从东漳镇撤退吧。平山一郎也深深感到难以在此维持，只好电请上级做撤退的准备。

这些天，东漳镇的敌人突然有了变化，每天都要出来"扫荡"，原来是虚张声势，为他们撤退做准备，连续"扫荡"五六天后，突然全体出动向西开拔。

我三分区首长早已估计到敌人如果逃跑，一定是与段村之敌汇合，于是调集部队埋伏在漳河两岸的山头上，等敌人进入伏击圈，我军两面夹击，南北两山一起开火。

平山一郎与段炳昌见中了埋伏，急忙从马上跳了下来，躲在一块巨石后面，组织反击。

独立营也参加了战斗，他们高喊着为牺牲的战友报仇，把仇恨的子弹射向敌人。战斗进行了一个多小时，眼看敌人已经没有了招架之功，我军正准备冲锋，进行最后的肉搏，就在这时，段村的三千多敌人沿河东来增援。为防止腹背受敌，我军主动宣布撤退。半数敌人抛尸沙滩。

就在这次战斗中，我八路军也牺牲数十人，还有二百多人受伤，伤员又转移到了奇崖头。

为了守护伤员，郭水瀛带三排返回奇崖头保卫医院，让霍梦龄带着营主力西去围困段村。

这些天，郭水瀛一直处于高度紧张的状态，他一边吩咐战士们严密注视四方动态，一边还经常到各处检查，生怕有一丝的闪失，这关系到几百人的性命呀。

半个多月后，又一批轻伤号伤好归队。每送一批战士归队，郭水瀛的脸上都会露出欣慰的笑容。

可是，就在这天下午，突然有了敌情。

二号哨位战士突然跑来报告："报告教导员，沟里隐约有一队人马正朝我们走来，怀疑是敌人。"

"什么？离我们有多远？"

"大约二里多路。"

郭水瀛跑过去看，敌人已经十分明显了，长长的一溜，约有一百来人，正朝这里走来……

郭水瀛吩咐哨兵注意观察敌情，他马上跑回大庙里，喊："李院长，快，不好了，敌人来了……"

一听敌人来了，院子里的每一个人都紧张起来。

李院长也很着急："郭营长，我们怎么办？"

郭水瀛大声安排道："大家不要惊慌，听我指挥，立即行动起来，组织撤退，按医院的科迅速分成几个小组，有序撤离，轻伤员要相互帮助，由医院的护士带领编队行走，医生、护士同时要带上重要的药品和器械；独立营战士全部改为担架队，负责抬运重伤号；三连副在最前面带路，向庙洼深沟行进，三连长负责断后，不许丢下一名伤员。拥军小组和医院管理人员负责把不能带走的东西扔在庙后的沟里，等我们返回时，还可以捡回来使用。时间已经不允许了，大家马上行动。"

接着，郭水瀛又喊："通知所有哨兵全部撤回来抬担架，战士们每人只带三发子弹，其余全部留下来，尖刀班的二货、柱子、青山，你们留下来跟着我到小豁口去狙击敌人。"

三连长说："教导员，还是我留下来狙击敌人，你负责掩护伤员撤退吧。"

郭水瀛口气很硬："别争了，执行命令。"

花花一听郭水瀛要留下来狙击敌人，她马上跑过来："水瀛，你要留下来？那俺也跟着你。"

一听这话，郭水瀛怒吼道："你胡闹，赶快去搬东西，向后撤退。"

"俺就要留下来，俺也要帮你打敌人。"

"简直是胡闹。柱子、二货、青山，我们走。"

郭水瀛带着三名战士来到白龙庙前小豁口，这里是进入奇崖头的唯一通道，非常险要，具有"一夫当关，万夫莫开"的天然险阻。

郭水瀛趴在石堰上观察，敌人已经越来越近了。他吩咐道："快去把子弹拿过来，小仓库的墙角还有几箱手榴弹，全部搬出来，准备战斗。"

他一回头，见花花还在他的身后，"你……"

"对不起，俺不是不听你的话，可就是放心不下你，就让俺和你们一起狙击敌人吧。"

水瀛清楚花花深深地爱着他，她不忍心撂下他走，这就是爱的力量。可水瀛知道，今天是一个黑色的日子，他选择留下来，就是选择了死亡，他之所以做出这样的决定，完全是为了伤员和医院的安全，这是一个共产党员在关键时刻的生死抉择。可是花花完全可以选择另一条路，她完全可以和大家一起撤退，而留下来一定会白白送命，可是她却执意要这样。此时此刻，已经没有时间争吵了，水瀛知道现在说什么也不顶事了，只好苦笑着摇摇头："好好好，你留下吧，快去搬手榴弹。"

敌人越来越近，他们趴在石堰后面静静地观察着。

"营长，我们打吧。"柱子着急地说。

"再等等，我们的子弹不多，要保证每一颗子弹都要消灭一个敌人。"

敌人缓缓地爬了上来，连脸也看清了。郭水瀛仔细一看便认了出来，走在最前头的是西漳村的财主赵恒昌。原来赵恒昌还是不想放弃那个县长职务，随着敌人撤退到了段村，是他建议要杀八路军一个回马枪，他估计八路军的伤员在奇崖头治疗，便带着大队人马来这里围剿。

"原来是这个汉奸给敌人带路，我说鬼子怎么能找到咱们这里。"郭水瀛咬着牙说。

"这个狗汉奸，我们先干掉他。"青山急得一拳头砸在了石堰上。

"干掉他，"郭水瀛见与敌人的距离已经非常近了，战士们的瞄准技术，保证是弹无虚发，"瞄准，让狗日的见鬼去，还有赵恒昌身边那个，肯定是个军官。"

青山和二货的二拇指一动，"叭"的一声，两支枪几乎同时响了，远远看见两人同时倒下了……

枪声一响，敌人便朝着山上胡乱射击开了……

顿时，奇崖头下枪声大作，郭水瀛和战士们瞄准一个打一枪，已经击毙了好几个敌人。

这时，谁知那个军官又站了起来，只见他一手捂着臂膀，高声地喊"射击——"

原来刚才那一枪打偏了，没有要了这家伙的狗命，他正疯狂地指挥部下向山上射击。

郭水瀛向花花说道："快，把手榴弹搬过来，每人脚跟前放一堆。"

花花满脸汗水，来回不停地搬运着。

"轰——"一颗手榴弹在敌群中爆炸了。

敌人号叫着……

第三十四章

可就在二货站起来投弹的时候，不幸被敌人打中头部，只见鲜血从他额头上流了下来，柱子叫道："二货，二货负伤了……"

花花马上拿了绷带给他去包扎伤口，可是二货已经两手一摊，倒在那里，花花用手去他嘴上试了试，已经没有气了，"二货他……"

柱子看到战友牺牲，两眼直冒火，"叭、叭、叭"连续几枪，又干倒几个敌人。一连串的手榴弹在敌人群中炸开……

这时敌人开始向山上打炮，打得奇崖头上的碎石纷纷落了下来。

郭水瀛摸了一把脸上的尘土，说："鬼子打炮了，快，看鬼子的炮手在哪里，把他干掉。"

可是山下杂草丛丛，一下子哪里能看清楚？他们正在搜寻，又一颗炮弹落在了身边，听到"嗖嗖"的声音，水瀛判断炮弹飞来了，一边喊"卧倒"，一边拉了花花一把，花花一下子倒在水瀛的身边，炮弹已经在阵地上爆炸了……

等尘土落下，烟雾中，水瀛仔细一看，青山与柱子也都牺牲了……

"花花，不要怕，挺起来，现在只有我们俩了，我们一定要顶住敌人，每延缓一分钟，伤员们就会增加一分安全，我们一定要打退敌人的进攻。"

花花点点头："水瀛哥，有你在身边，我一点也不怕，我们一定能把敌人打退。"

敌人的小炮又响了，这下，郭水瀛看清了炮弹的方位，他立即拉过一支长枪，瞄准敌人的炮手，接连两枪，炮手便被消灭了。敌人的伤亡也很惨重，他们看到上面的火力不强了，剩下的二三十个敌人又爬起来向上攻。

郭水瀛要投弹，伸手一摸，脚下已经没有了，大喊："快，拿手榴弹来。"

花花遍地寻找，已经没有了，她在炸起来的尘土中翻了很久，才又找出最后几颗，忙给水瀛放在手边，郭水瀛甩了出去。

"没有武器了，我们就是用石头也要把敌人打退。"

花花点点头："好，我去搬石头。"

他们两人搬起身边的石头朝敌人抛过去……

就在这时，突然两个敌人从他们的身旁冒了出来。原来鬼子见这条路被死死封锁，便从山崖下拽着老藤盘爬了上来。一见鬼子冲上来了，水瀛便起身去和敌人拼，由于放松了路上的防守，路上的敌人也趁机冲了上来，十来个日伪将水瀛和花花围了起来。

受伤的军官平山一郎捂着臂膀,两眼死盯着郭水瀛,他用另一只手向郭水瀛竖起了大拇指:"你的,勇士的干活。"他又看着花花淫邪地笑笑:"花姑娘的离开,我的和勇士的决斗——"

一个鬼子就过去拉花花。郭水瀛紧拽了一把,将花花拉在自己的身边,他咬着牙说:"你们这群强盗,没有资格和我决斗。"

平山一郎突然看见郭水瀛的衣襟下冒烟,他惨叫一声,还没有来得及躲闪,就听到一声巨响。原来,郭水瀛为了不做俘虏,将最后一颗手榴弹别在自己的腰间,他见敌人紧紧围在自己身边,便顺手拉了手榴弹的弦。郭水瀛、花花和十来个鬼子同归于尽了……

伤员们没有受到任何损失。

后来,人们来打扫战场,掩埋烈士遗体,可是郭水瀛和花花已经被炸得什么也找不到了,只是有人在草丛中发现了曾戴在花花手上的那枚定情戒指。

人们掩埋了三位烈士的遗体,给郭水瀛和花花也埋了一个空冢,为了纪念他们,当地百姓就将奇崖头改叫水花崖。一个悲壮而永恒的故事留在了太行山上。

尾　声

一年之后。

抗战进入了最后阶段，晋冀鲁豫军区指挥全体部队开始局部反攻，根据地再次掀起了参军上战场的高潮。

抗日政府动员广大青壮年积极参军，全县一下子有四千多青年报名参军。

这天，天特别清亮。附近各村的人们，男的、女的、骑毛驴的、步行的，穿红戴绿，都到东漳镇来欢送新兵。东漳镇家家户户都挤满了亲戚朋友。三官庙的大门上，插着红旗，贴着标语，进出的人，就像织布穿梭一般。

这时，县武委会主任原成均上台讲话：

"乡亲们！咱们把敌人赶跑了，这是件大喜事，日本鬼子就要完蛋了。可是，小日本还不甘心失败，他们还在负隅顽抗，今天咱们开这会，既是庆祝我们的胜利，也是号召广大民众团结一致，与日本侵略者做最后的斗争。今天我们全县有四千一百五十八名青壮年报名参军，为此我代表武乡县抗日政府，欢送大家走上抗日前线。"

场上响起了雷鸣般的掌声……

掌声中，又喊起了口号：

"打倒日本帝国主义！"

"拥护毛主席！"

……

会场沸腾了！

接着，原主任又提议："乡亲们，今天我们武乡全县有四千一百五十八名青壮年报名参军，这是一个值得纪念的日子，是我们武乡历史上最辉煌的日子。在今天，我们不能忘记在艰苦的岁月里，我们武乡为抗战牺牲了的数千名烈士。我们要为他们致哀！特别是我们独立营营长郭水瀛同志，花花同志，还有与他们一起保卫八路军伤员的战士，是他们用自己的生命保护了数百名伤员和医护人员的安全，他们把生命永远留在了奇崖头，为此，我代表武乡县抗日政府决定：为纪念烈士的功绩，将奇崖头正式改名为水花崖！现在，我们所有的新战士带队前往水花崖，为烈士敬礼、致哀！然后出发。"

水花崖前，四千多战士同时脱下军帽，为郭水瀛、花花以及为抗战牺牲的烈士行军礼……

战士们排成整齐的行列，雄赳赳气昂昂地迈着整齐的步伐，唱着《八路军进行曲》：

向前！向前！向前！

我们的队伍向太阳，

……

部队出发了，向着太阳升起的地方……

（完）

图书在版编目(CIP)数据

太行山上 / 郝雪廷著 . —太原：三晋出版社，2021.9
ISBN 978-7-5457-2349-6

Ⅰ.①太… Ⅱ.①郝… Ⅲ.①长篇小说—中国—当代 Ⅳ.①I247.5

中国版本图书馆CIP数据核字(2021)第192876号

太行山上

著　　　者：	郝雪廷
责 任 编 辑：	张仲伟
助 理 编 辑：	郭亚林
出　版　者：	山西出版传媒集团 三晋出版社（山西古籍出版社有限责任公司）
地　　　址：	太原市建设南路21号
电　　　话：	0351-4956036（总编室） 0351-4922203（印制部）
网　　　址：	http://www.sjcbs.cn
经 销 者：	新华书店
承 印 者：	山西基因包装印刷科技股份有限公司
开　　　本：	787mm×1092mm　1/16
印　　　张：	20.75
字　　　数：	350千字
版　　　次：	2021年9月　第1版
印　　　次：	2021年9月　第1次印刷
书　　　号：	ISBN 978-7-5457-2349-6
定　　　价：	68.00元

如有印装质量问题，请与本社发行部联系　电话:0351-4922268